특성
없는
남자 1

특성 없는 남자 1

초판 1쇄 발행 2013년 4월 25일
초판 3쇄 발행 2019년 6월 25일

지은이 로베르트 무질
펴낸이 안병률
펴낸곳 북인더갭
등록 제396-2010-000040호
주소 10364 경기도 고양시 일산동구 고봉로 20-32 B동 617호
전화 031-901-8268
팩스 031-901-8280
홈페이지 www.bookinthegap.com
이메일 mokdong70@paran.com

ⓒ 북인더갭 2013

ISBN 978-89-964420-8-0 03850
       978-89-964420-7-3 (세트)

* 이 책의 전부 또는 일부를 다시 사용하려면
  반드시 저작권자와 북인더갭 모두의 동의를 받아야 합니다.
* 책값은 표지 뒷면에 표시되어 있습니다.

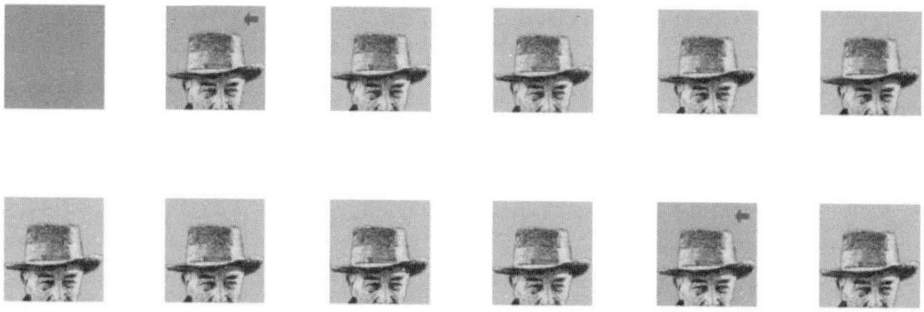

Der Mann ohne
Eigenschaften

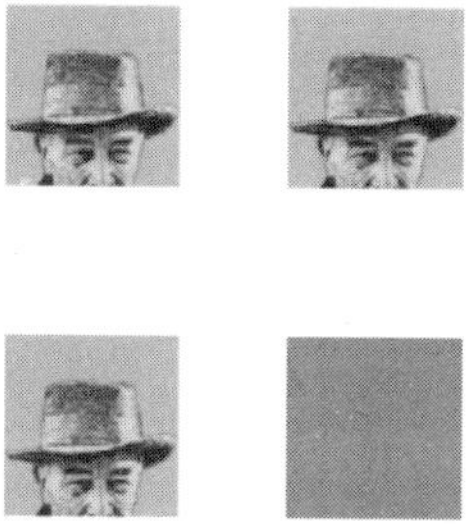

Robert Musil

특성
없는
남자

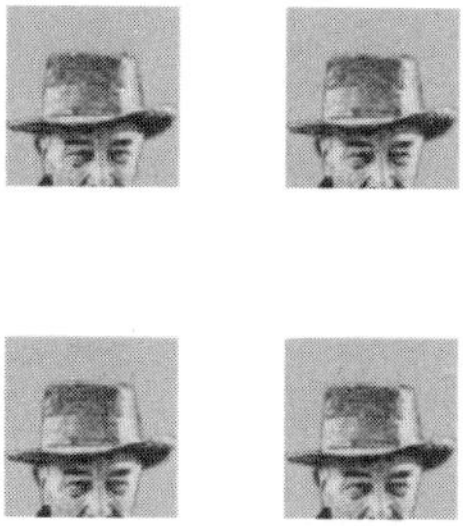

로베르트 무질
안병률 옮김

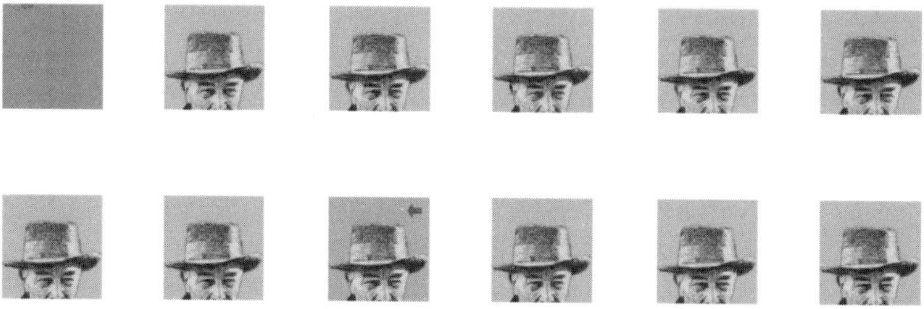

북인더갭
BOOKintheGAP

차례

1부 서문의 한 방식

1. 주목할 만한 방식으로는 아무 일도 일어나지 않는다 011
2. 특성 없는 남자의 집과 방 016
3. 특성 없는 남자에게도 특성 있는 아버지가 있다 019
4. 현실 감각이 있다면, 가능성 감각도 있어야 한다 024
5. 울리히 028
6. 레오나, 또는 하나의 시각 전환 034
7. 위태로운 순간에 울리히는 새로운 사랑에 빠진다 041
8. 카카니엔 051
9. 중요한 사람이 되기 위한 세가지 시도 중 첫번째 059
10. 두번째 시도. 특성 없는 남자의 도덕에 대한 노트들 062
11. 가장 중요한 시도 065
12. 스포츠와 신비주의를 이야기한 후
울리히가 사랑을 얻어낸 그 부인 071

13. 한 천재적인 경주마가 특성 없는 남자의 생각을 성숙시켰다 076
14. 청년 시절의 친구들 082
15. 정신의 혁명 095
16. 신비에 찬 시대의 병 098
17. 특성 없는 사람이 특성 있는 사람에게 끼친 영향 106
18. 모오스브루거 121
19. 훈계의 편지, 그리고 특성을 얻을 기회. 두 왕위계승자의 싸움 138

2부 그렇고 그런 일이 벌어지다

20. 현실의 느낌. 특성의 결여 대신
울리히는 의연하면서도 결연한 행동을 택한다 145
21. 라인스도르프 백작이 고안해낸 진정한 평행운동 151
22. 말로 표현할 수 없을 정도로 고결하고 영향력있는
부인의 평행운동은 울리히를 괴롭힐 준비가 돼 있다 160
23. 한 위대한 남자의 첫번째 간섭 168
24. 자본과 문화. 라인스도르프 백작, 그리고 영혼을
저명한 손님과 연결시킨 관리와 디오티마의 우정 173
25. 결혼한 영혼의 고통 181
26. 영혼과 경제의 합일. 이 일을 이룰 수 있는 사람은
오스트리아 옛 문화 중 바로크 시대의 매력을 향유하고자 한다.
그것을 통해 평행운동을 위한 하나의 아이디어가 탄생한다 189
27. 위대한 이상의 본질과 실체 194
28. 생각을 업으로 삼는 일에 별 관심이 없는 사람은
건너뛰어도 좋은 장 196

29. 정상적인 의식상태의 해명과 중단 201

30. 울리히는 목소리를 듣는다 208

31. 너는 누구 편인가? 211

32. 잊혀진, 아주 중요한 소령 부인의 이야기 214

33. 보나데아와의 결별 224

34. 뜨거운 빛과 차가운 벽들 227

35. 레오 피셸 은행장과 불충분한 근거라는 원칙 236

36. 앞서 언급한 원칙 덕분에 평행운동은 누구든 그것이 무엇인지 알기 전에 이해될 수 있는 것이 되었다 240

37. 한 기자가 '오스트리아 해'라는 구호를 발명해냄으로써 라인스도르프 백작을 어려움에 빠지게 한다. 그는 자주 울리히를 찾는다 245

38. 클라리세와 그녀의 악마들 253

39. 특성 없는 남자는 사람 없는 특성들로 돼 있다 264

40. 모든 특성을 지닌 사람은, 그러나 특성과는 상관이 없었다. 정신의 영주는 체포되었고, 평행운동은 명예서기를 얻었다 269

41. 라헬과 디오티마 290

42. 위대한 회의 298

43. 울리히와 위대한 사람의 첫 만남. 세계역사에서 비이성적인 일은 일어나지 않는다. 그러나 디오티마는 오스트리아가 전체 세계라고 주장한다 309

44. 위대한 회의가 계속되다가 끝을 맺음. 울리히는 라헬을, 라헬은 졸리만을 좋아하게 됨. 평행운동이 확고한 조직을 꾸림 317

45. 두 산봉우리의 조용한 만남 326

옮긴이의 말 332

1부

서문의 한 방식

1.
주목할 만한 방식으로는
아무 일도 일어나지 않는다

  대서양 상공 위로 저기압이 걸쳐 있었다. 저기압은 러시아 상공의 고기압 쪽으로 움직이고 있었고 아직 이 고기압을 북쪽으로 밀어낼 낌새는 보이지 않았다. 등서선과 등온선은 서로를 지탱했다. 기온은 연중 평균. 가장 추운 달이나 가장 더운 달의 온도, 그리고 일정치 않게 변하는 월별 온도에 비해서 적당한 온도를 유지하고 있었다. 일출과 일몰, 월출과 월몰, 달과 금성, 토성의 띠, 그리고 다른 모든 중요한 현상들도 천문학 서적에 적혀 있는 그대로였다. 대기중 수증기는 최고의 장력을 유지했고, 습기는 아주 적었다. 좀 구식이기는 하지만 사실을 꽤나 잘 드러내주는 한마디 말로 하자면, 때는 1913년 8월의 어느 청명한 날이었다.

  차들이 좁고 깊숙한 거리에서 밝은 광장의 평지로 달려나왔다. 보행자들의 검은 무리가 구름 같은 선을 이루었다. 속도가 만드는 힘찬 선이 차들의 부주의한 조급함을 가로지르는 곳에서 차들은 뒤엉켰고, 이내 빠르게 흐르다가, 잠시 동요하더니

다시 그들의 일반적인 흐름을 되찾았다. 수백 가지의 소리들이 서로 얽힌 소음들 사이로 섞이고, 거기서 하나의 고성(高聲)이 두드러져 가장자리까지 이어졌다가 다시 돌아왔으며, 찢어지는 듯한 소리가 명료하게 울렸다가 이내 사라져버렸다. 이 뭐라 표현하기 힘든 소리만 가지고도, 비록 이곳을 몇년간 떠나 있던 사람이라도 자신이 제국의 수도이자 국왕의 수도인 빈(Wien)에 와 있다는 것쯤은 눈을 감고도 알 수 있을 것이다. 도시란, 사람과 마찬가지로, 사람들이 걷는 모습을 보면 알 수 있다. 눈을 뜬 채라면, 이러저러한 특징들을 찾아낼 필요도 없이, 거리의 움직임만 봐도 그곳이 어디인지 알아낼 것이다. 이것이 헛된 상상이라고 해도 문제될 것은 없다. 우리가 어디에 살고 있는지를 과대평가하는 습관은 목초지가 어디인지 알아내야 했던 유목시절에서부터 시작된 것이다. 왜 인간은 파장을 이용해 붉은색을 백만분의 1밀리미터까지 정확히 묘사할 수 있으면서도 붉은 코에 대해선 그냥 붉다고 말하는 것으로 만족하며 그 코가 어떤 붉은색인지 궁금해하지 않는가? 여기에는 뭔가 중요한 점이 있다. 반면 왜 인간은 자신들이 거주하는 말도 못하게 복잡한 도시만큼은 그토록 정확하게 알고 싶어하는가? 그런 호기심은 더욱 중요한 것으로부터 우리를 떼어놓고 있는 것이다.

도시의 이름에 어떤 가치를 두어선 안된다. 다른 대도시들과 마찬가지로, 그 도시 또한 불규칙성, 변화, 돌발, 우왕좌왕,

사물들과 관심사들의 충돌, 잘 닦인 길과 그렇지 못한 길, 거대하게 규칙적인 박동, 모든 규칙들의 불일치와 혼란 같은 것들로 이루어져 있었고, 그것은 마치 건물과 법칙과 규칙과 역사적 전통의 소재들이 거품을 내며 끓고 있는 그릇 속 같았다. 그 속의 넓고 생기있는 거리를 걸어 내려가고 있는 두 사람은 당연히 이러한 생각을 하고 있지 않았다. 분명히 상층계급에 속했을 그들은, 세련된 옷차림과 행동, 대화방식을 가지고 있었고, 그들의 이니셜이 박힌 속옷을 입었으며, 이것은 그들의 적대적인 무의식을 드러내지 않으면서 그들이 누구인지, 다시 말해 그들이 제국민이며 그 제국의 수도에 거주하는 사람들임을 말해주고 있었다. 아마 그들의 이름은 아른하임과 에르멜린다 투치였을지도 모르지만, 그것은 그리 정확하지 않았다. 왜냐하면 투치 부인은 그의 남편과 8월엔 아우스제 해수욕장에 있을 것이고, 아른하임 박사도 아직은 콘스탄티노플에 있을 것이기 때문이다. 그들이 누구인지는 아직 수수께끼인 것이다. 사람들은 아주 특이한 방식으로 이 수수께끼를 풀기도 하는데, 그 방식이란 만약 그들이 50걸음을 걸은 후에도 어디에서 서로를 만났는지 생각나지 않으면 서로 잊어버리는 방식이다. 이 두 사람은 그들 앞에 벌어진 일 때문에 갑자기 걸음을 멈췄다. 방금 전 무언가 선에서, 그 고요하고 긴 움직임에서 튕겨나갔다. 급회전을 하며 길가로 미끄러진 그것은 큰 트럭으로 곁길에 바퀴 하나를 걸친 채 전복돼 있었다. 마치 벌통

구멍으로 모여드는 벌처럼, 사람들이 한가운데를 조금 남겨둔 채로 그 작은 원 주위로 모여들었다. 차에서 나온 운전사가 포장지처럼 창백해진 채로 거친 동작을 해 보이며 사고를 설명하고 있었다. 새로 모여드는 사람들의 시선은 처음엔 그를 향하다가, 그 구멍 한가운데에서 마치 커브 길의 곡면을 베고 죽은 듯 누워 있는 사람에게로 향했다. 누구나 인정하듯이 그가 그런 유감스런 일을 당하게 된 것은 그 자신의 부주의 탓이었다. 사람들은 교대로 그의 곁에 무릎을 꿇고 그를 도와보려 했다. 어떤 사람은 그의 상의를 펼쳤다 여몄다 해보았으며, 다른 사람들은 그를 일으켰다가 다시 뉘었다가를 반복하기도 했다. 그러나 실제로 구급차가 도착해 적절하고 적법한 조치를 취하기 전까지는 누구도 시간이 가기만을 바랄 뿐, 다른 행동을 하길 원치 않았다.

그 부인과 그녀의 동행인도 다가와 부상자의 머리와 구부러진 등을 보았다. 그러더니 부인은 물러서서 망설였다. 부인은 심장과 명치에서 뭔가 불쾌한 것을 느꼈고 그 느낌을 동정심으로 여겼다. 그러나 그것은 뭐라고 결론지을 수 없는, 사람을 꼼짝 못하게 하는 느낌일 뿐이었다. 잠시 침묵하고 있던 동행인이 입을 열었다. "이렇게 무거운 트럭은 제동거리가 무척 길게 마련이죠." 부인은 이 사려깊은 생각에 속이 조금 편안해지는 것 같았다. 그녀는 이 말을 많이 들어봤지만 제동거리가 사실 뭔지도 몰랐고, 알고 싶지도 않았다. 단지 이 말 덕분에 무시무시한 사고가 어떤 규칙에, 또한 그녀가 더이상 직접적으로 간섭하지 않아도 되는 기술적인 문제에 포함되는 것으로 충분했다. 사람들은 구급차가 경적을 울리는 소리를 들었고, 그에게 달려온 구조대의 신속함은 모든 구경꾼들을 충분히 만족시켰다. 이 얼마나 놀라운 사회적 기능인가. 구조대는 부상자를 들것에 실었고, 그를 들것과 함께 차에 밀어넣었다. 단일한 유니폼을 입은 사람들이 부상자를 위해 일했고, 그 구급차 안은 누가 보더라도 아주 깨끗하고 잘 정돈돼 있어, 꼭 커다란 병실처럼 보였을 것이다. 사람들은 아주 적법하고 규칙에 딱 맞는 사건이 일어난 것 같아 곧 안정된 느낌을 받았다. "통계에 의하면," 그 신사는 말했다. "매년 미국에선 자동차 사고로 19만 명이 죽고 45만 명이 다친다고 하죠."

"그가 죽었을까요?" 그와 동행한 부인이 물었고, 그녀는 아직도 뭔가 뜻밖의 일을 경험했다는, 검증되지 않은 느낌에 휩싸여 있었다.

"아마 살았을 거요." 그가 대답했다. "사람들이 그를 차에 실었을 때, 꼭 살아있는 것처럼 보였거든요."

2.
특성 없는 남자의 집과 방

작은 사고가 일어난 거리는 길고 구불구불한 교통 흐름 가운데 한 곳이었다. 이 흐름은 마치 빛이 퍼져나가듯이 도시의 중심에서 발원하여 외곽지역으로 뻗어나갔고 교외까지 이어져 있었다. 그 우아한 한쌍이 조금만 더 길을 따라갔으면 아마 틀림없이 마음에 들 만한 풍경과 마주쳤을 것이다. 그것은 아직 몇군데 18세기, 혹은 17세기의 양식을 간직한 오래된 정원이었을 테고, 그 단철로 된 울타리 곁을 지나치는 사람은 나무들 사이로 작은 부속건물이 딸린, 지난 시대의 수렵용 또는 여행용 별장 같은 대저택을 볼 수 있었을 것이다. 좀더 정확히 말하자면, 그 집의 지붕은 17세기 것이었고, 정원과 위층은 16세기의 모양을 띠었으며, 개축되었지만 약간 부서진 채로 남아 있는 정면은 19세기 것이어서, 전체적인 외양은 마치 겹쳐 찍힌 사진처럼 초점이 흐려져 있었다. 그러나 그 집은 사람들이 멈춰서서 틀림없이 '아!' 하고 외칠 만한 집이었다. 그리고 희고, 말쑥하고, 예쁜 그 집의 창문이 열려 있었다면, 사람들은 학자의 방에나 있을 법한 서가(書架)의 우아한 정적을 목격했을 것이다.

이 방과 집이 바로 특성 없는 남자의 것이었다.

그는 창문 뒤에 서서, 정원의 부드럽고 푸른 공기의 필터를 통해 갈색 거리를 보았고, 10분 동안 자동차와 마차, 전차, 그리고 멀리 떨어져 마치 서 있는 듯한 보행자들을—그들의 시선은 소용돌이치는 조급함으로 가득 차 있었다—세어보았다. 그러면서 지나가는 사람들의 속도와 각도, 그들이 내뿜는 삶의 힘들을 평가해보았다. 그의 눈은 재빨리 사람들의 뒤를 쫓았고, 잠시 멈췄다가 놓아주곤 했으며, 잠깐의 공백 동안에는 시선을 그들에게서 떼어내 다음 것으로 건너뛰고 그 뒤를 쫓아가도록 집중하는 일을 소홀히 하지 않았다.

잠시 머릿속에서 무언가를 계산한 후, 그는 웃으며 시계를 주머니에 꽂고는 참 우스꽝스러운 짓을 했다고 자책했다. 한 인간이 거리의 흐름 속에서 자신을 지탱하기 위해 해야 하는 모든 노력들—주의력의 도약, 눈 주위 근육의 움직임, 영혼의 흐름—이 계산될 수 있을까. 그는 생각에 몰두했고 불가능한 것을 계산해보려고 애쓰고 있었던 것이다. 만약 계산이 가능하다면, 산출된 수치는 아마 아틀라스가 세계를 들어올리기 위해 필요했던 힘을 훨씬 능가할 것이다. 그러니 오늘날 전혀 아무것도 하지 않는 사람이 얼마나 엄청난 힘을 쓰고 있는지도 계산할 수 있을 것이다.

이 순간 특성 없는 남자는 아무것도 하지 않는 바로 그런 사람이었다.

그렇다면 무언가를 하는 사람이란?

"두가지 측면에서 생각해볼 수 있지"라고 그는 중얼거렸다. 조용히 하루종일 자기 일을 하는 시민의 근육운동이, 하루에 딱 한번 굉장한 무게를 들어올리는 운동선수의 근육운동보다 더 활발할 것이다. 이것은 생리학적으로도 증명된 사실이다. 그러므로 사회적 총합 속의 작은 일상들과 그 모든 총합을 더한 것은 영웅적인 행위보다 더 큰 힘을 세계 안으로 방출하게 된다. 그렇다면 영웅적인 행위란 거대한 환상을 품은 채 산 위에 내려앉는 모래가루만큼이나 보잘것없는 게 아닌가. 그는 이 생각이 마음에 들었다.

그러나 덧붙여둘 것은, 이런 생각이 그의 마음에 든 것은 그가 시민적인 삶을 좋아해서는 아니라는 점이다. 오히려 그는, 한때는 그렇지 않았지만 이제는 자신의 그 시민적인 성향을 괴롭히는 것이 마음에 들었다. 바로 이 고루한 시민이야말로 무시무시할 정도로 새롭고 집단적인 개미떼 영웅주의의 시작을 예감케 하는 것이 아닐까? 이제 시작을 앞두고 있는 그것은 합리적인 영웅주의라 불릴 것이고, 칭송이 자자할 것이다. 하지만 오늘날 누가 그것을 이미 알고 있을 것인가?! 그때만 해도 정말로 중요하면서도 대답을 구할 수는 없는 그런 질문들이 수백 개나 있었다. 그 질문들은 공기중에 널려 있었으며 발에 밟힐 정도였다. 시간은 계속 움직이고 있었다. 그때 미처 태어나지 않았던 사람들은 이런 사실을 믿으려 하지 않겠지만, 이미 그때부터 시간은 마치 낙타처럼 빠르게 흐르고 있었다. 오늘에서야 그렇게 된 것은 아니다. 사람들은 어디로 향하는지 정확히 알지 못했다. 사람들은 무엇이 위고 아래인지, 무엇이 앞으로 혹은 뒤로 가는 것인지 제대로 구별하지 못했다.

"사람들이 무엇을 하든," 특성 없는 남자는 신음하듯 중얼거렸다. "이렇듯 힘들이 뒤엉켜 있는 마사(馬舍)에서는 어느것 하나 차이가 없는 것이지." 그는 단념할 줄 아는 사람처럼 뒤돌아섰다. 그렇다, 그는 마치 모든 강한 접촉을 두려워하는 환자 같았다. 그는 드레스룸을 지나쳐 가면서 거기 매달려 있던 샌드백을 빠르고 강하게 한대 후려쳤다. 그러나 이것은 단념하는 때나 나약한 상태에서 나타나는 그런 모습은 결코 아니었다.

3.
특성 없는 남자에게도
특성 있는 아버지가 있다

얼마 전 외국에서 돌아온 특성 없는 남자는 평범한 집에 대한 혐오감에서, 그리고 그저 들뜬 기분에서 조촐한 저택을 세냈다. 이 저택은 예전에 시 외곽에 있던 여름용 별장이었으나, 대도시가 저택을 넘어 확장된 이후에는 이미 그 기능을 잃은 지 오래였다. 집값이 바닥까지 곤두박질쳤고, 이제는 땅값이 조금이라도 오를 때만을 기다리는 아무도 살지 않는 집이었다.

그래서 집세는 쌌지만, 살 만한 곳으로 고쳐놓고 현대적인 감각에 맞는 설치를 하기 위한 비용은 뜻밖에도 만만치 않았다. 이런 일은 그에게는 하나의 모험일 수밖에 없었다. 결국 막바지에는 아버지에게 도움을 요청할 수밖에 없었는데, 독립심을 소중하게 생각하는 그로서는 전혀 마음이 편치 않은 일이었다. 그의 나이는 서른둘이었고, 아버지는 예순아홉이었다.

그 노인은 황당해했다. 사려깊지 못한 것에 대한 경멸이 섞여 있기는 했지만 급작스럽게 닥친 일이기 때문은 아니었고, 그렇다고 아들을 위해 지불해야 하는 희생 때문만도 아니었다. 기본적으로 그는 자신의 아들이 살 곳을 구하고 나름대로의 질서를 세우고 싶어하는 마음에 공감하고 있었다. 그러나 아무리 양보를 하더라도 '성(城)'이라고 부르지 않을 수 없는 그런 집을 얻었다는 것이 감정을 상하게 했고, 재앙을 부르는 어떤 교만으로 느껴져 심기가 뒤틀렸다.

집안이 넉넉했기 때문에 꼭 그럴 필요는 없었는데도, 그의 아버지는 학창시절이나 그 이후 변호사 조수로 있었던 젊은 시절에도 지체 높은 귀족가문의 가정교사를 그만두지 않았다. 나중에 대학 강사, 교수직을 맡게 되었을 때 그는 이런 일을 하기를 참 잘했다고 생각했다. 굳이 부업을 하지 않아도 되는 형편이 되었는데도, 귀족집안과의 관계를 잘 닦아놓은 덕분에 그는 그 지역에서 마치 귀족들 전부의 법률고문인 것처럼 높은 지위를 얻게 되었던 것이다. 그렇다, 라인지역 산업가 가문의 딸이었으나 이제는 아들을 놔두고 일찍 세상을 떠난 아내와 혼인할 때 그 집안에서 지참금으로 보내온 재산과 맞먹을 정도로 자신의 재산이 크게 불어난 이후에도, 그는 젊은 시절 애써 구축해놓았고 성인이 되어서 더욱 공고하게 다져놓은 그 관계를 소홀히 하지 않았다. 실제적인 법률업무에서 물러나—아직 고액이 보장된 특별한 상담은 하고 있지만—추앙받는 학자로 자리잡고 있으면서도, 옛 후견인들과 관계된 모든 것을 직접 기록하여 부모는 물론 아들, 손자에 이르기까지 한치의 어긋남도 없이 집안 대소사를 꼼꼼히 챙기고 있었다. 그리하여 어떤 생일이든 결혼식이든, 성명 축일이든 옛일에 대한 회상을 곁들이며 부드러운 경의를 표하는 그의 편지가 빠지는 경우는 결코 없었다. 그러면 경애하는 친구이자 존경하는 학자에 대한 감사의 말이 담겨 있는 짧은 답장이 매번 정확한 시기에 그에게 도착하곤 했다. 그리하여 그의 아들 또한 배려의 수치를 정확하게 배분할 줄 아는 귀족적인 재능을 어려서부터 거의 무의식적으로 깨달아갔고, 동시에 심사숙고하는 고고함까지도 익혀갔다. 그러면서도 아들은 아무리 해봐야 정신만이 귀족일 뿐인 그의 아버지가 말과 농장, 거기다 전통을 소유한 사람들에게 행하는 굴종이 늘 마음의 가시로 남아 있었다. 하지만 아버지가 이런 굴욕감을 느끼지 않은 것은 타산적이기 때문은 아니었다. 그는 오로지 본능에 의해 이런 식으로 위대한 삶의 궤적을 이루어놓았던 것이다. 그가 가진 직책은 교수, 아카데미 회원, 수많은 학술위원회, 정치위원회의 회원에 그치지 않았다. 기사작위도 받았고, 기사단 위원이기도 했으며, 그것도 대십자 훈장을 받은 최고층 기사단 위원이었다. 이미 그에게 귀족원 의원의 칭호를 내렸던 황제는 마침내 그를 세습귀족의 신분으로까지 상승시켰다. 귀족의 신분을 하사받은 이 사람은 귀족원에서 자유주의적 시민진영에 합류했다. 명문 귀족가문 사람들은 시민진영과 대치하는 경우가 없지 않았는데도 그를 후원하는 귀족들 중 누구도 그에 대해 이렇다 할 적대감이나 놀라움을 드러내진 않았다. 사람들은 그에게서 상승하는 시민정신 이외의 아무것도 보지 못했다. 그 노인은 입법에 관계된 실무에서 충실히 자기 몫을 했다. 팽팽히 맞서는 사안을 두고 투표를 하는 경우, 그가 시민 측의 편을 든다고 해도 반대편에선 누구도 그에 대한 악의를 품지 않았을뿐더러 오히려 그가 시민 측에서 환영받지 못하고 있다는 식의 느낌을 받곤 했다. 그가 정치계에서 행한 일은 지금까지 살면서 해왔던 일과 조금도 다르지 않았다. 충직하게 헌신하는 됨됨이를 지닌 사람임에 틀림없다는 인상을 주면서도, 때때로 자상하게 깨우침을 주는 월등한 학식을 지니고 있음을 보여줌으로써 이 두가지를 통합하는 것이다. 그리하여 그의 아들이 주장하듯, 근본적으로 달라진 것이 아무것도 없는데도 어느새 가정교사에서 귀족원의 스승으로 변모될 수 있었던 것이다.

저택에 관한 이야기를 전해들은 아버지는 그것을 영역 침해로 느꼈다. 법적으로 양도되지 않은 영역, 그래서 더욱 세심하게 존중받아야 하는 영역을 아들이 침범한 것으로 여겨졌던 것이다. 그는 이제껏 살아오면서 아들에게 했던 어떤 질책보다도 더 신랄한 비난을 퍼부었다. 그 비난의 소리는 불길한 종말로 치닫는 길이 이제 막 시작되었다는 예언의 울림을 지니고 있었다. 아버지는 자신의 삶이 송두리째 경멸받았다고 느꼈다. 그럴듯한 일을 이루어낸 많은 사람들이 그러하듯 아버지는 사리사욕이 아니라 보편적이며 포괄적으로 유용한 일에 대한 애정을 삶의 뿌리로 삼고 있었다. 자신의 장점의 바탕을 이루는 것에 대한 신실한 숭배를 삶의 근간으로 삼고 있었던 것인데, 이러한 숭배는 자신이 그 장점을 쌓았기 때문이 아니라 그것이야말로 조화롭고 보편타당한 것이라고 믿었기 때문에 가능했다. 이것이야말로 정말 중요한 일이다. 예컨대 귀족적 기질을 지닌 개는 사람들의 발길질에도 상관하지 않고 식탁 밑의 자기 자리를 찾아가 앉는 법이다. 이는 비열한 근성에서 나온 것이 아니라, 믿음과 충성심을 지니고 있기 때문이다. 아무리 계산에 밝고 냉정한 사람이라도, 자신에게 이득을 주는 사람이나 관계를 정말 깊이 느낄 줄 아는 복합적인 감정을 지닌 사람에 비하면, 그 반만큼의 성공도 거두지 못하는 게 당연한 것이다.

4.
현실 감각이 있다면,
가능성 감각도 있어야 한다

열린 문으로 제대로 들어가려면, 그 문의 틀이 견고한지를 주의깊게 살펴야 한다. 늙은 교수는 이것을 늘 원칙으로 삼고 살아왔는데, 이것이 바로 현실 감각을 지니고 살아야 한다는 생각이다. 그러나 현실 감각이라는 게 있다면—현실 감각이 존재의 정당성을 지니고 있다는 것을 부정하지는 않겠지만—가능성 감각이라고 불릴 수 있는 어떤 것도 있어야 한다.

가능성 감각을 지닌 사람은, 예를 들면 다음과 같이 말하지는 않는다. '여기 이러저러한 일들이 일어났고, 일어날 것이고, 일어나야만 한다.' 오히려 그는, 어떤 일이 일어날 수 있고, 일어날 것도 같고, 일어나야 할 것도 같다고 주장한다. 그리고 누군가 그에게 그것이 이러저러하다고 설명하면, 그것은 아마 달랐을 수도 있었을 텐데, 하고 생각한다. 그래서 가능성 감각이란 모든 일어날 수도 있는 일을 상상하고, 실재를 실재하지 않는 것과 다름없이 다루는 능력을 표현한다고도 말할 수 있다. 그러한 창조적인 소질은 주목받을 만한 것일 수 있다. 하지만 유감스럽게도 가능성 감각은 사람들이 놀랄 만한 것이라 칭송하는 것을 틀린 것이라고 말하고, 사람들이 금기시하는 것을 허용하며, 그 둘을 매한가지 것으로 여겨지게 하는 결과를 낳기도 한다. 사람들이 섬세하게 직조된 세계라고 말하는 것들 속에서, 가능성 감각을 지닌 사람은 환영과 상상력과 꿈과 가정법의 세계 속에서 살아간다. 사람들은 아이들에게서 이런 성향을 엄격하게 몰아내며, 이런 성향을 지닌 사람들을 환상가, 몽상가, 나약한 자, 아는 체하는 사람 또는 공연히 긁기를 좋아하는 사람이라고 부른다.

이런 사람들을 좋게 말하려고 할 때면 바보라는 말 대신에 이상주의자라는 말이 쓰이기도 한다. 그러나 이런 표현은 현실 감각이 없다는 게 실제의 결함으로 드러났을 경우, 현실을 제대로 파악하지 못하거나 지레 투덜대며 현실을 피하는 이들의 약한 대처방식만을 포착하는 것에 불과하다. 그러나 가능성이란 그렇게 신경이 여린 사람들의 환상만을 포함하는 것은 아니다. 그것은 아직 발현되지 않은 신의 의도를 의미하기도 한다. 가능한 체험이나 가능한 진실이 그저 현실의 체험이나 현실적 진실에서 진짜 현실적인 것들의 가치를 뺀 것과 같지는 않다. 오히려 그것들은, 적어도 그것들의 편에 서 있는 사람들의 입장에서 보면, 아주 신적인 것, 불, 비약, 창조의지는 물론, 현실에서는 보이지 않지만 '사명' 혹은 '창안'으로 지칭될 수 있는 의식적인 유토피아주의를 품고 있다. 그러니까 이 땅은 그렇게 노쇠한 것도 아니고, 그렇다고 완전히 축복받은 상태도 아닌 것이다. 편리한 방식으로 현실 감각과 가능성 감각의 인간을 비교해보려고 한다면, 단지 어떤 돈의 총합을 생각해보기만 하면 된다. 예를 들어 가능성을 품고 있는 천 마르크라는 돈은 그것이 누구의 소유인지에 상관없이 천 마르크를 의미하는 것이다. 그래서 내가 그것을 소유했든 당신이 소유했든, 한송이 장미나 어떤 여자가 그대로 있듯이 가능성들도 그대로 남아 있는 것이다. 그러나 현실 인간들은, 능력있는 사람들이 그 돈으로 뭔가를 창조해내는 반면, 바보는 그것을 바지 속에 넣어버린다고 말한다. 심지어 한 여인의 아름다움도 그것을 소유한 사람에 의해서 더해지거나 감해질 수 있다고 믿어 의심치 않는다. 현실은 가능성을 일깨운다. 이는 무엇보다도 분명한 사실이다. 그렇지만 반복되고 있는 가능성은 총합에 있어서나 평균치에 있어서 늘 그대로 남아 있다. 생각된 것을 실재의 것보다 소홀히 여기지 않는 그런 사람이 나타나기 전까지는 그러할 것이다. 이런 사람이 나타난다면 바로 그가 새로운 가능성에 비로소 의미와 형체를 부여해줄 사람이다. 그가 가능성을 깨워 일으킬 것이다.

이런 사람이 어느날 갑자기 분명한 모습을 하고서 나타나는 것은 아니다. 한가한 공상 따위가 아니라면 그의 생각은 아직 태어나지 않은 현실, 바로 그것인 까닭에 당연히 그도 현실 감각을 지니고 있게 마련이다. 그러나 그것은 '가능한 현실'에 대한 어떤 감각이고, 대부분의 사람들이 지니고 있는 자신의 현실적 가능성에의 감각보다는 아주 느리게 목표에 도달한다. 말하자면 그는 숲이고, 다른 사람들은 나무들이다. 숲은 묘사해 내기 어려운 반면, 나무들은 규정된 질을 지닌 무수한 목재의 입방미터들이다. 또는 아마 이렇게 말해볼 수도 있다. 일반적인 현실 감각을 지닌 사람은 마치 낚싯줄은 보지 못하면서 찌를 덥석 무는 물고기 같은 사람이며, 반면에 가능성 감각이라고 부를 수 있는 현실 감각을 지닌 사람은 그 실을 물에서 끌어내면서도, 무슨 미끼가 걸려 있는지는 알지 못하는 사람이다. 미끼를 무는 삶에 대해서는 아무런 관심도 없는 대신, 그는 괴상하기 그지없는 일을 하는 위험에 처하곤 한다. 비실용적인 사람은—그는 그렇게 보일 뿐 아니라, 실제로도 그렇다—사람들과의 관계에서 늘 신뢰받지 못하고 예측되지도 못한다. 그는 자신에게 색다른 의미를 주는 그런 행위를 하게 될 것이지만, 일탈적 생각에 합치되는 것이면 무엇이든 그것으로 자신을 추스르곤 한다. 게다가 그는 일관된 생각에서 한참이나 멀어져 있다. 예컨대 어떤 사람이 다른 사람에게 피해를 주는 범죄를 저질렀다면 그는 그 범죄가 사회의 잘못에 기인한 것이고 책임은 범죄자 개인에게가 아니라 사회제도에 있다고 생각할 가능성이 아주 높은 상태에 있는 것이다. 여기서 궁금한 것은, 그 자신이 따귀 한대를 맞는다면, 그것을 사회가 형편없는 탓으로 볼 것이냐, 아니면 개에게 물렸을 때처럼 비인간적인 것으로 볼 것이냐는 것이다. 아마도 그는 우선 따귀 한대를 복수하고 나서, 그러지 말았어야 했는데,라고 후회할 것이다. 그리고 누군가 그의 애인을 빼앗는다면, 결국 그는 여전히 이 현실을 완전히 외면하지 못한 채, 예상하지 못했던 새로운 감정으로 자신의 마음을 달랠 것이다. 이런 발전은 지금까지도 진행중이고, 각각의 개인에게는 그것이 나약함과 강함을 동시에 의미하기도 한다.

특성을 소유한다는 것은 현실에서 어떤 확실한 기쁨을 보장해주는 것이다. 그러니 이제 우리는 자신 스스로에게조차 현실 감각을 부여하지 않았던 어떤 사람이 어느날 갑자기 스스로를 특성 없는 사람으로 간주하는 진행과정을 지켜보아도 될 것이다.

5.
울리히

여기서 이야기되고 있는 특성 없는 남자의 이름은 울리히(Ulrich)다. 누군가를 이렇게 부정확한 세례명으로 부른다는 것이 유쾌한 일은 아니다. 하지만 그의 아버지를 생각해서 성은 알리지 않는 것이 좋을 듯하다. 그의 성향은 유년기와 청년기 사이에 있었던 작문 숙제에서 첫번째로 검증되었다. 그 숙제는 애국심을 드러내야 하는 작문이었다. 애국주의는 오스트리아에서 아주 특별한 주제였다. 왜냐하면 어른들은 독일 아이들에게 오스트리아의 전쟁을 경멸하는 법을 가르치고, 덥수룩한 턱수염을 기른 독일 병사 하나만 다가가도 기가 꺾인 탕자들의 자손에 불과한 프랑스인들은 천명이라도 도망쳐버릴 거라고 가르치기 때문이다. 또한 적당히 둘러대서 역할을 바꾼 채로, 종종 승리에 도취된 적이 있었던 프랑스, 러시아, 그리고 영국의 아이들도 똑같은 것을 배우고 있었다. 사실 아이들은 사기꾼들이다. 그들은 경찰이나 도둑 놀이를 즐기며, 만약 우연히 자기가 위대한 Y거리 출신의 X가문에 속하기라도 하면, 언제나 그 가문이 세계에서 가장 위대한 가문이라고 생각할 준비가 되어 있는 것이다. 그래서 애국주의란 아이들에게 먹혀들기 쉽다. 그러나 오스트리아에서 사정은 좀 복잡했다. 왜냐하면 오스트리아인들은 그들의 역사를 통틀어 모든 전쟁에서 승리했지만, 그 전쟁이 끝난 후엔 대부분의 경우 무언가를 양보해야 했기 때문이다. 그것이 생각을 일깨워, 울리히는 조국애에 대한 자신의 작문에서 진정한 애국자는 조국을 결코 최고라고 생각해선 안된다고 썼다. 비록 그가 이렇듯 그의 마음에 쏙 드는 착상에서 그 안의 내용보다는 그것의 광채에 더 깊은 인상을 받긴 했지만, 그는 이 모호한 문장에다가 두번째 문장을 덧붙이기로 했다. '아마도 신 또한 그의 세상에 대해 가능한 가정법으로 말하는 것을 가장 좋아했을 것이다. 왜냐하면 신은 세상을 창조했고, 그것이 다르게 될 수도 있을 텐데,라고 생각하기 때문이다.' 그는 이 문장 덕분에 아주 우쭐해졌다. 그러나 그는

특성 없는 남자 29

그것을 충분히 이해시킬 만큼 표현해내지는 못했다. 왜냐하면 그의 주제넘은 언급이 과연 조국 또는 신을 모독했는지를 학교 당국이 결정하지 못해 아무런 결론이 나지 않는다 하더라도, 결국 큰 파문을 일으켜 학교에서 쫓겨날지도 모른다는 걱정이 앞섰기 때문이었다. 그는 당시 국가의 가장 고귀한 인재들을 키워내는 귀족 고등학교에 다니고 있었다. 그러나 자신의 혈통에서 나온 이 열매 때문에 망신을 당한 그의 아버지는 화가 치민 나머지 울리히를 별로 알려지지도 않은 먼 도시의 학교로 보내버렸다. 그 학교는 싼 학비로 수많은 문제아들을 받아들여 매상을 올리는 교활한 상인기업에 의해 운영되고 있었다.

마치 구름이 흐르듯이 그로부터 16년, 혹은 17년의 세월이 흘렀다. 울리히는 그 시절을 후회하지도, 그렇다고 자랑스러워하지도 않았다. 이제 서른두살이 된 그는, 단지 경이감으로 그 시절들을 바라보았다. 짧은 기간의 고향 체류를 비롯해, 그는 그사이 여기저기를 떠돌아다녔고, 도처에서 아주 가치있는 일과 전혀 소용없는 일에 매달렸다. 이미 말했듯이 그는 수학자였고, 그 이상은 더 말할 필요도 없을 것이다. 왜냐하면 그가 돈이 아닌 애정으로 매달렸던 모든 직업에서 어떤 순간이, 즉 다가오는 시간들이 무(無)로 이끌려가는 듯 보이는 순간이 찾아온 것이다. 이 순간 이후로 오랜 시간이 지난 후에 울리히는 고향이 인간을 좀더 근본적이고 순수하게 만들어주는 신비한 능력을 지니고 있음을 기억해냈다. 그러고는 마치 지금은 영원을 위해서 벤치에 앉지만, 마음속으로는 금방 일어나게 될 것을 예감하는 떠돌이처럼 고향에 정주하게 되었다.

울리히가 마치 성경에서 했던 것처럼 집을 꾸미려고 했을 때, 그는 원래부터 바라왔던 경험을 하게 되었다. 그는 거의 폐허나 다름없는 작은 재산을 자기 마음대로 새로 고치는 즐거운 상황에 점점 몰입해갔다. 스타일이 고상한 것에서부터 완전히 자유분방한 것까지 어떤 규칙을 선택해도 무방했으며, 아시리아에서 큐비즘까지 모든 스타일을 고려해보았다. 무엇을 선택해야 할까? '현대인은 병원에서 나고 병원에서 죽는다. 그러므로 현대인은 병원에 있는 것처럼 살아야 한다!' 이렇게 이전의 어떤 건축가가 주장한 적이 있었고, 다른 실내장식 분야의 개척자는, 사람들은 고립된 채 떨어져 살기보다는 서로 같이 살면서 신뢰하는 법을 배워야 하므로, 움직이는 벽을 설치해야 한다고 주장한 적이 있었다. 그때는 새로운 시대가 열리고 있었고(그건 언제나 그러하므로) 새로운 시대는 새로운 스타일을 요구하는 것이다! 하지만 울리히에게는 다행스럽게도, 이미 말했듯이 이 저택에는 세가지 양식이 섞여 있어서, 사실상 새시대가 요구하는 모든 것을 만족시키기는 어차피 불가능했다. 울리히의 머릿속에 언젠가 예술잡지에서 몇번인가 읽었던 다음과 같은 구절이 맴돌았다. '당신이 어떻게 사는지 보여주세요, 그러면 당신이 누구인지 말씀드리겠습니다.' 이 문구를 철저하게 연구해본 뒤, 울리히는 자신의 개성을 자신의 손으로 직접 만들어가야겠다고 결심하고 미래의 가구들을 직접 스케치하기 시작했다. 그러나 그가 육중한 표현양식을 떠올리자마자, 그 대신에 기능적이고 아주 날렵하고 실용적인 양식을 사용할 수도 있겠다는 느낌이 끼어들었다. 그리고 그가 힘이 쇠잔한 듯한 철근 콘크리트 형식을 스케치했을 때, 그는 봄같이 가냘픈 열세살 소녀의 모습을 떠올렸고, 결정을 내리는 대신, 꿈을 꾸기 시작했다.

그 상황이—비록 그에게 심각하게 다가오진 않았지만—바로 잘 알려진 착상들의 연관상실이란 것이고, 오늘날 아주 두드러지게 나타나는 그 상실은 어떤 중심도 없는 확장이며, 동시에 어떤 단위도 없이 수백에서 수천으로 퍼져나가는 기이한 계산법이다. 그는 결국 비실용적인 방을, 회전하는 방을, 만화경 같은 실내장식을, 영혼을 위한 이동식 장치를 생각해냈고, 그의 착상들은 점점 내용을 잃어갔다. 마침내 그는 그를 매혹시키는 지점까지 오게 되었다. 그의 아버지라면 그것을 아마 다음과 같이 표현했을 것이다. '만약 누구에게 하고 싶은 것을 하도록 내버려두면, 그는 혼란스러워져서 머리가 터져버릴 것이다.' 또는 이렇게 표현했을지도 모른다. '원하던 일을 할 수 있게 되면, 무엇을 원했는지조차 헷갈리게 된다.'

울리히는 그 말들을 되씹으며 즐겼다. 이러한 옛날식 격언은 그에게 아주 굉장히 새로운 생각으로 받아들여졌다. 왜냐하면 가능성과 계획과 느낌을 가진 인간은, 마치 정신병자가 구속복

안에 갇혀 있어야 하는 것처럼, 우선 선입견, 전통, 난관과 같은 모든 종류의 억압을 통해 구속당해야 하며, 그러고 나서야 가치나, 성숙, 존속과 같은, 그가 하고자 하는 것을 가질 수 있다는 말이기 때문이다. 사실 이 생각이 무엇을 의미하는지를 예측하는 것은 불가능하다. 이제 고향으로 다시 돌아온 특성 없는 남자는, 외부의 생활환경을 통해 자신을 성숙시키려는 두번째 시도를 하고 있었다. 곰곰이 생각해보던 그는 전통이라든가 선입견, 또는 억압 같은 것조차 이미 생산자들이 고려했을 거라는 확신에서 집의 인테리어를 그들의 천재성에 그대로 맡겨두기로 했다. 단지 옛날부터 거기에 있었던 낡은 윤곽, 작은 홀의 하얗고 둥근 지붕 아래 있는 진한 색의 사슴뿔, 또는 살롱의 형식적 지붕 같은 것을 새롭게 꾸미고 그 모든 것 위에 그에게 좀더 유용하고 편안한 것들을 갖춰놓고자 했을 뿐이었다.

일이 모두 끝났을 때, 그는 고개를 저으며 스스로에게 물었다. '이것이 결국 내 삶이 되어야 하나?' 그가 마련한 것은 매혹적인 작은 궁전이었다. 이렇게 불러야 할 정도로 그 집은 사람들이 생각하는 궁전과 비슷했다. 각자의 분야에서 선도적 위치에 있는 가구업체, 양탄자 업체, 인테리어 업체가 품위있는 거주자들에게 딱 어울리는 집이라고 보여주었던 바로 그 모습이었다.

여기서 빠진 것이란 단지 이 매혹적인 시계에 태엽이 감겨 있지 않았다는 것뿐이다. 만약 태엽이 감겨져 있었다면 지체

높은 양반과 고귀한 부인을 태운 마차가 달려오고, 하인 하나가 난간을 내려오면서 울리히에게 이상하다는 듯 이렇게 물어보았을 것이다. '신사 양반, 당신의 주인은 어디 있나요?'

이렇듯 울리히는 세상 밖에 있다가 되돌아왔고, 금세 다시 세상 밖에 있는 듯 정착을 했던 것이다.

6.
레오나, 또는 하나의 시각 전환

한 남자가 집을 정리했다면, 그는 여자를 사귀어보기도 해야 하는 것이다. 울리히의 여자친구는 레오티네라고 불리는, 작은 보드빌 극장의 가수였다. 그녀는 키가 크고, 늘씬하면서도 풍만했으며, 생기없는 모습이 오히려 도전적으로 보였다. 울리히는 그녀를 레오나(Leona)라고 불렀다.

울리히는 그녀의 눈에 서린 축축한 어둠, 균형잡히고 예쁘며 기다란 얼굴이 지어내는 고통스럽고 연민에 찬 인상, 그리고 그녀가 무대 위에서 외설적으로 부르곤 하는, 감정이 풍부한 노래가 마음에 들었다. 이 구식의 짧은 노래는 모두 사랑, 연민, 믿음, 고독, 숲의 소음, 그리고 반짝이는 송어에 대한 것이었다. 레오나는 뼛속까지 외로움에 잠겨 작은 무대에 우뚝 섰고, 성숙한 여인의 목소리로 참을성있게 노래했으며, 그사이 이따금 작은 감정의 격앙이 밀려올 때조차도, 그 소리는 점점 무시무시하게 들리곤 했다. 왜냐하면 그녀가 비극적인 것을, 마음속의 우스운 감정과 똑같이 고통스럽게 분해된 몸짓으로 구원해냈기 때문이다. 울리히는 곧 옛날 사진 또는 잊혀진 시절 독일 가족잡지에서 보았던 아름다운 여인이 떠오르는 것을 느꼈고, 그가 그 여인의 얼굴을 곰곰이 생각해보는 동안, 전혀 현실적이라고는 할 수 없지만 이 얼굴을 떠올리게 하는 작은 윤곽들의 전체적인 군상을 보게 되었다. 어느 시기에나 어떤 방식의 얼굴들은 있게 마련이다. 그러나 시대의 취향에 맞는 단 하나의 얼굴은 뚜렷이 부각되어 행복과 미(美)를 드러내는 반면, 다른 모든 얼굴들은 이 얼굴을 모방하려 애쓴다. 또한 헤어스타일과 유행의 도움으로, 비록 못생긴 사람이라도 그럭저럭 그것을 모방해내기도 한다. 아주 드문 경우이긴 하지만 그렇게 하지 못하는 사람들도 있는데, 그들은 이전 시대의 긍정적이고 이미 사라져버린 미적 이상을 절대 양보하지 않고 표현해내는 사람들이다. 그러한 얼굴들은, 마치 이전 시대의 욕망이 남긴 시체들처럼, 사랑의 그 거대한 환영 속을 방황한다. 그리고 자신에게 무슨 일이 일어나는지도 모른 채, 레오티네가 부르는 노래의 그 광활한 공허 속으로 멍하니 빠져든 사람들은, 대담하고 짧은 탱고의 리듬과는 아주 다른 의미에서 코를 잡아당기는 듯한 느낌을 받는다. 그때부터 울리히는 그녀를 레오나로 부르기로 작정했고, 그녀를 소유하는 것은 거대한 사자의 가죽을 소유하는 것만큼이나 탐나는 일이 되었다.

 그러나 그들의 만남이 시작된 후, 레오나는 시대에 어울리지 않는 특성 하나를 계속 발전시켰다. 그녀는 엄청나게 먹어댔고, 이 악덕은 이미 유행을 한참 지난 것이었다. 그 악덕이 드러난 것은 결국 어린 시절 비싼 음식들을 먹어보지 못해 억눌렸던 욕망이 자유를 되찾은 것이었다. 지금 악덕은 마침내 껍질을 뚫고 다시 주권을 되찾은 어떤 이상의 힘을 소유했다. 그녀의 아버지는 존경받는 소시민이었던 것 같았고, 그녀가 비뚤어진 길을 갈 때마다 그녀를 때렸다. 그러나 레오나는 다른 이유가 아니라, 오직 작은 빵집의 앞마당에 편안히 앉아 지나가는 사람들이나 구경하며 아이스크림을 퍼먹는 일을 좋아했기 때문에 아버지에게 맞아야 했다. 그녀가 관능적이지 못했다고 주장할 순 없겠지만, 적어도 다른 모든 일에서와 마찬가지로 성(性)에서도 게을렀으며, 하기 싫어했다고도 말할 수 있었다. 그녀의 넓은 육체 속에서는 모든 자극이 뇌에까지 전달되는 데 시간이 엄청나게 걸렸다. 그래서 밤에는 마치 파리 한마리를 관찰하는 것처럼 꼼짝 않고 천장의 한점을 응시하다가도, 한낮이 되면 초점을 잃고 눈이 풀리기 시작하곤 했다. 또한 레오나는 자주 완전한 정적 가운데 이제 막 알아차린 농담을 듣고 웃기도 했는데, 그 농담은 며칠 전 그녀가 이해조차 하지 못한 채 조용히 듣고만 있었던 것이었다. 반대할 만한 특별한 이유가 없을 때, 그녀는 찬성만 했다. 그녀는 자신이 어떻게 그 직업을 가지게 되었는지에 대해선 한마디도 하지 않았다. 자신조차도 그걸 정확히 기억하지 못하는 게 확실했다. 그러나 가수라는 직업을 생의 필요한 한 부분이라고 생각하는 것, 그리고 예술이나 예술가에 대해 들어본 모든 위대한 것들이 그 직업과 연관이 있다고 생각하는 것은 분명했다. 그래서 담배연기로 가득 찬 무대에서 노래를 부르는 일은 그녀에게 합당하고, 교육적이며, 고귀한 일로 받아들여졌다. 물론 분위기를 살리기 위해 필요하다면, 때때로 외설적인 짓도 마다하지 않았다. 하지만 그녀는 제국 오페라단의 수석가수도 그녀와 똑같은 행동을 했으리라고 굳게 믿고 있었다.

만약 어떤 사람이—이것은 흔한 일이긴 하지만—자신의 전 인격을 단지 육체만으로 지불했을 때 그 사람을 창녀라고 부른다면, 레오나는 정말 때때로 창녀가 되기도 했다. 그러나 누군가 마치 그녀가 열여섯살부터 그래왔던 것처럼 9년 동안 최하급 무대에서 아주 작은 돈을 받아오면서 머릿속이 화장품이나 속옷, 사장의 매출과 탐욕과 횡포, 기분전환을 위해 손님들이 먹고 마시는 음식과 음료의 배당, 가까운 호텔의 방세 같은 것들로 매일 시달려왔으며, 그것들과 싸우고, 상인들이 하듯 계산해야 했다면, 문외한들에게 하룻밤의 기분전환에 불과한 모든 것이, 그것을 직업으로 가진 사람에겐 논리와 실용성과 신분규정과 같은 것들이 된다는 것도 깨닫게 될 것이다. 창녀란 정말 그것을 위에서 보느냐 아래에서 보느냐에 따라 커다란 차이를 드러내게 해주는 것이다. 그러나 비록 레오나가 섹스에 대해 완벽하게 실용적인 태도를 가졌다고는 하지만, 그녀 역시 자신만의 낭만을 가지고 있었다. 단지 그녀에겐 모든 고상한 것, 자만, 사치 같은 것들, 그리고 자부심이나 질투, 환희, 열망, 탐닉 같은 느낌들, 다시 말해 생리현상을 통해 개성과 사회적 신분상승을 추동하는 힘들은 흔히 말하는 마음보다는 하복부, 즉 식사의 과정과 연관을 맺고 있었다. 이런 연관성은 이전 시대에 자주 있었던 것이며, 오늘날까지도 남아 있다. 이는 여러 부작용에도 불구하고, 성대하게 먹어대는 의식을 통해 자신의 사회적 신분과 인간적 우월성을 표현해내고 싶어하는 원시적인 사람들이나 호사스런 농부들 사이에서 여전히 관찰되는 현상이다.

레오나는 그녀의 선술집 탁자에서 그런 임무를 수행했다. 그러나 그녀가 꿈꾸는 것은 한 귀족이 자신을 고용하여 이 모든 것에서 자신을 구출해, 우아한 레스토랑에서 우아한 메뉴판을 놓고 우아하게 앉아 있도록 해주는 것이었다. 그렇게 된다면 그녀는 메뉴에 있는 모든 음식을 한꺼번에 꼭 먹어보고 싶었다. 또한, 그것은 그녀가 어떻게 골라야 하는지, 그리고 정선된 메뉴들이 어떻게 만들어지는지 안다는 사실을 보여주어야 한다는, 고통스럽고도 모순에 찬 만족을 마련해주었다. 후식이 나와서야 그녀는 환상을 지울 수 있었고, 보통의 순서와는 반대로 후식에서부터 다시 한번 성대한 두번째 식사를 했다. 블랙커피와 고무적인 양의 음료로 그녀는 다시금 소화력을 회복시켰고, 그녀의 열망이 식을 때까지 놀라울 정도로 탐식해나갔다. 그러고 나면 그녀의 몸은 그 우아한 것들로 터질 듯 가득 차서, 스스로를 지탱하기가 어려울 지경이었다. 그녀는 게으르게 주위를 둘러보았고, 절대 말을 많이 하진 않았지만, 자신이 먹은 그 호화로운 음식들을 회상하듯 바라보며 식사를 마치는 것을 좋아했다. 그녀가 "폴모네 아 라 토를로그나(Polmone a la Torlogona) 또는 애펠 아 라 멜빌레(Äpfel a la Melville)"라고 요리 이름을 발음할 때, 그 말은 마치 누군가 자신이 만났던 사람과 같은 이름을 가진 제후나 왕의 이름을 슬쩍 부르는 듯한 느낌을 주었다.

레오나와 공식적으로 만나는 것이 꺼림칙했기 때문에, 울리히는 보통 사슴뿔과 우아한 가구를 눈요기 삼아 식사할 수 있는 자기 집에서 그녀를 만났다. 그러나 레오나는 그 초대에서 사교적 만족을 빼앗기는 듯한 느낌을 받았고, 특성 없는 남자가 음식점 하나를 열어도 될 만한 엄청난 요리로 그녀를 고독한 방종으로 유혹할 때, 그녀는 마치 영혼에서 우러나온 사랑을 받지 못할 거라는 사실을 깨달은 여자처럼 자신이 악용되고 있다고 생각했다. 그녀는 아름다웠고, 여가수였으며, 숨을 필요도 없을뿐더러, 매일밤 한 다스나 되는 남자들이 그녀와의 관계를 열망하며 찾아오곤 했다. 그러나 이 사람은, 비록 그가 그녀와 단둘이 있기를 바라긴 했지만, 단 한번도 '오, 마리아!

나의 레오나, 당신의 엉덩이는 날 미치게 해.' 같은 말을 할 준비가 돼 있지 않았고, 그녀를 빤히 쳐다볼 때도 그녀가 익숙해진 바람둥이들이 그렇듯, 솟아나는 욕망으로 콧수염을 핥지도 않았다. 레오나는 당연히 그를 신뢰했지만, 한편으로는 약간 경멸했고, 울리히도 그것을 알고 있었다. 울리히는 또한 레오나의 관계에서 자신에게 기대되는 바를 잘 알고 있었다. 하지만 그가 그런 말을 입에 담거나 콧수염을 기르거나 했던 시절은 이미 오래전 일이 돼버린 후였다. 또한 자신에게 익숙했던 일을 더이상 할 수 없게 되었다는 사실은, 그 일이 아무리 어리석은 짓이었다고 해도, 마치 발작이 손과 다리를 스쳐간 것 같은 느낌을 주는 법이다. 음식과 마실것에 흠뻑 빠져버린 레오나를 볼 때, 그의 눈동자는 흔들렸다. 그녀의 아름다움은 신중하게 그녀에게서 분리될 수도 있었다. 그것은 세펠(Scheffel)의 에케하르트(Ekkehard)가 수도원의 문지방 위로 맞아들였던 공작부인의 아름다움이고(세펠의 작품에서 수도사 에케하르트와 공작부인은 이룰 수 없는 사랑에 빠지는 두 주인공이다—옮긴이), 장갑을 낀 채 작은 포(砲)를 손에 쥔 여장부의 아름다움이며, 이미 다 죽어버린 사람들의 기쁨이었던, 무거운 왕관을 머리에 쓴 전설적인 오스트리아의 황후 엘리자베트의 아름다움이었다. 그리고 좀더 정확히 말하자면, 그녀는 여신 주노(Juno), 그러나 영원히 불멸의 여신이 아닌, 이미 사라졌거나 사라지고 있는 시대에 주노적이라고 불렸던 여신을 떠올리게 했다. 그러나 레오나는 그 남자가 우아한 초대에 바라는 것이 더 있다는 것을, 그래서 그가 자신만을 빤히 쳐다보고 있다는 것을 알았다. 그러면 그녀는 일어나 다시 아주 큰 소리로 노래하기 시작했다. 그녀의 남자친구에게 그런 밤은, 모든 착상과 사유들이 산 채로 박제화되어 뜯겨나간 페이지 한장처럼 느껴졌다. 또한 모든 것이 연관에서 벗어난 나머지 마치 살아있는 마네킹의 그 기묘한 매력처럼 영원히 고정된 상태의 폭정으로 가득 찬 것처럼 보였다. 갑자기 수면제를 먹은 것처럼, 삶은 굳어진 채 내면으로 가득 차 날카롭게 경계를 이루고 서 있었지만, 결국 전체적으로는 아무 의미도 없었다.

7.
위태로운 순간에
울리히는 새로운 사랑에 빠진다

어느날 울리히는 흉측한 몰골로 집에 돌아왔다. 옷은 찢겨진 채였고, 축축한 수건을 상처난 머리에 대고 있었으며, 시계와 지갑은 사라진 상태였다. 거리에서 싸운 세 남자가 강도짓을 한 것인지, 아니면 그가 의식을 잃고 보도 위에 누워 있던 그 짧은 시간에 어떤 녀석이 슬그머니 그것들을 훔쳐간 것인지 도무지 기억이 나지 않았다. 그는 침대에 누웠고 조각난 기억들이 찬찬히 모이고 감싸이는 것을 느끼면서 다시 한번 이 모험을 곰곰이 떠올려보았다.

세개의 머리가 갑자기 그 앞에 나타났다. 늦고 한산한 거리에서 사람들 중 하나와 스친 것이라고 막연히 생각했는데, 그건 울리히가 주의를 빼앗긴 채 다른 무엇에 열중해 있었기 때문이었다. 그러나 이 얼굴들은 이미 분노에 차 있었고, 점점 가로등 주변으로 모여들고 있었다. 그때 그는 실수를 저질렀다. 그럴 때는 마치 겁먹은 척하며 뒤에서 걸어오던 녀석을 향해 등을 돌리고 달아나거나, 배를 팔꿈치로 감싸며 도망쳐야 했다. 건장한 세 남자를 당해내긴 역부족이기 때문이었다. 그러나 울리히는 도망치는 대신 우물쭈물하고 있었다. 그는 서른두살이었고, 그 나이에는 적대감이나 사랑을 파악하는 것에도 시간이 필요했던 것이다. 그는 분노와 경멸을 품은 채 그를 쳐다보는 세 녀석이 단순히 그의 돈을 노렸다고는 생각하고 싶지 않았다. 그보다는, 그들이 자신을 향한 적대감을 지니고 있었고, 그것이 드러나는 것이라고 믿었다. 또한 그 부랑아들이 그를 향해 욕을 해대는 순간에, 그는, 그들이 전혀 부랑아가 아니고, 자기와 같은 평범한 시민이며, 분명히 그들에게 계속 밀착돼온 억압에서 해방되어, 마치 대기중에 포함돼 있는 천둥처럼 그, 또는 어느 누구에게라도 드러내 보일 수 있는 적대감을 표현하는 중이라고 생각했고 이 생각에 흥미를 느꼈다. 사실 오늘날 무수한 다수는 또다른 무수한 다수를 향해 지속적으로 적대적인 입장에 서 있다. 자기자신의 범위 밖에서 사는 사람들을 뿌리 깊이 불신하는 것은 오늘날 문화의 한 본질이 된 것이다. 그래서 독일인이 유대인을, 또한 축구 선수가 피아노 연주자를 이해하지 못한 채 서로를 가치없는 인간으로 여기는 것이다. 결과적으로, 그것은 사물이 단지 경계를 통해 존재한다는 것, 그래서 결국 자신의 주변에 대한 어느 정도의 적대적 행위를 통해 존재한다는 것을 의미한다. 교황이 없으면 루터도 존재할 수 없고, 이교도가 없다면 교황도 존재하지 못할 것이다. 그래서 사회 속에서 인간의 가장 심오한 경향은 거부에 뿌리를 둔다. 그것을 그가 그렇게 자세하게 생각해본 것은 아니었으나, 그는 이렇듯 우리 시대의 대기중에 가득 찬 막연하지만 공기와도 같은 적대감을 알고 있었고, 마치 천둥과 번개처럼 갑자기 나타났다가 다시 영원히 사라져버린 그 세 남자를 떠올리자, 그것이 마치 구원과도 같이 생각되었다.

아무튼 그는 세 부랑아와 마주쳤을 때, 너무 많은 것을 생각했던 게 분명했다. 왜냐하면 첫번째 녀석은 울리히가 먼저 턱에 한방을 날렸기 때문에 금방 달아나버렸지만, 번개처럼 달려들어 해치웠어야 할 두번째 녀석이 그의 주먹에 조금 스치는 사이, 뒤에 있던 녀석이 날린 묵직한 한방이 그의 머리에 엄청난 타격을 입혔기 때문이다. 그의 무릎은 꺾였고, 누군가에게 붙잡혔으며, 첫번째 충격에 따라오게 마련인 이상한 육체의 회복이 찾아오는 것을 느끼며 낯선 육체들의 혼란 속으로 뛰어들었고, 점점 거세지는 주먹세례를 받으며 무너져버렸다.

그의 실수가 단지 '인간은 한번에 너무 짧게 도약한다'라는 스포츠적인 한계에 불과했다는 생각이 확실해지자, 그는 이미 자신의 패배에서 희미하게 경험했던 의식의 몰락이 나선형으로 점차 사라지는 동안 느꼈던 또렷한 매혹과 함께, 아직은 훌륭한 정신을 지닌 채, 조용히 잠이 들었다.

울리히가 다시 깨어났을 때, 자신의 부상이 그리 심각하지 않다는 사실을 깨달았고, 다시 한번 그 경험에 대해 생각해보았다. 그러한 폭력은 마치 성급하게 친해지는 관계처럼 항상 어떤 개운하지 않은 기분을 남긴다. 또한 자신이 피해자라는 것에서 벗어나, 스스로 부적절한 짓을 했다는 느낌을 받았다. 그러나 무슨 부적절함이란 말인가?! 300걸음마다 아주 작은 질서위반이라도 처벌할 준비가 된 경찰이 배치된 거리가 있고, 그 바로 옆엔 마치 정글과도 같이 똑같은 힘과 성향을 요구하는 다른 거리가 있다. 인간은 성경과 총, 그리고 결핵균과 결핵약을 만들어냈다. 공평하게도 왕과 귀족들은 교회를 짓는 동시에 교회에 대항하여 대학을 지었고, 수도원을 병영으로 만들고는 수도사들을 다시 병영으로 파견했다. 또한 인류는 부랑아들에게 납으로 가득 찬 고무호스를 쥐여주고는 동포를 때리게 하고, 고독하고 잘못 다뤄진 생—마치 울리히처럼 이 순간 굉장한 고견과 사려로 차 있는 듯 보이는—에겐 깃털로 만들어진 침대를 준비해둔다. 그것이 바로 생의 모순이고 불연속성이며 불완전함이라는 잘 알려진 측면들이다. 그것은 사람들을 웃게도 하고 한숨짓게도 한다. 그러나 울리히에게는 딱히 그런 것만도 아니었다. 그는 마치 유모가 어린 아이들의 장난을 견뎌내듯이 그 모순과 불완전함을 견뎌내야 하는, 생에 있어서 체념과 끔찍한 사랑의 혼합을 싫어했다. 침대에 누워 있는 것이 인간적인 특성에 비롯된 무질서에서 어떤 이득을 취하는 것처럼 보였을 때에도 그는 곧장 침대에서 일어나지 않았다. 왜냐하면 사람이 전체 사물의 질서를 회복하기 위해 애쓰는 대신 그 자신을 위해 악을 피하고 선을 행할 때, 여러 측면에서 그것은 사실 그 자신을 희생한 채 양심과 너무 성급한 화해를 하는 것이고, 단견에 불과하며, 사적인 영역으로 도망치는 것이기 때문이다. 그렇듯 꺼림칙한 경험을 하고 나서 울리히는, 이런저런 총과 왕을 없애버리자는 주장과, 크고 작은 진보를 이루는 것이 어리석음과 악을 줄여준다는 주장에 거의 가치를 두지 않게 되었다. 왜냐하면 그런 불운이나 악 같은 것들은 마치 세계의 한발이 앞서 나가면 다른 발이 반드시 뒤에 있는 것과 마찬가지로 순식간에 다시 새로운 것들로 채워지기 때문이다. 사람들은 거기에서 원인과 그 비밀스런 구조를 알아내야 한다! 아마도 그것이 낡은 규칙에 따라 선한 인간이 되는 것보다는 훨씬 중요한 일일 것이고, 울리히는 도덕에 있어서 선행의 일상적인 영웅주의보다는 그것의 일반적인 진행과정에 더 많은 매혹을 느꼈다.

울리히는 다시 한번 지난 밤의 사건을 곰곰이 되새겨보았다. 그 끔찍했던 폭력에서 벗어나 다시 정신을 차렸을 때, 택시 한 대가 승강대 옆에 멈춰섰고, 운전사가 부상자를 어깨에 걸쳐 일으켜세우려 했으며, 어떤 여자가 천사 같은 얼굴로 그를 굽어보고 있었다. 그런 순간 깊이 침잠했던 의식 속에서 세상의 모든 것은 동화처럼 보이게 마련이었다. 그러나 곧 현실이라는 전지전능함이 다시 찾아왔고, 그를 일으켜보려는 여자가 곁에 있다는 사실이 마치 퀼른의 향수처럼 모호하고 싸한 느낌으로 그를 감쌌기 때문에, 그는 갑자기 자신이 그리 큰 상처를 입지 않았는지도 모르며, 스스로 우아하게 다리를 펴려 하고 있다는 사실까지 깨닫게 되었다. 그러나 그가 바라던 바대로 몸이 움직이지 않았고, 그 부인은 도와줄 사람이 있는 곳까지 태워주겠다고 제안했다. 울리히는 집까지 태워줄 것을 부탁했고, 실제로 그가 아직 혼미하고 도움이 필요해 보였기 때문에, 그녀도 그러기로 했다. 차 안에서 그는 빠르게 정신을 회복해갔다. 그는 그의 곁에서 무언가 오성적인 감각을 느꼈다. 그것은 자상한 이상주의의 부드러운 구름이었으며, 그가 다시 남자가 돼 가는 동안, 그리고 그녀가 눈발의 부드러움을 품은 공기를 느끼는 동안, 그 온기 속에서 회의를 품은 몇개의 얼음조각과 예측할 수 없는 행위를 앞둔 불안이 점점 형태를 갖추기 시작했다. 그는 그녀에게 자신이 겪은 사건을 이야기했다. 틀림없이 그보다 어려 보여 약 서른 정도 돼 보이는 아름다운 여자는 사람들의 야만적인 행동을 탄식하고 그를 위로해주었다.

울리히는 물론 그 일을 생생하게 변호하기 시작했고, 놀라운 모성적인 미인에게 그러한 싸움은 결과로 판단되어서는 안된다고 설명했다. 그는 말했다. "그런 싸움이 지닌 열정은, 확실히 아주 작은 시간의 영역, 즉 시민적인 삶에서는 어디에서도 찾아내지 못할 속도, 그리고 절대 인식될 수 없는 기호에 의해 진행되는 영역에서 그렇게 많고, 다양하고, 힘차면서도 정확하게 서로 결합돼야 하는 운동을 요구하기 때문에, 거의 의식될 수 없는 것입니다. 반대로, 모든 스포츠맨들은 실전이 있기 전 며칠 동안은 훈련을 중지해야만 한다는 사실을 알고 있고, 그것은 다른 게 아니라 근육과 신경조직들이 의지나 목표, 또는 의식을 떠나 아무 말 없이 그 마지막 약속장소에서 서로 만나야 하기 때문입니다. 그래서 행위의 순간엔 항상 근육과 신경조직들이 '나'와 함께 튀어오르고 싸우게 되는 것입니다. 그러나 법적으로 다른 것들과 구별되는 이 모든 육체, 영혼, 의지 같은 전체적인 인간은, 마치 황소 위에 앉은 유럽처럼 근육과 신경조직에 의해 운반되었고, 만약 한번이라도 일이 잘못 되어 우연하게 숙고의 작은 빛이 이 어둠을 비출라치면, 모든 시도들은 항상 실패로 돌아가고 맙니다." 울리히는 열정에 차서 말을 이어갔다. "근본적으로, 이러한 인식하는 인간의 거의 완벽한 혼란과 파괴라는 체험은 과거 모든 종교의 신비주의자들에게 잘 알려진 체험과 유사하고, 그것은 영원한 필요라는 것에 대한 시대적 대용물이 되었으며, 그것이 비록 좋지는 않지만 항상 대용물이 되긴 합니다. 또한 권투라든가 하는 그 비슷한 스포츠들은 그것을 이성적인 체계 내로 끌어들여, 하나의 신학적인 것이 되었습니다. 비록 사람들이 그것을 아직 일반적인 것으로 받아들이진 못하고 있긴 하지만 말입니다."

울리히가 성급한 열망에서 그렇듯 생기있게 말해버린 것은, 그녀가 그에게 품었던 동정을 잊게 만들고 말았다. 이 상황에서 그녀는 그의 말이 진실인지, 아니면 농담인지조차 구별하기 어려웠다. 어쨌든 그가 스포츠를 통해 신학을 설명했던 것은 그녀에게 한편으론 아주 당연하고, 다른 한편으로는 흥미롭게 받아들여졌는데, 그 이유는 스포츠가 시대적인 주제인 반면, 신학이란 비록 주위에 실재한 수많은 교회들에도 불구하고 아무도 실제적으로 아는 것이 없기 때문이었다. 게다가 그녀는 운 좋게도 현명한 사내 하나를 구해주었다는 생각이 들었고, 혹시 그가 정신이상은 아닌가 하는 의심이 그 사이사이 끼어들기도 했다.

지금 무언가 이해될 만한 것을 말하려 하는 울리히는, 사랑 역시 종교적이고 위험한 경험에 속한다는 것을 말할 기회를 얻었다. 왜냐하면 사랑은 이성이라는 무력에서 우리를 꺼내 근원 없이 부유하는 상태로 옮겨놓기 때문이었다.

"그래요." 그녀가 말했다. "그러나 스포츠는 야만적이에요."

"맞습니다." 울리히는 재빨리 동의했다. "스포츠는 야만적이죠. 운동경기 안에는 아주 세밀하게 흩어져 있는 적대감이 가라 앉아 있다고 볼 수 있습니다. 물론 다르게 주장할 수도 있겠지요. 스포츠는 사람들을 결합시켜주고, 동료의식을 만들어준다고 말입니다. 그러나 그것은 단지 야만과 사랑이, 마치 거대한 오색의, 말 없는 새 한마리의 한쪽 날개가 다른 쪽 날개와 그리 떨어져 있지 않듯이 서로 비슷한 것이라는 사실을 증명할 뿐입니다"

그는 '날개' '오색의', 그리고 '말 없는 새'에 강세를 두어 말했다. 특별한 의미가 있는 것은 아니었으나, 그 말은 어떤 거대한 감각에 가득 차 있었고, 그것으로 삶은 측량하기 힘든 육체 안에서의 모든 상대적인 모순들을 동시에 만족시키는 듯했다. 그는 옆에 있는 여자가 거의 아무것도 이해하지 못하고 있음을 알았다. 하지만 그녀가 차 안에서 부풀려가던 부드러운 눈송이는 점점 굵어졌다. 그러자 그는 그녀 쪽으로 아주 가까이 다가가 그녀가 혹시 그러한 육체적인 질문에 혐오감을 느끼지는 않는지를 물어보았다. "육체적인 행위라는 것은," 그가 계속 말했다. "정말 요즘 유행에 딱 맞는 것이지요. 또한 근본적으로 그것은 무시무시한 감정을 지니고 있는데, 왜냐하면 잘 단련된 육체는 어떤 자극에도 자동적으로 결정된 행동으로 정확하게—아무 의문도 없이—반응하는 초능력을 지니기 때문입니다. 그리하여 그 육체의 소유자에겐, 그의 성격이 이러저러한 육체의 조각으로 해체되는 것을 지켜보는 불쾌한 감시자의 느낌만 남게 됩니다."

사실 이 질문은 그 젊은 여자를 깊이 감동시킨 듯 보였다. 그녀는 이 말에 흥분했고, 생기있게 숨을 내쉬며 조심스레 조금 물러섰다. 그녀는 숨이 거칠어지고, 살이 떨렸으며, 심장이 두근거리는 것 같았다. 그러나 그때 차가 울리히의 집앞에 도착했다. 그는 웃었으며 구원자의 주소를 물어봄으로써 감사의 뜻을 전할 수밖에 없었는데, 놀랍게도 이 호의는 거절당하고 말았다. 그리하여 그 검고 단철로 된 창살은 놀란 이방인 뒤에서 닫혀버리고 말았다. 아마 그 자리엔 오래된 정원의 나무들이 차에서 흘러나온 빛과 전기 램프의 빛 속에서 높고 어둡게 서 있었을 것이고, 보로드 풍의 작은 저택의 낮은 부속건물들이 잘 다듬어진 에머랄드빛 잔디 위로 뻗어나와 있었을 것이며, 그 안의 벽은 서가와 그림들로 장식되어 있었고, 그곳을 떠나는 여인은 뜻밖의 아름다운 풍경에 사로잡혔을 것이다.

이것이 일어난 일이었다. 또 한번 사랑의 모험으로 한동안의 시간을 보냈더라면 얼마나 속상했을까 하는 생각을 울리히가 하고 있는 동안에, 이름을 감추려 했으며 깊은 베일에 휩싸인 채 그의 곁에 나타났던 여인이 연락을 해왔다. 그의 상태가 어떤지 궁금하다는 것을 핑계삼아 이런 낭만적이며 애정어린 방식으로 사랑의 모험을 힘차게 계속한 것은 바로 주소와 이름을 알려주지 않으려 했던 바로 그 여자였다.

그리하여 두 주일 후에는, 이미 보나데아가 14일간 그의 연인이 되어 있는 상태였다.

8.
카카니엔

아직 인간이 재단이나 머리손질 같은 것을 중요하게 여기고 거울을 즐겨보던 시대에, 사람들은 자신들이 누리고 싶어하는 삶의 장소를 상상해보곤 했다. 또는 비록 개인적으로는 그곳이 그리 탐탁지 않을지라도, 자신이 머물 만한 품위를 갖춘 곳을 상상하기는 했었다. 오늘날 이미 그러한 사회적 강박관념은 모든 사람이 손에 스톱워치를 들고 서둘러 움직이거나 제자리에 서 있는 초(超)미국적인 도시에 대한 상상이 돼버렸다. 대기와 땅은 겹겹의 교통로가 통과하는 개미집이 되었다. 비행기, 전차, 지하철, 특급택배 기사들, 자동차들이 질주하고, 엘리베이터가 수직으로 수많은 군중들을 하나의 영역에서 다른 영역으로 펌프질한다. 사람들은 한 운반 수단에서 다른 운반 수단으로 옮겨가는 교차점에서 튀어나와 두개의 우레같이 빠른 속도 사이에서 긴장했다가 다시 풀어지고, 그사이 약 20초간의 틈을 만들며, 미처 그 틈을 빨아들이거나 찢을 생각도 하지 못한 채 이 일반적인 리듬의 간격 속에서 재빨리 서로 몇마디를 주고받는다. 질문과 대답이 마치 기계의 기어소리처럼 들리고, 모든 사람이 특정한 임무를 띠고 있으며, 직장은 어느 특정한 장소에 집단적으로 조직돼 있다. 걸어다니면서 먹고, 도시의 다른 장소에 준비된 오락거리를 찾으며, 또다른 곳에는 아내, 가족, 축음기와 영혼을 찾을 수 있는 탑이 마련돼 있다. 긴장과 이완, 행위와 사랑은 정확하게 시간적으로 나뉘어 있고, 철저한 공학적 연구를 통해 평가된다. 만약 이러한 행위들이 어려움에 부딪히게 되면, 사람들은 그것을 간단하게 되돌려놓을 수도 있다. 왜냐하면 다른 일들, 더 나은 방법, 혹은 다른 사람이 실수한 부분들은 곧 발견되기 때문이다. 그러한 수정에 오류는 하나도 없다. 어떤 개인이 자신만의 목표를 버릴 수 없다는 소명의식을 가졌다고 생각하는 것은 사회적인 힘을 소모시킬 뿐이다. 사람들이 망설이거나 길게 생각하지만 않는다면, 이 힘에 의해 흘러가는 일반존재는 언제나 좋은 목표에 도달하게 된다. 목적은 금세 완성된다. 인생 또한 짧은 것이기에, 사람들은 인생에 성취의 극대치를 제공하고, 이 행복 외엔 바랄 것이 없게 된다. 왜냐하면 인간이 성취한 것이 곧 영혼이 되며, 아무 성취도 없이 욕망된 것은 오히려 영혼을 해칠 뿐이기 때문이다. 행복은 우리가 원하는 것에 달린 게 아니라, 단지 우리가 성취한 것에 달려 있다. 게다가 동물학은 천재적인 전체는 초라한 개개인들의 총합으로 이루어질 수 있다는 점을 가르치기까지 하고 있다.

그러나 이런 방식이 절대 확고한 것은 아니다. 그러나 그러한 상상은 우리를 데려가 자신의 끊임없이 움직이는 감각을 숙고하게 해주는, 여행중의 환상 같은 것이다. 그런 상상은 피상적이고 불안하며 짧다. 신만이 무슨 일이 일어날 것인지 알고 있다. 아마도 우리는 모든 순간 출발점을 쥐고 있고, 우리 모두를 위한 계획을 만들어내야 할 것이다. 만약 속도에 관련된 일상이 마음에 들지 않으면, 다른 것을 하자! 예를 들면 어떤 느린 것, 베일 같은 물결에 떠밀리는 바다 달팽이의 비밀스런 행복이나 옛날 그리스인이 찬양했던 암소의 깊은 시선 같은 일을. 그러나 그런 것은 전혀 불가능하다. 우리는 일상의 손에 달려 있다. 우리는 밤낮없이 일상으로 달려가며, 그 어떤 것도 거기에서 벗어나지 못한다. 우리가 면도하고, 먹고, 사랑하고, 책을 읽고, 일을 할 때, 그건 마치 네 개의 벽이 조용히 서 있는 것 같다. 또한 불쾌한 것은, 그 벽들이 마치 어디로 가는지 모르면서 무엇인가를 더듬는 길고 구부러진 더듬이처럼, 우리도 모르는 사이 그들의 궤도를 펼쳐놓는다는 점이다. 뿐만 아니라 우리는 시간의 길을 내려는 투쟁을 하고 있는지도 모른다. 그것은 정말 불확실한 역할이고, 만약 우리가 오랜 휴식 후에 내다본다면, 경치는 이미 바뀐 후일 것이다. 저기 날아가는 것은 날아가는 것일 뿐이다. 그것은 다른 것이 될 수 없기 때문이다. 그러나 우리의 모든 충성에도 불구하고, 마치 우리가 도착지점을 지나쳤거나 잘못된 역에 와 있을 때처럼, 그 불쾌한 느낌은 점점 더 커질 것이다. 그리고 어느날 가혹한 명령이 내려올 것이다. '내려! 뛰어내려!' 향수, 머무름, 발전하지 않음, 정체, 잘못된 전정(剪定)이 있기 전의 상태로의 회귀! 아직 오스트리아 제국이 있었던 그 좋았던 옛 시절엔, 사람들은 그러한 시간의 기차에서 내릴 수 있었고, 평범한 철로에 놓인 평범한 기차를 타고 고향에 되돌아갈 수 있었다.

그곳, 지금까지는 점점 몰락해왔고 이해받지도 못했으며, 알아채지도 못한 채 그렇게 많은 것이 상징적으로 돼버린 나라 카카니엔(Kakanien)에도 그리 많지는 않지만 템포(Tempo)라는 게 있었다. 먼 타국에서 이 나라를 떠올릴 때마다, 눈앞에는 행군과 우편마차 시대의 희고 넓고 유복한 거리가 떠오르곤 했다. 또한 거리는 질서의 강처럼 모든 방향으로 뻗어 있어서 마치 밝은 군복에서 풀려나온 약장(略章, 약식 훈장—옮긴이)이나 종이처럼 흰 정부(政府)의 품안에 감싸인 나라들 같았다. 그 어떤 나라들이었는가! 빙하와 바다, 카르스트와 보헤미아의 곡창지대가 거기 있었고, 찌륵찌륵대는 귀뚜라미 소리에 묻힌 아드리아 연안의 밤과 마치 코를 들어올릴 것 같은 냄새가 굴뚝에서 솟아나는 슬로바키아의 마을도 있었으며, 그 마을은 대지가 자신의 아이를 따뜻하게 하기 위해 입을 조금 벌리듯이, 작은 두 언덕 사이에 웅크리고 있었다. 물론 이 거리에도 자동차가 굴러다녔지만, 그렇게 많지는 않았다! 여기에도 하늘을 정복하기 위한 준비가 진행되고 있었지만, 그렇게 심한 것은 아니었다. 여기저기서 남아프리카나 동아시아를 향한 배들이 출항했지만, 그렇게 자주는 아니었다. 세계경제도, 세계권력을 향한 열망도 없었다. 사람들은 세계의 늙은 황소가 가로지르는 유럽의 한가운데 앉아 있었고, '식민지'나 '횡단' 같은 단어는 아직 시작도 되지 않은 먼 말처럼 여겨졌다. 불을 밝혔지만 프랑스인들처럼 너무 지나친 것은 아니었고, 스포츠를 즐기긴 했지만 영국인들처럼 열광하진 않았다. 군비를 지출하긴 했지만 단지 열강들 중 가장 약한 나라에 머물지 않을 정도만을 유지했다. 수도 또한 세계의 다른 대도시보다 조금 작았지만, 그냥 도시들보다는 꽤 큰 편이었다. 이 나라는 느낌이 아닌, 잘 계몽되고 모든 모서리들이 유럽 최고의 행정으로 세심하게 다듬어진 방식으로 통치되었다. 단 하나의 잘못된 점이 있다면, 그들이 고귀한 신분이나 사회적 지위에 의해 뒷받침받지 못한 천재나 개개인들의 창조적인 동기들을 건방진 행동이나 불손함으로 간주했다는 점이다. 그러나 누가 자격없는 사람을 기꺼이 환영할 수 있겠는가! 또한 카카니엔에선 천재가 무뢰한이 되는 경우는 있어도, 다른 곳에서처럼 무뢰한이 천재로 둔갑하지는 않았다.

요컨대 얼마나 많은 특징들로 이 몰락한 카카니엔을 설명할 수 있는가! 그것은 가령 '황제-왕실의'(kaiserlich-königlich)나 '황제의 그리고 왕실의'(kaiserlich und königlich)라는 것으로(독일어 k는 '카'로 발음되므로 카카니엔은 두개의 k로 된 나라를 뜻함—옮긴이), 모든 사람은 둘 중 하나를 달고 다녔다. 그러나 그들 중 누가 과연 '황제-왕실의'의 성향을 지닌 사람인지, 그리고 누가 '황제의 그리고 왕실의'에 부름을 받은 사람인지를 구별해낼 수 있으려면 하나의 신비한 학문마저 요구되었다. 그것은 문자로는 오스트리아-헝가리 제국이라고 씌어졌고(이 제국은 오스트리아 황제가 헝가리 왕을 겸임하는 이중군주국이었음—옮긴이), 말로 할 때는 오스트리아라고 불렸다. 그러니까 그 이름은 공적인 곳에선 엄격하게 다루어졌으나 모든 사적인 곳에서는 가볍게 다루어져서, 사적인 것이 공적인 법규만큼이나 중요하며, 규칙이 실재 삶을 규정하지는 못한다는 것을 보여주는 표식이기도 했다. 규약에 의하면 자유로웠지만, 그것은 가톨릭 교회식으로 다루어졌고, 가톨릭 교회식으로 다루어지긴 했지만, 사람들은 자유롭게 생활했다. 법 앞에선 모든 시민이 평등했지만, 그 모두가 시민인 것은 아니었다. 의회가 있었고, 그 의회가 너무도 강력히 시민의 자유를 주장했기 때문에, 늘 문을 닫고 있었다. 그러나 긴급조항이라는 게 있어서 의회 없이도 그럭저럭 정부를 유지해나갈 수 있었고, 모든 사람이 절대주의를 선호하게 될 경우, 왕권은 다시 의회의 통치를 받아야 함을 선포하곤 했다. 그러한 일들이 이 나라에선 많이 일어났고 거기엔 합당하게 유럽의 주목을 끌어낸 모든 민족주의 운동들이 포함돼 있었다—물론 오늘날엔 잘못 받아들여지고 있긴 하지만. 그들은 아주 격렬해서, 1년에도 몇차례씩이나 국가기능이 장애를 일으키거나 멈추긴 했지만, 이행기나 휴지기가 되면 다시 평정을 되찾고 마치 아무 일도 없었던 것처럼 행동했다. 그리고 사실 아무것도 실제로 일어난 일은 없었다. 오늘날 모든 사람이 동의하고 있는, 타인의 노력에 대한 거부감이 이 나라에선 오래전부터 있었으며,

그 거부감은, 만약 시대 앞의 혼돈 속에서 멈춰지지 않고 발전했다면 위대한 결과를 나을 뻔했던 순화된 의식이라고 표현될 수도 있었다.

거기에선 같은 시민에 대한 거부감이 사회 개개인의 감정 속까지 격앙돼 있었을 뿐 아니라, 자기자신이나 운명에 대한 불신이 자기의식 속에 깊은 특징으로 자리잡고 있었다. 이 나라에서 사람들은—감정의 아주 높은 차원과 그 밑의 일련들에서까지—생각하는 것과는 다르게 행동했고, 행동하는 것과는 다르게 생각했다. 잘 모르는 관찰자들은 그것을 애교, 또는 나약하게도 오스트리아적인 특성이라고 생각했다. 하지만 그것은 틀렸다. 한 나라에서 일어나는 일을 단순히 거주자들의 성격으로 설명하는 것은 틀리게 마련이다. 왜냐하면 한 국민은 적어도 아홉가지 성격, 다시 말해 직업적, 민족적, 국가적, 계급적, 지역적, 성적, 의식적, 무의식적, 그리고 개인적 성격들을 가지기 때문이다. 사람들은 그것들을 자기 안에 통합시키지만, 그것들이 사람들을 해체하기도 한다. 그리고 한 인간은 이 많은 흐름에서 생겨난 조그만 협곡에 불과하며, 이 협곡으로 그 흐름들은 모여들었다가, 다시 다른 시내로 다른 협곡들을 채우기 위해 흘러나간다. 그래서 모든 지구 위의 인간들은 열번째 성격을 가지게 되며, 그것은 다름아니라 채워지지 못한 방들로서의 환상이라는 것이다. 이 열번째 성격인 환상은 인간에게 모든 것을 허용하는데, 단 한가지만은 허용하지 않는다. 즉 적어도 나머지 아홉가지 성격이 무슨 일을 하는지, 그리고 그것들로 인해 무슨 일이 일어나는지를 심각하게 받아들이는 일은 허용하지 않는다. 다시 말하면 그것은 인간이 무엇을 이루어야만 했는지를 제시하진 않는다. 이 환상은, 누구나 인정하듯이, 설명하기 어려운 것이며, 이탈리아에서는 영국에서와 다른 색깔과 형태를 지니고 있다. 왜냐하면 다른 것에 비해 두드러진 것은 늘 다른 색과 형태를 지니고 있기 때문이다. 또한 그곳이 어디든간에, 환상이란 텅 비고 불가해한 것이라는 점에선 같은 것이기도 한데, 그 안에서 현실은 마치 아이의 상상에 의해 망가진 작은 장난감 도시 같다.

모든 사람들의 눈에 볼 수 있게 공개되는 한, 그것은 카카니엔에서 일어났던 일이고, 그 안에 세계에 알려지지 않은, 가장 진보한 나라 카카니엔이 있었다. 그 나라는 어떻게 해서든지 스스로 꾸려나갈 것이다. 인간은 그 안에서 부정적인 자유를 누리고, 항상 자신의 실존이 만족하지 못할 논거들을 느꼈으며, 그 모든 것이 일어나지 않았다는 거대한 환상, 또는 궁극적인 것이 아직 일어나지 않았다는 기분에 사로잡혔다. 마치 인류가 나오게 되었다는 대양의 입김에서 느꼈던 것처럼 말이다.

만약 다른 곳의 사람들이 들었다면 굉장한 일이 일어났다고 믿었을 것을, 그곳 사람들은 '그렇게 됐군'이라고 말한다. 그것은 그곳의 고유한, 독일어 내에서나 다른 어떤 언어에서도 찾아보기 힘든 언어다. 그 호흡 속에서 일상과 운명의 타격들은 너무나 가벼워져서 마치 솜털이나 생각처럼 돼버린다. 맞다. 아마 많은 반대에도 불구하고 카카니엔은 천재들을 위한 나라이고, 그것 때문에 점점 멸망해가고 있는지도 모른다.

9.
중요한 사람이 되기 위한
세가지 시도 중 첫번째

 고향으로 돌아온 이 남자는, 그가 살아온 삶에서 의미있는 사람이 되기 위한 의지로 불타오르지 않았던 단 한순간도 기억해낼 수 없었다. 울리히는 마치 그러한 소원을 타고난 것처럼 보였다. 그러한 욕망이 다분히 공허와 어리석음을 품고 있었던 것도 사실이었다. 그럼에도 사실 그것은 적지 않게 아주 아름답고 정당한 열망이었으며, 그런 열망이 없었다면 아마 의미있는 사람도 그리 많지는 않았을 것이다.
 그 의지 속에 포함된 불운은 너무도 분명했는데, 그것은 그가 어떻게 해야 의미있는 인간이 되는지를, 의미있는 인간이란 과연 무엇인지를 몰랐다는 사실이다. 학창시절 그는 나폴레옹이 그런 인간이라고 생각했다. 이는 한편으론 청소년이 갖게 마련인 범죄에 대한 동경이었고, 다른 한편으론 선생님이, 유럽을 지배하려 했던 이 폭군을 역사상 가장 폭력적인 악인이었다고 설명해주었기 때문이었다. 그 결과, 울리히는 학교를 졸업하자마자 기병 연대의 사관후보생이 되었다. 아마 그때 만약 누군가 왜 당신은 사관후보생이 되어야 했소,라고 물었다면, '폭군이 되려고요'라고 대답하지는 않았을 것이다. 그러나 그러한 욕구는 예수회 신도들 같은 면이 있었다. 나폴레옹의 천재성은 그가 장교가 된 이후에 처음 발전되기 시작했다. 그러나 어떻게 일개 후보생에 불과했던 그가 장군이 되어야 할 필연성을 상사에게 설득시킬 수 있었겠는가?! 이미 기병훈련 같은 것에서도 그와 상사는 자주 의견대립을 하고 있었다. 그럼에도 울리히는 그 연병장—월권과 명령이 잘 구분되지 않는 평화로운 들판—에 야망이 없어 보인다고 기분 상해하지는 않았다. '무장을 위한 교육'과 같은 평화적인 방식을 그는 전혀 중요하게 생각하지 않았으며, 오히려 그는 영웅주의와 권력과 자부심 같은 영웅적인 상태에 대한 강렬한 염원에 사로잡혀 있었다. 그는 경주마를 탔고, 결투를 했으며, 오직 세 종류의 인간만을 알아보았다. 관료들, 여자들, 시민들. 제일 끝의 부류는 육체적으로 덜 발달돼 있고, 정신적으로도 경멸할 만한 계급으로, 그들의 부인과 딸은 군인관료의 사냥감이 되었다. 그는 숭고한 회의에 빠져들었다. 그가 보기에 군인이라는 직업은 날카롭고 번쩍이는 연장 같아서, 사람들은 그 연장을 이용해 세계를—세계를 위해!—달구고 자르는 것처럼 보였다.

정말 다행으로 울리히는 거기서 아무 일도 당하지 않았다. 그러나 어느날 한가지 체험을 했다. 한 모임에서 그와 유명한 재력가 사이에 작은 다툼이 일어났다. 울리히는 당연히 자신의 통쾌한 방법으로 끝장을 보리라고 생각했는데, 오히려 한 시민 남자도 자신의 여자를 보호할 줄 안다는 사실을 알게 된 것이다. 그 재력가는 개인적으로 아는 국방장관과 이야기를 나누었고, 그 결과 울리히는 상사와 오랫동안 대화를 했으며, 그로써 황제와 단순한 장교 사이의 차이점이 그에게 분명하게 드러났던 것이다. 그때부터 전쟁을 수행하는 직업은 더이상 그를 기쁘게 하지 못했다. 그는 무대 위에서 세계를 뒤흔드는 모험을 찾아내기를 기대했고, 그 영웅이 자신이기를 바랐다. 그리고 어느 한순간에 텅 빈 곳에 취한 채 법석을 떠는 한 젊은 이를 보았고, 그에게 답하는 것은 돌멩이뿐이라는 사실을 알게 되었다. 그가 이 사실을 깨달았을 때, 그는 소위라는 직함을 얻어낸 감사 못할 인생유전에 작별을 고하고, 그 지위를 내던져버렸다.

10.
두번째 시도.
특성 없는 남자의 도덕에 대한 노트들

그러나 울리히가 기병에서 기술자로 직업을 바꾸었을 때, 그는 말만 바꿔 탄 셈이 돼버렸다. 그 새 말은 철굽을 달았고, 열 배는 빨랐다.

괴테가 살았던 시대에 직물기의 덜컹거림은 하나의 소음에 불과했지만, 울리히의 시대에 와서 사람들은 기계점, 증기해머 그리고 공장의 사이렌 소리에서 음악을 발견하기 시작했다. 하지만 사람들이 마천루가 말 위의 인간보다 위대한 것임을 금방 알아챘다고 믿어서는 안된다. 반대로, 아직 무언가 인상깊은 것을 찾으려는 사람들은 마천루보다는 말 잔등 위에 올라탔다. 그 위에서 그들은 바람처럼 빨리 달리고, 거대한 망원경이 아닌, 독수리 같은 통찰력을 가지게 된다. 그들의 감정은 아직 지성을 이용하는 방법을 모르고 있었다. 그리고 지성과 감정 사이의 차이는 마치 대뇌와 맹장 사이의 차이처럼 엄청난 것이었다. 그래서 그가 막 청소년기를 벗어날 때 그랬던 것처럼, 사람들이 좀더 위대한 행위라고 경탄했던 일들이 기계보다 한참 구식에 불과하다는 걸 깨달은 것은 그리 대단한 일도 아니었다.

기술학교에 처음 들어간 순간부터 울리히는 열병 같은 것에 사로잡혔다. 이렇듯 새로운 형식의 터빈 발전기나 증기 피스톤의 리드미컬한 움직임을 본다면, 도대체 누가 아폴로 신전 따위를 보려고 할 것인가? 선악(善惡)이 지속적인 것이 아니라 다만 기능적인 것이어서, 어떤 행위의 선함이 역사적인 상황에 달려 있고, 한 인간의 선함 또한 상황을 이용하는 심리적이고 기술적인 재주에 달려 있다고 판명된다면, 누가 선과 악에 대한 천년 전의 말에 연연해하겠는가? 기술적인 관점에서 본다면, 세계는 단지 우스꽝스러울 뿐이었다. 인간들 사이의 관계는 비실용적이고, 아주 최고의 경우라도 그 방법은 불확실하고 비경제적이다. 누군가가 자신의 일상을 계산기로 풀어나간다면, 그는 모든 사람들의 주장 중 반도 제대로 이해할 수 없을 것이다. 계산기는 믿기 어려울 정도의 총명함을 지닌 숫자들과 선들이라는 두가지 체계로 이루어져 있다. 그것은 하얗게 래커 칠된, 두개의 서로 미끄러져 들어가는 평평한 사다리꼴의 횡단면을 가진 막대기들이며, 사람들은 그것의 도움으로 어떤 생각을 쓸데없이 낭비하지 않으면서도 아주 복잡한 문제들을 신속하게 풀어낼 수 있다. 그것은 사람들이 속주머니에 품고 다니면서 심장 위에 있는 희고 딱딱한 줄이라고 느끼게 되는 작은 표식이다. 만약 당신이 계산기를 가지고 있고, 누군가 위대한 말이나 감정에 사로잡혔다면, 당신은 이렇게 말할 것이다. '잠깐만요, 우선 그것의 오류 한계치와 가능성의 가치를 한번 계산해봅시다.'

의심할 것 없이 바로 그것이 엔지니어들이 지닌 힘찬 견해들이다. 그들은 자신의 매력적인 미래를 그려본다. 그리고 그 모습이란, 이빨 사이에 파이프를 물고, 스포츠 모자를 눌러쓰고, 훌륭한 승마용 장화를 신은 채 자신이 기획한 사업의 막강한 청사진을 실현시키기 위해 케이프타운과 캐나다 사이를 돌아다니는 것이다. 여행중에 그는 그 기술적인 세계의 조직과 운영에 대한 조언을 구할 수 있고, 때로는 잠언들을 만들어내기도 한다. 마치 에머슨(R. W. Emerson)이 그의 모든 작품들에서 그랬던 것처럼 말이다. "그 사람들은 미래의 예언자로서 지구를 떠돌아다닌다. 그리고 그들의 모든 행위들은 시험이고 실험인데, 왜냐하면 그 행위들은 그 다음의 것들에 의해 추월당할 수 있기 때문이다." 에머슨의 많은 글들에서 뽑아온 것이긴 하지만, 사실 이 문장은 울리히 자신이 쓴 것이다.

하지만 왜 엔지니어들이 이러한 예측에 꼭 맞는 삶을 살아가지 않는지를 말하기는 어려운 일이다. 예를 들어 왜 그들이 종종 조끼주머니의 바닥에서부터 한쪽으로 치우쳐 수직으로 이어진 채 그 위의 단추까지 걸쳐 있는 시계줄을 차고 있는지, 또한 왜 그것이 복부 위에서 마치 시를 읊는 듯한 하나의 상승과 두개의 하강 곡선을 그리게 놔두는 것인지, 왜 사슴 이빨이나 편자로 된 브로치를 넥타이에 꽂고 다니는 게 그들을 만족시켜주는지, 왜 그들의 옷은 마치 자동차의 앞좌석처럼 생겼는지, 그리고 왜 그들은 자신들의 직업 이외의 것은 거의 얘기도 하지 않고, 한다고 해도 깊이 들어가봐야 겨우 연골쯤에서 멈출 것 같은 자기들만의 어설프고 연관성도 없으며 피상적인 이야기만 해대는 것인지 하는 것들 말이다. 물론 모든 엔지니어들이 그렇진 않겠지만, 울리히가 근무했던 첫번째 회사의 사무실에서 알게 된 대부분의 사람들이 그랬으며, 두번째 사무실도 마찬가지였다. 제도판 위에 딱 붙어서, 그들은 자신이 직업을 사랑하고, 그 안에서 놀라운 덕목들을 소유하게 됐다는 식의 태도를 보여주었다. 하지만 기계가 아닌, 자신들의 생각이 지닌 대담함을 발휘해야 할 때면, 그들은 마치 망치로 사람을 죽여보라는 부당한 요구를 받은 것처럼 행동하곤 했다.

이렇게 해서, 기술을 통해 중요한 사람이 돼보려고 했던 좀 더 성숙했던 두번째 시도는 재빨리 끝나버리고 말았다.

11.
가장 중요한 시도

아마 그 두번째 시도까지의 과정에 대해서라면 울리히는 고개를 내저을지도 모르겠다. 마치 누군가 그에게 영혼의 방황을 설명하려고 할 때처럼 말이다. 세번째 시도는 그렇지 않았다. 한 기술자가 만들어낸 기계가 세계의 끝까지 배달되는데도, 그 기술자가 자유나 사유의 광활함 대신 그의 전문성에만 매달리는 것은 이해될 수 있다. 왜냐하면 마치 기계가 자신을 탄생시킨 수많은 계산을 기계 자신에게만큼은 적용시키지는 못하는 것처럼, 기술자 역시 자신의 기술이 지닌 과감성이라든가 새로움을 자신의 개인적인 영혼에 부여할 수는 없기 때문이다. 그러나 수학자에게는 그런 말이 통하지 않았다. 수학자들은 새로운 정신의 교사이고, 정신 그 자체이며, 시간과 수많은 변환의 근원을 밝히는 원천이다.

만약 비행(飛行), 물고기와 여행하기, 높은 산 밑에 구멍뚫기, 신같이 빠른 속도로 소식을 전달하기, 보이지 않는 것 또는 먼 곳을 보고 듣고 이야기하기, 죽은 사람이 하는 말을 듣기, 잠들어 있는 동안 기적처럼 병 낫기, 사후 20년의 자기 모습 확인하기, 명멸하는 밤에는 아무도 알지 못했던 수천 가지 지상과 지하의 일들을 알아내기 같은 인간의 원초적 꿈이 실현된다면, 그리고 빛, 온기, 힘, 즐거움, 만족 같은 게 인간의 원초적인 꿈이라면, 오늘날의 연구들은 더이상 단지 학문은 아니며, 하나의 마법, 즉 신이 인간 앞에서 망토를 벗어 보여주는, 최고의 영혼과 두뇌의 의식(儀式)일 것이다. 그리고 그것은 하나의 종교이기도 한데, 그것의 교리는 엄격하고 용감하며 역동적이면서도 칼처럼 냉정하고 날카로운 수학의 논리에 의해 꿰뚫어지고 지탱되고 있다.

물론 이 모든 꿈이, 수학자가 아닌 사람들에게도 단지 환상만은 아닌, 어느 순간 갑자기 실현될 수 있는 것이란 사실을 부정하기는 힘들다. 뮌헨하우스의 나팔소리는 대량생산되는 통조림 소리보다 아름답고, 한번에 7마일을 나는 장화는 자동차보다 아름다우며, 라우린 왕국(게르만족 신화에 나오는 난쟁이들의 왕국—옮긴이)은 철도 터널보다, 마법의 뿌리는 전보 문양보다 아름답다. 어머니의 젖을 빠는 것, 그리고 새를 이해하는 것이 새의 소리가 지닌 발성운동에 대한 동물심리학적 연구보다는 아름답다. 그렇듯 사람들은 현실을 얻는 대신 꿈을 잃어버린다. 인간은 더이상 나무 아래서 엄지발가락과 검지발가락 사이로 하늘을 보지 않으며, 오로지 일을 만들어내기만 한다. 유능해지기 위해서는 굶주리거나 꿈을 꾸어선 안되고, 스테이크를 먹고 움직여야만 한다. 그들은 꼭 개미집 위에서 잠든 늙고 무능한 인류 같았다. 그래서 그가 새로운 인간으로 깨어났을 때엔, 개미들이 그의 핏속까지 기어 들어가서, 미처 동물적인 노동에서 비롯된 그 초라한 느낌을 떨쳐버릴 새도 없이 이제까지 보지 못했던 아주 굉장한 노동을 해야 하는 것처럼 말이다. 오늘날 마치 수학이 악마처럼 인간들의 모든 삶을 장악해버렸다는 게 확실하기 때문에, 그점에 대해선 그리 강조할 필요도 없을 것이다. 아마도 모든 사람들이 자신의 영혼을 팔아버릴 수 있다는 그 악마의 이야기를 믿지는 않을 것이다. 하지만 영혼에서 무언가를 이해해야 하는 사람들, 가령 상인이나 역사가나 예술가처럼 영혼으로 밥벌이를 하는 사람들은, 영혼이 수학에 의해 망가졌고, 그래서 한편으로 인간을 지상의 주인으로 만들었지만 다른 한편으론 기계의 노예로 전락시키기도 한 수학이, 어떤 사악한 오성의 원천을 만들고 있음을 증언하고 있는 것이다. 무미건조한 내면, 세부적인 꼼꼼함과 전체적인 무차별성 사이의 무시무시한 혼합, 황량한 개별들 속에서 인간이 겪는 고독, 불안, 악, 비할 데 없는 냉담함, 배금주의, 차가움과 권력적인 행위 같은 우리 시대의 모든 특징들은 바로 논리적이고 엄격한 사유를 향한 욕망에서 비롯된 것이다. 그리고 울리히가 처음 수학자가 되었을 당시만 해도, 유럽 문명의 멸망을 말하는 사람들이 있었고, 그들은 그 멸망이 인간에게 믿음이 없고, 사랑도 없으며, 단순함도 없고, 인간 속에 더이상 신이 거주하지 않기 때문이라고 말했다. 독특한 것은, 그렇게 말한 사람들이 학창시절엔 모두 형편없는 수학자들이었다는 것이다. 그들의 형편없는 수학 실력은 나중에 명확한 자연과학의 어머니이고 기술의 조모(祖母)이며 모든 정신의 원초적 어머니인 수학으로부터 독가스와 전투기들이 생겨나면서 증명되기도 했다.

이러한 위험을 알지 못하는 사람들은 수학자들과 그들의 학생들인 자연과학자들뿐이었다. 그들은 영혼 속에서 그러한 위험의 영향을 거의 받지 않았는데, 그건 마치 앞서 가는 선수의 뒷바퀴 외엔 세상의 어떤 것에도 관심이 없는 사이클 주자와도 같았다. 단지 울리히에 대해서라면, 한가지는 확실하게 말해둘 것이 있었다. 즉, 그는 수학을 좋아했는데, 그건 수학을 참을 수 없어하는 사람들 때문이었다. 그가 과학을 좋아한 방식은 단지 과학적인 것만도, 그렇다고 단지 인간적인 것만도 아니었다. 그는 과학이 자신의 범주에서 나온 모든 질문들 속에서 평범한 사람들과는 다르게 사유한다는 것을 알았다. 만약 과학적인 전망을 인생의 전망으로, 가설을 시도로, 진리를 행위로 바꾼다면, 그땐 어떤 주목할 만한 과학자나 수학자도 남지 못할 것이고, 그들의 저작은 그 용기와 전복적인 힘이라는 측면에서 역사의 위대한 행위자들에게 미치지 못할 것이다. 아직 자신의 추종자들에게 다음과 같이 말할 수 있는 사람은 세상에 없다. "너는 훔치고, 살인하고, 간음하거라. 우리의 가르침은 너의 죄의 더러운 웅덩이를 산 속에서 솟아나는 맑은 물로 바꿀 만큼 강인하단다." 그러나 과학에서는 2년마다 그때까지 잘못이라고 여겨졌던 것이 갑자기 뒤집히기도 하고, 불명확하고 멸시받던 사유가 새로운 사유방식의 지배자가 되기도 한다. 그리고 그러한 사건들은 전복적인 동시에 마치 야곱의 사다리처럼 우리를 더욱 높은 곳으로 인도하기도 한다. 과학의 진행은 마치 우화처럼 강력하고 걱정도 없으며 영광에 차 있다. 울리히는 사람들이 그것을 명확히 알지 못한다는 걸 알았다. 그들은 얼마나 많은 사유들이 실현될 수 있는지를 몰랐다. 만약 그들이 새로운 사유방식을 배운다면, 그들의 삶도 달라질 수 있을 것이다.

이제 이런 질문도 한번 해볼 만하다. 세계는 이미 나쁜 길로 빠져버렸으므로, 지금쯤이면 다시 돌아와야 하는 지점에 이른 것은 아닐까? 하지만 이미 오래전부터 세계는 그에 대한 두가지 답을 마련해놓았다. 왜냐하면 세계가 생겨난 이후, 대부분의 인류는 그의 젊은 시절에만큼은 전복을 지지했기 때문이다. 그들은 좀더 이전 세대들이 현재에 집착하고, 머리로 생각하는 대신 가슴이나 한조각의 육체로 생각하는 것을 우습게 여겼다. 이 젊은이들에게 윗세대의 도덕적인 한심함은 지적인 한심함 만큼이나 새로운 관계맺기의 실패로 비춰졌고, 그들 자신에게 타고난 도덕이야말로 성취와 영웅주의, 그리고 변화를 위한 도덕이 될 수 있다고 생각했다. 그러나 막상 그들에게조차 현실적인 시대가 찾아오면, 그들은 더이상 그것을 알지 못했고, 알려고 하지도 않았다. 그리하여 결국 수학이나 자연과학을 소명으로 받아들였던 많은 사람들이, 울리히의 경우에서처럼 그런 근거들을 가지고 학문을 하기로 결정한 것을 하나의 실수로 인정하게 되는 것이다.

그럼에도 불구하고 그가 몇해 전부터 해오고 있는 이 세번째 직업에서—전문가들에 의하면—그가 이룬 것이 만만치는 않다고 한다.

12.
스포츠와 신비주의를 이야기한 후
울리히가 사랑을 얻어낸 그 부인

보나데아 역시 위대한 이상에 사로잡힌 사람이었다.

보나데아는 울리히가 운 없게 폭행을 당했던 밤에 그를 구해주었고, 그 다음날 아침 베일을 걸친 채 그를 찾아왔던 바로 그 부인이다. 울리히는 그녀에게 보나데아(Bonadea), 즉 '선한 여신'이라는 이름을 붙여주었다. 왜냐하면 그녀가 그의 삶에 걸어들어왔던 방식이 그러했고, 그 옛날 로마 신전에 있었던 순결의 여신 또한 모든 극단을 중용으로 돌려놓는 보기 드문 치환의 능력이 있었기 때문이다. 그녀는 자신이 그렇게 불리는 이유를 몰랐다. 다만 그가 선사한 그 울림 좋은 이름은 그녀의 마음에 들었고, 마치 화려하게 옷을 차려입듯이 그 이름을 걸치고 그를 찾아왔다. "그러니까 내가 당신의 선한 여신이라고요?" 그녀가 물었다. "당신의 보나, 데아?" 그리고 이 두 단어의 정확한 발음이 요구하는 것은, 그녀가 그의 목에 팔을 두르고 고개를 약간 들어올려 애정에 가득 찬 시선으로 그를 쳐다봐주는 것이었다.

보나데아는 전도유망한 한 남자의 아내였고, 잘생긴 두 아이의 다정한 엄마이기도 했다. 그녀가 좋아하는 말은 '아주 존경할 만한'이라는 말이었다. 그녀는 그 말을 사람들이나 하인들, 상점들 같은, 무언가 좋은 느낌을 받은 것들을 표현할 때 쓰곤 했다. 그녀는 마치 사람들이 '목요일'이라고 말하듯이, '진실한, 선한, 아름다운'이라는 말을 늘 자연스럽게 꺼낼 준비가 돼 있었다. 남편과 아이들의 품안에 안긴 평화롭고 이상적인 생활이라는 생각은 그녀의 지적 욕구를 아주 깊숙이 만족시켰다. 그러나 그 생각보다 깊이 들어간 곳엔 '나를 유혹하지 말아주세요'라는 어두운 영역이 떠돌고 있었고, 그 전율로 인해 빛을 뿜는 행복은 심지를 조금 낮춰 부드러운 불빛으로 변하곤 했다. 그녀가 가진 단 하나의 결점은 단지 남자의 시선 하나만으로도 너무 지나치게 흥분한다는 것이었다. 그렇다고 그녀가 남자를 밝히는 것은 아니었다. 그녀는 남들이 자신만의 고민을 가졌을 때 그러는 것처럼 민감할 뿐이었다. 가령 손에 땀을 쥔다든지, 얼굴색이 금세 변한다든지 하는 정도로 말이다. 그건 정말 그녀의 천성이어서, 한번도 그것과 맞서볼 수 없었다. 울리히를 그렇듯 낭만에 가득 차고 비범한 환상을 자아내는 상태에서 알게 되었을 때, 그녀는 첫 순간부터 연민의 먹잇감이 될 운명이었다. 처음엔 동정심으로 시작됐지만, 조금 지난 후에 그것은 금지된 비밀 속에서의 강렬한 투쟁으로 옮겨갔고, 급기야는 죄와 참회 사이의 시소게임으로 나아가게 되었다.

그러나 울리히는 그녀의 삶에 얼마나 많은 남자들이 모여 있는지를—신만이 알 수 있는—알았다. 그런 여자가 걸려들기라도 하면, 대부분의 남자들은 그 여자를 백치와 다름없이 여기고, 몇가지 손쉬운 방법으로 유혹할 수 있으며, 몇번이라도 같은 수법으로 넘어갈 거라고 생각하게 마련이다. 여자에 대한 남자의 몰입에 들어 있는 그 부드러운 감정이란, 마치 한조각의 고기 앞에 선 재규어의 으르렁거림 같은 것이다. 그때는 어떤 방해도 용납되지 않는다. 그 결과 보나데아는 종종 이중생활을 하게 되었고, 그것은 마치 일상에선 존경할 만한 한 시민이 그의 어두운 의식의 틈새에서는 열차 강도인 것과 비슷했다. 그리고 아무도 자신을 품에 안아줄 남자가 없을 때, 이 점잖고 조용한 부인은 자신을 품에 안아줄 사람을 얻기 위해 그녀가 해야 하는 거짓말과 치욕에서 비롯된 자기혐오로 괴로워했다. 관능이 고조될 때, 그녀는 우울해지고 부드러워졌다. 그녀는 열광과 눈물, 생생한 본능과 거부할 수 없이 다가오는 참회의 혼돈 속으로 빠져들었고, 이미 위협하듯 대기하고 있던 억압 앞에서, 우울을 뚫고 하나의 열정이 마치 검은 천에 싸인 북에서 풀려나오는 끊임없는 북소리처럼 울려퍼졌다. 하지만 그녀를 꼼짝 못하게 했던 두개의 나약함 사이의 고요한 참회의 순간에, 그녀는 고결함에 대한 요구들로 가득 찼고, 결국 이 과정이 그녀를 단순하지 않게 만들어주었다. 그리고 그 요구들이란, 인간은 진실되고 선해야 한다, 모든 불행을 동정해야 한다, 제국의 황실을 사랑해야 한다, 모든 존경받을 만한 것들을 존경해야 한다, 그리고 마치 병문안을 가는 것처럼 도덕적이고 부드럽게 행동해야 한다 같은 것들이었다.

그런 일이 일어나지 않았다면, 상관할 바는 없는 것이다. 그녀는 자신의 행동을 정당화하기 위해 하나의 우화를 지어냈는데, 그것은 순수했던 신혼 초의 몇해 동안 남편이 그녀의 불행을 자초하고 말았다는 것이다. 울리히와의 사랑이 시작된 바로 직후부터, 그녀는 자신보다 나이도 엄청 많고 몸집도 큰 이 남편이 버릇없는 괴물처럼 보였다고 의미심장하고도 슬프게 말했다. 얼마 뒤 울리히는 그 남자가 자신의 분야에서 능력을 인정받은 전도유망한 법률가란 사실을 알게 되었다. 게다가 그자는 수렵애호가로서, 주로 예술이나 사랑보다는 남성적인 이야기들이 오고가는 사냥꾼들과 변호사들의 모임에서 환영받는 손님이었다. 이 선량하고 공평하며 쾌활한 남자에게 단 하나의 실패는 그의 부인과 결혼한 것이고, 그리하여 소위 말하는 법정용어를 그녀와 관계된 다른 남자들보다 훨씬 더 많이 쓰게 된 것이었다. 한 남자에게 복종하면서 수년간 쌓인 심리적 영향—마음속이라기보다는 머릿속에서 쌓인—은 보나데아에게 자신이 육체적으로 지나치게 고조돼 있고, 그러한 상상이 자신의 의식과 떨어져 있지 않다는 환상을 심어주었다. 그녀 자신도 알지 못하는 어떤 환경과 내적 억압을 혜택으로 누리고 있는 이 남자에게 보나데아는 묶이게 되었다. 그녀는 자신의 약한 의지 때문에 남편을 혐오했고, 남편을 혐오하기 위해 스스로를 나약하다고 느꼈다. 남편에게서 벗어나기 위해 때때로 그를 속이기도 했지만, 가장 적절하지 못한 순간에 그 또는 그와의 사이에서 태어난 아이들에 대해 말했고, 결코 완전히 그를 벗어나기 위한 준비가 돼 있지는 않았다. 많은 다른 불행한 여자들처럼, 그녀 역시 자신에게 단단하게 뿌리박힌 남편에 대한 혐오감을 자신의 태도로—다른 경우라면 그저 불안한 생활 정도였겠지만—받아들였고, 남편과의 투쟁을 통해 그로부터 벗어날 수도 있다는 새로운 체험을 향해 점점 나아갔다.

보나데아의 슬픔을 없애기 위해선 오로지 그녀가 빠져 있는 혼란 속의 억압적인 상황으로부터 빨리 벗어나게 하는 방법밖에 없었다. 그리고 그녀는 그렇게 해줄 남자에게 그녀의 나약함을 이용해달라고, 그리고 그 모든 감정을 없애달라고 말했다. 하지만, 그녀가 그것을 과학적으로 말해야겠다고 생각하고 '그 남자에게 경도된다'고 할 때, 그녀의 고통은 촉촉한 부드러움에 싸인 베일을 두 눈 위에 드리워놓았다.

13.
한 천재적인 경주마가
특성 없는 남자의 생각을 성숙시켰다

울리히가 자신을 전문분야에서 적지 않은 성과를 거둔 사람이라고 평가하는 것이 아주 의미없는 일은 아니었다. 그의 작업은 한가지 깨달음을 준 것이다. 비록 진리라는 게 문제가 되는 곳이었지만, 그곳에선 찬양이 너무 많이 요구되는 곳이기도 했는데, 그 찬양은 교수 취득자격이나 학위를 얻었든 못 얻었든, 단지 옛 학자들에게만 돌아가는 것이기도 했다. 좀더 정확하게 말하자면, 그는 사람들이 희망이라고 부르는 곳에 머물렀다. 그리고 학식의 공화국에서는 그 희망을 '공화민'이라고 불렀고, 그들은 다가올 발전에 대비해 많은 부분을 남겨두기보다는 자신의 모든 힘을 일에 쏟아붓는 사람들이었다. 그들은 개인적인 업적은 제한된 반면, 모든 사람들은 발전을 염원한다는 사실을 잊어버렸다. 그리고 도전하는 사람들의 사회적 의무가 무시되기도 했는데, 그 의무란 처음 시작하는 사람들은 몇년 동안 자신의 성과가 그 덕분에 다른 도전자들도 발전하게 되는 버팀목이 될 수 있도록 해야 한다는 것이다.

그러던 어느날 울리히는 그 희망을 포기하게 되었다. 그때는 이미 축구장이나 권투 링에서의 천재들이 이야기되기 시작했고, 단 하나의 하프 백이나 테니스 선수가 잘 보도되지도 않는 열명의 발명가나 테너, 작가들보다 더 나은 시절이 돼버렸다. 그 새로운 정신은 자기자신을 확실히 느끼지 못했다. 그러나 그때 울리히는 어디선가 '천재적인 경주마'라는 기사를 읽었는데, 그 말은 마치 익기도 전에 떨어져버린 과일 같다는 느낌을 주었다. 그 기사는 세인들의 주목을 끌었던 한 경주마에 관한 것이었다. 그리고 그 기자는 세인들의 정신이 그에게 그 기사를 쓰도록 만든 영감의 거친 부분들에 대해선 완전히 모르고 있었다. 그러나 울리히는 단번에 천재적인 경주마가 자신이 살아온 모든 삶과 어떤 연관을 맺고 있는지를 알아챘다. 왜냐하면 말은 기병대에서 신성시하는 동물이었고, 유년시절에만 해도 말과 여자 이야기 말고는 어떤 것도 들어보지 못했기 때문이었다. 그리고 그가 중요한 사람이 되기 위해 그 말을 떠나 여러 일에 매달린 후, 이제 자신의 노력이 어느 정점에 도달했음을 느꼈을 때, 그 말은 그를 앞질러 달려와 그에게 인사를 건네는 것이었다.

그것은 확실히 시기적으로도 일리가 있었다. 왜냐하면 우리가 존경할 만한 남성적인 정신에서 하나의 존재, 즉 도덕적인 용기, 확신의 힘, 마음과 덕에서 나온 확고함을 지닌 존재를 상상했던 것은 그리 오래된 일도 아니기 때문이다. 그때 우리는 빠름을 어떤 유치한 것으로, 계략을 믿지 못할 것으로, 활발함과 열정을 점잖지 못한 것으로 생각했다. 결국 그러한 존재는 더이상 남지 않았고, 고등학교의 교사들이나 이런저런 글쓰기에서나 구경할 수 있게 되었다. 그것은 이데올로기적인 환영이 되었고, 사람들은 새로운 유형의 인간성을 찾아내야만 했다. 주위에서 볼 수 있듯이, 새로 발견된 존재는 논리적인 계산을 할 줄 아는 창조적인 두뇌를 가지되, 잘 훈련된 육체로 싸울 준비도 돼 있는 책략가들이었다. 또한 어떤 일반적인 정신의 힘이란 게 있어서―그 힘은 침묵이나 불확실성에 침착하고도 영악하게 대응하는데―자신을 공격하는 지점이 육체적인 적인지 또는 문제의 취약성인지까지도 추측할 수 있게 잘 훈련돼 있기도 하다. 위대한 정신과 복싱 챔피언을 심리적·기술적으로 분석해보면, 그 둘의 교활함, 용기, 정확함과 기술, 그들에게 중요한 것에 대응하는 속도 같은 면에서 그 둘은 거의 다를 바가 없을 것이다. 그렇다. 실로 그들은 놀랄 만한 성과를 얻어내는 그들의 성품이나 능력이라는 면에서도 충분히 그 유명한 우리 안의 말과도 차이가 없을 것이다. 왜냐하면 그 울타리 안에서 벌어진 수많은 중요한 특성들은 무시 못 할 것이기 때문이다. 여기에 덧붙여둘 것은, 경주마나 복싱 챔피언은 그들의 시합과 순위가 객관적으로 평가될 수 있다는 점에서, 그리고 그들 중의 최고는 실제로도 최고로 인정된다는 점에서 위대한 정신보다 우월하다는 것이다. 그리고 결국 이런 방식으로 스포츠와 아주 객관적인 시합은 천재나 인간적인 위대함이라는 낡은 개념을 몰아내고 그 자리를 차지하게 된 것이다.

그점에서 울리히는 자신의 시대를 몇년 앞서 살았던 것이 틀림없었다. 왜냐하면 승리를 위해 1센티미터 또는 1킬로그램을 정확히 측정하는 바로 그런 방식으로 그가 학문에 매진해왔기 때문이다. 그의 정신은 스스로를 날카롭고 강한 것으로 증명해야 했고, 그 강함을 요구하는 일들을 수행해나갔다. 정신의 힘이 지닌 유쾌함은 하나의 기대였고, 전쟁과도 같은 게임이었으며, 미래에 대한 일종의 모호하고 교만한 요구였다. 이 힘을 가지고 그가 무엇을 이루려고 했는지는 불확실해 보였다. 그 힘으로 인간은 모든 것을 할 수 있기도 했고, 아무것도 할 수 없기도 했으며, 세상의 구원자가 될 수도, 범죄자가 될 수도 있었다. 정신의 상황은 대충 그런 식으로 마련돼가고 있었고, 그 상황으로부터 기계와 발견의 세계는 새로운 보급품들을 조달받고 있었다. 울리히는 학문을 준비나 단련, 또는 일종의 연습으로 생각했다. 그러나 이 생각이 너무 메마르고, 날카롭고, 편협하고, 전망이 없음이 밝혀졌을 때, 그것은 마치 육체나 의지에 엄청난 압박을 받아 일그러진 표정에 드러나게 마련인 결핍과 긴장처럼 받아들여졌다. 그는 수년간 그 궁핍을 사랑했다. 니체의 말처럼, 그는 '진실을 위해 영혼을 굶주리게 할 수 없는' 사람들을 경멸했다. 후회하는 자들, 용기없는 자들, 연약한 자들이 바로 그들이었으며, 그들은 머릿속에 양식 대신에 종교적이고 철학적이며 꾸며낸 듯한 느낌을 주는 돌—마치 우유에 푹 적셔진 식빵 같은—을 집어넣기 때문에, 그들의 영혼을 그저 허튼 소리로 위로할 뿐이었다. 니체의 견해에 의하면, 금세기의 모든 인간들은 하나의 탐험에 나서고 있고, 다음과 같은 자부심을 가지도록 요구받고 있다. 즉, 모든 쓸데없어 보이는 질문들엔 '아직은 아니다'라는 대답을 해주고, 임시방편이 원칙이 되는 삶, 그러니까 후세의 누군가가 달성해줄 목표를 머릿속에 담고 사는 삶을 살아간다는 것이다. 과학은 강하고 냉정한 지성이라는 개념을 발전시켜왔고, 그 때문에 인류의 오래된 형이상학적이고 윤리적인 생각들이 견딜 수 없게 된 것도 사실이다. 비록 그 자리에 언젠가 지성을 정복하게 될 인류가 영혼의 결실을 맺은 골짜기로 내려온다는 희망을 계속 부여하기는 했지만 말이다.

하지만 어디까지나 그건 예언적인 거리에서 가까운 현재를 바라보기를 포기하지 않을 때, 그리고 경주마가 천재적이라고 불리는 걸 읽지 않아도 될 때 적절한 것이었다. 다음날 아침, 울리히는 왼쪽 발로 자리를 차고 일어나 오른쪽 발로 망설이며 슬리퍼를 더듬었다. 그건 바로 몇주 전에 그와 함께 다른 도시에서 이 도시로 온 슬리퍼였다. 창문 아래 갈색의 아스팔트에선 벌써 차들이 달려가고 있었다. 맑은 아침 공기가 스며들기 시작했고, 하루의 상쾌함이 느껴졌다. 그에겐 마치 출근하기 전의 그 많은 사람들처럼 커튼 사이로 비치는 우윳빛 같은 햇살 아래서 여느 때처럼 그의 벗은 몸을 앞뒤로 움직이고, 엉덩이를 바닥에서 떼며 다시 일어나 주먹으로 샌드백을 타닥, 소리나게 치는 것이 표현할 수 없을 정도로 무의미하게 생각되었다. 하루의 한 시간, 그것은 깨어 있는 열두 시간 중의 한 시간이었고, 단련된 육체에 환영을 불어넣기에 충분한 한 시간이었으며, 모든 모험을 받아들일 준비가 돼 있는 사람들을 만족시켜주는 한 시간이기도 했다. 그러나 그것은 별 의미없는 기대이기도 했는데, 왜냐하면 아무에게도 그 준비에 값할 만한 모험은 일어나지 않기 때문이었다. 두려울 만큼 여러 방법으로 마련되곤 하는 사랑도 결국은 그와 똑같게 마련이었다. 결국 울리히는 자신의 학문에서도 마치 이 산봉우리와 저 산봉우리를 아무런 목표지점 없이 옮겨타는 듯한 자신을 발견했다. 그는 생각하고 느낄 어떤 새로운 방식의 조각들을 얻었다. 그러나 새시대가 안겨준 그 처음의 강렬한 순간은 점점 더 많아지는 조각들 속으로 사라져버렸고, 처음엔 그가 생의 원천이라 믿으면서 그 물을 마셨다면, 지금은 그의 열망조차 바닥이 날 정도로 다 마셔버린 꼴이 되고 말았다. 그때 그는 그 위대하고 전도유망한 직업을 중도에서 그만두었다. 한편으로 그의 동료들은 마치 무자비하게 속물적인 관료나 논리학의 안전보장 요원처럼 보였고, 다른 한편으론 세계를 숫자나 형태 없는 관계들의 환상으로 만드는, 이상하게 창백한 마약중독자처럼 보이기도 했다. 그는 생각했다. '신이여! 제가 평생토록 수학자로 살기 싫어해도 되는 거겠죠?'

그렇다면 그는 도대체 무엇이 되고 싶었을까? 그때라면 철학자가 되어야 마땅했을지도 모르겠다. 하지만 당시의 철학은 그에게 디도의 이야기에 나오는 잘려진 황소가죽(카르타고의 전설의 여왕 디도는 황소가죽을 늘려 토지의 영역을 표시했다고 함—옮긴이)을 생각나게 했고, 과연 그 가죽으로 사람들이 왕국을 바꿀 수 있을지는 불확실한 상태였으며, 철학에서 새로운 것이라는 게 그가 생각해왔던 것과 그리 다르지 않았으므로 크게 매력을 느낄 수도 없었다. 단지 그는 확실히 알고 있었다고 믿었던 어린 시절 자신의 꿈에서 아주 멀리 떨어져버린 것 같다고만 말할 수 있었다. 굉장히 명확하게 울리히는 자신의 시대가 총애하는 능력과 특성이 자신 안에 있음을 발견했지만, 그 능력을 적용할 만한 가능성은—그가 별로 필요로 하지 않았던 돈을 버는 일 빼고는—그에게서 사라져버렸다. 그리고 결국 축구선수나 경주마가 천재가 되는 마당에, 자신을 구원하는 길이란 특성을 이용하는 수밖에 없었기 때문에, 그는 삶에서 1년 동안을 자신의 능력을 적용할 곳을 찾는 데 보내기로 결정한 것이다.

14.
청년 시절의 친구들

고향에 돌아온 이후, 울리히는 벌써 몇번이나 클라리세(Clarisse)와 발터(Walter)를 만났다. 다행히 두 친구가 여름여행을 떠나지 않아서 몇년 동안이나 만나지 못했던 그들을 다시

만날 수 있었다. 울리히가 찾아올 때마다, 그 둘은 피아노를 쳤다. 그들은 한 곡을 끝마치기 전까지 그가 온 것을 알아채지 못하는 걸 당연하게 여겼다. 이번에는 베토벤의 「환희의 송가」였다. 니체가 표현했듯이, 셀 수 없이 많은 것들이 전율에 휩싸여 먼지 속으로 가라앉았고, 적대적인 경계들이 무너졌으며, 세계의 조화라는 복음이 다시 중재에 나서서 분리된 것들을 결합시키고 있었다. 그들은 말하고 걷는 방법도 배우지 못한 채 춤을 추며 공기중으로 날아올랐다. 얼굴은 붉게 상기되었고, 몸은 뒤틀렸으며, 고개는 획획 앞뒤로 흔들렸고, 쫙 벌려진 손가락은 장승처럼 일어서는 소리의 무리들 위를 두들겨대고 있었다. 뭐라고 측정할 수 없는 일들이 벌어지고 있었다. 그것은 의미도 없고 경계도 없는, 뜨거운 감정으로 가득 찬 채 터질 듯이 부풀어오른 풍선 같았고, 흥분된 손끝, 긴장된 이마의 주름, 그리고 갈비뼈의 경련에서부터 새로운 느낌이 격렬한 개인의 격정 속으로 퍼져나가고 있었다. 그들은 얼마나 오랫동안 저 연주를 반복하고 있었을까?

울리히는 언제나 이빨을 드러낸 채 열려 있는 그것을, 주둥이가 크고 다리가 짧은, 닥스훈트와 불도그를 섞어놓은 듯한 우상인 피아노를 견뎌낼 수 없었다. 피아노는 친구들의 삶을 굴복시켰고, 심지어는 벽에 걸린 그림과 예술적으로 만들어진 가구들의 빼빼 마른 외형까지도 굴복시켰다. 집안에 하녀가 없고, 오직 요리와 청소를 위해 들르는 가정부만 있다는 사실조차 그런 굴복의 일부분인 것 같았다. 이 집의 창 뒤로는 오래된 나무군락과 쓰러질 듯한 오두막과 뒤섞인 포도밭이 흔들리는 숲까지 뻗어 있었다. 그러나 큰 도시의 외관이 시골로 밀고 들어간 지역이 대부분 그렇듯이, 그 근방의 모든 것들은 무질서했고, 삭막했으며, 듬성듬성했고, 녹슬어 있었다. 그러한 전경(前景)과 사랑스런 후경(後景) 사이에서, 그 악기는 활을 잡아당기고 있었다. 부드러움과 영웅심 섞인 불화살은 어둡게 빛나면서 벽을 뚫고 날아갔고, 멋진 소리의 재가 되어 부서지긴 했지만, 숲으로 이어진 길의 중간쯤 선술집이 자리잡은 소나무숲 언덕에도 채 닿지 못한 채, 몇백 걸음만큼의 거리에서 가라앉고 말았다. 그러나 그 방은 다시 피아노를 울리게 할 수 있었고, 그 백만 개의 소리 중 하나는, 마치 발정난 수사슴처럼 그 소리를 뚫고 영혼을 전체로 끌어들이며 소리쳤다. 그리고 그 소리에 대답할 수 있는 건 오직 수천의 다른 고독한 것들 중 그것과 경쟁하며 전체 속으로 울부짖으며 끌려들어가는 같은 종류의 영혼뿐이었다. 이 집에서 울리히가 강인한 태도를 취하는 까닭은 그가 음악을 의지의 실패로, 그리고 마음의 혼란이라고 주장했기 때문이었다. 그는 생각보다 음악을 과소평가했다. 그때 발터와 클라리세에겐 음악이야말로 최고의 희망이자 불안이었기 때문에, 그들은 울리히의 태도를 일부 비난하기도 했고, 다른 한편으론 그를 악한 영혼이라며 높이 평가해주기도 했다.

연주가 끝났을 때, 발터는 기운이 다 빠져 녹초가 된 채 피아노 앞의 반쯤 돌아간 의자에 창백하게 앉아 있었다. 그러나 클라리세는 일어서서 방문객에게 발랄하게 인사했다. 그녀의 손과 얼굴엔 아직 연주가 남긴 전기적인 충전감이 전율을 일으키고 있었고, 그녀의 웃음 사이로는 환희와 환멸 사이의 긴장이 뚫고 지나갔다.

"개구리 왕자!" 클라리세는 발터 또는 음악을 향해 고개를 끄덕이며 말했다. 울리히는 다시금 그녀와 자신 사이의 끈이 지닌 그 탄력있는 힘을 느꼈다. 클라리세는 저번 방문 때 무서운 꿈에 대해 말해주었다. 한 미끈미끈한 생명체가 그녀를 강제로 잠 속으로 밀어넣었는데—그 생물은 배가 볼록하고 부드러웠으며 섬뜩했다—그 커다란 개구리는 발터의 음악을 의미한다고 했다. 두 친구는 울리히에게 감추는 게 별로 없었다. 울리히에게 별 인사도 하지 않은 채, 클라리세는 등을 돌려 재빨리 발터에게로 갔고, 아무 영문도 모르는 발터에게 또 한번 개구리 왕자라고 외쳤다. 그리고 그녀는 아직 음악의 떨림이 남아 있는 손으로 고통을 주듯 거칠게 그의 머리카락을 잡아당겼다. 그녀의 남편은 사랑스럽고 어리둥절한 표정을 지었고 음악의 끈적끈적한 공허로부터 한발 물러섰다.

그후 울리히와 클라리세는 발터를 혼자 두고 저녁 무렵의 햇살이 비스듬히 내리꽂히는 화살 같은 석양 속을 산책했다. 발터는 다시 피아노 곁으로 돌아갔다. 클라리세가 말했다. "무언가 위험한 일을 막는 능력은 생명력이 지닌 힘이야. 위험한 것은 쓸데없는 낭비를 끌어내게 마련이지. 어떻게 생각해? 만약 예술가가 지나치게 도덕에 집착하면 그건 나약함의 증표일 뿐이라고 했던 니체 말이야." 그녀는 작은 둔덕 위에 앉았다.

울리히는 어깨를 으쓱해 보였다. 3년 전 클라리세가 그의 젊은 친구와 결혼했을 때, 그녀는 스물두살이었고, 결혼식 때 그는 니체의 작품을 선물했었다. "내가 발터라면, 니체에게 결투를 신청해보겠어." 그는 웃으며 대답했다.

클라리세의 가냘픈, 옷 안에서 부드러운 선을 만들며 움직이는 등이 마치 활처럼 펼쳐졌고, 그녀의 얼굴 또한 심하게 긴장했다. 그녀는 근심스러운 듯이 등을 돌린 채 가만히 있었다.

"너는 아직 소녀 같아. 영웅심이 있는 것도 여전하고…." 울리히가 덧붙였다. 그 말은 질문 같기도 했고, 그렇지 않은 것 같기도 했으며, 조금은 농담이었지만 또 조금은 부드러운 칭찬이기도 했다. 클라리세는 그가 무슨 말을 하는지 몰랐다. 하지만 방금 그가 말한 두 표현은 마치 짚으로 엮은 지붕을 꿰뚫고 지나가는 불화살처럼 그녀의 마음속을 뚫고 들어갔다.

여기저기서 제멋대로 퍼올린 소리의 물결이 그들 곁으로 다가왔다. 울리히는 발터가 바그너를 연주했던 지난 몇주 동안 클라리세가 그와의 육체관계를 거부했다는 걸 알고 있었다. 그럼에도 그는 바그너를 연주했다. 마치 소년 시절의 악습을 되풀이하는 듯한 꺼림칙한 마음으로.

클라리세는 울리히가 발터에 대해 얼마나 알고 있는지 묻고 싶었는지도 모른다. 발터는 어떤 것도 비밀로 남겨두지 못했다. 그러나 그녀는 묻기가 부끄러웠다. 그때 울리히 역시 그녀 곁의 작은 둔덕에 주저앉았고, 그녀는 전혀 다른 말을 꺼내고 말았다. "너는 발터를 좋아하지 않아." 그녀가 말했다. "그의 진실한 친구는 아니지." 그 말은 도전적으로 들렸지만, 그녀는 웃고 있었다.

울리히는 예상치 못했던 대답을 했다. "우린 어린 시절부터 친구야, 클라리세. 그러니까 네가 아직 아이였을 때, 이미 우린 지난 시절의 우정으로 명백한 관계를 맺고 있었지. 우린 아주 오래전부터 서로를 존중해주었고, 지금은 마음속 깊은 곳에서부터 서로를 불신하게 되었어. 우리 둘은 서로를 혼동했던 그 고통스런 기억에서 벗어나고 싶어했고, 그래서 서로에게 잔혹할 정도로 정직하고 왜곡된 거울이 돼주고 있는 거야."

"그래서 너는," 클라리세가 말했다. "발터가 무언가를 성취할 거라고 믿지 않는 거니?"

"운명의 타격에 의해서가 아니라, 단지 예정된 한계 때문에 재능있는 청년이 자신을 평범한 사람으로 받아들여야 하는 것만큼 견디기 힘든 일은 아마 없을 거야."

클라리세는 입술을 꽉 다물었다. 생각하기 전에 믿음을 가져야 한다는 그 옛날 젊은 시절의 약속이 그녀의 가슴을 뛰게 했지만, 그건 한편으론 고통스러운 것이기도 했다. 음악! 그 소리는 점점 그들 쪽을 파헤쳐 다가오고 있었다. 그녀는 그 소리를 들었다. 잠시 침묵하는 동안, 격앙에 찬 피아노 소리는 더욱 분명하게 들려왔다. 주의를 기울이지 않으면, 그 소리는 마치 둔덕으로 솟아오르는 흔들리는 불꽃처럼 보였을 것이다.

아마도 발터가 어떤 사람인지를 말하기란 정말 쉽지 않았을 것이다. 비록 서른넷이 넘었고 얼마 전부터 어떤 예술기관에서 일하고 있긴 했지만, 그는 표현력있고 풍부한 눈을 가진 호감가는 남자였다. 그 편안한 자리는 그의 아버지가 마련해주었고, 만약 그 자리를 거부한다면 생활비도 주지 않겠다는 협박까지 받았다. 사실 발터는 화가였다. 대학에서 예술사를 공부하는 동시에 국립아카데미의 회화반에서 작업을 했고, 그후엔 한동안 아틀리에에 머물기도 했다. 클라리세와 함께 이 탁 트인 하늘 밑의 집으로 이사왔을 때는 신혼 초였고, 여전히 그는 화가였다. 하지만 지금, 그는 다시 음악가가 된 것처럼 보였고, 연애시절의 그 10년 동안에는 이일저일을 전전했었다. 결혼을 하려고 문학잡지의 편집일을 하던 때 그는 시인이었고, 극단 업무를 보기도 했으며, 몇주 후에는 결혼을 포기하고 무대감독이 되었다. 반년 후엔 그 일에도 역부족임을 깨달았고, 결국 그의 아버지와 장인 될 분이 넓은 마음을 가지고 있음에도 불구하고 견디기 힘들어할 때까지 미술 선생님, 음악 비평가, 은둔자 등의 생활을 하며 지냈다. 나이든 사람들은 그에게 의지가 부족한 거라고 판단하는 데 익숙해져 있었다. 그러나 이렇게 생각할 수도 있었는데, 즉 그가 평생 동안 그저 아마추어 팔방

미인이었을 뿐임에도, 놀랍게도 발터의 미래에 대해 열광적인 평가를 보내주는 음악, 미술, 문학의 전문가들이 늘 있어왔다는 것이다. 울리히의 인생은 정반대였다. 울리히는 모두가 인정하는 가치있는 몇가지 일들을 끝내긴 했지만, 누군가 그에게 와서 이렇게 말하는 경우는 한번도 없었다. '댁은 제가 늘 찾던 분입니다, 우리는 댁 같은 사람이 나타나길 기다리고 있었습니다!' 발터의 삶에서 이런 일은 세 달에 한 번씩은 일어났다. 그리고 모두가 권위있는 비평가들은 아니었지만, 그들은 모두 영향력이 있었고, 전망있는 제안, 진행중인 프로젝트와 일자리, 인맥과 자원을 가지고 있었으며, 그들이 발굴해낸 발터에게 이 모든 것을 제공했다. 그 결과 발터는 다채로운 인생 역정을 겪을 수 있었다. 어느 하나의 재능에 수렴되지 않을 것 같은 분위기가 그를 둘러쌌다. 아마도 그건 위대한 천부적 재능이라고 할 만한 그런 재능이었을 것이다. 또한 이것이 아마추어 예술주의라면, 독일어권 세계의 지적 삶은 거의 이러한 아마추어 예술주의에 의지하고 있었을 것이다. 왜냐하면 바로 이런 천부적인 재능은 재능을 타고난 사람들의 모든 계층에서 발견되었으며 어느 모로 보나 그들에겐 뭔가 부족한 것이 있는 것처럼 보였기 때문이다.

발터에겐 이 모든 것을 꿰뚫어보는 재능도 있었다. 비록 그 역시 보통사람들처럼 자신의 성공을 스스로의 공로로 믿고 싶어했지만, 그가 가진 특권의 힘으로 그렇게 쉽고 운좋게 상승가도를 달리는 것은 마치 불안정한 체중미달처럼 항상 그를 괴롭혔다. 또한 그는 자주 행동과 인간관계를 갈아치웠는데, 그것은 어떤 변화무쌍함에서 비롯된 것이 아니라 분노에서 촉발된 엄청난 마음의 혼란 탓이었고, 그래서 그는 기반이 이미 흔들리는 조짐이 있는 땅에선 뿌리를 내리기도 전에 자신의 내면의 순수함을 찾아 헤맸다. 그의 삶은 격렬한 체험의 연속이었으며 거기에서 모든 타협에 저항하는, 그러나 그런 방식으로는 고립밖에 자초할 것이 없음을 깨닫지 못하는 영웅적인 영혼의 투쟁이 빚어졌다. 그가 항상 천재들이나 그렇듯 자신의 지적인 순전함을 위해 투쟁하고 고통당했기 때문에, 또한 그리 위대하지 않은 재능을 위해 모든 것을 투자했기 때문에 운명은 그를 조용히 무(無)의 궤도 깊은 곳으로 데려갔다. 그는 결국 아무것도 그를 방해하지 않는 곳까지 이르렀다. 그 조용하고, 예술시장의 찌든 때에서 멀리 떨어졌으며 반쯤 학자 같은 그의 직업은 그에게 자기 내면의 목소리에 완전히 집중할 수 있는 시간과 독립성을 보장해주었다. 사랑하는 여인을 소유했으니 어떤 마음의 상처도 없었고, 그들이 결혼 직후 얻은 '고독의 가장자리에 있는' 그 집은 창작에 더할 나위 없이 적합했다. 하지만 더 정복할 일이 없어지자 뜻하지 않은 일이 벌어졌다. 그토록 오랫동안 위대한 작품을 창작하겠다며 노력했건만 결국 실패한 것이다. 발터는 더이상 작업을 이어가지 못할 것처럼 보였다. 그는 작품을 숨기거나 버렸다. 그는 매일 아침, 그리고 집에 돌아온 오후에는 문을 걸어잠갔다. 닫힌 스케치북을 들고 긴 산책을 나갔지만 나오는 것은 거의 없었고 작품을 아무에게도 보여주지 않거나 찢어버렸다. 그에게는 이것에 백가지의 서로 다른 이유들이 있었다. 대체로 최근 그의 세계관은 급격하게 변하기 시작했다. 클라리세가 열다섯살 때부터 그와 나누던 개념인 '시대예술'이니 '미래예술' 같은 말을 그는 더이상 하지 않았고, 어떤 것들과는 선을 그었으며—가령 음악에서는 바흐(Bach), 문학에서는 슈티프터(Stifter, 19세기 오스트리아 소설가—옮긴이), 그림에서는 앵그르(Ingres, 19세기 프랑스 고전주의 화가—옮긴이) 같은 작가들과—앞으로 올 것들은 허풍에 찬 데다 퇴폐적이며, 극단적이면서도 방탕한 것이라고 설명했다. 그는 지금처럼 지적인 뿌리가 오염된 시대에 순수한 재능은 무엇보다 창작을 포기해야 한다고 점점 더 격렬하게 주장했다. 그러나 그런 강력한 말을 내뱉었음에도 불구하고 그는 집에 틀어박히자마자 항상 바그너(Wagner)의 음악을 뿜어내기 시작하는 모순을 보여주었는데, 그 음악은 그가 몇해 전까지만 해도 속물적이고 허풍에 찬, 퇴폐적 예술의 전형으로 경멸하기 위해 클라리세에게 가르치던 것으로 지금은 진하게 양조된 뜨겁고 얼얼한 술처럼 그를 중독에 빠트렸다.

클라리세는 이것에 저항했다. 그녀는 벨벳 재킷과 베레모 때문에 바그너를 싫어했다. 그녀는 무대디자인으로 세계적인 명성을 얻은 화가의 딸이었다. 어린 시절을 무대장치와 분장용

화장품의 세계에서 보냈고, 연극, 오페라, 아틀리에에서 사용되는 세가지의 각기 다른 전문용어와 함께 생활했으며 벨벳, 카펫, 천재(天才), 표범가죽, 장신구, 공작깃털, 함, 류트 같은 것들에 둘러싸여 있었다. 그래서 마음속 깊이 예술의 모든 쾌락을 증오했고, 그것이 새로운 무조음악의 기하학이든지 아니면 근육표본처럼 낱낱이 해부되어 밝혀진 고전음악 형식이든지 소박하고 꾸밈없는 것에 더 마음이 끌렸다. 그녀가 아직 처녀 때의 교양에 머물러 있을 때 이런 정보들을 처음 제공한 사람이 바로 발터였다. 그녀는 그를 '빛의 왕자'라고 불렀고, 아주 어릴 때부터 그 둘은 발터가 왕이 되기 전까지는 결혼하지 말자고 서로 맹세했다. 그가 감행한 변신과 계획의 역사는 고스란히 지금의 그녀를 만든 고통과 환희의 역사가 되었다. 클라리세에게는 발터만큼의 재능이 없었고, 그녀 역시 늘 그것을 느꼈다. 하지만 그녀는 천재란 의지에 달려 있다고 생각했다. 왕성한 에너지로 그녀는 음악수업을 자기 것으로 만들기 위해 노력했다. 그녀에게 음악적 소양이 없을 가능성은 거의 없었고 힘줄이 잡힌 열개의 손가락과 결단성까지 갖추고 있었다. 그녀는 하루종일 연습했으며 마치 뼈만 남은 열마리의 황소가 엄청나게 무거운 짐승을 땅에서 몰아내듯 손가락을 놀렸다. 그림 역시 같은 방식으로 익혔다. 그녀는 열다섯살 때부터 발터를 천재로 생각했는데 오로지 천재와 결혼하겠다는 마음을 늘 굳게 가졌기 때문이다. 그녀는 발터가 성공하지 못하는 것을 용납하지 못했다. 그리고 그의 좌절을 알아차렸을 때 숨통을 조이는, 천천히 변화하는 삶의 분위기에 격렬하게 저항했다. 그때는 발터에게 어떤 인간적인 따듯함이 필요한 때일 수도 있었고, 그런 무능함으로 고통받고 있을 때는 마치 우유와 잠을 청하는 아기처럼 그녀의 품에 뛰어들려고 했다. 하지만 클라리세의 작고 예민한 몸은 전혀 모성적이지 않았다. 그녀는 마치 기생충이 자기 몸을 뚫고 들어와 편안하게 자리를 잡는다는 느낌을 받았고 그래서 그에게 저항했다. 그녀는 그가 위안받기를 원하는, 세탁장에서 솟아오르는 온기를 비웃었다. 그건 잔인한 일일 수도 있었다. 하지만 그녀는 위대한 남자의 아내가 되고 싶었고 그래서 운명과 한판 씨름을 벌이고 있었다.

울리히는 클라리세에게 담배 한개비를 권했다. 그가 생각한 것을 그렇게 함부로 말한 후에, 무슨 말을 해야만 했을까? 그들이 내뿜은 담배연기는 석양의 빛을 쫓아가다가, 다시 조금 떨어진 곳에서 함께 섞였다.

'울리히는 그것에 대해 얼마나 알고 있을까?' 둔덕에 앉아 클라리세는 생각했다. '아, 그가 어떻게 그런 투쟁을 할 수 있단 말인가!' 그녀는 음악이 주는 격정과 육욕이 그를 억누르고 그녀의 저항이 그에게 어떤 탈출구도 만들어주지 않을 때, 거의 무(無)에 가깝도록 고통스럽게 일그러지던 발터의 얼굴을 떠올렸다. 아니었다. 울리히는 마치 사랑과 증오, 두려움과 그 높은 곳이 주는 의무로 히말라야 산맥 위에 세워진 것 같은 고통스런 사랑의 게임이 무언지 알지 못하는 게 분명했다. 그녀는 수학에 대한 고견도 없었고, 결코 울리히를 발터처럼 재능 있는 사람으로 생각하지도 않았다. 하지만 그게 야만보다 나은 것일까? 예전에 분명히 울리히는 비교가 안될 정도로 발터보다 테니스를 잘쳤다. 그리고 그녀는 그의 과감한 스트로크에서 원하는 것은 무엇이든 할 수 있다는 듯한 격렬한 느낌을 받았고, 그 느낌은 발터의 그림이나 음악, 또는 생각에서는 결코 찾아볼 수 없는 것이었음을 기억해냈다. 그녀는 생각했다. '아마 울리히는 우리에 대한 모든 것을 알고 있을지도 몰라. 그러면서도 아무것도 말하지 않는 거겠지.' 결국 조금 전까지만 해도 그는 그녀의 영웅심을 신랄하게 비웃었던 것이다. 그 둘 사이의 침묵에서 이상한 긴장감이 감돌았다.

하지만 울리히는 생각했다. '10년 전의 클라리세는 얼마나 친절했던가. 반쯤은 어린 아이였던 그녀는 그들의 미래에 대한 신뢰를 불꽃처럼 마음속에 품고 있었지.' 그녀와 불편한 사이가 된 것은 바로 발터가 그녀와 결혼했던 때부터였다. 그때 그녀는 그 불쾌한 자아를 둘로 쪼갰고, 그건 남편을 열렬히 사랑하는 여자가 흔히 다른 남자를 견뎌내지 못하는 그런 종류의 것이었다. '그래도 이젠 많이 좋아졌지.' 그는 그렇게 생각했다.

15.
정신의 혁명

지난 세기전환기 직후의, 지금은 잊혀졌지만 사람들이 새로운 세기가 젊다고 착각했던 시대에, 발터와 울리히는 청년시절을 보냈다.

그 이전 세기의 후반 50년은 결코 두각을 나타냈던 시기는 아니었다. 기술이나 상업, 연구 같은 점에선 뛰어난 시기였으나, 그처럼 시대의 열정이 초점을 맞췄던 분야를 제외하고는 마치 늪처럼 움직임도 없었고 성과도 없었던 시기이기도 했다. 그것은 마치 괴테나 실러 같은 대가들을 모방한 시작품, 또는 고딕과 르네상스 양식으로 지어진 집들로 그려질 수도 있을 것이다. 그 같은 이상에 대한 요구는 마치 경찰청이 그러하듯이 삶의 모든 표현들을 지배하고 있었다. 그러나 과장하지 않고는 아무것도 모방해내지 못하던 그 이상한 법칙에 힘입어, 당시의 모든 것들은 마치 그처럼 위대한 작품은 이전에 한번도 없었던 것이기나 한 것처럼 법칙에 딱딱 맞춰 제작되었고, 아직까지도 그 흔적들은 거리에서나 박물관에서 흔히 볼 수 있었다. 또한 이와 상관이 없었을지도 모르겠지만, 너무나 정숙해서 항상 옷을 귀에서부터 땅까지 끌리게 덮어 입던 그 부끄러움 많은 여자들까지도 가슴의 곡선이나 풍만한 엉덩이는 꼭 드러냈던 시대이기도 했다. 아무튼 어떤 이유에서든지 우리와 우리 아버지 세대에 끼여 있던 그 30년 또는 50년만큼 우리가 잘 알고 있었던 시대도 없었다. 그러므로 이런 점을 기억해두는 것도 좋을 것이다. 즉, 저열한 시대엔 역겨운 건축물이나 시조차도 가장 최고의 시대의 것과 똑같은 법칙으로 만들어지고, 이전 시대의 성취들을 파괴하는 데 참여했던 사람들은 그 성취를 능가했다고 생각하며, 그런 시대의 핏기없는 젊은이들조차 자신의 젊은 피가 다른 시대의 새세대만큼이나 충분하다고 착각하게 되는 것이다.

그리고 그렇듯 낮게 가라앉았던 시대 직후에 매번 갑자기 작은 정신의 상승이 찾아온다는 것은 놀라운 일이었다. 그때처럼 말이다. 그 잔잔하던 19세기의 마지막 20년 동안 갑자기 전유럽에서 하나의 고무적인 열정이 솟아오른 것이다. 아무도 무엇이 진행되고 있는지 정확히 몰랐다. 아무도 그것이 새로운 예술인지, 새로운 인간인지, 새로운 도덕이나 혹은 사회계층의 변화인지를 말할 수 없었다. 그리하여 모든 사람들은 자신의 상황에 맞는 이야기만을 했다. 도처에서 옛것에 도전하는 투쟁이 일어났다. 모든 곳에서 갑자기 올바른 소리를 하는 사람들이 나타났고—이건 중요한 일인데—실용적인 관심사를 가진 사람들이 지적인 관심사를 가진 사람들과 제휴하기 시작했다. 예전 같으면 억눌림을 당했거나 공적인 삶에서는 발휘될 수 없었던 재능들이 점점 발휘되었다. 그 재능들은 너무도 다양했고, 추구하는 목표도 서로 달랐다. 우월한 자가 숭배되었고, 열등한 자도 숭배되었다. 사람들은 건강한 몸과 태양을 찬양했고, 폐병 걸린 소녀의 연정을 찬양했다. 영웅과 지도자들에 대한 열광적인 지지가 생겨났다. 신뢰심이 있으면서도 의심했으며, 자연스러운 것 같으면서도 어색했고, 튼튼하면서도 병약했다. 한편으로 사람들은 궁전의 오솔길, 가을 정원, 유리같이 빛나는 연못, 보석, 대마초, 병, 악마 등을 생각했지만, 다른 한편으로는 대초원, 광대한 지평선, 용철로와 분쇄기, 홀딱 벗은 레슬러, 노예 봉기, 인류의 조상과 사회붕괴 등을 생각하기도 했다. 이것들은 모순적이었고 아주 다양한 목소리들이었음에 틀림없지만, 하나의 공통적인 숨소리를 내기도 했다. 즉, 그 시대를 해부해보면, 마치 나무로 된 철의 사각 원 같은 비상식적인 것이 튀어나왔지만, 사실 그 모든 것들은 흐릿한 의미의 잔광 속으로 사라져버리고 말았다. 세기전환기의 마법적인 날들에서 생겨난 그 환영은 너무나 강력해서, 어떤 사람들은 아직 검증도 되지 않은 새세기 속으로 열광하며 빠져들었고, 다른 사람들은 마치 어차피 돌아나올 것이 뻔한 집에 들어가듯이 옛것 속으로 재빨리 들어가버리기도 했다. 누구도 그 두가지 태도 사이의 차이를 심각하게 느끼지 못하면서 말이다.

원하지 않는다면 지나간 '운동'을 지나치게 과대평가할 필요는 없다. 그것은 정말 마르고 불안정한 인간들인 지식인들에게만 영향을 주었다. 그들은 세계의 모든 다양한 세계관에도 불구하고 쪼개질 수 없는 세계관을 지닌 채 신의 도움으로 다시금 최고의 위치에 올라선 사람들이었고, 하나같이 경멸받고 있었으며, 대중들에겐 어떤 영향도 미치지 못하고 있었다. 아무튼 비록 역사적인 사건이 일어난 것은 아니지만, 작은 일 정도는 일어난 셈이었으며, 두 친구 발터와 울리히는 그런 작은 빛의 흔들림을 체험하며 청년시절을 보냈다. 마치 단 하나의 바람에 숲이 흔들리듯이, 그 시절에 신념의 혼란을 뚫고 무언가가 스쳐 지나갔다. 그것은 이교도 정신이거나 개혁 정신이었고, 상승과 전진이라는 축복받은 감각이기도 했으며, 전성기에나 일어나는 하나의 작은 종교개혁이었다. 누구라도 그 세계에 들어선 사람은, 첫발을 내딛는 곳에서 정신의 숨결이 뺨을 스치는 것을 느꼈을 것이다.

16.
신비에 찬 시대의 병

'정말 그리 오래된 일도 아닌데.' 울리히는 다시 혼자가 되자 생각했다. 특이하게도 두 젊은이에게는 아주 심오한 생각들이 그 누구보다도 먼저 떠오를 뿐만 아니라 둘 사이에서 동시에 떠오르기도 했다. 왜냐하면 한 사람이 뭔가 새로운 것을 이야기하려고 입을 열기만 하면 다른 사람은 이미 똑같은 것을 발견하고 난 뒤였기 때문이다. 젊은이들의 우정에는 뭔가 특별한 것이 있다. 그들은 마치 노른자위 속에서도 새로 태어날 영광된 미래를 느끼는 달걀 같았다. 그들이 세상을 향해 내놓는 것이라곤 아무도 구별할 수 없고 표정도 없는 달걀꼴 같은 것뿐이었을지라도 말이다. 울리히는 다른 세계로 떠났던 자신의 첫번째 여행에서 돌아와 몇주 동안 집에 머물 때 보았던, 발터가 유년시절과 학창시절 쓰던 방을 생생하게 기억했다. 여러 도안과 메모, 노트가 적힌 종이들로 뒤덮인 발터의 책상은 한 명망가의 미래를 비추는 빛을 뿜고 있었다. 그 반대편의 날씬한 책장에서 발터가 마치 제바스티안이 말뚝 옆에 서 있는 것처럼 열정에 사로잡혀 아름다운 머릿결 위로 램프의 불빛을 받고 있을 때 울리히는 남몰래 감탄하곤 했다. 그들이 읽은 니체나 알텐베르크(Altenberg, 19세기 오스트리아 작가—옮긴이), 도스토예프스키 같은 책들은 바닥이나 침대 위에 체념하듯 나뒹굴었는데, 그때는 책들이 더이상 필요하지 않거나 그것들을 제자리에 정돈하느라 일어나는 작은 소란으로 대화의 폭풍을 방해받고 싶지 않을 때였다. 위대한 정신이란 스스로의 목적을 채우기에 충분할 뿐임을 발견한 젊음의 오만이 순간 울리히에게 기묘하게 찾아왔다. 그는 대화를 떠올려보려 했다. 그 대화는 마치 잠에서 깨어나 잠속의 마지막 생각을 운 좋게 붙잡았을 때의 그런 꿈 같았다. 그리고 그는 약간 경탄하는 심정으로 생각했다. '당시 우리가 주장을 내세웠을 때, 옳은 말을 하겠다는 것과는 다른 목표가 있었는데, 그것은 우리 자신을 주장하는 것이었다!' 젊은 시절에는 자기자신을 빛으로 밝히려는 욕망이, 빛 가운데 있으려는 욕망보다 훨씬 더 큰 것이다. 그는 이런 기억에서 마치 젊음의 동요하는 느낌을 간직한 듯한 빛을 느꼈고, 어떤 고통스러운 좌절을 느꼈다.

울리히가 보기에, 성인이 되고 나서부터 그는 보통의 잠잠함에 익숙해졌고, 그럼에도 불구하고 때로는 재빨리 식어버리는 소용돌이가 항상 주저하고, 흐트러진 맥박 속으로 흘러가버리곤 했다. 이런 변화가 어디에서 나오는 것인지 말하기는 아주 어려웠다. 중요한 인물들이 갑자기 사라져버린 것일까? 그럴 리는 없다! 게다가 그들은 별로 중요하지도 않다. 한 시대의 수준이란 것이 위대한 인물들에 달려 있는 것은 아닌데, 가령 지난 1860년대나 80년대 사람들의 무지함이 헤벨(Hebbel, 독일의 19세기 소설가—옮긴이)이나 니체 같은 사람들이 출현하는 것을 막지 못했으며 이 두 사람 중 누구도 동시대인들의 그 무지함을 막지 못했던 것이다. 일상의 삶이 정체돼버린 것일까? 아니다, 그것은 점점 더 강해지고 있었다! 전보다 정신을 마비시키는 모순들이 더 많아진 것일까? 더 많아질 수조차 없다! 옛날에는 불합리한 것들이 없었는가? 엄청났다! 우리끼리 이야기지만 사람들은 이제 나약한 사람을 성원하고 강한 사람을 무시한다. 때로는 멍청한 자가 리더가 되고 훌륭한 재능을 지닌 자가 기괴한 역할을 맡기도 한다. 독일 사람들은 모든 종류의 근원적인 고통—흔히 그들이 썩어빠진 병적인 과장이라고 치부해버리는—따위에는 개의치 않고 가족잡지를 읽고 급진예술 전시회보다 훨씬 더 많이 유리궁전이나 협회회관을 찾는다. 정치는 전혀 '새로운 인간'의 세계관에 관심을 두지 않았고 그 잡지들이나 공적인 기구들은 마치 페스트 병균에 둘러싸이듯 신인류에 둘러싸여 있었다. 언젠가부터 세상은 점점 더 좋아졌다고 말할 수 있지 않을까? 예전에는 그저 소수파의 일원이었던 사람이 그사이에 나이든 저명인사가 되었고, 출판업자와 예술상인들이 부자가 되었으며, 새로움은 끝없이 모색되었다. 세상은 유리궁전뿐 아니라 급진예술을 찾았고, 심지어 더 급진적인 급진예술까지 찾았다. 가족잡지는 머리를 짧게 자르도록 권장했고, 정치가들은 문화예술 분야에서 자기의 의견을 즐겨 드러냈으며, 신문들은 문학사를 만들어냈다. 그러므로 무엇이 사라졌다는 말일까?

무언가 저울질할 수 없는 것이다. 징후. 환영. 마치 자석이 쇳조각을 놓치고 나서 그 둘이 혼란에 빠진 상태와 같다. 실이 실뭉치에서 풀려나온 것 같다. 차가 브레이크를 풀어버린 것 같다. 오케스트라가 잘못된 음으로 연주를 시작한 것 같다. 어떤 세부적인 것들도 증명될 수 없는 상황에 처한 것 같다. 물론 전에도 증명은 불가능하긴 했지만, 모든 관계가 약간은 다른 자리로 옮겨진 것 같다. 예전에는 날씬했던 생각이 뚱뚱해졌다. 예전에는 하찮게 여겨졌던 사람들이 명예를 얻었다. 냉혹한 것들이 부드러워졌고, 분리된 것들이 다시 모였으며, 비타협적인 것이 대중적인 것에 자리를 내주었고, 잘 키워온 취향은 다시 새로운 불확실성들로 돌아가고 말았다. 그 날카로운 경계는 사방에서 섞여버리고, 어떤 하나의 새로우면서도 연합을 꾀하는 설명할 수 없는 힘이 새로운 인간과 사유를 높이 치켜들었다. 그 인간과 사유가 나쁘지는 않았다. 절대로 그렇지는 않았다. 다만 너무 많은 악한 것들이 선한 것 속에 섞여 있었고, 진리 속에 오류가, 의미 속에 굴종이 섞여 있었다. 이 혼합에는 세상의 가장 먼 곳까지 닿는 어떤 권위있는 부분이 있는 것처럼 보인다. 그것은 천재를 천재적으로, 재능을 희망으로 보이게끔 하는 아주 적은 양의 대용품으로, 마치 많은 사람들이 치커리나 무화과에 아주 풍부한 커피 맛이 난다고 인정하는 것과 같았다. 갑자기 지식인들 사이의 모든 권위있고 중요한 자리는 그런 사람들 차지가 돼버렸고, 모든 결정은 그 사람들이 내리게 되었다. 사람들은 그 책임을 어느 하나로 돌릴 수 없다. 또한 어떻게 모든 것이 그리 되었는지를 설명할 수 없다. 또한 사람들에 대항해서도, 사상에 대항해서도, 또는 어떤 현상들에 대항해서도 싸울 수 없다. 거기에 어떤 재능이나 선한 의지, 또는 개성이 부족하다는 말은 아니다. 아무것도 부족하지 않은 것처럼, 모든 것 역시 부족하기도 했다는 말이다. 그것은 마치 공기 또는 몸 안의 피가 변질된 것 같았고, 알 수 없는 병이 이전 시대의 천재들의 작은 씨앗을 다 먹어치운 것 같았다. 그러나 모든 것은 새로움으로 반짝였고, 결국 사람들은 세계가 더 나빠진 것인지 아니면 자기자신이 너무 늙어버린 것인지를 더이상 구별하지 못했다. 그리하여 새로운 시대는 마침내 도래한 것이다.

마치 하루가 푸르게 빛을 뿜고 시작했다가 천천히 구름에 덮여 끝나듯이 시대 역시 그렇게 변해갔고, 울리히를 기다려줄 만한 친절함은 이제 남지 않았다. 그는 시대의 병이 만들어냈고, 천재성을 잡아먹어버린 그 비밀에 찬 변화의 원인을 모두 일상적인 우둔함으로 돌려버림으로써 그의 시대에 보복을 가했다. 절대로 모욕적인 의미에서 그런 것은 아니었다. 왜냐하면 그 우둔함이 내적으로 보기에 재능과 혼동될 만큼 비슷하지 않았다면, 그리고 외적으로도 진보, 천재성, 희망, 발전처럼 보일 수 없었다면, 아마 아무도 우둔해지려 하지 않았을 것이고 따라서 어떤 우둔함도 남지 않았을 것이기 때문이다. 적어도 그 우둔함과 맞서 싸우기는 아주 쉬울지도 모른다. 하지만 우둔함은 유감스럽게도 매우 매력적이고 자연스러운 것이기도 하다. 가령 누가 손으로 그린 원본보다도 더 예술적으로 훌륭한 복제 유화를 발견한다면, 그 안에도 어떤 진리가 들어 있으며 그것은 반 고흐가 위대한 예술가였음을 증명하는 일보다 쉬울 것이다. 또한 셰익스피어보다 더 힘있는 극작가가 되거나 괴테보다도 더 균형잡힌 소설가가 되는 것 역시 매우 쉽고 유익한 일이 되었으며 완고한 사적 공간은 항상 새로운 발견보다는 더 인간성을 갖게 되었다. 우둔함이 이용해먹지 못할 의미있는 사상이란 하나도 없다. 우둔함은 모든 곳에 활동하며 어떤 진실의 옷으로든지 갈아입을 수 있다. 반면에 진실은 언제나 한가지 옷에 한가지 길만 있었고, 그래서 늘 불리한 입장에 놓였다.

그러나 얼마 후에 울리히에게 이 문제와 관련한 기발한 착상이 떠올랐다. 시대의 사상을 최고의 질서 속에 정리하려는 굉장한 노력 이후에 울리히는 만약 그라면 근본적으로 심연으로 들어가 이미 문제를 해결했을 법한 위대한 종교사상가 토마스 아퀴나스—1274년에 사망한—를 떠올렸다. 만약 그가 각별한 신의 은총으로 아직까지 늙지 않고 여러 장서들을 팔에 낀 채 아치형으로 구부러진 문을 나선다면, 그의 코앞으로는 전차가 으르렁거리는 소리를 내며 휙 지나갈 것이다. 과거에는 위대한 토마스로 불리던 그 우주의 학자가 아무것도 모르고 깜짝 놀랄 것을 생각하니 울리히는 웃음이 나왔다. 한 오토바이 운전자는 텅 빈 거리로 나와 왼손과 왼발로 자신의 관점을 우레와 같이 쏟아낸다. 그의 표정에는 무언가 굉장히 중요한 일로 울부짖는 어린아이의 얼굴에 담긴 심각함이 들어 있다. 울리히는 며칠 전 잡지에서 본 한 유명한 여성 테니스선수의 사진을 떠올렸다. 라켓으로 높은 볼을 치려고 할 때 발끝으로 선 그녀의 한쪽 다리는 양말 대님 위까지 노출돼 있었고 다른 쪽 다리는 위쪽으로 치켜들었는데, 그녀의 표정에서 영국 정치가의 모습이 드러났다. 같은 잡지에는 시합을 마친 후 마사지를 받는 여자

수영선수의 사진도 실렸다. 그 선수의 머리와 다리 맡에서 뚫어지게 그녀를 바라보는 두 여성은 평범한 옷차림인 반면, 그 선수는 발가벗은 채 등을 내놓고 침대에 누워서는 한쪽 무릎을 마치 성행위를 허락하는 여자의 자세처럼 허공으로 들어올리고 있었다. 그리고 마사지사는 그 곁에서 다리에 손을 얹은 채 서 있었다. 그는 의사 가운을 입고 마치 그 여성의 육체가 껍질이 벗겨진 채 푸줏간 갈고리에 걸려 있는 고기라도 되는 듯이 그 순간의 모습을 뚫어지게 바라보았다. 당시는 이런 일들이 알려지기 시작한 때였고, 어떤 면에서는 고층빌딩이나 전기처럼 사람들이 반드시 알아야만 하는 일이기도 했다. '어떤 타격도 받지 않고 동시대에 화를 내기는 힘들 것'이라고 울리히는 느꼈다. 울리히는 또한 이 모든 살아있는 모습들을 사랑할 준비가 되어 있었다. 그러나 그가 사회의 분위기가 요구하듯 쉼없이 그들을 사랑할 준비가 되어 있는 것은 아니었다. 오래전부터 그가 행하고 체험하는 모든 일에서 그는 어떤 혐오의 느낌, 어쩔 수 없음과 고독의 그늘을 느꼈는데, 그 보편적인 혐오에서 그는 어떤 보완적인 애착을 발견할 수 없었다. 종종 그는 자신이 현재로서는 어떤 목표도 없음의 재능을 타고난 것이 아닌가 하는 느낌을 받곤 했다.

17.
특성 없는 사람이
특성 있는 사람에게 끼친 영향

울리히가 클라리세와 대화하는 동안, 그 둘은 그들 뒤에서 연주되던 음악이 이따금 멈추었다는 사실을 알아차리지 못했다. 발터는 창으로 다가갔다. 그 둘을 볼 수는 없었지만, 그들이 얼굴이 거의 닿을 정도로 가까이 있음을 느꼈다. 질투가 끓어올랐다. 발터는 매우 관능적인 음악이 주는 비열한 몽롱함에 젖어 다시 피아노 앞으로 돌아갔다. 그의 등 뒤에 뚜껑이 열린 채 놓여 있는 피아노는 마치 현실을 마주하지 않으려고 침구를 붙들고 있는 수면자가 마구 파헤쳐놓은 침대 같은 모습을 하고 있었다. 건강한 사람이 걷는 모습을 볼 때 불구자가 겪게 마련인 그런 질투가 그를 괴롭혔고, 그는 결국 그들의 대화에 끼어들 결심을 할 수 없었다. 그의 고통은 그들과 대항해서 자신을 지킬 만한 가능성조차 허용하지 않았던 것이다.

아침에 일어나서 사무실로 급히 가야 할 때, 하루종일 사람들과 이야기하고 그들 사이에 끼여 저녁에 귀가할 때, 발터는 자신이 중요한 사람이며, 위대한 일에 부름을 받고 있다는 느낌을 받았다. 그는 자신이 사물들을 다르게 보고 있다고 믿었다. 사람들이 무심코 지나치는 곳에서, 그리고 그들이 생각없이 어떤 것을 잡으려고 손을 뻗치는 곳에서, 그는 감동을 받았다. 그에겐 팔의 움직임 하나조차 정신적인 모험으로 가득 찬 것이었거나 그 자체로 사랑에 빠진 사람의 마비 같은 것이었다. 그는 다정다감했고, 그의 감정은 늘 집중이나 침잠, 상승과 하강의 물결에 따라 요동하곤 했다. 그는 한번도 냉정해지지 못했고 오히려 모든 일들을 행운과 불행으로 바라보았으며 그리하여 늘 무언가 흥미로운 생각을 해내지 않으면 안되었다. 사람들은 그런 사람에게서 비상한 매력을 느끼게 마련인데, 왜냐하면 그런 사람 속에서 끊임없이 발견되는 그 도덕적인 움직임은 타인들에게 깊이 전달되기 때문이다. 가령 사람들과의 대화에서 그는 모든 것을 개인적인 의미로 취급하고, 사람들은 역으로 끊임없이 자신의 이야기를 해도 되기 때문에, 심리학자나 심리치료사와 상담할 때와 같은—물론 무료로—만족감을 얻는 것이다. 다른 것이 있다면, 심리학자 앞에선 자신을 환자처럼 생각하지만, 발터는 중요하지만 지금껏 그냥 지나쳐왔던 삶의 이유들을 밝히는 데 도움을 준다는 것이다. 정신의 자기각성을 넓혀주는 이러한 재능 덕분에, 발터는 모든 경쟁자들을 물리치고 클라리세를 차지할 수 있었다. 모든 것이 그에겐 윤리적인 것이었기 때문에, 그는 장식에 치중한 양식의 부도덕함과 단순한 형식이 주는 위생학을 설득력있게 지적할 수 있었고, 새로운 예술취향에 맞춰 나온 그 맥주냄새 풍기는 바그너 음악에 대해서도 말할 수 있었으며, 심지어는 장래 그의 장인 될 사람을 공작새의 두뇌를 가진 화가라고 말하여 사람들을 놀라게 하기도 했다. 아무튼 그가 자신의 성공을 돌아볼 만한 것은 확실해 보였다.

그러나 아마도 너무나 완벽하고 신선해서 그 이전엔 한번도 있었을 것 같지 않은 그런 계획과 인상들로 가득 찬 채 집으로 돌아오자마자, 이번엔 어떤 심각한 변화가 찾아오는 것이었다. 단지 이젤 위에 캔버스를 올려놓거나 책상 위에 종이 한 장만 올려놓아도 그의 심장에서 굉장한 도약이 일어날 것 같았다. 그러나 그의 머리는 평온해지고, 그 안의 계획들은 동시에 매우 통찰력있고 의미있는 분위기 속으로 스며들고 말았다. 그 계획이 스스로를 찢고, 주위를 맴돌면서 더 중요한 의미를 지니고 있던 둘이나 그 이상의 계획들이 되어 서로 경쟁했다. 그러나 결국 꼭 필요하다고 여겨진 첫번째 움직임과 두뇌와의 연관은 거의 잘려나가다시피 돼버리고 말았다. 발터는 손가락 하나를 들어올릴 정도의 결심도 할 수 없었다. 그는 방금 앉았던 자리에서 다시 일어서기조차 힘들었고, 그의 생각은 마치 방금 떨어져서 녹아내리는 눈처럼 스스로 세운 임무에서 미끄러져 나갔다. 그는 시간이 어떻게 흘러가는지도 몰랐고, 그것을 알아채기도 전에 한밤중이 돼버렸다. 이미 그런 시간에 대한 두려움을 안고 집으로 돌아오는 경험을 몇번 하고 나서는, 한주일 전체가 기분 나쁘게 설핏 든 잠처럼 흘러가버리기 시작했다. 그의 모든 결정과 행동을 느리게 만드는 그 가망없음을 통해 그는 점점 더 가혹한 비극 속으로 빠져들어갔고, 그의 무능력은 마치 무엇을 할 것인지를 결정하려고 하자마자 코피가 거꾸로 역류하는 듯한 고통을 안겨주었다. 발터는 두려웠다. 그가 체험한 일들은 그의 일을 방해했을 뿐만 아니라 그를 두려움에 떨게 했다. 왜냐하면 그것들이 확실히 그의 의지를 넘어선 것이었고, 자주 정신적인 붕괴의 시작이라는 인상을 심어주었기 때문이었다.

지난 몇년 동안 상황이 점점 심각해지는 동안, 발터는 이전엔 별로 가치를 두지 않았던 어떤 생각에서 놀라운 구원을 찾아냈다. 그 생각이란, 그가 살도록 강요받고 있는 유럽이 가망이 없을 정도로 타락해버렸다는 사실이다. 겉으로는 잘 돌아가는 시대라고 해도, 내부엔 후퇴가 진행되고 있었고, 그 후퇴는 아마도 모든 일에서 진행되며 따라서 정신적인 발전도 그러한 후퇴를 체험할 것이다. 만약 인간이 어떤 특별한 노력이나 새로운 이상들을 제공하지 못한다면, 우리가 그것에 맞서 무엇을 할 수 있느냐는 질문에 맞닥뜨리고 말게 될 것이다. 그러나 그러한 시대에 그 영리함과 우둔함, 천박함과 아름다움의 혼합이 워낙 두텁게 서로 꼬여 있기 때문에, 많은 사람들은 어떤 비밀이 숨어 있다고 단순하게 믿어버린 것이고, 정확히 판단될 수 없는 아주 모호한 것들의 멈출 수 없는 추락을 주장할 것이다. 그것이 인종이 되든 식물이 되든 또는 영혼이 되든 다를 것은 없었다. 왜냐하면 모든 건강한 회의주의가 그렇듯이, 중요한 것은 그것을 통해 스스로를 지속시킬 수 있는 어떤 불가피성을 얻게 되기 때문이다. 비록 이전 같았으면 그런 논리를 웃어넘겼을 수도 있었을 발터 또한, 그 자신이 그 논리들을 시도해 보고는, 곧 장점을 찾아냈다. 그때 만약 그가 무능하고 자신을 나쁘게 느꼈다면, 지금은 시대가 무능하고 오히려 그가 건강한 것이 되었다. 아무 성과도 없었던 그의 삶은 단 한번에 엄청나게 값진 것이, 또한 역사적으로 정당한 것이 되었고, 그가 펜이나 연필을 한번 잡았다 놓을 때, 그것은 위대한 희생이라는 분위기를 띠게 되었다.

그러나 여전히 발터는 스스로와 싸우고 있었고, 클라리세는 그에게 고통을 안겨주었다. 그녀는 시대에 관한 대화에는 관심이 없었고 오로지 천재만을 믿었다. 무엇이 천재인지는 몰랐다. 다만 천재에 관한 이야기만 나오면 몸을 떨고 긴장하기 시작했다. 천재성을 느끼거나 느끼지 못하겠다는 것이, 그녀가 제시한 단 하나의 증거였다. 발터에게 그녀는 항상 작고 무시무시한 열다섯살 소녀로만 머물렀다. 한번도 클라리세는 발터의 느낌을 이해하지 못했으며, 그도 그녀를 지배할 수는 없었다. 그러나 그녀는 아주 냉정하면서 강했고, 때로는 실체 없이 떠도는 의지로 다시 풍부한 영감을 되찾기도 했으며, 그에게 영향을 주는 비밀스런 능력을 갖고 있었고, 그것은 마치 3차원의 어떤 고정되지 않은 공간에서 나온 충격 같았다. 때로 그것은 섬뜩하다는 느낌을 주기도 했다. 같이 피아노를 연주할 때 발터는 그런 느낌을 받았다. 클라리세의 연주는 강했고, 색채가 없었으며, 그에게는 낯선 어떤 흥분에 복종하는 듯했다. 그들의 육체가 영혼 속까지 뚫고 밝게 빛날 때, 발터는 두려움에 사로잡혔다. 무언가 규정할 수 없는 것이 그녀를 뚫고나왔으며, 그녀의 정신과 함께 미끄러져 날아갔다. 그것은 보통 사람이라면 두려워서 잠가두어야 하는, 존재의 비밀스런 빈자리로부터 나오는 것이었다. 발터는 어디서 그것을 느껴야 할지, 그것이 무엇인지를 알지 못했다. 그러나 그것은 표현할 수 없는 두려움으로, 또한 그 자신 외에는 아무도 모르기 때문에 그가 해야만 하는—그러나 할 만한 능력이 되지 않는—그녀에게 대항하라는 어떤 결정적인 임무가 되어 그를 괴롭혔다.

창문을 통해 클라리세를 돌아보는 동안, 발터는 울리히를 나쁘게 말하고픈 충동을 떨쳐내지 못할 거라는 예감이 들었다. 울리히는 좋지 않은 때 돌아왔다. 클라리세에게 울리히는 해로운 사람이었다. 그는 발터도 감히 건드리지 못하는 그녀의 내부, 즉 재앙의 동굴, 가련함, 병적인 것, 불길한 천재성, 언젠가는 사라질, 속박에서 벗어난 그녀의 비밀스런 빈자리 같은 것들을 아무도 모르게 악화시키고 있었다. 지금 막 들어온 클라리세는 모자를 벗어서 손에 쥔 채 발터 앞에 서 있었고, 그는 그녀를 바라보고 있었다. 아마 발터는 그녀가 자신에겐 없는 힘을 지니고 있다는 느낌을 받았을 것이다. 클라리세가 아주 어렸을 때부터 발터는 그녀를 마치 손에 박혀 한시도 자신을 가만히 두지 않는 가시처럼 생각했고, 그 밖의 다른 무엇이 되기를 바라지도 않았다. 그리고 아마 그것은 그 둘은 모르는, 그의 삶만이 간직한 비밀이었을 것이다.

'우리의 고통은 얼마나 깊은 것인가!' 그는 생각했다. "우리처럼 서로를 깊이 사랑하는 것은 쉽지 않았을 거야." 그는 멈추지 않고 말하기 시작했다. "울리히가 네게 무슨 이야기를 했는지는 알고 싶지 않지만, 이건 말할 수 있어. 네가 경탄하는 그의 능력이란 공허한 것에 불과해." 클라리세는 피아노를 바라보고 미소지었다. 그는 주저하며 뚜껑이 열린 피아노 곁에 주저앉았다. 그가 계속 말했다. "천성적으로 둔감한 사람이라면, 쉽게 영웅적인 기분에 휩싸이지. 그건 1밀리미터 내에 무엇이 감춰져 있는지도 모른 채 1킬로미터 안을 생각하는 것과 마찬가지야." 그들은 때때로 울리히를 울로(Ulo)라고 불렀고, 그 이름은 어린 시절의 별명이었다. 울리히는 마치 사람들이 유모를 향해 미소지으며 존경심을 품듯이 그들을 좋아했다. "울리히는 더이상 앞으로 나아가지 못할 거야." 발터가 덧붙였다. "너는 그걸 몰라, 하지만 내가 그를 모르고 있다고 믿을 필요는 없어."

클라리세는 의심에 빠져들었다.

발터는 격정에 사로잡혔다. "이 시대엔 모든 게 타락했어. 지식인들은 바닥도 없는 심연에 빠져 있지! 그도 지식인이야. 그건 인정하지만, 그는 총체적인 영혼의 힘을 알지 못하고 있어.

괴테가 개인성이라고 부른 것, 그가 움직이는 질서라고 한 것을 그는 예감하지 못하는 거지. '힘과 절제, 의지와 규칙, 자유와 규범, 움직이는 질서,라는 그 아름다운 이념' 말이야."

그의 입술이 만들어내는 파동 속에 시의 운율이 요동했다. 마치 그 입술이 귀여운 장난감을 날려보내기라도 한 것처럼, 그녀는 그의 입술을 친근한 경탄을 가지고 바라보았다. 그때 그녀는 제정신을 차렸고 다시 작은 처녀로 되돌아갔다. "맥주 마실래?"

"좋아. 난 언제라도 한잔 하잖아."

"집에 맥주가 없는걸."

"묻지나 말았으면," 발터는 아쉬워했다. "생각도 안 났을걸."

클라리세에게도 달리 방법은 없었다. 그러나 발터는 균형을 잃고 있었고, 더이상 제 방향을 찾지 못했다. "우리가 예술가에 대해 얘기했던 것 기억해?" 그가 흐릿하게 물었다.

"무슨 이야기?"

"며칠 전이었어. 인간에게 살아있는 형식 개념이 무엇인지 설명한 적이 있잖아. 내가 내렸던 결론 기억나지 않아? 이전 시대엔 죽음과 논리적인 체계 대신 지혜가 지배했다는 결론."

"아니."

발터는 멈칫했고, 더듬거리더니 동요했다. 갑자기 그가 소리쳤다.

"그는 특성 없는 사람이야."

"그게 뭐지?" 클라리세가 웃으며 물었다.

"아무것도 아니지, 그건 단지 아무것도 아닐 뿐이야."

그 말에 클라리세는 긴장되는 것을 느꼈다.

"오늘날 그런 사람은 수백만이 있지." 발터가 주장했다. "바로 이 시대가 만들어낸 인간 유형이야!" 그 의도하지 않았던 말은 그의 마음에 들었다. 마치 시를 짓기 시작하는 것처럼 그는 의미를 다 파악하기도 전에 그 말을 밀고 나갔다. "그를 한번 살펴봐! 너라면 그를 뭐라고 하겠어? 그가 의사처럼 보이나? 아니면 상인? 화가? 외교관?"

"아니." 클라리세는 싱겁게 말했다.

"그럼 그가 수학자처럼 보이던가?"

"모르겠어, 수학자가 어떻게 보여야 하는지도 모르겠고."

"정말 옳은 말을 했군! 수학자는 그 무엇과도 같아 보이지 않아! 말하자면, 그는 정말 평범한 지식인처럼 보이기 때문에 어떤 특별한 점도 지니고 있지 않은 거야. 로마-가톨릭 수도승들을 빼고는, 오늘날 아무도 자신이 그래야 마땅하다는 모습으로 보이지 않아. 왜냐하면 우리가 우리의 손보다도 우리의 머리를 더 특색 없게 사용하기 때문이지. 하지만 수학처럼 제 자신을 모르는 학문도 없을 거야. 그건 꼭 고기와 빵 대신 영양제로만 살아가려고 결심한 사람이, 아직도 초원이나 어린 송아지, 암탉들을 알아야 한다고 믿는 거랑 똑같다니까!" 그사이에 클라리세는 간단한 저녁식사를 차려놓았고, 이미 발터는 식사

중이었다. 아마도 그의 비유는 그 식사에서 비롯되었을 것이다. 클라리세는 그의 입술을 보았다. 그것은 죽은 그의 어머니를 떠올리게 했다. 억센 가정주부의 입술. 마치 집안일을 다 끝내고 짧게 깎은 수염을 쓸어올리듯 먹어대던 그 입술. 접시에 있던 치즈 한조각을 찾아냈을 뿐인데도, 그의 눈은 마치 막 깎아놓은 신선한 밤(栗)처럼 빛났다. 비록 그가 작았고, 섬세하기보다는 나약하게 보였지만, 그는 늘 훤하게 보이는 축에 들었고, 또 그런 인상을 주기도 했다. 그는 하던 말을 계속 이어나갔다. "너는 그의 모습에서 어떤 직업도 추측해낼 수 없을 거야. 하지만 그 또한 직업이 없는 사람처럼 보이지는 않지. 그가 어떤지 한번 생각해봐. 그는 늘 자기가 해야 할 일을 알고 있어. 그는 여자의 눈을 들여다볼 줄 알아. 모든 순간에 모든 것들을 제대로 숙고할 수도 있지. 복싱도 할 줄 알고 말이야. 그는 재능 있고, 의지력도 있으며, 편견도 없지. 용감하고 끈기도 있고, 대담하며 신중하기도 해. 그가 그 모든 특성들을 소유했다는 것을 부정하고 싶지는 않아. 하지만 그는 그것들을 가지지 못한 거야! 그 특성들이 오늘의 그를 만들고, 그의 길을 정해주었지만, 그에게 속해 있는 것이 아니었지. 그가 화를 낼 때, 그 안의 무언가는 웃고 있지. 그가 슬플 때, 그는 무언가를 준비하고 있어. 무언가에 감동을 받을 때도, 그는 그것을 거부해버리지. 모든 잘못된 행위도 이러저러한 관계 속에서 선한 것으로 드러내기도 해. 그가 특별하다고 생각하는 것은 언제나 하나의 가능성을 지닌 관계에 의해 좌우되는 것이야. 그에겐 어떤 것도 고정돼 있지 않아. 모든 것은 변할 수 있고, 부분은 전체 속에, 추측건대 아마도 그가 조금도 알지 못하는 그보다 더 큰 수많은 전체 속에 존재하는 거야. 그의 모든 대답은 부분적이고, 모든 느낌은 하나의 관찰일 뿐이며, 그래서 그에겐 '무엇이냐'가 중요한 게 아니라, 부수적인 '어떻게'나 이러저러한 부속물들이 더 중요한 것이지. 네가 알아들을 수 있게 말한 것인지 모르겠어."

"하지만," 클라리세가 말했다. "그는 아주 친절해."

발터는 자신도 모르게 점점 커져가는 적대감을 드러내며 말했다. 자신이 좀더 약한 친구였다는 어린 시절의 감정은 그의 질투심을 고조시켰다. 물론 그도 울리히가 그저 몇번의 지적 능력을 보여준 것 외의 특별한 것을 몰랐지만, 이상하게도 그가 자신보다 육체적으로 열등하다는 인상은 주지 않았던 것이다. 울리히가 그린 그림은, 마치 예술작품을 보았을 때처럼 그를 해방감에 젖게 했다. 그것을 그가 직접 그렸다기보다는, 겉으로는 차곡차곡 쌓이는 말(言) 같지만, 그의 내부에서는 자신도 모르게 녹아 없어지는 어떤 비밀스런 영감에 의해 그려진 것 같았다. 이야기를 마쳤을 때, 발터는 오늘날 모든 현실이 지닌 그런 특성이 녹아 없어지는 존재로 울리히를 표현할 수밖에 없다는 사실을 깨달았다.

"그게 마음에 들어?" 그는 고통스럽게 과장하며 물었다. "설마 진심은 아니겠지!"

클라리세는 흰 치즈를 바른 빵을 씹고 있었다. 그녀는 눈가에 미소를 지을 수밖에 없었다.

"아!" 발터가 말했다. "이전에는 우리도 비슷하게 생각했겠군. 하지만 그저 옛날 이야기로 봐서는 안돼! 그런 사람은 인간이 아니라고."

클라리세는 씹던 음식을 다 삼켰다. "그도 그렇게 말했어!" 그녀가 나섰다.

"뭐라고 그랬는데?"

"오늘날 모든 것은 녹아 없어진다고. 그뿐만 아니라 오늘날 모든 것이 흐물흐물해져 있다고 말했어. 하지만 당신처럼 그렇게 나쁘게 이야기한 것은 아니야. 한번은 그가 아주 긴 이야기를 해주었지. 만약 천 명의 인간을 분석해보면, 그들을 이루고 있는 두 다스 정도의 특성들, 감정들, 발전 모델들, 구조 유형들이 쏟아져나온대. 그리고 우리의 몸을 해체해보면 겨우 물과 그 위를 떠다니는 몇다스의 물질이 나온다는 거지. 물은 꼭 나무에서처럼 우리 몸을 타고 오르고, 마치 구름처럼 우리 몸을 지탱시키지. 그건 참 훌륭한 거라고 그랬어. 하지만 사람은 자신을 어떻게 규정해야 할지 모른다고 하더군. 무엇을 해야 할지도." 클라리세는 웃었다. "난 그에게 말해주었어. 시간 있을 때 하루종일 낚시를 가라고. 그리고 물가에 누워 있으라고."

"그래서? 그 친구가 물가에서 단 십분이나 버틸지 그게 궁금하군. 하지만 인간들은 말이야," 발터는 확신에 차서 말했다. "그런 걸 만년 동안이나 해오고 있다고. 하늘을 쳐다보고, 따뜻한 땅을 느끼면서 말이야. 그들이 자기 엄마를 분석하지는 않듯이, 모든 것을 그렇게 분석하며 살지는 않아."

클라리세는 다시 웃지 않을 수 없었다. "그는 세상이 아주 복잡해졌다고 그랬어. 마치 물 위를 헤엄치듯이 우리는 불의 바다를, 전기의 폭풍 속을, 자기장의 하늘을, 열기의 늪 따위를 헤엄치고 있다고. 그러나 모든 걸 느낄 수는 없지. 결국 남은 것이라곤 형식밖에 없으니까. 그리고 무엇이 인간적인 것인지는 우리도 정확하게 알 수 없어. 그것은 전체야. 학교에서 배운 것들은 다 잊어버렸지만, 대충 그런 게 맞을 것 같아. 그는 오늘날 당신이나 성 프란체스코처럼 새들을 '형제'라고 부르고 싶어하는 사람들이 있다면, 그들은 난로 속으로 뛰어들거나 전기 배선을 헤치고 땅 속으로 들어가거나 아니면 설거지통을 뚫고 그 안의 배수관으로 들어갈 준비가 돼 있어야 한다고 말했어."

"그래, 맞아," 발터가 그 순간 끼어들었다. "그 네가지 요소들이 몇다스가 되고, 결국 우리는 관계나 과정, 형식과 과정의 구정물 같은 것들 위를 헤엄치듯 다니게 되지. 그게 하나의 사물인지 과정인지 유령 같은 사상인지 또는 신만이 아는 것인지도 모르는 채 말이야. 그러고 나면 태양과 성냥개비 사이에도 아무런 차이가 없어지고, 소화기관의 한쪽 끝인 입과 다른 쪽 끝

사이에도 별 차이가 없게 돼. 모든 일들은 백가지의 측면들을 가지고, 그 측면들 또한 백가지의 연관들을 가지며, 서로 다른 느낌들이 그 모든 것들에 들러붙어 있는 거야. 인간의 두뇌는 즐겁게 사물들을 분할하지만, 사물들은 인간의 마음을 똑같이 쪼개놓고 있어." 그는 벌떡 일어섰다. 하지만 그가 서 있는 자리는 여전히 식탁 뒤쪽이었다. "클라리세," 발터가 말했다. "그는 너에게 위험해. 봐, 클라리세, 오늘날 모든 사람들이 원하는 건 단지 단순함, 땅, 건강뿐이야. 그리고 정말 확실한 건, 네가 원하는 걸 아이들도 원한다는 거야. 그건 아이들이야말로 사람들을 땅바닥에 붙들어놓기 때문이지. 울로가 너에게 한 말은 모두 비인간적이야. 내가 확신하건데, 나는 집에 돌아와 너와 커피를 마실 수도, 새소리를 들을 수도, 잠깐 산책을 나갈 수도, 이웃들과 몇마디를 나눌 수도, 그리고 하루가 조용히 마감되도록 할 수 있는 용기가 있어. 그게 바로 인간적인 삶이지!"

이 부드러운 말은 그를 천천히 그녀 쪽으로 끌어당겼다. 그러나 그때 그의 부드러운 저음 멀리에서 뭔가 아버지 같다는 느낌이 솟아올랐고, 그것이 클라리세를 주저하게 만들었다. 발터가 그녀에게 다가서는 동안, 그녀의 얼굴엔 표정이 사라졌고, 그녀는 피하려고 했다.

그녀 곁에 다가갔을 때, 그는 마치 시골 난로처럼 따뜻한 부드러움을 내뿜고 있었다. 클라리세는 잠시 그 열기 속에서 동요했다. 그녀가 말했다. "지금은 안돼, 내 사랑!" 그녀는 식탁에서 한조각의 치즈와 빵을 낚아채고는 그의 이마에 재빨리 입을 맞췄다.

"난 밤나비가 있나 나가볼래."

"클라리세," 발터가 애원했다. "지금 같은 철엔 나비가 한마리도 없다고."

"그건 알 수 없지."

방안엔 그녀의 웃음소리만이 남았다. 빵과 치즈를 들고 그녀는 풀밭을 걸어다녔다. 주위는 안전했고, 누가 따라다닐 필요도 없었다. 부드러웠던 발터의 기분은 마치 너무 일찍 불에서 꺼낸 수플레 케이크처럼 가라앉고 말았다. 그는 깊이 한숨을 내쉬었다. 그러곤 머뭇거리며 다시 피아노 앞에 앉아 몇개의 키를 눌렀다. 의도했든 그렇지 않았든 그것은 바그너의 오페라에서 따온 환상곡이었고 그가 자만에 차 있었을 시기에는 연주를 거부했던 이 질서없이 이어지는 주제부의 쿵쾅거림 속으로, 그의 손가락이 운율을 따라 서걱거리기도 했고 가르릉거리기도 했다. 저 멀리 있는 자들에게까지 들렸으면! 그의 척수는 이 음악의 마성에 의해 점점 마비돼갔고, 그의 운명은 좀 가벼워졌다.

18.
모오스브루거

바로 그때 언론에서는 모오스브루거(Moosbrugger) 사건에 몰두하고 있었다.

모오스브루거는 크고 넓은 어깨에 살이 별로 찌지 않은 목수였고, 머리털은 갈색 양털 같았으며 마치 온후하면서도 강한 발톱을 가진 사내 같았다. 그의 표정 역시 온후한 힘과 정의를 향한 의지를 품고 있었고, 만약 그를 보지 못했다 하더라도, 서른네살 먹은 이 사람의 튼튼하고 충실하며 잘 마른 작업장과 그가 다루는 나무, 그리고 많은 노력과 사려깊음이 동시에 요구되는 목수 일에서 풍기는 향기는 맡을 수 있을 것이다. 신에게 모든 선한 징표를 선물받은 얼굴의 모오스브루거를 처음 마주친 사람은 마치 뿌리 있는 나무처럼 제자리에 서 있을 수밖에 없는데, 그가 늘 두 명의 무장한 법정군인에 의해 연행되고 있었고, 손은 강한 철 쇠사슬에 꽉 묶여 있었으며, 그 손잡이는 연행자 중 한사람이 쥐고 있었기 때문이다.

누군가 그를 쳐다보고 있음을 알아차렸을 때, 정돈되지 않은 머리카락과 구레나룻, 턱수염을 한 그의 넓고 선량한 얼굴에는 미소가 스쳐지나갔다. 짧고 검은 윗도리에다 밝은 갈색 바지를 입었고, 행동은 마치 군인처럼 넓게 보폭을 내딛었지만, 그 미소만큼은 법정 안에 모인 대부분의 기자들을 사로잡는 것이었다. 그 미소란 아마도 당황한 미소거나 교활한, 아이러니한, 악의에 찬, 고통스러운, 미친, 피에 굶주린, 섬뜩한 미소였을 것이다. 기자들은 분명히 모순에 찬 표현들을 더듬어 찾고 있었고, 완벽하게 고결한 그의 외모에서는 발견될 수 없는 어떤 것을 그의 미소 속에서 절망적으로 구하는 것처럼 보였다.

그 이유는 모오스브루거가 최하층의 어떤 창녀 하나를 무시무시한 방법으로 살해했기 때문이다. 기자들은 후두부를 뚫고 목덜미까지 이른 상처와 심장을 관통한 가슴 부위, 그리고 등 왼쪽에 난 각각 두 군데의 상처와 들어올려질 정도로 양쪽 가슴이 도려내진 피해자의 사체를 자세히 묘사했다. 기자들은 그렇게 역겨움을 드러내놓고는 거기서 멈추지 않고 배에 난 35군데의 상처를 하나하나 나열했고, 배꼽에서 시작하여 엉치뼈를 거쳐 등에까지 수없이 나 있는 작은 자상과 목이 졸린 흔적까지 설명했다. 그들은 그 끔직함에서 모오스브루거의 선량한 얼굴로 돌아오는 길을 찾지는 못했으나 그들 스스로도 선량한 사람들이었기 때문에 끔찍한 일임에도 불구하고 그 일들을 사실적이고, 전문가답게 정말 숨가쁜 긴장감으로 묘사했다. 그 남자가 정신병을 앓고 있다는 가장 중요한 사실은—모오스브루거는 비슷한 범죄행위로 여러차례 정신병원에 들어간 적이 있었기 때문에—그러나 거의 언급되지 않았는데, 이는 오늘날 좋은 기자들이 그런 문제를 아주 잘 알고 있다는 점에 비춰볼 때 납득하기 힘든 것이었다. 그들은 그 악당을 놓치고 싶어하지도, 또한 그들 자신의 영역에서 병의 영역으로 넘겨주고 싶어하지도 않는 것 같았다. 그점에서 기자들의 태도는 심리학자들과 일치했는데, 그들 역시 모오스브루거가 멀쩡하다고 말하다가도 금치산자라고 말을 바꾸곤 했다. 또하나의 놀라운 사실은, 모오스브루거의 과도한 병세가 알려지자 언론의 센세이셔널리즘을 비판하던 수천명의 사람에게는 그것이 '마지막으로 찾아온 새로운 흥밋거리'로 여겨졌다는 것이다. 이들은 바쁜 관료들로부터 열네살짜리 아이들, 가사일로 정신없는 가정주부에 이르기까지 다양한 사람들이었다. 사람들은 그런 괴물이 나타났다는 사실에 안타까워하면서도, 자신들의 생업보다 그 일에 더욱 관심을 쏟았다. 정말 그때는 아무리 딱딱한 성품의 행정관료나 은행장이라 하더라도 잠자리에 들면서 아내에게 "내가 모오스브루거라면 당신 어떻겠어?"라고 말을 던질 정도였다.

울리히는, 수갑 위로 신의 자녀임을 내보이는 그 얼굴을 보자 재빨리 돌아와서 근처 법원의 초병에게 몇개비의 담배를 건네면서 방금 전에 문을 나섰음에 분명한 그 호송차량에 대해 물어보았고, 그것에 관해 들었다. 여하튼 그런 일은 일어난 지 조금 지난 것이 분명했는데 왜냐하면 자주 그런 보도가 나왔기 때문이다. 울리히는 보도된 것을 거의 믿고 있었다. 그러나 당장의 진실이란 그가 모든 것을 단지 신문에서 읽었다는 것뿐이었다. 그가 모오스브루거를 개인적으로 알게 되기까지는 많은 시간이 걸렸다. 그전에는 그저 재판 때 우연히 단 한번 봤을 뿐이다. 뭔가 낯선 것을 실제로 체험하는 것보다 신문에서 보게 될 가능성이 훨씬 더 큰 것이다. 다시 말해 오늘날 추상세계에서 좀더 본질적인 일들이 일어나고 실제세계에서는 더 사소한 일들이 일어난다.

울리히가 이런 식으로 모오스브루거 사건에서 알게 된 것은 대략 다음과 같다.

모오스브루거는 어린 시절 불쌍한 악마였다. 그는 길이란 것이 있어본 적이 없는 아주 작은 마을에서 고아들을 돌보는 소년이었다. 너무 가난해서 한번도 감히 여자아이와 말을 해본 적이 없었다. 그는 언제나 여자들을 바라볼 수밖에 없었는데, 이는 도제생활을 할 때나 떠돌이생활을 할 때도 마찬가지였다. 우리는 누군가 빵이나 물 같은 것을 아주 당연하게 갈망하면서도 쳐다봐야만 한다는 것의 의미를 상상해볼 필요가 있다. 시간이 지나면 우리는 그것을 비정상적으로 갈망하게 된다. 그것이 달려가고, 치마가 장딴지 주위에서 흔들린다. 그것이 울타리 위까지 치솟았다가 무릎 높이까지 내려와 눈에 보인다. 우리는 그것을 보지만, 그것은 불투명해진다. 우리는 그것이 웃는 소리를 듣고 재빨리 뒤돌아보지만 그 얼굴에서 단지 움직임 없는 구멍, 마치 방금 생쥐가 미끄러져 들어간 것 같은 그 구멍 같은 것만을 보게 된다.

그래서 모오스브루거가 이미 어린 소녀를 살해하긴 했지만 자신을 밤낮으로 부르는 혼령에 쫓긴 나머지 그런 짓을 저지르게 되었다고 볼 수도 있는 일이었다. 그 혼령들은 그가 잠자리에 들 때 침대 위로 내던져졌으며 그가 일하는 곳까지 따라와 괴롭혔다. 그는 그 혼령들이 밤낮으로 서로 이야기하고 싸우는 소리를 들었다. 그것은 정신병이 아니었고, 사람들이 그런 식으로 말할 때 모오스브루거는 견디기 어려웠다. 비록 그조차 자신의 이야기들을 설교에서 들은 말로 꾸밀 때가 종종 있었고, 감옥에서 꾀병을 부리는 사람에게 하는 충고처럼 이야기를 손질할 때도 있긴 했지만 말이다. 그렇지만 일할 재료들은 늘 준비돼 있었다. 비록 그가 주의를 기울이지 못하는 순간 흐릿해지긴 하지만 이야기를 만들어낼 재료들은 늘 널려 있었다.

방랑자로 생활하던 때도 사정은 마찬가지였다. 목수들이 겨울에 일자리를 찾기는 쉽지 않아서 모오스브루거는 자주 몇주일을 길에서 보내곤 했다. 그는 아마 하루종일을 걸어 도달한 곳에서 아무 쉴 곳도 찾지 못했을 것이다. 그는 밤늦게까지 계속 행군할 수밖에 없었을 것이다. 식사 때가 돼도 돈이 없기 때문에 그의 눈 뒤에서 두개의 양초가 타오르고 몸이 혼자 길을 갈 때까지 독한 술을 마셨다. 따뜻한 수프가 있는 무료 숙소에서도 그는 잠자리를 구하지 않았는데, 벌레 때문이기도 했지만 모욕을 주는 관료들 때문이기도 했다. 그래서 그는 차라리 몇푼의 돈을 구걸해 농부들의 건초더미 속으로 들어가는 것을 더 좋아했다. 당연히 그곳에선 어디로 가는지, 왜 그런 모욕을 당하는지 묻는 사람이 없었다. 아침에는 종종 폭력과 방랑, 그리고 구걸을 문제삼는 다툼과 고발이 있기도 했고, 따라서 그런 전과들을 남긴 기록은 점점 두꺼워져갔다. 아마 새로 부임한 판사라면 그것으로 모오스브루거를 다 설명할 수 있다는 듯이 거들먹거리며 이 기록을 펼쳐볼 것이다.

또한 하루 또는 몇주에 걸쳐 제대로 씻지도 못한다는 것의 의미를 누가 알겠는가. 피부가 너무 뻣뻣해져서 좀 자상해지려고 해도 거친 행동밖에 나오지 않는다. 그런 외피 속에서는 살아있는 영혼이라도 딱딱해지고 마는 것이다. 그래도 이성은 덜 영향을 받았을 것이고, 그는 그런대로 쓸모있는 일을 이성적으로 해나가고 있었다. 그 이성은 또한 으깨진 지렁이와 메뚜기로 가득 찬, 걸어다니는 거대한 등대 안의 작은 불빛 같은 것인지도 몰랐다. 그 안에서는 모든 개인적인 것은 부서지고 오직 부글부글 발효하는 신체기관만이 걸어다녔다. 방랑하는 모오스브루거가 마을을 지나갈 때, 또는 황량한 거리를 걸어갈 때 그는 여자들의 긴 행렬과 마주쳤다. 한 여자가 지나치고, 한 30분쯤 후면 또 한 여자가 지나쳤다. 비록 긴 시간간격으로 여자들이 지나쳤고, 그들이 서로 관계가 있는 것도 아니었지만, 여전히 전체적으로는 행렬이었다. 그녀들은 한 마을에서 다른 마을로 가거나 아니면 집앞에 우두커니 서 있었다. 또한 두꺼운 숄이나 재킷을 걸치고 엉덩이 쪽의 뻣뻣하고 미끈한 곡선을 드러내고 있었고, 따뜻한 집으로 들어가거나 아이들을 안고 나오거나 누군가 까마귀에다 하듯이 돌을 던져도 될 만큼 길에 혼자 나와 있기도 했다. 모오스브루거는 자신은 절대 강간살인범은 아니라고 주장하면서, 그 이유가 여자들이 그에게는 늘 혐오감만 불러일으켰기 때문이라고 했다. 그도 그럴 것이, 고양이 역시 살찐 갈색 카나리아새가 아래 위로 폴짝거리는 새장 앞에 앉아 있거나, 단지 도망가는 모습을 한번 더 보기 위해 쥐를 잡았다가 놓아주고 다시 잡기도 한다. 또한 달리는 자전거를 쫓아가서 단지 장난으로 무는 개는 무엇인가? 인간의 친구인가? 이 움직이고 살아있는 것들, 그리고 조용히 굴러다니고 휙 지나다니는 것과의 관계 속에는 그들 스스로를 즐기는 창조물에 대한 어떤 비밀스런 혐오감이 자리잡고 있다. 그 여자가 소리를 지른다면, 어떻게 해야만 하는 것일까? 단지 정신을 좀 차릴 수 있거나 그것조차 못한다면 그 여자의 머리를 바닥에 눌러서 입을 땅에 처박는 수밖에 없다.

　모오스브루거는 아주 외로운 떠돌이 목수였을 뿐이다. 그가 일하는 모든 곳에서 동료들에게 칭찬을 들었지만, 친구는 한 사람도 없었다. 강한 욕망은 때때로 그의 본질을 사납게 변화시켰다. 어쩌면 사실, 그 스스로 말하듯이 그 욕망에서 무언가 다른 것을 만들어낼―극장방화자나 대량파괴자, 위대한 무정부주의자―교육과 기회가 부족했던 것인지도 모른다. 그러나 비밀결사로 함께 행동하는 무정부주의자들을 그는 매우 경멸하여 사기꾼들이라고 불렀다. 그는 분명히 아팠다. 그러나 그의 병적인 본성이 스스로의 태도에 기준을 정해준다는 사실은 명백했고, 이것이 그를 다른 사람들로부터 격리시켰으며, 그 자신에게는 스스로의 자아를 느끼는 더 강하고 높은 감정처럼 다가왔다. 그의 전체 삶은 우습고 놀랍게도 어떡하든 그 자아를 찾기 위한 어색한 투쟁이었다. 이미 견습생 시절부터 그는 자신을 징벌하려던 한 도제의 손가락을 부러뜨렸다. 또다른 도제에게서는 돈을 훔쳐 달아나기도 했다. 그가 말하길, 단지 정의를 위해 한 일이었다고 했다. 그는 어느 곳에서도 오래 머물지 못했다. 그가 다른 사람과 일정한 거리를 둘 수 있으면—처음에는 늘 그렇지만—그는 친근한 침묵과 넓은 어깨로 조용히 일하면서 머물렀다. 그러나 마치 오랫동안 알아온 사이처럼 그들이 허물없이 대하기 시작하는 순간, 짐을 싸서 떠나버렸는데, 그것은 마치 자신이 피부 안에 단단히 고정돼 있지 않은 듯한 섬뜩한 느낌이 그를 사로잡았기 때문이다. 한번은 너무 오래 머문 적이 있었다. 한 공사현장에서 네 명의 미장이가 그에게 본때를 보여주기로 결심하고 위층에서 공사구조물을 아래로 떨어뜨리겠다며 으름장을 놓았다. 그는 그들이 낄낄거리며 등 뒤에서 다가오는 소리를 듣고는 믿을 수 없는 힘을 발휘하여 그중 한놈을 2층 계단으로 던져버리고 다른 두놈의 팔 힘줄을 모두 끊어버렸다. 이 일로 처벌받은 일이, 그의 감정을 흔들어놓았다고 그는 말했다. 그는 터키로 갔지만 이내 되돌아왔다. 왜냐하면 세계 어느 곳에서나 사람들은 그에게 적대적이었기 때문이다. 어떤 신비한 말도, 어떤 선의도 이 음모에 대항하여 이길 수 없었다.

그런 말을 그는 정신병원과 감옥에서 열심히 배웠다. 그 말들이란 자신의 언어에서 가장 어색한 자리에 속한 프랑스어와 라틴어 계열의 것들이었다. 그때부터 그는 이런 말들을 소유하는 것이 곧 그 힘있는 자들에게 그의 운명을 '발견할' 권위를 부여한다는 것을 알게 되었다. 같은 이유로 그는 심리 과정에서도 강한 고지독일어를 구사하려고 노력하면서, '그 언어가 내 잔인성의 근본에 기여한다'느니 '그런 류의 여자들을 평가하는 것보다 더 부도덕하게 그녀들을 상상하려고 했다'라는 말을 했다. 그러나 이런 표현마저 실패했다는 것을 알았을 때 그는 종종 한껏 무대의 수위를 높여서 스스로 '이론적인 아나키스트'라고 거들먹거리며 주장했는데, 만약 무지한 노동계급을 착취하는 지독한 유대인들이 보내는 호의를 받아들이는 기분이 들면 당장 사회민주주의자들이 자기를 구해줄 거라고 말하기도 했다. 이것은 그 역시 하나의 '지식영역'을 가지고 있음을 보여주었으며 그 영역에서는 담당판사의 유식한 추론도 그를 따라올 수 없었다.

일반적으로 그런 말은 법정서기로부터 '뛰어난 지적 능력'으로 평가받았고, 재판 내내 존경에 찬 주목을 받았으며, 더 가혹한 처벌을 불러오기도 했다. 그러나 근본적으로 그의 득의양

양한 자만심은 그런 반응을 인생의 최고점으로 경험했다. 그래서 그는 자신의 신산했던 삶을 아무렇지도 않게 겨우 몇 마디의 낯선 용어들로 처분할 수 있다고 믿는 심리학자들을 격렬하게 증오했다. 늘 그렇듯이 그에 대한 정신감정은 심리학보다 높은 지위에 있던 사법부의 변덕스러운 압력에 의해 행해졌고 모오스브루거는 이 기회를 놓치지 않고 공개적인 심리에서 심리학자들보다 자신이 우위에 있음을 증명했고, 심리학자들이 아무것도 모르는 주제에 거드름이나 피우는 바보에다 사기꾼임이며 맘만 먹으면 그들을 속여 원래 있어야 할 감옥 대신 얼마든지 정신병원에 들어갈 수 있음을 폭로했다. 그는 자신의 행위를 부정하지는 않았지만 그것이 위대한 생의 철학이 빚어낸 불운한 사고로 이해받기를 원했다. 킥킥 웃는 여자들은 누구보다도 그에게 적대적으로 대했다. 그들에게는 항상 꽁무니를 쫓아다니는 사내들이 있었고, 완전한 모욕이라고 생각하지 않는 이상 그들의 말에는 콧방귀도 뀌지 않았다. 그는 그 여자들에게 자극받지 않기 위해 될 수 있는 한 피해다녔으나 언제나 피할 수 있는 것은 아니었다. 때로는 머릿속이 텅 비고 불안으로 손이 땀에 젖어서 아무것도 생각할 수 없는 날이 있기 마련이다. 그런 날에 굴복한다면, 길 저쪽으로 첫발을 내딛자마자, 건너편을 어슬렁거리는 독약 같은 자의 지시로 사전순찰에 나선 사기꾼 같은 여자 하나가 남자를 무너뜨리고 속이면서 비밀스럽게 웃고 있는 것을 발견할 것이다. 그런 부도덕한 여자가 그에게 더 심한 짓을 했다고 해서 뭐가 이상하겠는가!

그리고 그런 날은 내면의 불안을 달래기 위한 엄청난 혼란을 품은 채 무기력하게 취한 밤으로 끝났다. 누군가가 취하지 않고도 세상은 불안할 수 있다. 거리의 벽은 마치 배우에게 나가라는 사인을 보내기 직전의 무대처럼 흔들렸다. 달빛을 받으면 도시 변두리 공터는 더욱 조용해진다. 거기가 바로 모오스브루거가 집으로 가기 위해 거쳐야 하는 곳으로, 바로 그 철제다리에서 그 소녀가 그에게 말을 걸었다. 그녀는 으슥한 곳에서 남자에게 몸을 파는, 도망친 하녀에다 무직자인 소녀로, 두건 아래로 쥐처럼 빛나는 작은 눈을 빼고는 볼 것도 거의 없는 작은 여자였다. 모오스브루거는 그녀를 피해서 가던 길을 재촉했지만 그녀는 자신을 집으로 데리고 가달라고 애원했다. 모오스브루거는 곧장 걸었다. 그러고는 코너를 돌아 어쩔 수 없이 이리저리 돌아다녔다. 그는 성큼성큼 걸었는데 그녀는 그의 곁에 바싹 붙어서 뛰어왔다. 그가 멈추자 그녀도 마치 그림자처럼 멈췄다. 그는 다시 한번 그녀를 쫓아내려고 해보았다. 갑자기 돌아서서 그녀의 얼굴에 두번 침을 뱉었다. 하지만 그것도 소용이 없었다. 그녀는 상처를 줄 수 없는 존재였다.

그 일은 좁은 지역을 지나쳐야 나오는 꽤 먼 공원에서 일어났다. 모오스브루거에게는 그 근처에 소녀의 보호자가 있을 거라는 확신이 들었다. 그렇지 않다면 원하지도 않는 남자를 따라올 용기가 어디서 나오겠는가? 그는 바지주머니의 칼을 잡았다. 그 역시 그 정도는 알았다. 그들은 그에게 달려들 것이다. 그런 여자들 뒤에는 언제나 당신을 경멸하려는 그런 놈들이 숨어 있기 마련이다. 그녀가 혹시 여장을 한 남자는 아닐까? 그는 이 아첨꾼 같은 여자가 마치 커다란 시계추처럼 똑같은 요구를 쉬지 않고 하는 동안 그림자가 움직이는 모습과 숲에서 나는 부스럭거림을 들었다. 하지만 그의 괴력에 덤벼들 자는 아무도 없었고 이렇듯 기묘하게 아무 일도 일어나지 않는 것에 점점 불안을 느끼기 시작했다.

그들이 여전히 어둑어둑한 첫번째 거리에 접어들었을 때 이마에 땀이 고인 채 그는 떨고 있었다. 그는 옆을 돌아보지 않고 아직 열려 있는 카페로 곧장 걸어들어갔다. 블랙커피 한 잔과 꼬냑 세 잔을 들이켜고는 평화롭게 앉아 있는 동안 한 15분 정도는 지난 것 같았다. 그러나 계산을 마치자 그녀가 밖에서 기다리고 있으면 어떻게 하지,라는 걱정이 다시 밀려들었다. 그 생각들은 끊임없이 팔과 다리를 휘감는 새끼줄 같았다. 그리고 어두운 거리를 나서서 몇걸음 떼지도 않았을 때 그녀가 곁에 있다는 느낌이 들었다. 이제 그녀는 비굴하지도 않았고 오히려 뻔뻔하고 확신에 차 있었다. 더이상 구걸도 하지 않았으며 그냥 침묵으로 일관했다. 그때 그는 결코 그녀에게서 벗어날 수 없다는 사실을 깨달았다. 왜냐하면 그녀를 쫓아다닌 건 그 자신이기 때문이다. 거의 눈물이 날 지경의 혐오감이 그의 목구멍에서 솟구쳤다. 그는 계속 걸었고 그를 쫓는 사람은 바로 그 자신이었다. 그것은 그가 거리에서 여인들의 행렬과 마주칠 때마다 되풀이되는 것이었다. 한번은 의사가 오기를 참고 기다리지 못한 그가 자신의 다리에 박힌 큰 나뭇조각을 직접 뽑아낸 적이 있었다. 지금 주머니 속에서 오랫동안 딱딱해진 칼을 다시 한번 만지는 순간은 그때와 매우 닮아 있었다.

그러나 거의 초인 같은 도덕적 힘을 발휘해 빠져나갈 방법 하나를 생각해냈다. 이 길을 죽 따라가면 판자 벽 뒤에 경기장이 있었다. 거기서라면 눈에 띄지 않을 것이었고, 그래서 그는 그곳으로 숨어들었다. 비좁은 티켓 부스에서 그는 몸을 낮게 구부렸고 머리는 제일 어두운 쪽으로 돌렸다. 그 은은하고 지긋지긋한 두번째 자아가 그의 곁에 자리를 잡았다. 그놈으로부터 빠져나오기 위해서 그는 잠든 척했다. 하지만 그가 조심스럽게 기어나오려고 할 때 그놈이 다시 나타나서는 팔로 목을 휘감았다. 그때 주머니에서 뭔가 딱딱한 것이 만져졌고, 그는 그것을 끄집어냈다. 그것이 가위인지 칼인지 그는 알 수 없었다. 그것으로 그녀를 찔렀다. 그는 그것이 가위일 뿐이라고 주장했지만, 그것은 칼이었다. 그녀는 부스 안쪽으로 고꾸라졌다. 그는 그녀를 부드러운 땅으로 질질 끌고 나와서는 그녀와 완전히 떨어졌다는 느낌이 들 때까지 계속 그녀를 찔렀다. 그러고는 다시 밤이 고요해지고 놀랍도록 평온해지는 약 15분간 곁에 서서 그녀를 내려다보았다. 이제 그녀는 어떤 남자에게 모욕을 주거나 쫓아다닐 수 없었다. 마침내 그는 그녀가 쉽게 발견되어 묻힐 수 있도록 시신을 길 건너편 눈에 잘 띄는 풀숲 앞으로 옮겨주었다. 나중에 그는, 그때부터는 그녀의 잘못이 없기 때문에 그렇게 했다고 진술했다.

재판이 진행되는 동안 모오스브루거는 변호사에게 예측하지 못할 어려움을 던져주곤 했다. 그는 마치 구경꾼처럼 벤치에 방만하게 앉아서는 검사가 그의 위협적인 특징들을—그 자신은 고귀하다고 생각하는—지적하거나 그가 금치산자라 할 만한 어떤 것도 목격하지 못했다는 증언을 추켜올릴 때마다 '브라보'라는 환호성을 보냈다. 재판을 이끄는 수석판사는 '당신 참 엄청난 괴짜군'이라며 이따금 그의 비위를 맞춰주다가도 생각이 들 때마다 피고의 목에 걸린 올가미를 더 조이는 것을 잊지 않았다. 그러면 모오스브루거는 마치 투우장에 끌려들어 간 소처럼 놀라 눈을 굴리며 주변의 얼굴들을 바라보았다. 소와 마찬가지로, 자신이 더 깊은 죄의 단계로 한층 더 내려간 것을 알아차리지 못한 채 말이다.

울리히는 모오스브루거의 변호가 분명히 어떤 알 수 없는 원칙에 의해 뒷받침된다는 것에 큰 흥미를 느꼈다. 그는 죽일 의도도 없었고, 그의 품성으로 보아 정신이 이상한 것도 아니었다. 그렇다고 살해동기를 도저히 성욕이라고 볼 수는 없었으며 그보다는 단지 혐오 또는 경멸일 가능성이 더 컸다. 따라서 그 행위는 자신이 표현한 대로 그간 본 '어떤 여자의 캐리커처', 즉 그 여자의 혐오스러운 행위에서 비롯된 살인이어야 했다. 그를 제대로 이해한다면, 심지어 그가 그 살인을 정치적 범죄로 인정받고 싶어한다는 것, 그리고 그가 스스로를 위해서가 아니라 법적 구조를 위해서 투쟁한다는 인상을 종종 심어준다는 것을 깨닫게 될 것이다. 그에 대응하는 판사의 전략은 그가 살인자로서의 책임을 회피하려는 서툴고 약삭빠른 시도를 하고 있다고 간주하는 것이었다. "왜 당신은 피묻은 손을 씻어냈나요? 왜 칼을 멀리 내다버린 거죠? 왜 살인 후에 옷과 내의를 새것으로 갈아입었죠? 일요일이었기 때문인가요? 오히려 당신이 피범벅이었기 때문에 그런 게 아닌가요? 왜 당신은 살인을 저지르고도 놀러나갔던 것이죠? 마음에 찔리는 게 하나도 없었나요? 도대체 희생자를 애도하는 마음이 있긴 있는 건가요?" 좀더 교육을 받았더라면 벗어날 수 있는 이런 몰지각한 그물 때문에 모오스브루거가 얼마나 애석해하고 있을지를 울리히는 잘 이해했다. 그런 시도에 대해 판사는 심하게 책망하며 말했다. "당신은 언제나 남을 비난할 줄밖에 모르는군요!" 판사는 경찰기록에서 부랑아들의 진술까지 모든 자료를 모아서 모오스브루거의 유죄를 증명하는 근거로 제시했다. 그 자료들은 서로 아무 관계도 없는 완전히 개별적인 사건들로 이루어져 있었으며 각각의 사건은 모오스브루거의 외부 어딘가에 존재하는 서로 다른 원인을 가지고 있었다. 판사의 눈에 살인은 그가 저지른 것으로 보였으며, 모오스브루거의 눈에 판사들은 주변을 지나치다 그에게 날아온 새처럼 보였다. 판사에게 모오스브루거는 특별한 사건이었다. 모오스브루거 자체가 하나의 세계였으며 그 세계에 대해 뭔가 설득력있는 이야기를 한다는 것은 쉽지 않았다. 거기에는 두개의 전략이, 두개의 자아와 두개의 일관성이 서로 싸우고 있었다. 하지만 모오스브루거는 좋지 않은 입장에 처했는데 그것은 그가 마음속의 기이하고 그늘진 상황들을 그 어떤 영리한 사람보다 잘 표현하기 때문이었다. 그런 상황들은 그의 인생의 혼란스러운 고립에서 직접 비롯되었다. 모든 다른 삶들이 수백 가지로 존재하는 데 비해—이는 그 삶을 이끌어가는 사람에게 그렇게 인식될 뿐 아니라 그 삶을 확인하는 주변 사람들에게도 그러한데—그의 진정한 삶은 오로지 자신 하나만을 위해 존재했다. 그것은 언제나 모양을 잃어버리고 변하는 수증기였다. 물론 그는 다른 사람들의 삶이 근본적으로 다른 것은 무엇이냐고 판사에게 물어볼 수도 있었다. 그러나 그런 생각은 전혀 하지 않았다. 재판정 앞에서는 착착 자연스레 진행되는 모든 일들이 이제는 아무 감각 없이 내면에서 뒤섞였고, 그는 자신의 뛰어난 적수들이 하는 말보다 더 형편없는 것은 없다는 사실을 이해하기 위해 최선의 노력을 다했다. 판사는 도움이 될 만한 개념들을 소개하기도 하면서 최대한 친절하게 그런 노력을 격려했다. 비록 이런 격려가 모오스브루거에게 끔찍한 결과를 초래했음이 나중에 밝혀지기는 했지만 말이다.

그것은 마치 그림자와 벽의 싸움 같았고, 마침내 모오스브루거의 그림자는 오싹한 깜박거림으로 줄어들었다. 재판 마지막 날에 울리히도 참석했다. 수석판사가 모오스브루거 스스로 행위를 책임질 수 있다는 정신과 전문의의 소견서를 읽어나가자 그는 벌떡 일어서더니 재판정에 말했다. "아주 만족스런 결과군요. 이제 내 목표를 이루었습니다." 그 말을 못 믿겠다는 듯한 주변의 냉소적인 시선 때문에 그는 분노에 차서 덧붙였다. "기소한 사람은 나이기 때문에 나는 저 증거에 만족하는 것이오!" 지금 엄격한 형벌을 눈앞에 둔 수석판사는 법정이 그를 만족시키기 위한 것이 아님을 천명함으로써 그를 꾸짖었다. 그러고는 판사는 사형판결문을 읽어내려갔다. 그것은 마치 재판 내내 시종일관 청중들을 즐겁게 해준 모오스브루거의 바보 같은 지껄임에 이제는 진지하게 책임을 물어야 한다는 것처럼 들렸다. 모오스브루거는 말이 없었고 놀란 것처럼 보이지도 않았다. 그렇게 재판은 종결되었고, 모든 것이 끝났다. 그러나 그의 정신은 비틀거렸다. 그는 자신을 이해하지 못하는 사람들의 교만함에 속절없이 무너졌다. 그는 이미 법원 경찰에 이끌려 나가면서도 몸을 돌려 말을 하려고 했으며 경찰들의 손을 뿌리치며 손을 높이 들고 소리질렀다. "내가 미친놈이라고 고백해야 하긴 하지만, 나는 이 결정에 만족합니다!"

그건 하나의 모순이었지만 울리히는 숨을 몰아쉬며 앉아 있었다. 그것은 분명히 광기였고 각각의 존재의 요소들이 어긋난 것에 다름아니었다. 그것은 갈라지고 희미해졌다. 그러나 울리히는 인류가 대체로 꿈을 꿀 수 있다면 그 꿈에는 모오스브루거가 등장할 것만 같았다. 그는 언젠가 재판중에 모오스브루거가 무례하게도 '저 불쌍한 어릿광대'라고 불렀던 변호사가 몇몇 사실관계의 오류 때문에 항소하기로 했다는 말을 전할 때야 비로소 정신을 차렸다. 그의 거인 고객은 이미 연행되고 난 뒤였다.

19.
훈계의 편지, 그리고 특성을 얻을 기회.
두 왕위계승자의 싸움

그런 식으로 세월은 흘러갔고, 울리히는 아버지로부터 편지 한장을 받았다.

사랑하는 아들에게. 네가 인생에 조금이라도 발전이 있었다든가 그런 걸 준비하고 있다는 소식 하나 받아보지 못했는데 벌써 몇달이 지나가버렸구나.
지난 몇년 동안 네가 몇몇 분야에서 두각을 나타내고, 그로 인해 전도유망한 미래를 약속받고 있다는 소식을 듣고 나도 만족했음을 네게 알려주고 싶구나. 하지만 정말 내게서 물려받지 않은 네 자신의 천성이 한편으로 너를 유혹하는 그 첫발을 저

돌적으로 내딛게 하는 동시에, 너에게 기대를 걸고 있는 사람들에게 무엇을 빚지고 있는지조차 잃어버리게 했다는 것, 또한 네가 보내오는 소식에서 미래를 위한 어떤 조그만 결정도 찾아볼 수 없다는 게 나를 깊은 근심에 빠지게 하는구나.

그건 단지 네가 다른 남자들처럼 이미 삶에서 확고한 자리를 차지할 만한 나이가 되어서만은 아니고, 내가 이제 언제라도 죽을 나이가 되었기 때문이기도 하다. 그리고 내가 너와 네 누이들에게 똑같이 물려주게 될 유산도 적은 건 아니지만, 오늘같이 결국 네 자신이 마련해야 하는 사회적 지위를 그 재산으로 탕진하게 될지도 모르는 상황에서는, 그리 충분하지도 않을 것 같구나. 학위를 마친 이후에도 넌 여러 영역에 걸친 계획들을 모호하게 이야기했고, 늘 그렇듯이 그것들을 심하게 과장하기도 했다. 그러나 너는 강의를 따내겠다거나 그런 계획에 맞는 이러저러한 대학과 연락을 취해보고 있다거나, 하물며 영향력있는 그룹들과 접촉하고 있다는 소식을 한번도 보내온 적이 없었다. 그런 것들도 이따금 나를 근심에 빠뜨린단다. 누구든 내가 학문의 자율성을 깎아내리려 했다는 의심을 할 수는 없을 것이다. 너도 알겠지만 이미 47년 전에 출간돼 벌써 12판을 찍은 나의 저서 『사무엘 무펜도르프의 도덕적 책임과 현대 법학』에서 나는 최초로 그에 관한 이전 형법학자들의 편견을 깨고 그 문제를 명확히했었다. 단지 나는 삶에서 고된 노동을 해본 체험 때문에, 인간이 홀로 자립한다는 것, 그리고 한 개인을 지원해주고 그것을 통해 그를 풍부하고 유익한 전체에 속하도록 이끌어준 학문적이고 사회적인 관련들을 무시하는 것을 인정할 수 없었을 뿐이다.

그래서 나는 정말 네가 가능한 빨리 너의 발전을 위해 들인 비용을 갚고, 그리하여 너의 귀향 이후 네가 그런 관계들을 회복하고 더이상 무시하지 않기를 바란다. 그런 의미에서 나는 수년 동안 내 친구이자 후견인이었으며, 이전 회계원 원장이자 지금은 의전관 소속 황실 법률고문단 의장을 맡고 있는 슈탈부르크 백작에게 네가 곧 가져가게 될 청원을 호의적으로 받아들이기를 부탁하는 편지를 썼단다. 나의 고관 친구들도 이미 친절한 답장을 보내주었고, 다행스럽게도 그는 너를 만나보겠다고 했을 뿐 아니라, 내가 써보낸 너의 경력에도 따뜻한 관심을 보여주기까지 했다. 만약 네가 백작의 마음을 사로잡고 동시에 그 영향력있는 학술모임의 주목을 끌기만 한다면, 나의 힘과 재량이 미치는 한에서 너의 성공은 보장된 것이나 마찬가지가 될 것이다.

백작 측에서 요청하는 것이 무슨 일인지 알면 너도 분명히 기뻐할 거라고 확신하면서 아래에 적는다.

독일에선 1918년 6월 15일을 전후해서 세계에 독일의 힘과 저력을 깊이 각인시키는 축제를 연다는 취지로 빌헬름 2세의 즉위 30주년 기념식이 거행될 예정이란다. 아직 몇년이 남아 있긴 하지만, 믿을 만한 소식에 의하면, 당분간은 완벽한 비공식이라고 할지라도 이미 준비가 진행되고 있다고 한다. 아마 너도 알겠지만, 같은 해에 우리의 경애하는 황제도 그의 즉위 70주년 기념식을 가질 것이며 그날은 12월 2일이다. 조국에 관련된 모든 문제에 대한 오스트리아인들의 겸손 때문에—이건 꼭 말해야겠는데—다시 한번 쾨니히그레츠 전투(1866년 프로이센-오스트리아 전쟁중 벌어진 전투. 오스트리아에 큰 타격을 입힘—옮긴이)를 경험하지는 않을까 하는 두려움이 생긴다. 다시 말해 효과에 집중하도록 단련된 독일인들의 방법이 우리에게 밀려온다면, 마치 우리가 그 충격을 고려해보기도 전에 단발식 장총을 들여온 그때의 군사행동처럼 되지는 않을까 하는 걱정 말이다.

다행스럽게도, 좋은 관계를 맺고 있는 몇몇 다른 애국적인 인사들은 이미 내가 위에서 말한 걱정들을 알아차리고 있단다. 그리고 내가 말할 수 있는 건, 그러한 우려가 실현되지 못하게 하고 30주년 기념식에 맞서 축복과 배려가 가득한 우리의 70주년 기념식에 전력을 기울이기 위한 행동이 빈에서 진행되고 있다는 점이다. 12월 2일이 6월 15일보다 더 늦을 게 뻔하기 때문에, 그들은 1918년 전체를 우리 황제의 기념해로 선포하자는 기발한 생각을 해내기도 했단다. 하지만 내 경우엔, 내가 속해 있는 조직의 자격만으로도 그 의견에 대해 말할 기회가 주어지는 것으로 알고 있다. 슈탈부르크 백작에게 너를 소개하면, 바로 그 모든 진상을 알게 될 것이다. 그는 너를 준비위원회의 중요한 자리를 맡을 젊은이로 생각하고 있다.

또한 네게 말해둘 것은, 이미 일전에 이야기한 적이 있는 황실의 외무국 국장인 투치 가족과의 관계를 더이상 무시해서는 안된다는 점이다. 또한 너도 알다시피 이미 사망한 네 숙부의 미망인의 사촌의 딸인 그의 부인—그러니까 너의 사촌뻘 되는—에게도 헌신을 다해야 한다. 내가 듣기로는, 위에서 밝힌 계획에서 그 부인이 중요한 지위를 맡고 있다는구나. 그리고 친애하는 친구 슈탈부르크 백작은 뜻밖에도 네가 그 부인을 방문하도록 해주겠다고 이미 약속했다. 그러니 너는 머뭇거릴 시간이 없을 게다.

나에 대해선 더이상 말할 것이 없구나. 강연을 빼곤 아까 말했던 책의 신판 작업에 온시간을 쏟고 있단다. 노년 시절에는 그러고도 힘이 남으면 마음대로 쓸 수 있단다. 시간은 짧은 것이니, 잘 활용해야 하는 법이다.

너의 여동생에게 들려온 소식이라곤, 건강하다는 것뿐이다. 그 아인 괜찮고 능력있는 남편을 얻었지. 비록 그애가 만족하는지, 행복한지를 한번도 터놓고 이야기하지 않았지만 말이다.

너에게 축복이 있기를. 사랑하는 아버지가.

2부

그렁고 그런 일이 벌어지다

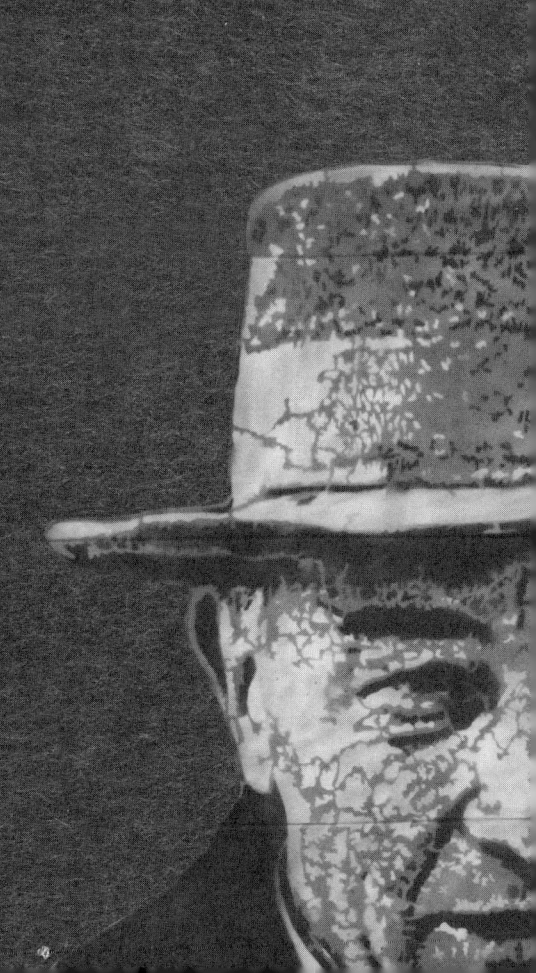

20.
현실의 느낌. 특성의 결여 대신
울리히는 의연하면서도 결연한 행동을 택한다

울리히가 슈탈부르크(Stallburg) 백작을 방문하기로 한 것은 여러 이유가 있어서이지 단지 호기심 때문만은 아니었다.

슈탈부르크 백작은 황제의 왕립궁정에서 일하고 있었고, 카카니엔의 황제는 전설적인 노신사였다. 지금까지 황제에 관한 많은 책들이 출간되었고, 그가 한 일이나 금지한 일, 그리고 허용한 일들이 알려져 있지만, 그와 카카니엔의 마지막 10여년 동안만 해도, 예술과 과학에 정통한 젊은이들에게 그는 실제로 존재하는 사람인지조차 의문시되었다. 사람들이 본 그의 초상화 숫자는 제국의 거주민 수만큼이나 많았다. 그의 생일에 먹고 마셔댄 음식은 거의 예수 탄신일의 수준과 비슷했고, 산에는 횃불이 타올랐으며, 그를 아버지로서 사랑한다는 수백만명의 맹세가 울려퍼졌다. 그를 기리는 축가는 카카니엔 사람이라면 누구나 단 한줄이라도 외우는 시나 노래 중 유일한 예술작품이었다. 하지만 이 대중성과 인기는 너무도 명백해서, 마치 그의 존재를 믿는 것은 이미 수천년 전에 사라진 별을 보면서 지금 존재한다고 믿는 것과 같았다.

차를 타고 궁전에 도착했을 때 첫번째 일어난 일은 택시운전사가 궁전 밖에 차를 세우더니 돈을 내라는 것이었다. 그는 궁전 안을 통과할 수는 있으나 그 안에 차를 세울 수는 없다고 주장했다. 울리히는 운전사에게 화가 났고 사기꾼이나 겁쟁이라고 생각했다. 그러나 자신의 항의가 운전사의 소심한 거절에 맥없이 거부당하자, 갑자기 그는 자신보다 더 강한 힘의 존재를 느끼게 되었다. 그가 궁전 안으로 들어서자, 그곳에는 수많은 붉고 푸르고 희고 노란 코트와 바지, 그리고 모자용 깃털장식이 눈에 띄었으며 그것들은 마치 모래톱 위의 새처럼 태양 아래 완고하게 서 있었다. 그때까지 그는 '경애하는 황제'라는 말을 마치 무신론자들이 여전히 '신께 감사를'이라고 인사하는 것처럼 무심코 통용되는 의미없는 단어라고 생각했다. 그러나 지금 그가 외벽을 바라볼 때 그것은 회색의 침착하게 중무장된 하나의 섬 같았다. 그 섬은 도시의 빠른 속도가 막무가내로 곁을 스쳐가는 동안에도 그곳에 떠 있었던 것이다.

자신을 소개하자 계단을 올라 크고 작은 방이 있는 복도를 따라 안내되었다. 잘 차려입었음에도 불구하고 울리히는 마주치는 시선마다에서 자신의 외모를 검사하는 듯한 느낌을 받았다. 여기서는 아무도 귀족적인 정신과 현실을 혼돈하지 않을 것이고, 울리히에게는 아이러니한 저항과 부르주아적인 비판 밖에 의지할 것이 없었다. 그는 내용이라고는 없는 거대한 껍데기 속을 걸어가고 있다고 확신했다. 그 거대한 방들에는 가구가 거의 없었으나 차라리 이 텅 빈 취향에는 위대한 스타일이 주는 쓰라림은 없었다. 그는 일련의 호위병과 하인들을 지나쳤는데, 그들은 위엄이 있다기보다는 좀 제멋대로였다. 한 여섯명쯤의 잘 훈련되고 좋은 급여를 받는 탐정들이 아마도 더 효과적으로 그 일을 수행할 것 같아 보였다. 회색 유니폼을 입고 은행급사 같은 모자를 쓰고서 하인들과 호위병들 사이를 왔다갔다하는 일꾼들은 마치 자기의 생활공간과 사무실을 분간하지 못하는 치과의사나 변호사 같았다. '이 모든 것에서 사람들은 광휘에 휩싸인 비더마이어 시대를 경외하게 되겠지'라고 울리히는 생각했다. '하지만 오늘날 그 외양과 편안함에서 호텔을 따라갈 수는 없어. 그래서 이 궁전은 더더욱 귀족적인 절제와 완고함에 기대는 것이겠지.'

그러나 슈탈부르크의 방 안에 들어갔을 때, 울리히는 잘 균형잡힌 텅 빈 결정 같은 곳에서 각하의 영접을 받았다. 그 결정의 한가운데 신중하면서도 벗겨진 머리의, 조금 구부정한 사람이―그의 무릎은 오랑우탄처럼 구부러져 있었다―울리히를 마주하고선 고귀한 출신에다가 저명한 황실의 고급공무원이라면 의당 그래야 할 몸가짐이라고는 볼 수 없는 태도로 서 있었다. 그것은 단지 어떤 태도를 모방한 것임에 틀림없었다. 각하의 어깨는 굽어 있었고, 아랫입술은 늘어져 있었으며, 늙은 공무원이나 회계원처럼 보였다. 갑자기 의심할 나위 없이 그가 떠올린 사람이 거기 있었다. 슈탈부르크 백작은 뻔히 들여다보였고, 울리히는 70년 동안 최고권력의 핵심에 있었던 사람은 그의 배후를 되돌아보는 것에, 그리고 그가 다룬 문제들에 공헌한 사람처럼 보이는 것에 만족을 느껴야 한다는 사실을 깨달았다. 따라서 이처럼 최고위층 근처에 있는 사람들에게는 그 자신의 원래 모습보다 덜 인격적으로 보이는 것이 훌륭한 예절이며 자연스러운 분별력이 되었다. 이 때문에 왕은 종종 스스로를 나라의 충복이라고 지칭하는 것이다. 울리히는 금세 백작이 카카니엔의 모든 점원과 역내 운반원들처럼 잘 면도한 턱에 짧고 희끗희끗한 구레나룻을 하고 있다는 사실을 알아챘다. 그것은 그들이 황제의 차림새를 모방하고 있다는 믿음에서 나온 것이었으나 더 깊은 이유는 호혜주의 때문이었다.

각하가 말하기를 기다려야 했기 때문에 울리히에게는 시간이 있었다. 생의 한 기쁨이기도 한 위장하고 변신하려는 극적인 충동이 여기에서는 아주 순수하게, 어떤 오점이나 행위한다는 자의식 없이도 드러날 수 있었다. 그래서 그 충동은 연중 계속되는 무의식적인 자기표현 예술의 형태로 강하게 스스로를 드러내는데, 그것은 비교적 중산층의 관습인, 극장을 짓고 연극을 상연하는 것이었다. 몇시간이나 소요되는 그 예술은 아주 이상하고 퇴폐적이며 정신분열증적인 것으로 그에게 다가왔다. 백작이 마침내 입을 열어 그에게 말했다. "당신 아버님께서는⋯." 그러고는 말을 멈췄을 뿐인데, 그의 목소리에는 굉장히 아름다운 노란빛깔의 손과 뭔가 모든 형체를 감싸는 잘 조율된 도덕성의 기운 같은 것이 담겨 있어서 울리히를—지식인들이 흔히 그러하듯이—무아지경에 빠지게 했다. 이번에는 각하가 직업이 무엇이냐고 물었고, 울리히가 '수학자'라고 대답하자 각하는 "오 흥미롭군요. 학교는요?"라고 되물었다. 울리히가 학교에 적을 두진 않았다고 일러주자 각하는 "오 그래요. 흥미롭군요. 학문이나 대학을 나도 알지요"라고 말했다. 이것이 울리히에게는 너무도 자연스럽고 좋은 대화라고 상상한 것에 딱 어울리는 것 같아서 그는 상황에 어울리는 규칙을 따르는 대신 마치 여기가 집인 것처럼 떠오르는 대로 아무렇게나 생각했다. 그는 갑자기 모오스브루거를 떠올렸다. 여기서는 관용의 힘이 느껴졌다. 그것을 이용해 도전하는 것보다 쉬운 일은 없어 보였다. "각하," 그가 말했다. "이런 좋은 기회에 부당하게 죽을 죄인으로 비난받은 한 사람을 옹호해도 되겠습니까?"

그 질문에 슈탈부르크 백작은 깜짝 놀랐다.

"성도착증 살인자 이야기입니다." 그가 완전히 잘못 말하고 있음을 순간 깨달았지만 울리히는 계속했다. "물론 미친 사람이지요." 그는 상황을 모면해보려고 서둘러 덧붙였고 이어서 '각하, 지난 세기 중반부터 이어져온 우리의 법체계가 낙후되었다는 점을 아셔야 합니다'라고 말하려다 그만두고 가만히 앉아 있었다. 백작에게 지적인 활동에서 자주 별 목적 없이 통용되는 그런 종류의 대화를 강요하는 것은 큰 실수였다. 교묘하게 준비된 몇마디 말이야 정원의 양토처럼 유익하겠지만, 이 상황에서 그런 말들의 효과란 누군가 신발에 부주의하게 묻혀

온 더러운 흙처럼 여겨질 것이다. 그러나 슈탈부르크 백작은 울리히가 당황하는 것을 보고 그에게 커다란 자비심을 드러냈다. "그래요. 기억나는군요." 울리히가 그 남자의 이름을 말하자 그는 별 거리낌없이 말했다. "당신은 그가 미친 사람이라고 했는데, 그를 돕고 싶은가요?"

"그는 자신이 저지른 일에 책임을 질 수가 없습니다."

"그래요. 그런 일들은 언제나 아주 유쾌하지 않은 법이죠." 슈탈부르크 백작은 그 일이 내포한 난처함에 아주 곤란해하는 것처럼 보였다. 궁색한 표정으로 울리히를 바라보며 백작은 뭔가 다른 일은 없는지, 그 선고가 마지막인지를 물었다. 울리히는 그렇지 않다고 말하는 수밖에 없었다. "아, 그렇다면," 백작은 다소 안도하며 말했다. "아직 시간이 있군요." 그러곤 모오스브루거 건은 푸근한 모호함에 남겨둔 채 울리히의 '아버지'에 관해 말을 이었다.

울리히의 실언으로 한순간 백작은 평정심을 잃었으나 묘하게도 그의 실수가 백작에게 나쁜 인상을 심어주지는 않았다. 백작은 마치 누군가 외투를 벗겨버린 것처럼 처음에 거의 말이 없었으나 훌륭한 인사로부터 추천받은 사람의 그러한 순진함은 그에게 의연하면서도 결연한 것으로 다가왔다. 백작은 호의적인 의사를 표현하려 할 때 쓰이는 두 단어를 발견한 것이 기뻤다. 그는 당장 애국주의운동의 의장에게 소개장을 쓰면서 "우리는 의연하면서도 결연한 조력자를 찾기를 원합니다"라고 그 말을 써먹었다. 잠시 후 울리히가 그 소개장을 받아들었을 때 그에게는 작은 손에 초콜릿 한조각이 쥐어진 채 까맣게 잊혀지는 한 아이가 떠올랐다. 지금 그의 손가락 사이에는 무엇인가 쥐어져 있었고 그는 명령인지 초청인지 모르게—어떤 항변의 기회도 없이—다시 오라는 지시를 받았다. '무슨 오해가 있었나보군요. 저는 정말 별 의사가…'라고 울리히는 말하고 싶었으나 이미 그 거대한 복도와 웅장한 방들을 통해 나갈 시간이 되었다. 그는 갑자기 멈춰서서 생각했다. '나를 코르크 마개처럼 따서 전혀 원치 않는 곳에 던져두는군.' 그는 내부장식의 단순함을 유심히 응시하고는 아무래도 그것에 무심해질 수밖에 없다는 결심이 확고하게 다가옴을 느꼈다. 여태까지 확실히 밝혀진 것이라곤 아무것도 없는 세상이었다. 그런데 아직, 그에게 느껴지는 확고하고 세밀한 특징이란 무엇이란 말인가? 제길, 단지 그 특징을 놀랍게도 실제적이라고 받아들이는 수밖에 없었다.

21.
라인스도르프 백작이 고안해낸 진정한 평행운동

그 위대한 애국주의운동—이제 그 운동을 짧게 줄여서 평행운동이라고 불러도 좋을 것 같다. 왜냐하면 그 운동은 30주년 기념식에 맞서서 축복받고 근심어린 70주년 기념식에도 그에

상응하는 무게를 실어주자는 것이기 때문이다—을 이끄는 진정한 힘은 슈탈부르크 백작이 아니라 그의 친구인 라인스도르프(Leinsdorf) 백작이었다. 울리히가 궁정을 방문하던 바로 그 시간에, 지체높은 라인스도르프 백작의 아름답고, 창이 높게 걸린 방에선—정적, 겸손, 금실끈과 명예의 엄숙함 같은 것들이 층층이 쌓여 있던—그의 비서가 손에 책을 들고 그가 부탁한 부분을 읽어주고 있었다. 피히테(J. G. Fichte)의 '독일 국민에게 고함'에서 뽑은 한 부분으로 그것은 아주 적절해 보였다. "나태라는 원죄에서 해방되려면," 그는 계속 읽어나갔다. "그리고 그에 따른 나약함과 게으름에서 해방되려면, 인간에겐 마치 도덕종교의 창시자들이 그랬던 것같이 자유의 수수께끼를 밝혀낼 수 있는 모델이 필요하다. 도덕적인 신념에 대한 적절한 가르침은 교회의 임무였다. 교회의 표상은 설교가 아니라 오로지 영원한 진리를 선포하기 위한 교훈이라고 봐야 한다." 그는 태만, 고안해내다, 그리고 교회라는 단어에 강세를 두어 읽었고, 경애하는 백작 각하는 호의적으로 그 말을 듣다가 책을 받아보고는, 고개를 흔들었다. "아니야," 그 황제 직속 백작이 말했다. "이 책은 훌륭하지만, 교회와 관련된 신교적인 입장은 틀렸어." 비서는 마치 한 조항을 다섯번이나 보고도 이해를 못하는 말단관료처럼 씁쓸하게 다시 그 부분을 들여다보았다. 그리고 조심스럽게 반론을 제기했다. "하지만 민족적 범주에 대한 피히테의 언급은 대단하지 않습니까?" "나는," 각하가 말했다. "우리가 피히테를 받아들이지 않는 편이 낫다고 보네." 책이 닫힘과 동시에 그의 얼굴도 쾅 닫혀버렸다. 말없이 명령하는 얼굴에 비서 역시 공손한 인사로 임무가 끝났음을 표시했고, 피히테의 책을 곧 건네받았다. 그는 그것을 가져가서 옆 서가에 있는 세상의 모든 다른 철학적 체계 사이에 다시 꽂아놓을 것이다. 그런 일은 요리가 그렇듯이 스스로 하는 것이 아니다. 그냥 남을 시키는 것이다.

"그러면 네가지 측면이 남게 되지. 황제, 유럽의 전환점, 진실한 오스트리아, 그리고 소유와 교양. 그건 회람공문에도 적어넣어야 할 거야."

각하는 순간 어떤 정치적인 생각을 품었고, 그것은 '그것들이 저절로 일어나게 될 것이다'라는 몇마디 말로 정리되었다. 그는 자신의 조국이 지닌 그 모든 범주들이 조국 오스트리아보다는 독일 민족에 더 가깝다고 느꼈다. 그건 그를 불편하게 했다. 만약 비서가 그의 감정에 아첨할 만한 적절한 말이라도 찾아냈다면(왜냐하면 아무튼 피히테가 선택되었으니까) 그 부분도 기록해둘 만한 것이 되었을지 모른다. 하지만 교회에 대한 공격적인 언급이 그것을 방해하는 순간, 라인스도르프 백작은 구원의 한숨을 내쉬었다.

백작은 그 위대한 애국운동의 창시자였다. 고무적인 소식이 독일에서 들려왔을 때, 그에겐 먼저 황제라는 말이 마음에 들었다. 그것은 곧 민족의 진실한 아버지인 88세의 영도자를, 그리고 한번도 단절된 적이 없던 70년의 통치를 떠올리게 했다. 이 두가지 생각은 당연히 황제가 걸어온 신뢰할 만한 길을 보여주고 있었지만, 그 위에 놓인 영광은 황제의 것이라기보다는 오히려 그의 조국이 세계에서 가장 오래된 유서깊은 통치자를 소유하고 있다는 자부심에서 비롯된 것이다. 똑똑치 못한 사람들은 그 안에서 진귀함이 주는 기쁨만을 보려 할지도 모른다. (그것은 마치 라인스도르프 백작이 이가 빠지고 흔치 않은 가로줄무늬와 워터마크가 있는 사하라 우표를 엘 그레코의 그림보다 더 소중히 여기는 것과도 비슷했다. 그는 그 둘을 다 가지고 있었고 자기 집의 유명한 그림들을 소홀히 여기지 않았음에도, 사실 그림보다 그 우표를 더 좋아했다.) 하지만 사람들은 하나의 상징이 어마어마한 부 이상의, 얼마나 범위가 넓은 힘을 지니고 있는지를 이해하지 못했던 것이다.

라인스도르프 백작에게 그 오래된 통치자라는 상징 속에는 그가 사랑하는 조국과 조국을 하나의 모범으로 삼아야 하는 세계라는 두 측면이 섞여 있었다. 그 위대함과 고통스러운 희망은 라인스도르프 백작을 뒤흔들어놓았다. 그는 자신을 뒤흔든 것이 '민족이라는 가족'에서 영광스러운 자리를 차지하는 것을—마땅히 그럴 만도 하지만—보지 못한 조국 때문이라고는 말할 수 없었을 것이다. 또한 그것이 오스트리아를 그 자리에서 쫓아냈던—비수를 꽂은 1866년의 술책(같은해 프로이센과의 전쟁에서 패배함으로써 오스트리아는 독일에서의 영향력을 잃게 됨—옮긴이)으로!—프로이센에 대한 질투라고 할 수도 없었을 것이다. 또한 그의 내면을 충족시킨 것이 단순히 그 옛날 국가들이 지녔던 고귀함이라든가 그것을 하나의 모범으로 보여주고 싶다는 욕망이라고 하기도 힘들었다. 왜냐하면 그가 보기에 유럽의 민족들은 물질적 민주주의의 소용돌이 속으로 빠져들고 있었고, 그것은 그 민족들에게 훈계와 자기성찰이 되어야 하는 어떤 숭고한 상징으로 그의 눈앞에 어른거렸기 때문이다. 분명한 것은, 오스트리아를 모든 것의 선두에 올려놓아야 하는, 그래서 이 '오스트리아의 영광에 찬 집회'가 전세계에 하나의 '전환점'이 되어 그 독특하고 진실한 존재를 다시 발견하는 무슨 일인가가 일어나야 한다는 것이다. 그리고 그 모든 것은 황제의 88년 삶과 연관돼 있었다. 사실 라인스도르프 백작도 더 자세한 것은 알지 못했다. 확실한 건 그가 위대한 생각에 사로잡혀 있다는 것뿐이었다. 그 위대한 사상은 그의 열정을 불태웠을 뿐 아니라—거기에 맞서 엄하고 책임있게 임하시는 주님이 의심스럽게 머물긴 했지만—확실하게 마치 주권, 조국, 세계 행복의 이상처럼 직접 그렇게 숭고하고 빛을 발하는 생각들에까지 밀려들고 있었다. 그리고 이 사유에 붙어 있는 어두운 면을 백작이 털어낼 수는 없었다. 백작은 인간의 지성으로는 혼동과 암흑이지만, 그 자체로는 영원히 명료한, '신적인 어둠 속에서의 주시'라는 신학적인 가르침에 대해서는 잘 알고 있었다. 그 외에도 그는, 위대한 일을 하는 사람은 원래 그 이유를 잘 모른다는 삶의 굳은 신념을 가지고 있기도 했다. 크롬웰도 이미 말했다. '인간은 결코 그곳이 어디인지 아는 곳에서 멈추지 않는다!' 그래서 라인스도르프 백작은 마음껏 자신의 상징을 즐겼고, 그 상징의 불확실함은 오히려 확실함보다도 더 강하게 그를 고무시켰다.

그런 상징들을 빼고 보자면, 그의 정치적 견해는 지나치게 완고했고 단지 절대 의심할 수 없는 지경에서야 가능한 자유라는 위대한 특징들을 지니고 있었다. 그는 토지세습 귀족으로서 상원의원이기는 했지만, 정치적으로 활동적이지는 않았고 의회나 정부에서 관직을 받지도 못했다. 그는 단지 '애국주의자'였을 뿐이었다. 그러나 바로 그 덕분에 그리고 그의 독립적인 재산 덕분에 그는 근심에 차서 제국과 인류의 발전을 염원하는 모든 다른 애국주의자들의 중심에 서게 되었다. 또한 그 저그런 구경꾼이 아니라, 위로부터 도움의 손길을 내밀어 발전을 이뤄야 한다는 윤리적 임무가 그의 삶을 관통하고 있었다. 그는 '민족'이 '선량하다'는 걸 확신하고 있었다. 그것은 많은 관리나 지배인, 그리고 하인들이 그의 재산에 의지하며 살고 있다는 것뿐만 아니라, 그들을 생각할 때마다 마치 오페라처럼 무대 양쪽에서 뛰어나와 즐겁게 무리를 이루는 일요일과 축제일이 떠오르기 때문이었다. 이런 인상에 들어맞지 않는 것을 그는 '선동적인 요소'라고 치부했고, 그건 책임감없고 조야하며 저속한 인간들의 일처럼 보였다. 그는 종교적이고 봉건적인 교육을 받았고, 시민계급과 교류하면서도 충돌 한번 없었으며, 적지 않은 책을 읽었지만 젊은 시절을 감싸준 정신적인 교육 덕분에 평생 책 한권에서 조화 외엔 이해하지 못했다. 또한 자신의 고유한 규칙을 벗어나는 일탈 따위엔 빠지지 않았던 그는, 동시대인들의 군상을 오직 의회나 신문 속의 대립으로만 이해했다. 그리고 그들 속의 많은 것들을 매우 피상적으로 접했기 때문에, 시민사회란 더 깊이 이해할수록 자기가 생각하는 바에서 벗어나지 않는다는 편견을 날로 키워가고 있었다. 그러니까 신에 의해 창조되었지만 너무 자주 신을 부정하는 세계를 바로잡는 그의 방식은 정치적인 신념에 '진실한'이라는 말을 덧붙이는 것이었다. 그는 '진실한' 사회주의 역시 그와 같은 생각에서 나온 것이라고 굳게 믿었다. 맞다. 그는 사실 처음부터, 스스로도 완전히 인정하지는 못했지만 사회주의자들이 자신의 진영으로 행군해 들어올 다리를 놓겠다는 생각을 은밀히 간직하고 있었다. 불쌍한 자들을 도와주는 것이 기사의 임무임은 확실했다. 그리고 진실한 귀족에게 시민계급 출신의 공장주와 노동자 사이에 그리 큰 차이가 있을 수 없다는 점도 확실했다. '우리 모두는 근본적으로 사회주의자들이다'는 그가 가장 좋아하는 구호였고, 앞으로는 더이상 사회적 차별이 없다는 것과도 대동소이한 말이었다. 그러나 그는 세상에 사회적 차별이 있어야 한다고 생각했고, 노동자계급이 마땅히 물질적인 번영에 관심을 기울이면서도 다른 나라에서 들여온 비이성적인 선동구호들에 거리를 두고 모든 사람들이 자신에게 맞는 범위에서 의무와 번영을 찾아가는 자연스러운 세계질서를 깨달아주기를 바라고 있었다. 그런 이유로 그에게 진실한 귀족은 진실한 수공업자만큼이나 중요하게 보였고, 정치적이고 경제적인 문제를 풀어나가는 일은 결과적으로는 그가 조국이라고 부르는 조화로운 전망을 이루어나가는 것이 되었다.

경애하는 백작 각하는 비서가 나간 후 15분 동안 그가 무슨 생각을 한 것인지 말할 수 없었다. 아마 모든 것이었겠지. 그 중간 키의, 예순쯤 돼 보이는 남자는 무릎 위에 양손을 포갠 채, 미동도 하지 않고 책상 앞에 앉아 있었고, 자신이 조금 웃고 있다는 사실도 눈치채지 못했다. 점점 불어나는 목살 때문에 그는 짧은 칼라의 윗도리를 입었고, 같은 이유에서, 또는 발렌슈타인 시대의 보헤미안 귀족을 떠올리게 한다는 이유에서 콧수염을 기르고 있었다. 천장이 높은 방이 그를 둘러싸고 있었고, 또 그 방은 서재라든가 곁방 같은 크고 텅 빈 방들로 에워싸여 있었으며, 그 방들 주위로는 겹겹의 홀, 더 많은 방들, 정적, 겸손, 장엄함이 진을 치고 있었고 양쪽으로 휘어진 계단에는 화환이 도열해 있었다. 그 계단이 끝나는 출입구에선 테가 달린 무거운 외투를 입고 지팡이를 쥔 큰 덩치의 문지기가 서 있었는데, 그는 아치 장식의 틈을 통해 한낮의 밝은 흐름들을 내다보았고, 행인들은 마치 어항 속의 금붕어처럼 그 곁을 헤엄쳐 지나가고 있었다. 이 두 세계 사이에선 로코코 양식의 장난기

있는 포도나무 넝쿨이 높게 솟아 있었는데, 그것은 예술을 좀 아는 사람들 사이에선 그 아름다움 때문에, 그리고 폭보다 높이가 더 높다는 것 때문에 유명했다. 그것은 오늘날 넓고 쾌적한 전원풍의 성을 시민사회의 빡빡한 도시계획에 따라 높게 지어진 시청건물의 뼈대로까지 늘려놓은 첫번째 시도로 평가되었고, 그래서 봉건적인 영주권과 시민민주주의 양식을 이어주는 중요한 통로 중 하나가 되었다. 바로 여기에, 세계정신 속에 예술적으로 증명된 그의 주거지가 세워져 있었던 것이다. 하지만 그걸 모르는 사람들은, 거기에서 마치 하수구 벽에서 떨어져 내리는 물방울만큼이나 볼 만한 게 없었다. 사람들은 단지 그게 없었다면 평범한 거리였을 그곳에서 놀라운, 거의 사람을 흥분시키는 우묵 패인 곳에 창백하고 무시무시한 아치형의 구멍을 볼 것이고, 그 구멍 속에선 금박이 달린 장식과 문지기의 지팡이 끝의 커다란 꼭지가 빛나고 있을 것이다. 날씨가 좋은 날에 그 문지기는 출입구 밖으로 나왔다. 그러고선 마치 멀리서도 보일 것 같은 눈부신 보석처럼 그 자리에 섰고, 한번도 이해되지 못한 채 도열해 있는 집들로 미끄러져 들어갔다. 수없이 지나치는 무명의 군중들에게 거리의 질서를 부여한 것은 단지 그곳에 늘어선 벽들뿐인데도 말이다. 라인스도르프 백작이 그의 이름을 걸고 염려하고 끊임없이 주시하는 게 그들의 질서임에도 불구하고, '민족'의 대부분이 사실상 그 문지기밖에 기억하지 못할 거라는 내기는 한번 걸어볼 만하다.

하지만 경애하는 각하라면 거기서 어떤 위축도 느끼지 않을 것이다. 오히려 그는 그런 문지기를 두고 있다는 사실을 고귀한 남자에게 적합한 '진실한 자기희생'으로 받아들일 것이다.

22.
말로 표현할 수 없을 정도로 고결하고 영향력있는 부인의 평행운동은 울리히를 괴롭힐 준비가 돼 있다

슈탈부르크 백작이 원한바, 울리히가 다음에 만나야 할 사람은 라인스도르프 백작이었지만 그는 그 대신 아버지가 추천해 준 '위대한 사촌'을 만나기로 결정했다. 그녀를 직접 보고 싶은 호기심 때문이었다. 그녀를 만나본 적은 없었지만 울리히는 그녀를 조금 싫어했는데, 그와 그녀가 친척인 줄 아는 사람들이 "네가 알고 지내야 할 여자가 있다"고 말했기 때문이었다. 그 말에서 늘 '네가'라는 단어가 강조돼 들리는 것은 '네가' 그런 보석을 감상하기에 특별히 좋은 조건에 있다는 것을 일깨우기 위함이었고, 정직한 조언이긴 하지만 그가 그런 친분관계에 서툴다는 점을 은근히 지적하기 때문이기도 했다. 울리히는 여러 번 이 여성에 관해 자세히 말해달라고 했으나 한번도 만족스러운 대답을 듣지는 못했다. 그 대답이란 "그녀는 굉장히 고결한 정신의 소유자"라거나 "최고로 사랑스럽고 현명한 여자" 아니면 많은 사람들이 지적하듯이 간단히 "완벽한 여성"이라는 것이 고작이었다. "몇살이나 됐나요?"라고 울리히가 물었지만 아무도 그녀의 나이를 알지 못했고 그것에 관해 생각해보지 못한 것에 놀라곤 했다. "그럼 연애는 하고 있나요?" "남자관계는요?" 조급해진 울리히가 이렇게 묻자, 질문을 당한 젊은 성인 남자는 그를 놀라움에 차서 바라보며 "아무도 그녀를 그런 일에 연관시키지는 않을 것 같군요"라고 말했다. "그래, 고결한 아름다움이라면 제2의 디오티마(Diotima, 플라톤의 『향연』에 나오는 전설의 무녀로, 영혼의 아름다움을 예찬함—옮긴이)로구나." 울리히는 중얼거렸다. 그리고 그날부터 울리히는 그 여성의 스승으로 칭송되는 사람의 이름을 따라서 마음속으로 그녀를 그렇게 불렀다.

그러나 사실 그녀의 이름은 에르멜린다 투치(Ermelinda Tuzzi)였고, 원래는 그저 평범한 헤르미네(Hermine)였다. 에르멜린다가 확실히 헤르미네의 번역은 아니었지만, 그녀는 단지 어느날 갑자기 그녀의 영혼의 귀에 고귀한 진실의 형태로 들려온 그 아름다운 이름을 섬광과도 같은 직관을 통해 얻었다. 비록 그녀의 남편이 지오반니가 아니라 한스라고 불렸는데도 말이다. 투치라는 이탈리아식 성에도 불구하고 남편은 이탈리아어를 영사관 부설학교에서 배웠다. 울리히가 지닌 나쁜 감정은 그녀의 남편이라고 해서 덜하진 않았다. 투치는 제국 외무성의 관료직분을 가진 자라면—외무성이 다른 정부관료보다 더 봉건적이긴 했지만—당연히 그렇게 보이는 평범한 영사일 뿐이었다. 그는 가장 영향력있는 최고집단의 일원이었으며 총리의 오른팔로—심지어는 핵심 브레인이라는 루머까지 있었는데—여겨졌고, 유럽의 미래에 영향을 끼칠 몇 안되는 사람이기도 했다. 그러나 평범한 시민이 그토록 고귀한 자리까지 올라가자, 그는 의당 사적인 요구를 배후에서 겸손하게 간직하는 요령과 자질을 가진 자로 여겨지곤 했다. 울리히는 이 영향력있는 기관장을 꼿꼿하게 규칙에 따르는 기갑부대의 장교로—높은 신분으로 1년짜리 신병을 엄하게 훈련하는 임무를 띤—상상하기까지 했다. 거기에 꼭 맞는 다른 한쪽으로서의 그의 배우자는 그 놀라운 아름다움에도 불구하고 야심에 찬, 더이상 젊지 않고 중산층 문화의 코르셋에 갇힌 여자로 생각되었다.

그러나 울리히는 굉장히 놀랐다. 디오티마는 흔히 피상적인 존재인 남자들이 늘 자신의 아름다움을 제일 먼저 생각한다는 것을 아는 여성이 짓는 그 관대한 미소로 그를 영접했다.

"늘 당신을 만나고 싶었어요." 그녀는 힐책인지 친절인지 모를 모호한 말을 던졌다. 그녀의 손은 포동포동했고 가벼웠다.

그는 순간 손을 너무 오래 잡고 있었는데, 머릿속에서만큼은 이 손을 떼어버릴 수가 없었다. 그것은 마치 통통한 꽃잎처럼 그 안에 남겨졌다. 그 뾰족한 손톱은 마치 딱정벌레의 날개 같았는데, 언제라도 그녀와 함께 현실에 존재하지 않는 곳으로 날아갈 준비가 된 것처럼 보였다. 울리히는 이 여성의 손에 스민 고귀함에 압도되었다. 개의 주둥이처럼 원래 좀 뻔뻔스런 신체인 이 손은 아무것이나 건드려도 사람들에게 정절과 고귀함과 부드러움의 자세로 받아들여질 것이다. 그 짧은 몇초 동안 울리히는 디오티마의 깨끗한 목에 통통하게 잡힌 몇개의 주름을 알아차렸고, 그녀의 머리카락이 그리스식 끈으로 묶여 있어서 뻣뻣하게 곤두선 채 마치 말벌 둥지처럼 보이는 것도 놓치지 않았다. 울리히는 미소짓는 이 여자를 공격하려는 적대적인 충동을 느꼈으나 그녀의 아름다움 때문에 아무런 저항도 할 수 없었다.

디오티마 역시 그를 오랫동안 응시하면서 탐색하는 듯한 시선을 보냈다. 그녀도 이 사촌에 관한 소식을 들었는데, 그것은 다소 비방이 섞인 것들이었으며 그녀와 친족 사이임을 전하는 것이었다. 울리히 역시 그녀가 자신의 외모에서 풍기는 강한 인상에 사로잡혀 있음을 눈치챘다. 그런 일은 자주 있었다. 그는 깨끗이 면도한 얼굴에 키가 컸고, 건장한 몸매에다가 유연한 근육질의 남자였다. 그의 안색은 밝았으나 한편으로 완고하게 보였다. 한마디로, 그는 자신을 대부분의 여자가 호감을 가질 만한 젊은 남자로 지레짐작했다. 그에겐 단지 그녀들의 꿈을 깨게 해줄 힘이 늘 모자랄 뿐이었다. 디오티마는 그를 동정하기로 함으로써 이러한 꿈에서 벗어났다. 울리히는 그녀가 자신을 계속 예의주시하면서 분명히 어떤 비호감을 갖지는 않는다는 것을 알 수 있었다. 아마도 그가 지녔음이 분명한 고상한 성품이 어떤 나쁜 삶 때문에 짓눌렸고 그것이 다시 드러날 수 있다고 생각하는 듯했다. 비록 그녀가 울리히보다 그리 많이 어리진 않았고, 육체적으로는 만개한 듯해 보였지만, 전체적인 외모는 어딘가 억제된 처녀 같아서 낯선 대조를 이루고 있었다. 그렇듯 그들은 서로 말을 나눈 후에도 계속 서로를 탐색해 나갔다.

디오티마는 세상에서 가장 위대하고 중요하다고 여겨지는 일을 실행에 옮길 단 하나의 다시없는 기회가 바로 평행운동이라는 말로 대화를 시작했다. "우리는 반드시 진정 위대한 이상을 실현해야 해요. 우리는 기회를 잡았고 그것을 이용하는 데 실패하지 말아야 합니다."

"당신 마음속에 어떤 구체적인 것이 있나요?" 울리히는 단도직입적으로 물었다.

그렇지 않았다. 디오티마는 아무런 구체적인 것도 갖고 있지 않았다. 어떻게 그럴 수가 있겠는가? 세상에서 가장 중요하고 위대한 것을 말하는 사람 중 그 누구도 현실에 존재하는 어떤 것을 말하진 않는다. 도대체 세상의 어떤 것이 그런 이상과 맞먹을 수 있단 말인가? 그것은 더 위대하고 더 중요한, 또는 더 아름답고 슬픈 것들을 다 합쳐놓은 것이 아닌가? 다시 말해 분명히 종말이나 완벽을 암시하는, 가치와 상대적인 것들의 위계가 아닌가? 그러나 누군가 바로 그 순간 세상에서 가장 위대하고 중요한 일을 말하는 사람에게 이점을 지적한다면, 그는 감정이나 이상이 없는 사람으로 의심받을지 모른다. 바로 그것이 디오티마의 반응이었고, 울리히는 그런 식으로 말했던 것이다.

여성으로서 칭송받는 지성인이었던 디오티마는 울리히의 다른 생각이 불손하다고 생각했다. 잠시 후 디오티마는 미소를 띠며 대답했다. "위대하고 선한 것이 아직 한번도 실현되지 못했기 때문에 선택은 쉽지 않을 거예요. 하지만 민중의 모든 분야에서 우리의 일을 도와줄 단체들을 우리는 건설할 거예요. 모든 민족—실은 전세계—이 물질적인 지배에서 벗어나 영혼의 삶을 일깨우도록 하는 이 자리에 있다는 사실이 굉장히 명예롭게 여겨지지 않나요? 우리가 그저 낡은 시대의 관점에서 '애국적인' 어떤 것을 염두에 두고 있다고 함부로 단정짓지는 말아야 해요."

울리히는 교묘하게 답을 회피했다.

디오티마는 웃지 않고 다만 미소지을 뿐이었다. 그녀는 이처럼 재기 넘치는 남자들에게 익숙했지만, 그들은 늘 똑똑하지만도 않았다. 역설을 위한 역설은 유치해 보였고, 그녀의 사촌에게 이 위대한 국가적 임무에 부여된 존엄과 책임감을 심각하게 직시하도록 만들어야겠다는 생각이 들었다. 그녀는 단호한 어조로 다시 말했다. 울리히는 자기도 모르게 그녀의 말 가운데 오스트리아에서 공공문서를 끼워 묶을 때 사용하는 황토색 끈을 떠올렸다. 그러나 그녀의 입술에서 나온 말은 결코 관료적인 형식의 말만은 아니었다. 그 가운데는 문화적 용어들, 가령 '단지 논리와 심리에 의해 좌우되는 영혼없는 세대'

라든가 '영원과 현재'와 같은 말들이 섞여 있었으며, 갑자기 베를린을 언급하기도 했고, 프로이센과는 달리 '감정이라는 보물'을 오스트리아가 여전히 간직하고 있다는 말이 튀어나오기도 했다.

울리히는 몇번이나 이 권좌에서 울려나오는 말을 가로막으려 했지만, 마치 성구실에서 퍼져나온 듯한 높은 관료주의의 향내가 곧 그 딱딱함을 부드럽게 감싸면서 울리히의 시도를 덮어버렸다. 울리히는 경악한 채 자리에서 일어섰다. 그의 첫번째 방문은 완전히 끝나버렸다.

한번 더 생각에 빠져든 이 순간에 디오티마는 그를 다소 과장되게 주의깊고 온화한 예절로 대했는데, 이는 그의 남편에게서 배운 것이었다. 그는 아직은 아랫사람이지만 언젠가는 하원의원이 될 젊은 관료들에게 이런 예절을 써먹었다. 그녀가 그를 다시 초대하긴 했지만 그 속에는 거친 활력을 지닌 사람을 마주친 지식인 특유의 깔보는 듯한 불쾌함이 묻어 있었다. 울리히가 부드럽고 가벼운 그녀의 손을 다시 한번 잡았을 때, 그들은 서로의 눈을 깊이 바라보았다. 울리히는 그들이 서로 사랑함으로써 심각한 불쾌감을 공유할 운명이라는 확실한 인상을 받았다.

'사실,' 그는 생각했다. '아름다움은 히드라 같은 것이지.' 울리히는 그 위대한 애국운동이 자신을 헛되이 기다리도록 내버려두려 했지만, 그것은 디오티마의 인간성 안에 깊이 각인

돼 그를 삼켜버릴 준비가 된 것처럼 보였다. 그것은 반쯤은 우스꽝스런 기분이었다. 그의 경험과 성숙함에도 불구하고 자신이 큰 닭의 눈에 들어간 작은 해충밖에 안되는 것처럼 느껴졌기 때문이다. '하늘에 맹세코,' 그는 생각했다. '영혼의 거대함 때문에 나 스스로를 하찮은 태만에 빠지도록 내버려둘 수는 없지.' 그는 이미 보나데아와 즐길 만큼 즐겼고, 스스로 최고의 자제력을 발휘하고 있었다.

집을 떠날 때 그는 그곳에 도착하자마자 본 한 사람을 다시 발견하곤 기뻐했다. 꿈꾸는 듯한 눈을 한 어떤 시종이 그를 바라보고 있었다. 들어오는 입구의 어둠 속에서 그를 향해 날아온 그녀의 눈은 마치 검은 나비 같았다. 지금, 그가 나가는 순간 그 눈은 검은 눈송이처럼 어둠을 낮게 날아내렸다. 그녀에게는 아랍인 또는 알제리 유대인 같은 면이 있었고, 그 조심성있는 달콤함 때문에 울리히는 또한번 그녀를 제대로 본다는 것을 잊어버렸다. 그가 거리에 다시 나서고 나서야 이 작은 하녀의 놀랍게도 생생하고 발랄한 모습이 디오티마와 닮았다는 느낌이 찾아왔다.

23.
한 위대한 남자의 첫번째 간섭

울리히가 돌아간 후, 디오티마와 하녀에겐 아직 희미한 흥분이 남아 있었다. 그녀가 품위있는 방문객을 전송할 때마다 찾아오는 그 작고 어두운 마법은 그녀의 기분을 희미하게 빛나는 벽 위까지 띄워주는 것 같았지만, 그녀는 울리히와 보냈던 시간을, 별로 감동하지 않아도 될 것을 기꺼이 받아들이는—자신을 온유하게 제어하는 능력 덕분으로—성숙한 여인의 의식으로 생각했다. 울리히는 바로 그날, 또다른 남자가 그녀의 삶 속으로 걸어들어갔던 일을 몰랐다. 그는 마치 웅장한 산의 풍경을 그녀의 발 아래 펼쳐놓은 사람 같았다.

그 도시에 도착한 지 얼마 되지 않아서 파울 아른하임(Paul Arnheim) 박사는 그녀를 방문했다.

그는 상상을 뛰어넘는 부자였다. 그의 아버지는 '독일 철강'의 가장 힘있는 경영자였고, 심지어는 투치 국장조차도 그의 부(富)에 대한 농담을 할 정도였다. 투치는 사람은 말을 아껴야 하고, 재치있는 대화를 위해서 농담을 완전히 피할 수는 없겠지만, 결코 농담이 선한 것은 아니라 믿는 편이었는데 그에게 농담은 시민적인 관습일 뿐이기 때문이었다. 투치 국장은 부인에게 아른하임 박사를 특별히 대우하도록 했는데, 그건 비록 아른하임 같은 사람들이 독일 제국에서 최고의 위치에 있는 건 아니고, 의회에 끼치는 영향력도 크루프 일가(Krupp, 독일 제강업계의 재벌—옮긴이)에 비할 수 없겠지만, 그의 생각으론 언젠가는 그렇게 될 것 같았기 때문이었다. 그리고 그는 여기다 다음과 같은 은밀한 소문을 덧붙였다. 이 아들은 이미 아흔살을 훌쩍 넘긴 아버지의 자리를 물려받으려 하고 있을 뿐 아니라, 시대의 흐름과 그의 국제적인 관계들을 토대로, 제국의 수상까지 넘보고 있다는 것이었다. 투치 국장의 견해로는, 이는 세계가 멸망하지 않는 한 거의 확실한 일이었다.

그는 자신의 말이 부인의 환상 속에 어떤 격정을 일으켰는지는 예감하지 못했다. 그녀의 범주에서 확실히 '무역상'을 높게 평가하지 않는다는 원칙은 세워져 있었다. 그러나 시민사회의 신조를 가진 많은 사람들처럼, 그녀의 마음속에는 원칙 같은 것과는 상관없이 그의 부에 대한 경탄이 일었고, 그렇듯 엄청난 부자와의 개인적인 만남은 마치 황금빛 천사의 날개가 하늘에서 떨어진 듯한 느낌을 주었다. 남편의 신분상승 이래로, 에르멜린다 투치는 명예와 부가 어울리는 일에 아주 낯설지는 않았다. 그러나 정신적인 업적을 통해 성취되는 명예는 그것을 지닌 사람들과의 교제가 이루어지자마자 재빨리 사라져버렸고, 봉건적인 세습재산이란 한편으론 젊은 대사관원이 진 바보 같은 빚 같기도 하고, 다른 한편으론 전통적인 삶의 방식에 갇힌 상황 같기도 했다. 그것은 거대한 은행이나 자유롭게 쌓인 돈더미의—세계적인 기업과 사업이 마련해주는—풍족함 또는 막대한 돈의 전율과는 상관없는 것이었다. 디오티마가 은행원에 대해 아는 단 하나는, 그녀가 만약 남편의 부인이라는 걸 밝히지 못하면 항상 2등석을 타야 하는 반면에, 은행원들은 비록 중간쯤 되는 사원이라도 출장시에는 항상 1등석에 탄다는 것이었다. 그녀는 그러한 동양적인 기업들의 가장 최고위치에 있는 폭군들을 감싸고 있을 것만 같은 그 광휘들을 상상해보았다.

그녀의 작은 하녀 라헬(Rachel)은—말할 것도 없이, 디오티마가 그녀를 부를 땐 이 이름을 불어로 발음했다—디오티마에게 꿈 같은 이야기를 들려주었다. 라헬의 이야기를 최소한으로 요약해보자면, 개인열차로 이 도시에 들어온 그 부자는 호텔 전체를 세냈고, 작은 흑인노예를 데려왔다는 것이다. 그러나 파울 아른하임이 관심을 끌려는 행동을 한번도 하지 않았기 때문에, 그런 꿈 같은 일들은 사실이 아니었다. 단지 그 무어인 흑인 아이는 정말이었다. 몇년 전 아른하임은 그를 이탈리아 최남단 지방을 여행하다가 만난 유랑극단에서 데려왔다. 그 일은 반은 자랑거리삼아서였고, 반은 한 창조물을 심연에서 끌어올려 영혼의 삶을 살게 하는 것이 신의 일이라는 갑작스런 기분 때문이었다. 그러나 얼마 지나지 않아 그는 그런 욕구를 잃어버렸고, 열네살이 되기 전부터 그에게 스탕달과 뒤마를 읽히려고 했던 그가, 지금 열여섯살이 된 그를 그냥 하인으로 부리고 있었다. 하지만 하녀가 집으로 가져오는 소문들이 너무 과장되어 디오티마가 웃지 않을 수 없을 정도였음에도 불구하고, 그녀는 그것들을 한마디 한마디 다시 반복하도록 했는데, 소문이 매혹적이고 순수해 보였기 때문이었다. 또한 그것은 '순진함에 이를 정도로 문화가 만연한' 이런 대도시에서나 가능한 일이었으며 그 무어인 소년은 그녀의 상상력을 놀랍도록 휘어잡았다.

원래 디오티마는 재산도 없는 중급학교 교사의 세 딸 중 첫째였다. 그래서 그녀에게 아직은 출세하지 못한 시민 출신 부영사 투치는 좋은 신랑감으로 보였다. 소녀 시절에 그녀는 자부심을 빼곤 아무것도 가진 것이 없었고, 그 자부심은 막상 자부할 만한 내용이 없었기 때문에 예민함을 간직한 채 둘둘 말린 정직성이 되어버렸다. 하지만 그런 정직성조차 때로는 열망과 꿈을 감추고 있고, 하나의 예측 못할 힘이 될 수도 있다. 만약 처음부터 디오티마가 그 먼 나라들에서 벌어질 잡다한 일들의 전망에 유혹됐다면, 아마 곧 실망하고 말았을 것이다. 몇년이 지난 후 그녀의 경험은 그저 그녀의 이국적인 분위기를 질투하는 여자친구들을 향한 신중하게 계산된 우월감 정도로 치부되었을 것이고 결국 수화물 몇을 남기고 마는 삶을 벗어나기 힘들었을 것이다. 한 호의적이고 '진보적인' 뜻을 품은 장관이 시민 출신의 남자를 내각의 핵심부로 끌어들이면서 남편이 갑작스런 출세길을 달리기 전까지, 디오티마의 야망은 오랫동안 5급 관리 정도의 편안한 전망없음에 머무르며 사는 것이었다.

그런데 투치에게 무언가를 바라는 많은 사람들이 그의 곁에 모여들었고, 그 순간부터 놀랍게도 디오티마에게 '정신의 아름다움과 위대함'에 대한 보물창고가 기억나기 시작했다. 그녀는 그것이 분명히 문화적으로 풍부했던 가정이나 세계의 중심에서 나왔다고 여겼으나 사실은 여학교 시절 뛰어난 학생으로 학습했던 것에서 나온 것이었다. 그녀는 그것을 신중하게 평가하기 시작했다. 약간 싱겁기는 했지만 비범할 정도로 믿을 만한 남편의 이성은 자신도 모르는 사이에 그녀에게 주목했고, 남편이 자신의 정신적인 장점을 알아차렸다고 느꼈을 때, 그녀는 마치 별 목적 없이 빨아들였던 물기를 다시 짜내는 축축한 스폰지처럼 기쁨에 차서 자신의 소박하고 '정신적으로 고양된' 생각들을 대화 중간중간의 적절한 장소에 섞어넣었다. 그리고 남편이 더 높은 지위로 올라서는 동안 친구를 구하려는 사람들이 그녀의 집으로 점점 더 많이 모여들었고, 그곳은 '사회와 정신'이 한곳에서 만나는 곳이라는 평판을 받는 '살롱'으로 변해갔다. 여러 분야에서 중요한 일들을 하는 사람들과의 교류를 통해, 디오티마는 진정으로 자기자신을 찾기 시작했다. 그녀가 학생이었을 때와 마찬가지로 지금도 항상 소중하게 여기는 그 정직성은, 그때 배웠던 것들을 다시 복습하면서, 그리고 그것을 친근한 단순함에 결합시키면서, 확장을 거듭해 정신 그 자체가 되었고, 그러는 사이에 투치의 집은 주목받는 지위를 지니게 되었다.

24.
자본과 문화.
라인스도르프 백작, 그리고 영혼을
저명한 손님과 연결시킨 관리와 디오티마의 우정

그러나 라인스도르프 백작과 디오티마의 우정은 그녀의 사적인 모임을 하나의 공적 기구로 만들었다.

친구들을 신체의 부분으로 친다면 라인스도르프 백작은 심장과 머리 사이에 있었을 것이고 디오티마는—만약 이런 말이 아직 쓰인다면—가슴으로 통하는 친구로 여겨졌을 것이다. 라인스도르프는 어떤 부적절한 의도도 없이 디오티마의 정신과 아름다움을 존경했다. 그의 후원은 디오티마의 모임에 확고한 위치를 마련해주었을 뿐 아니라 그가 자주 말하기 좋아하는 것처럼 어떤 공적인 지위를 부여했다.

그 자신을 돌아볼 때, 제국의 라인스도르프 백작은 '애국자'에 불과했다. 그러나 그 지위는 단지 이러저러한 행정기구로 채워진, 왕과 민중 사이의 어느 지점에 있는 것은 아니었다. 거기에는 또다른 무엇인가가 있었고, 그것은 사상, 도덕, 규율이었다. 그는 독실한 신자인 동시에 그의 땅에 공장을 운영하는, 책임감이 깊이 스며든 사람이었다. 그는 이 시대에 인간의 마음이 여러 면에서 교회의 보호에서 벗어나고 있다는 현실에 마음을 열고 있었다. 예를 들어 그는 공장이나 밀, 설탕 거래에서의 어음교환이 종교적인 규율에 합당할 수 있다고 보지 않았다. 또한 현대적이고 대규모로 조성된 부지를 어음교환이나 산업단지 없이 합리적으로 이용하는 방법은 없다고 보았다. 백작의 비즈니스 책임자가 외국투자자와 일하는 것이 지역 귀족과 일하는 것보다 이윤이 많이 남는다고 보고할 때, 그는 거의 외국투자자를 선택할 수밖에 없었다. 왜냐하면 객관적인 정황이란 그 나름대로 합당한 이유들을 가진 것이고, 이것이 그 자신뿐 아니라 수많은 사람들에게 책임감을 지닌 거대기업 수장의 개인감정으로 거부될 수는 없기 때문이었다. 그렇듯 직업적인 양심과 종교적인 양심 사이에는 서로 모순된 것이 있었고, 라인스도르프 백작은 그런 경우 교황청의 대주교라 하더라도 자기와 별반 다르지 않게 행동할 거라고 믿었다. 물론 라인스도르프 백작은 상원의회에서 말할 때마다 이런 불미스런 상황을 개탄하고 삶이 예전의 단순함, 자연스러움, 초자연적인 것, 건전함, 기독교 교리 등을 회복하는 길을 찾아야 한다고 설명했다. 마치 전신교신을 하듯 그가 입을 열어 그런 연설을 할 때마다 그는 다른 회로로 빠져들어갔다. 사실 그 같은 일은 공적인 자리에서 사견을 밝히는 모든 이들에게 일어난다. 만약 공적으로 비난한 일을 사적으로 행한다면서 누군가 라인스도르프 백작을 책망한다면, 그는 삶의 책임감에 관해 아무것도 모르는 선동적인 파괴분자라는 자백을—그것도 성인다운 확신을 가지고—토해내야 할 것이다. 그럼에도 불구하고, 그는 영원한 진리와 사업의 결합을 이루는 일의 중요성을 깨달았는데, 이 일은 전통의 사랑스런 단순함보다 훨씬 더 복잡한 일이었다. 또한 그는 그러한 결합이 오로지 중산층 문화의 심오한 깊이에서만 가능하다고 인식했다. 법, 의무, 도덕, 미의 영역에 걸친 중산층 문화의 위대한 사유와 이상을 바탕으로, 그 깊이는 일상의 다툼과 모순에까지 파고들었고, 그에게는 실타래처럼 얽힌 삶의 줄기를 잇는 교량으로까지 보였다. 그것은 물론 교회의 교리와 같은 엄격하고 적확한 기반을 제공하진 못했지만, 그보다 덜 유익하거나 책임감이 덜하지는 않았고, 바로 그것 덕분에 라인스도르프 백작은 종교적인 이상주의자인 동시에 열정적인 시민주의자가 되었다.

백작의 이런 신념은 디오티마 살롱의 그것과도 일치했다. 이 모임은 그녀의 '위대한 날'에 대해서는 말 한마디 나눠보지 못한 사람과도 만날 수 있다는 것으로 유명했는데, 이는 그들이 특정 분야에서 아주 잘 알려져 있기에 많은 말이 필요하지 않았기 때문이다. 그러나 세계적으로 유명하다는 분야란 한번도 들어본 적이 없는 경우가 다반사였다. 거기에는 켄치니스트(Kenzinist)와 카니지스트(Kanisist)가 있었고 파르티겐(Partigen) 연구자에 맞서 보(Bo) 문법가가 나타나는가 하면 양자물리학자에다가 세포성장학자가 등장하기도 했다. 물론 예술과 문학 분야에서 매년 꼬리표를 바꿔 달고 등장하는 새로운 경향을 대변한다는 사람들이 아주 제한된 숫자만 끼리끼리 어울렸는데, 단 항상 젊은 학자들은 디오티마가 조심스럽게 선별하여 따로 초대했으며 이들에게는 각별한 대접을 제공했다. 덧붙여 디오티마의 모임을 다른 유사한 모임과 구별짓는 특징을 말하자면 사업요소라는 점이라 하겠다. 실제에 적용된 사유를 가지고 모여든 사람들—디오티마의 표현대로 하자면 예전에 믿음 좋은 행동가들이 그러했듯이 신학의 핵심부로 모여들었던 형제자매 일꾼들의 총연합처럼—은 한마디로 행동의 요소들이었다. 그러나 신학이 경제학과 물리학으로 대체된 지금, 디오티마의 초대명단에 든 영혼의 지배자들 역시 영국왕립학회보고서에 등장하는 목록과 비슷하게 되었다. 따라서 거기에는 새로운 형제자매 일꾼들이 포함되었는데, 그들은 은행장, 기술자, 정치인, 고위관료 등과 그들의 측근 신사, 숙녀 들이었다. 비록 디오티마가 '지성인'이란 말보다 '숙녀'라는 말을 더 좋아하긴 했지만, 특히 그녀는 여성들을 발굴해내는 데 역점을 두었다. "삶은 이 시대에 지나치게 지식에 의존하고 있습니다." 그녀는 종종 이렇게 말했다. "그래서 우리는 온전한 여성 없이는 살아갈 수 없게 되었지요." 디오티마는 오직 온전한 여성만이 여전히 지성을 활기 넘치는 힘과 함께 끌어안을 수 있는 숙명적인 힘을 소유했다고 확신했으며, 그래서 그 힘은 확실히 여성적 구원을 필요로 한다고 생각했다. 이처럼 여성과 존재의 힘을 섞는다는 개념은 정기적으로 드나드는 젊은 남성 귀족들이 그녀를 신뢰하는 데 크게 이바지했는데, 그것은 그런 일이 당연시되기도 했거니와 투치에게 대중적인 영향력이 있었기 때문이기도 했다. 또한 온전한 존재란 귀족들이 진실로 가져야 할 덕목이었고, 그보다 특별한 것은 남의 이목을 끌지 않고도 짝을 이뤄 깊이 대화에 몰두할 수 있다는 점 덕분이기도 했다. 그래서 부드러운 회합과 마음을 나누는 긴 대화 덕분에, 디오티마가 예감하지 못하는 사이에 그녀의 집은 교회보다 더 인기를 끌게 되었다.

라인스도르프 백작은 디오티마 살롱의 그 자체로 엄청 다채로운 이 두가지 사회적 요소를 단순히 '진실한 엘리트'라고 부르는 대신 '자본과 문화'라고 이해했다. 하지만 그가 제일 좋아한 용어는 '공공서비스'로, 그의 자부심을 담은 개념이었다. 그는 공장노동자나 가수나 할 것 없이 모든 직업을 시민적인 봉사로, 공공서비스의 한 형태로 생각했다. "모든 사람은," 그는 말하곤 했다. "국가 안에서 공직에 복무합니다. 노동자, 왕자, 기능공 이들 모두는 시민봉사자들이죠." 그는 언제나, 어떤 상황이든, 아무 치우침 없이 이런 생각을 드러냈다. 그의 눈에는 높은 신분의 신사 숙녀들이 저명한 금융가의 부인에게 눈길을 주면서 보가츠쾨이(Bogazköy, 고대 히타이트 왕국의 수도—옮긴이) 문서나 판새류, 연체동물의 문제에 관해 전문가들과 논쟁하는 것조차 아주 중요한—비록 충분히 이해되지는 않지만—공직을 수행하는 것으로 보였다. 공공서비스라는 이 개념은, 디오티마가 중세 이후 사라진 모든 인류행위의 종교적인 연합이라고 부르는 것의 라인스도르프식 버전이었다.

완벽하게 통제된 강력한 사회—유치하거나 거칠진 않지만 투치 부부의 사회와 같은—는 근본적으로 굉장히 변화가 많은 인간행위를 지배할 수 있는 단일함을 자극하는 것으로부터 생겨난다. 이 자극을 디오티마는 '문화'라고 불렀고, 거기에 좀 덧붙여서는 '우리의 유구한 오스트리아 문화'라고 불렀다. 지성을 품겠다는 그녀의 야망이 커지면 커질수록, 그녀는 이 말을 더 자주 사용했다. 그녀는 이 말을 다음과 같이 이해했다. 루벤스와 벨라스케스의 위대한 그림, 베토벤 시대의 일들, 말하자면 오스트리아인들, 모차르트, 하이든, 슈테판 돔, 부르크 극장, 제국의회의 위엄있는 의식, 맵시있는 옷과 속옷 상점들이 있으며 1,500만 거주자들이 모여사는 제국의 수도 빈의 중앙 거리, 고위관료들의 사려깊은 예절, 빈의 요리, 영국에 버금간다는 귀족사회, 그리고 그들의 옛 궁전들, 가끔은 독창적이지만 대부분은 엉터리인 탐미주의의 고양된 목소리들. 그녀는 또한 이 나라에 라인스도르프 백작 같은 저명한 신사가 그녀를 날개 안에 품어서 그 집을 문화적 실험의 중심으로 만들었다는 사실도 이해했다. 라인스도르프 백작 역시 그 배려에 감격해했으며, 그래서 자칫 통제 불능에 빠지기 쉬운 개혁에 자기의 집을 개방했다는 사실을 그녀는 몰랐다. 라인스도르프는 종종 그의 아름다운 친구가 자유나 관대와 더불어 열정과 그것에서 비롯되는 혼돈 또는 혁명적인 생각에 관해 말하는 것에 남몰래 놀랐다. 하지만 디오티마는 이것 역시 눈치채지 못했다. 그녀는 언제나 그러하듯 마치 여성 의사 또는 사회봉사자처럼 공적인 경박함과 사적인 예의 사이에 선을 그었다. 그녀는 자신에게 지나치게 사적으로 다가오는 말에 아주 민감했지만 공적으로는 어떤 주제에 관해서든지 자유롭게 말했고 라인스도르프 백작이 이러한 혼합을 아주 매력적으로 여김을 느낄 수 있을 뿐이었다.

그러나 삶이란, 다른 곳에서 돌이 깨지지 않는 한, 세워질 수 없는 것이다. 디오티마에게 고통스럽고 놀라운 일은, 꿈에 젖은 듯 달콤했고 상상의 아몬드같이 작고 둥글었던 삶이—그 안에 다른 아무것도 없을 때 그녀의 존재의 핵심이었고, 마치 검은 눈 두개가 달린 여행용 가죽 트렁크처럼 보인 부영사관 투치와 결혼하기로 결정한 그 순간까지도 있었던—그 성공의 나날 가운데 사라져버렸다는 점이다. 하이든이나 합스부르크처럼 '우리의 유구한 오스트리아 문화'라고 이해한 많은 것들—한동안 단지 지루한 학교수업에만 존재했지만—속의 실재들을 알아가는 동안 그녀에게는 그것들이 마치 한여름 벌들의 웅웅거리는 소리처럼 아주 영웅적이고 매력적으로 보였다. 그러나 시간이 지나가면서, 그것은 단조로운 것일 뿐 아니라 그녀에게 드리운 오점이 되었고, 심지어 가망없는 것이 되기도 했다. 저명한 인사들과 디오티마의 교류는 라인스도르프 백작이 은행관계자들과 나누는 교류와 다를 바가 없었다. 누가 아무리 강하게 그것을 영혼과 결합시키려 해도 그 시도는 성공하지 못했다. 물론 사람들은 자동차와 엑스레이에 관해서 어느 정도의 감정을 가지고 이야기할 수 있다. 그러나 지금 시대에 눈만 뜨면 쏟아져나오는 수많은 발견과 발명에 관해서 할 수 있는 일이란 그저 놀라는 것밖에 없었고 그래서 결국 그것들은 너무도 따분한 것들이 되어버리고 말았다! 라인스도르프 백작은 가끔씩 들러 정치인들과 대화하거나 새로운 손님에게 자신을 소개하기도 했다. 그가 문화의 심연에 열광하기는 쉬웠지만 누군가 디오티마처럼 문화와 가깝게 지내다보면 그것의 해결할 길 없는 문제가 그 깊이에 있지 않고 폭에 있다는 것을 알게 될 것이다! 그리스의 고귀한 단순함이라든가 예언자의 의미 같은 그렇게 친근한 관심사들조차 전문가들과의 대화에서는 예측할 수 없는 의심과 가능성을 품은 다면성을 띠었다. 디오티마는 영사들조차 항상 둘씩 짝을 지어 이야기한다는 것을 깨달았는데, 그것은 이미 그때부터 한 사람이 구체적이고 이성적으로 말할 수 있는 상대는 다른 한 사람밖에 없었기 때문이고, 그래서 그녀 자신은 아예 상대를 찾아낼 수조차 없었다. 그 순간 디오티마는 자신이 문명이라고 알려진 현대인의 친숙한 병폐에 신음하고 있음을 발견했다. 그것은 비누거품으로 가득 찬, 선이 없는 흐름으로, 수학적이고 화학적이며, 경제학적인, 실험적 연구의 오만한 언어들로 이뤄졌다. 또한 높이 떠 있는 비행기 기내가 아니면 함께 모일 일이 없는 인간의 무능을 대변하기도 했다. 그녀 내면의 고귀한 양심과 사회적 귀족들―그녀 스스로 매우 세심하게 대해야 했던―의 관계는, 그 모든 성공에도 불구하고 그녀에게 큰 실망을 안겨주었고, 점점 더 문화보다는 문명의 전형인 것처럼 보였다.

그리하여 문명은 그녀의 정신이 더이상 통제할 수 없는 것을 의미했다. 아주 오래전부터, 그리고 다른 어떤 것보다 그녀의 남편을 포함해서 말이다.

25.
결혼한 영혼의 고통

디오티마는 자신의 고통 속에서 많은 것을 읽어내면서 이전엔 알지 못했던 무언가를 잃어가고 있다는 사실을 발견했다. 그것은 영혼이었다.

영혼은 무엇일까? 그것은 부정적으로 정의되기 쉽다. 그건 마치 대수학적인 수열 앞에서 슬그머니 도망쳐버리는 것과 같다.

그러나 긍정적인 것은? 영혼은 그것을 붙잡으려는 모든 노력에서 성공적으로 벗어나는 것처럼 보인다. 그건 한때 디오티마에게 있었던 원초적인 것으로 당시에는 듬성듬성 솔질된 옷처럼 솔직함 속에 둘둘 말려 있었고 예감에 가득 찬 감각이었으나 지금은 영혼으로 불리며 밀랍으로 염색된 마테를링크(M. Maeterlinck, 벨기에의 극작가—옮긴이)의 형이상학에서, 혹은 노발리스(Novalis, 독일 낭만주의를 대표하는 작가—옮긴이)에게서, 특히 연약한 낭만주의와 신에 대한 열망을 간직한 이름없는 물결—얼마 동안 자기자신에 대한 정신적이고 예술적인 저항을 뿜어내던 그 기계의 시대—에서 재발견된 것일 수도 있었다. 영혼은 또한 단 한번도 옳은 길을 찾아내지 못한 채 그녀가 간직한 이상주의의 우스꽝스런 모양대로 만들어진 운명의 주형(鑄型) 같은 고요함과 부드러움, 헌신과 선(善) 같은 것으로 더 정확히 설명될 수도 있었다. 아마도 그것은 환상이었을 것이다. 그건 육체의 지붕 아래서 진행되는 본능적으로 식물적인 것들을 예감하는 일이었을 것이고, 그 지붕 위로 아름다운 부인의 영감에 가득 찬 표정이 우리를 주시하고 있었다. 아마도 자신이 따뜻해지고 풍만해지는 느낌을 받는 시간이, 평소보다 감각이 꽉 찬 것처럼 보이는 정말 표현하기 힘든 시간이 찾아왔을 것이다. 그 순간 열망이나 의지는 침묵하고, 가벼운 삶의 도취와 충족이 그녀를 사로잡으며, 생각은 아주 작은 것일지라도 표면을 벗어나 심연에까지 이른다. 그리고 세상 일들은 마치 정원 너머의 소음처럼 자리잡는다. 그리고 나서 디오티마는 억지로 노력하지 않고서도 자기 안의 진실을 보게 됐다고 느낀다. 아직 아무 이름도 없는 그 부드러운 체험들이 베일을 벗는다. 그리고 그녀는 스스로를 조화롭고, 인간적이며, 종교적으로, 곧 내면깊은 곳에서 발원한 모든 것을 신성하게 만드는 원초적인 것—이것들은 문학에서 발견한 많은 문장 중에 몇가지에 불과하지만—으로 체험하며, 그런 깊이에서 나오지 않은 모든 것들을 죄로 내버려둔다.

아마도 그녀가 영혼이라고 불렀던 것은, 그녀의 결혼생활을 유지하는 사랑의 힘 속에 자리한 작은 재산에 불과했는지도 모른다. 투치 국장은 거기에 투자할 적절한 시기를 놓쳐버렸다. 디오티마에 비교되는 그의 장점은 처음부터, 그리고 그후 오랫동안 나이가 더 많은 남자라는 점뿐이었다. 나중에 거기에 신비로운 곳에서 성공한 남자라는 점이 덧붙여졌고, 자신의 일을 알아차리지 못하도록 하면서 자신은 부인의 아주 사소한 일조차도 열심히 살펴보았다. 그리고 달콤했던 연애시절부터 투치는 절대 균형을 잃어버리는 법이 없는 상식적이고 실용적인 남자였다. 또한 행동이나 옷에서 풍기는 세련된 침착함과—사람들이 말하기를—육체와 턱수염에서 나는 공손하고 진지한 냄새, 그리고 옅은 향기를 내며 말할 때의 그 신중하고 묵직한 바리톤 음성은 마치 주인의 무릎 위에 털을 비비고 앉아 있는 사냥개처럼 디오티마의 영혼을 흥분시켰다. 사냥개가 충분히 보호받는다는 느낌 때문에 주인을 따르듯이, 디오티마 역시 남편의 진지하고 실용적인 비호 아래 영원한 사랑의 풍경으로 들어갔던 것이다.

투치 국장은 곧은 길을 더 좋아했다. 그의 생활 습관은 야망에 찬 노동자의 습관과도 같은 것이었다. 그는 승마를 나가거나 한시간 정도 산책을 하기 위해서 일찍 일어났다. 그것은 몸의 유연성을 지키는 데도 좋았지만, 흔들리지 않는 행동에서 나온 책임감있는 모범이라는 하나의 꼼꼼하고 단순한 습관을 보여주는 것이기도 했다. 그리고 초대받지 않았거나 초대한 손님도 없는 밤에는, 곧장 자기의 작업실로 돌아가 연구에 몰두했다. 그것은 자신의 귀족 동료들과 후원자들보다 뛰어난 수준의 위대하고 실용적인 지식을 유지해야 한다는 강박에 사로잡혀 있었기 때문이었다. 그러한 삶은 확고한 억제력을 만들었고 사랑을 주변의 일상과 함께 배열했다. 환상이 성행위를 통해 줄어들지 않는 다른 많은 남자들처럼, 투치 역시 총각 시절엔—그도 때로는 외교적인 업무 때문에 친구들과 함께 무대 가수와 함께 있는 모습을 보여주긴 했지만—조용히 사창가를 드나들었고, 이 호흡처럼 규칙적인 습관은 결혼 이후까지 이어졌다. 때문에 디오티마는 사랑이란 어떤 더 큰 힘에 의해 일주일마다 단 한번 정도 풀려나오는 무언가 격렬하고 발작적이며 통명스러운 것임을 알게 되었다. 매번 정확한 시간에 시작되는 두 사람의 변화는, 몇분 지나서는 흔치 않은 일상에 대한 짧은 대화로, 그러고는 편안한 잠으로 이어졌다. 그러나 그사이 어쩌다가 예감이나 암시 정도로—가령 육체의 수치스러운 부분에 대한 외교적인 농담—이야기된 것은 디오티마를 당혹스럽게 했고 모든 상황을 역설적으로 변화시켰다.

한편으로 그것은 디오티마의 지나친 이상 때문이었다. 그 이상은 거들먹거리며 외부로 정향된 인격이었고, 그녀 주변의 모든 위대한 것과 고귀한 것에 대한 영혼의 요구였으며, 그것이 너무도 넓게 퍼져 있고 강하게 묶여 있었기 때문에, 디오티마는 강렬하게 빛나지만 플라토닉한 사랑을 불러내며 남자들을 혼란시키는 표현을 했고, 그 표현들 때문에 울리히는 그녀와 만날 때마다 호기심이 일었다. 하지만 다른 한편으로는 부부관계가 가지는 폭넓은 리듬이 그녀 내부에서 스스로의 길을 찾았고, 존재의 그 고상한 부분과 상관없이 마치 소박하지만 강인한 일꾼들의 허기 같은 순수하게 육체적인 습관을 발전시켜 가기도 했다. 때로는 작은 머리카락이 디오티마의 윗입술 위로 늘어뜨려지고, 그녀의 동화 같은 내면에 성숙한 여인이 가진 남성적인 자립심이 섞일 때, 그녀의 머릿속엔 어떤 섬뜩한 것이 떠올랐다. 그녀는 남편을 사랑했지만, 그 속엔 점점 커져가는 어떤 혐오감이 들어 있었던 것이다. 그리고 영혼에 대한 그 뿌리깊은 모욕감은, 자신의 위대한 문제에 몰두하는 아르키메데스가 자신을 죽이겠다고 협박하는 적병이 아닌, 성관계를 요구하는 적병을 만났을 때 느꼈을 법한 감정과 비견할 만했다. 그리고 남편이 그걸 알아차리지 못했고 그런 걸 생각해볼 리도 없기 때문에, 또한 그럼에도 불구하고 그녀의 육체가 늘 그에게 항복했기 때문에 그녀는 자신을 노예와 같다고 생각했다.

그건 아마도 부도덕해서가 아니라, 그 일이 피할 수 없는 악덕이나 안면경련 같은 모습을 상상했을 때처럼 고통스러웠기 때문이었을 것이다. 아마 그 때문에 디오티마는 약간 우울하기도, 그리고 좀더 이상적이 되기도 했을 것이다. 하지만 불행하게 그때는 마침 살롱이 그녀에게 어려움을 던져주던 시기이기도 했다. 투치 국장은 아주 당연하게도 부인에게 더 지적인 노력을 하도록 고무했다. 왜냐하면 그들과 함께했을 때 자신의 지위에 어떤 도움이 될 것인지를 그가 재빨리 알아차렸기 때문이었다. 그러나 그는 한번도 그들의 모임에 끼지 않았고, 그래서 그가 그들을 진지하게 여기지 않는다고 해도 무방했다. 그 이유는 이 경험 많은 남자가 진지하게 다루는 것은 단지 힘, 의무, 고귀한 혈통, 다른 것들을 포기하고서라도 지킬 이성뿐이었기 때문이다. 심지어 그는 디오티마에게 정부의 예술적인 부분에 지나치게 열의를 쏟지 말 것을 거듭 경고하기도 했는데, 그건 문화가 삶의 양식에 뿌리는 소금은 될 수 있겠지만, 정말 고상한 사람들은 너무 짠 음식을 먹지 않기 때문이라고 말하기도 했다. 그것이 자신의 신념이었기 때문에, 투치 국장은 어떤 주저도 없이 그 말을 했지만, 디오티마는 거의 영향을 받지 않았다. 그녀는 남편이 그녀의 이상적인 추구를 따르면서 허공에 흘리는 미소를 계속 느꼈다. 그가 집에 있든 없든, 그리고 그 미소가—그가 정말 웃었는지는 절대 확실한 게 아니지만—개인적인 것이든 자신의 일 때문에 항상 우월하게 보여야만 하는 남자들의 표정관리든간에, 마치 정당성을 부여받기라도 한 것 같은 그 비열한 모습에서 한치도 벗어나지 못했기 때문에 그녀에겐 점점 더 견딜 수 없는 것이 돼갔다. 종종 디오티마는 영감에 찬 사람들에게 자신의 진실된 모습을 드러낼 자유조차 주지 않는 무신론자와 사회주의자, 그리고 진보주의자가 빠져든 사악하고 무모한 놀이에서 비롯된 물질적인 시대에 그 책임을 돌려보려고 했다. 하지만 그것도 그렇게 자주 소용있는 일은 아니었다.

이것이 그 위대한 애국주의운동이 점점 속도를 낼 무렵 투치 집안에서 벌어진 상황들이었다. 귀족들에게 노출되지 않기 위해 라인스도르프 백작이 그의 여성친구 집에 접선지를 마련한 이래로, 그곳에선 예상치도 못했던 책임감이 팽배했는데, 그것은 디오티마가 남편에게 그 살롱이 지금, 또는 앞으로도 단지 유흥을 위한 곳이 아님을 증명하기로 결정했기 때문이었다. 백작 각하는 그 위대한 운동이 최고의 이상을 필요로 한다는 점에서 그녀에게 동의했고, 그것을 찾는 것이야말로 불타오르는 그녀의 열망이었다. 제국 전체를 자원으로 삼고 세계의 주목을 받으며 무엇을 만들어내야 한다는 생각, 그리고 그것이 가장 위대한 문화적 내용을 담아야 하고, 약간 겸손하게 제한한다 하더라도 오스트리아 문화를 가장 깊숙한 곳까지 보여주어야 한다는 생각은 마치 살롱의 문이 갑자기 열리고 문지방 너머로 끝없는 대양이 마치 복도의 연장인 것처럼 밀려오는 듯한 감동을 주었다. 이 전망에 대한 그녀의 첫번째 반응은 광대무변한 공허에 순간적으로 틈이 생기는 듯한 느낌이었음은 부정할 수 없다.

첫번째 인상은 종종 옳은 것을 지니고 있기도 했다. 디오티마는 무언가 비교될 수 없는 일이 진행되고 있다고 느꼈고, 그녀의 많은 이상들을 불러내었다. 그녀는 소녀시절 제국과 세기들을 셈하면서 배웠던 역사시간의 열정을 그려보았다. 그녀는 그 상황에서 해야만 하는 모든 것들을 해보았지만, 그런 식으로 몇주가 지난 후에는, 그녀에게 어떤 영감도 떠오르지 않는다는 사실을 깨달았다. 만약 디오티마가 어떤 증오—작은 동요일지라도!—를 품을 수 있었다면, 그 순간 그녀가 남편에게 느껴야 할 감정은 바로 그런 증오였을 것이다. 그러나 대신 그녀는 우울해졌고, 그때까지는 몰랐던 '모든 것들에 대한 혐오감'이 내부에서 솟아올랐다.

그때가 바로 아른하임 박사가 자기의 작은 흑인아이를 데리고 왔던 때였고, 디오티마는 얼마 후 그 남자의 뜻깊은 방문을 받게 되었다.

26.
영혼과 경제의 합일. 이 일을 이룰 수 있는 사람은
오스트리아 옛 문화 중 바로크 시대의 매력을
향유하고자 한다. 그것을 통해 평행운동을 위한
하나의 아이디어가 탄생한다

 디오티마는 한번도 부정한 생각을 품은 적이 없었지만, 라헬을 방에서 내보낸 후 나쁜 생각들이 그녀의 마음에—그것은 순진한 흑인 소녀의 마음속 같았다—떠올랐음에 분명하다. 울리히가 '위대한 사촌'의 집을 떠난 후 그녀는 간절하게 그 하녀의 이야기를 한번 더 듣고 싶어했고, 그 아름답고 풍만한 여인은 젊어진 기분을 느꼈고 마치 딸랑거리는 장난감을 가지고 노는 것처럼 보였다. 예전에는 귀족들이 흑인 시종들을 두었는데, 그런 관습에서 그녀는 화려하게 꾸민 말이 끄는 썰매라든가 깃털장식을 한 하인들, 그리고 얼음장식을 한 나무들의 흥겨운 이미지들을 떠올렸다. 그러나 상류층의 이렇듯 아름다운 모습들은 이미 오래전에 사라져버렸다. '이제 영혼은 사회에서 빠져나가버렸어'라고 그녀는 생각했다. 그녀는 아직도 흑인을 시종으로 두려고 하며, 마치 학식있는 그리스 노예가 로마인 주인을 부끄러워하듯이 전통의 상속을 부끄러워하는 침입자이자, 부당하게도 귀족적인 그 부르주아에게 마음이 쏠렸다.

비록 그녀의 자아가 여러 생각으로 꼬이긴 했지만, 그것은 기쁘게 날개를 달고 그에게 자매의 영혼으로 스며들었는데, 이러한 감정은 다른 감정보다 훨씬 자연스러운 것이었다. 비록 얼핏 보기에도 아른하임은―이 루머는 여러 설이 있어서 아무것도 아직 확실하진 않지만―유대인 핏줄을 타고난 것처럼 보였고 적어도 부계는 유대인임에 확실함에도 불구하고 말이다. 그의 모친은 돌아가신 지가 꽤 되어서 유대인임을 입증하는 데는 시간이 걸릴 것이다. 심지어 디오티마의 마음속에 있는 어떤 명백하고 잔인한 세계의 고통은 그런 사실을 전혀 개의치 않을 가능성마저 있었다.

디오티마의 생각은 조심스럽게 그 흑인에게서 빠져나와 그의 주인에게로 옮겨갔다. 파울 아른하임 박사는 부자일뿐더러 굉장히 학식있는 사람이었다. 그는 세계적인 기업의 상속자이며 그가 여가시간에 쓴 책은 빼어난 지식인 그룹에게도 굉장히 특별하게 읽힌다는 소문이 자자했다. 그렇듯 완벽한 지식인층에 속한 사람들은 보통 이상의 사회적·경제적 위치에 있지만, 잊지 말아야 할 점은 바로 그 이유로 그들은 상류사회와 연결된 그런 부자에게 열광한다는 사실이다. 아른하임의 소책자와 저서들은 바로 영혼과 경제, 또는 사유와 권력의 혼합을 선언하는 것들이었다. 시대의 공기에 대응하는 가장 훌륭한 안테나를 장착한, 시대에 민감한 지식층들은 그가 일반적으로 상극에 위치한 두 쌍을 내면에 결합한 인물이라는 소문을 퍼뜨렸고, 시대의 인물인 그가 독일제국, 나아가 아마도 세계의 운명을—또 누가 알겠는가?—더 나은 길로 인도할 것이라는 루머를 만들어냈다. 그곳에는 이미 낡은 정치와 구태의연한 외교의 원칙과 방법이 유럽을 도랑으로 빠지게 할 것이라는 사유가 널리 퍼져 있었고, 이제는 전문가들의 시대에서 벗어날 분기점이 시작되었던 것이다.

디오티마의 상황 역시, 그 옛적 외교학교의 사고방식에 저항하는 경향이 있었다고 할 수 있다. 그것이 바로 그녀가 뛰어난 이방인과 자신 사이의 놀라운 유사성을 곧장 붙든 이유였다. 게다가 그 명사는 곧장 그녀를 방문했다. 그녀의 집은 탁월하다는 평을 받은 단연 첫번째 집이었던 것이다. 또한 서로 잘 아는 여성으로부터 전달된 그의 편지에 의하면, 일에 빠져 사는 그 남자는 바쁜 업무 틈틈이 합스부르크의 수도와 거주민들의 예민한 문화를 즐기고 싶다고 돼 있었다. 편지를 통해 이 명망가가 자신의 학식을 익히 알고 있다는 점을 알게 된 디오티마는 마치 자신의 작품이 처음 외국어로 번역되는 작가처럼 선택되었다는 느낌을 받았다. 그녀는 그가 전혀 유대인처럼 보이지 않았고, 고대 페니키아인 타입의 신중한 남자로 보였다. 아른하임 역시, 그의 저서를 다 읽은 여성일 뿐 아니라 포동포동한 외모에서 고대의 아름다움을 간직하고 있으며 어쩌면 고대의 곧은 선을 부드럽게 만드는 약간의 살 덕분에 자신이 품은 그리스적 미의식에 거의 부합하는 여인을 만났다는 생각에 흡족하기까지 했다. 낡은 외교관습에 사로잡혀 중요한 일마다 끼어들어 흠집을 내는 남편은 아른하임에 대해서도 의혹을 제기했지만, 이 세계적인 연줄을 가진 사람과 나눈 20분의 대화로 그녀는 모든 의혹을 깨끗이 털어버렸다.

그녀는 조용하게 속으로 그와 나눈 대화들을 곱씹으며 만족을 느꼈다. 자신이 이 도시에 온 이유는 단지 옛 오스트리아 문화의 바로크적인 마법 아래서 계산과 물질, 그리고 문명화된 세계에서 바쁘게 사는 남성의 황량한 이성주의에서 조금이라도 벗어나고자 함이라고 아른하임이 말하자마자 그런 만족은 시작되었다.

이 도시에는 쾌활한 영혼이 있지요,라고 디오티마는 대답했고 그런 말이 떠오른 것이 기뻤다.

"그렇습니다." 그는 말했다. "우리에게는 더이상 내면의 목소리가 없지요. 아는 것이 너무 많아요. 이성이 우리의 삶을 지배하고 있습니다."

디오티마가 응답했다. "저는 여성의 모임을 좋아합니다. 여성들은 아무것도 모르는데다 파편화돼 있지 않지요." 아른하임이 덧붙였다. "그럼에도, 아름다운 여인들은 논리학과 심리학에 정통하고 삶에 대해 아무것도 모르는 남성들보다 훨씬 많은 것들을 이해합니다." 그 순간 그녀는 기념비적이고 국가적인 규모로 영혼을 문명에서 해방시키는 일이 영향력있는 그룹에 의해 이곳에서 행해지고 있다고 그에게 말했다. "우리는 반드시," 그녀가 말을 꺼내자, 아른하임이 끼어들어 놀라움을 표시했다. "새로운 사상을 가져온다는 것, 나아가서는, 제가 이렇게 말씀드려도 된다면(여기서 그는 가벼운 탄식소리를 냈다) 권력의 지배에 최초로 사상을 도입한다는 것이군요." 그녀는 계속 대화를 이어갔다. "민중의 모든 분야에서 동원된 조직들은 이 상상을 확실하게 실현할 준비가 돼 있어요." "쉽지만은 않습니다." 그가 설명했다. "뭔가 중요한 일을 성취하는 것이 말이죠. 단순히 사회조직의 민주화가 아니라 오직 현실과 사상의 영역에 걸쳐 훈련된 강한 개인만이 그런 운동을 지도할 수 있을 겁니다."

그때까지 디오티마는 대화 하나하나를 마음속에 떠올렸지만, 그 이후의 대화는 빛 속으로 스며들어서 무슨 대답을 했는지 더이상 기억할 수 없었다. 모호하고도 소름 끼치는 기쁨과 기대가 그녀를 좀더 높은 곳으로 그 시간 내내 끌어올렸다. 지금 그녀의 마음은 아이들의 밝게 색칠된 작은 풍선 같아서 끈이 풀린 채로 영광스럽게 빛나면서 태양을 향해 떠올랐다. 그리고 다음 순간 그것은 터져버렸다.

이렇게 해서 그때까지 위대한 평행운동에서 빠져 있던 하나의 사상이 태어난 것이다.

27.
위대한 이상의 본질과 실체

 이렇듯 위대한 이상이 무엇으로 이뤄진 것인지를 말하기란 쉬울지도 모른다. 그러나 아무도 그 의미가 무엇인지를 설명할 순 없을 것이다! 왜냐하면 평범한 사상과—심지어는 너무나도 평범해 오류가 있을 수도 있는—위대하고 마음을 뒤흔드는 사상을 구별하는 것은 자아가 영원한 확장으로 들어가는, 혹은 반대로 우주의 확장이 자아로 들어오는 어떤 융합된 상태에 존재하며 그 때문에 무엇이 자아에 속하고 무엇이 영원에 속하는지를 구별하기가 불가능해지기 때문이다. 이것이 바로 위대하고 흥분되는 사상이 단단하지만 깨지기 쉬운 인간의 육체로, 또한 의미를 구성하지만 명료하지는 않으며 냉철한 언어로 그것을 붙잡으려 할 때마다 무(無)로 사라져버리는 불멸의 영혼으로 구성되는 이유이다.

 이를 참고할 때, 비록 평행운동이 프로이센-독일에 대한 신랄한 질투를 품고 있기는 했지만, 디오티마의 위대한 이상이란 결국 프로이센 출신 아른하임을 위대한 오스트리아 운동의 정신적 지도자로 맞아야 한다는 것으로 모아졌다. 하지만 그것은 죽은 사상을 드러내는 말의 시체일 뿐이었고 누구든 그것이 불합리하고 우스꽝스럽다는 것을 아는 사람은 그 시체를 난폭하게 다룰 것이다. 이 사상의 영혼에 관해서라면 그것은 순수했고 적절했으며 어떤 경우에도 디오티마의 결정이 포함되었고 그래서 결국 울리히에게는 유언장 같은 것이었다. 그녀는 자신의 친척—아른하임보다 더 깊은 차원을 가졌음에도 아른하임 때문에 가려져 있는—역시 영감을 주고 있다는 사실을 몰랐고, 만약 그것을 확실히 알았다면 아마 자신을 책망했을 것이다. 그럼에도 불구하고 그녀는 내심 그가 아직 '미성숙'하다고 생각함으로써—사실 울리히의 나이가 더 많은데도—본능적으로 자신을 방어했다. 그녀는 울리히에게 미안한 감정이 들었지만, 그런 감정은 그럴수록 아른하임을 책임있는 운동의 지도자로 선출해야 한다는 의무감을 더해주었다. 그러나 그런 결정을 맘속으로 내린 후에 다른 한편으론, 현재로선 그녀의 뒤를 봐줄 후견인 정도의 역할이 필요하고 그것이 울리히에게 적당할지도 모른다는 여성스러운 생각이 떠올랐다. 그에게 모자란 점이 있다면, 그녀와 아른하임 곁에 머물면서 이 위대한 운동에 동참하는 것보다 약점을 보충할 수 있는 더 좋은 기회는 없을 것이다. 그래서 디오티마는 울리히를 곁에 두기로 결정했지만, 그건 단순한 미봉책에 불과했다.

28.
생각을 업으로 삼는 일에
별 관심이 없는 사람은 건너뛰어도 좋은 장

울리히는 한동안 집에 머물며 책상에 앉아 일했다. 그는 몇 주 전 고향으로 돌아오기로 결정할 무렵 중단했던 논문을 다시 꺼냈다. 논문을 끝낼 생각은 없었지만 여전히 이런 일을 할 수 있다는 자신감쯤은 있었다. 날씨가 좋았으나 최근 며칠간 그는 작은 용무 외에는 집밖에 나가지 않았고 공원으로 산책조차 나가지 않았다. 그는 마치 관객이 입장하기 전 어두컴컴한 서커스 홀에서 새롭게 선보일 위험한 공중제비를 시도하는 곡예사처럼 커튼을 치고 흐릿한 불빛 속에서 작업을 이어갔다. 인생에서 한번도 겪어보지 못한 사유의 정확함과 힘, 확신이 멜랑콜리한 기분을 더하며 그를 가득 채웠다.

그는 부호와 공식으로 가득 찬 페이지로 돌아가서 새로운 수학적 과정을 적용하기 위한 물질의 표본이 물의 상태와 같다는 점을 적어내려갔다. 그러나 그의 생각은 조금 전에 딴 길로 빠지고 말았다.

"클라리세에게 물에 관해 말한 적이 있었나?" 그는 혼자 되물었지만 세세한 일을 기억할 수는 없었다. 하지만 그건 별 문제가 되지 않았고, 그의 생각은 게으르게 이곳저곳을 배회

했다.

  불행히도 훌륭한 문학작품에서 '생각하는 인간'을 찾기는 거의 불가능하다. 만약 누군가 위대한 과학자에게 어떻게 그리 창조적이 되었느냐고 묻는다면, 그는 끊임없이 그 문제를 생각했기 때문이라고 대답할 것이다. 사실상 예상 밖의 통찰이란 알고 보면 예상 속에서 나온다고 보는 게 옳을 것이다. 그런 통찰들은 훌륭한 성격이나 안정된 감정, 지칠 줄 모르는 야심, 꾸준한 작업에서 나온 것이 절대 아니다. 그러한 성실함이란 얼마나 지루한 것인가! 달리 보면 지적인 문제를 푸는 것은 입에 막대기를 문 개가 좁은 문을 통과하는 것과 다르지 않다. 개는 막대기가 문을 통과할 때까지 머리를 좌우로 흔들어볼 것이다. 우리는 바로 그러한 일을 하고 있지만, 다른 점은 절대 막무가내로 시도하는 것이 아니라 경험을 통해 어떻게 해야 하는지를 이미 알고 있다는 것뿐이다. 그리고 만약 똑똑한 녀석이 천부적으로 멍청한 녀석보다 비틀고 돌리는 일에 능숙하다면, 그 통과는 똑똑한 녀석에게도 똑같이 놀랍게 다가갈 것이다. 그 녀석은 갑자기 다소 혼란을 느낄 것인데, 그것은 그의 생각이 창조자가 아니라, 그 스스로에게서 나온 것처럼 보이기 때문이다. 최근에는 이 혼란스런 느낌을 초자연적이라고 봐야 한다는 믿음을 가진 사람들—이들은 그것을 영감이라고 불러왔는데—에 의해 이것이 '직관'이라고 지칭되고 있다. 그러나 그것은 단지 비(非)인간적인 것으로서, 말하자면 머릿속에서 사물 그 자체의 일치 또는 공감이 일어난 것일 뿐이다.

머리가 더 좋아지면 질수록, 머리의 존재는 더욱 희미해진다. 사유의 과정이 진행중일 때 그것은 아주 초라한 상태가 되며, 마치 두뇌의 모든 주름이 산통을 겪는 것과도 같다. 그리고 그 과정이 끝났을 때 그것은 누군가 사유해온 것들이 유감스럽게도 비인간적인 것이 돼버린 것을 경험할 때처럼 더이상 사유의 형태를 띠지 않는다. 왜냐하면 그때 사유는 외연과 마주치게 되며 세상과 소통하는 양식으로 드러나기 때문이다. 인간이 사유할 때 거기에는 인간적인 것과 비인간적인 것 사이를 분간할 어떤 방법도 없으며, 그것이 바로 사유를 회피하기 좋아하는 작가들에게 왜 생각 자체가 난감함을 던져주는가를 웅변한다.

그러나 특성 없는 남자는 계속 생각하고 있었다. 사람들은 이것에서 적어도 부분적으로는 사유가 인간적인 일은 아니라는 결론을 이끌어낼 것이다. 그러나 그렇다면 사유란 무엇인가? 세계 안의 것이고 세계 밖의 것이다. 머릿속으로 떨어진 세계의 측면들이다. 어떤 중요한 일도 그에게 일어나지 않았다. 가령 그가 물에 관해 생각한 이후에도 물에서는—모두가 물이라고 인식하는 강과 바다, 호수, 샘물 등을 고려할 때—아무 일도 일어나지 않았다. 그것은 공기처럼 오래된 생각이다. 위대한 뉴턴도 그렇게 생각했으며, 아직도 그의 사유들은 마치 방금 나온 것 같은 첨단을 달리고 있다. 그리스인들은 세계와 생명이 물에서 비롯되었다고 생각했다. 물은 신이었다. 오케아노스(대양의 신—옮긴이)였다. 그후에 물의 요정, 뱀장어, 인어, 님프 같은 것들이 고안되었다. 성전과 성소가 물가에 지어졌다. 힐데스하임, 파더보른, 브레멘 성당은 모두 물 위에 지어지지 않았는가. 보라, 이 성당은 아직도 건재하지 않은가? 또한 침례교에서 물은 여전히 사용되지 않는가? 그리고 그처럼 괴이하게 음침한 활기 안에 거하는 영혼을 지닌 물의 광신자들과 자연치유의 사도들이 있지 않은가? 그래서 세상에는 희미한 곳과 풀이 밟힌 평지가 있는 것이다. 그리고 당연히 특성 없는 남자는 우연히 떠올리든 그렇지 않든 현대의 과학적 개념을 머릿속에 소유하고 있었다. 그 사유에 의하면 우리가 학교에서 꼼꼼히 외운 바대로 물은 색 없는 액체이자, 두꺼운 층을 이룰 때만 푸른색을 띄며, 냄새도 없고 맛도 없는 물질이다. 비록 물질적으로 그것이 박테리아, 식물성, 공기, 철, 황산칼슘, 이산화칼륨 등을 포함하고 있으며, 물리적으로 이런 액체는 원래 전혀 액체가 아니라 상황에 따라 고체, 액체, 또는 기체가 됨에도 말이다. 결국 그것은 부호의 체계로 녹아들어가 모두 연결되며, 세계를 통틀어 단지 소수의 사람만이 그렇게 간단한 물질일 뿐인 물을 비슷하게 인식하게 된다. 다른 모든 사람들은 현재와 수천년 전 사이의 어떤 기간에 속하는 언어로 물에 관해 말한다. 그래서 잠시만 생각에 빠지더라도 그는 혼란스런 상태로 떨어지리라고 말할 수 있는 것이다.

이제 울리히는 교육이라고는 작은 동물만큼도 받지 못한 클라리세에게 이 모든 것을 말했다는 것을 기억했다. 그러나 그녀에게 주입된 갖가지 미신에도 불구하고 누구나 그녀와 막연한 일치감을 느끼게 된다. 그 생각이 마치 뜨거운 바늘처럼 그를 찔렀다.

그는 자신에게 화가 났다.

자아의 축축한 영역에서 기인한, 그 깊은 격노를 일으키는 무시무시하게 혼란스럽고 불투명한 갈등을 없애고 해소하기 위한 그 사유의 능력이란—학자들에 의해 훌륭하게 밝혀진—고작 개인을 다른 사람과 사물에 연결시키는 사회적이고 보편적인 본성에 의존하는 것이다. 그러나 불행하게도 사유가 지닌 치유의 힘이란 개인적인 체험의 감각을 손상시키는 능력처럼 보였다. 코 위에 있는 머리가 가장 중요한 개념이나 행동, 감정, 감각보다 무게가 더 나간다는 상식적인 언급은 사람들에게 다소 주목할 만한 인간적인 일에 참여한다는 인상을 준다. 그 행동이나 감정, 감각이란 평범하고 비인간적인 것임에도 말이다.

"바보 같은 일이군." 울리히는 생각했다. "그러나 그게 현실이지." 그것은 누군가 자신의 피부에 코를 대고 냄새를 맡을 때처럼 울리히에게 즉각 자아의 표면을 건드리는 깊고 흥미로운 감각을 불러일으켰다. 그는 일어서서 창문의 커튼을 걷었다.

나무껍질은 여전히 아침의 물기를 머금고 있었다. 거리 밖에는 보랏빛 가솔린 연기가 맴돌았다. 그 사이를 뚫고 태양이 빛났고, 사람들은 활기차게 움직였다. 때는 아스팔트 위의 봄이었다. 가을날이 이처럼 계절을 잃어버린 봄처럼 느껴지는 것은 그런 도시에서나 있는 일이었다.

29.
정상적인 의식상태의 해명과 중단

 울리히는 자신이 혼자 집에 있는 때를 보나데아에게 알려주겠다고 약속했다. 하지만 그는 늘 혼자였으나, 그것을 알려주지는 않았다. 울리히는 이미 오래전부터 보나데아가 모자와 베일을 걸치고 갑자기 나타날 때를 대비해야 했다. 보나데아의 질투가 지나쳤기 때문이다. 그리고 그녀가 남자를 찾아갈 때는—그 방문이 남자를 경멸하고 있음을 말해주기 위한 것일지라도—항상 마음속 가득 나약함이 찾아들곤 했는데, 그것은 가는 도중의 길이라든가 그녀가 지나친 남자의 시선 같은 것들이 마치 가벼운 뱃멀미처럼 그녀의 내부에서 흔들렸기 때문이다. 하지만 그 남자가 그걸 알아차리고 단도직입적으로 그녀의 몸으로 돌진한다면, 비록 그가 오랫동안 그녀를 생각하지 않고 내버려두었을지라도, 그래서 그녀가 상처받고, 그녀 자신조차 생각할 수 없었던 심한 비난의 말을 내뱉으며 서로 떨어져 있었다고 해도, 아마 그는 사랑의 대양에 빠져 헤엄쳐 나오려고 하는, 날개에 총을 맞은 거위와 같은 모습을 보게 될 것이다.

그리고 어느 순간 갑자기 보나데아는 정말 여기에 앉았고, 울었으며, 자신이 부당하게 다루어졌다고 느꼈다.

그녀가 애인에게 화가 났던 그 순간에, 그녀는 자신의 부정(不淨)을 남편이 용서해주기를 격렬하게 기도했다. 부주의한 말로 받을 수 있는 비난을 피하기 위해 바람피운 여자들이 써먹는 훌륭하고 오래된 규칙을 따라, 그녀는 남편에게 자신의 여자친구 집에서 자주 만났던 흥미로운 학자에 대해 이야기해주었고, 그가 별로 행실이 좋지 않다는 평판 때문에, 그리고 만족스러운 면이 없기 때문에 그를 초대하지 않고 있다고 말했다. 그중의 사실에 기반한 반은 그녀가 거짓말을 지어내는 데 도움을 주었고, 나머지 반은 애인에 대한 악의에서 나온 것이었다. 만약 갑자기 그 여자친구와의 만남을 그만둔다면, 남편은 뭐라고 생각할까,라고 그녀는 물었다. 그녀는 어떻게 남편에게 마음의 동요를 명확하게 설명할 수 있을까? 그녀는 모든 이상을 높이 평가했기 때문에, 진실도 높이 평가했지만, 울리히는 그녀에게 그런 진실과 이상으로부터 필요 이상으로 멀리 떨어지기를 강요함으로써 그녀의 명예를 깎아내리고 있었다.

그녀는 정열적으로 그와 사랑을 나눴고, 그 일이 끝나자 비난의 말, 확인, 키스들이 그때까지 계속 비어 있던 공간으로 튀어나왔다. 그것마저 지나가자, 아무 일도 일어나지 않았다. 그

뒤로 흘러나온 일상적인 얘기들이 그 빈 곳을 채워나갔고, 시간은 마치 한잔의 김빠진 물처럼 아무런 공기방울도 뿜어내지 못하고 있었다.

'그녀가 사나워질 때, 얼마나 아름다운가.' 울리히는 생각했다. '하지만 모든 게 끝났을 때, 그녀는 다시 얼마나 기계적이 되는가.' 그녀의 시선은 그를 사로잡았고, 부드러운 유혹으로 끌어당겼다. 하지만 지금, 관계가 끝난 후, 그는 그것이 얼마나 하찮은 것이었는지를 다시금 느꼈다. 건강한 한 남자가 거품이 이는 광대로 변하는 그 믿을 수 없이 빠른 속도 속에는 지나치게 명확한 어떤 것이 숨어 있었다. 그러나 그에게는 의식 속에서 벌어진 빠른 변화가 단지 더 넓은 보편성 중의 특수한 한 경우일 뿐이라는 생각이 들었다. 왜냐하면 오늘날 연극, 콘서트, 예배와 같은 모든 내면의 표출행위는 평소에 잠시 숨겨져 있던 두번째 의식상태라는 섬들에서 재빠르게 풀려나온 것이기 때문이었다.

'잠시 전만 해도 나는 일을 하고 있었지.' 그는 생각했다. '그리고 그전에는 거리에서 종이를 샀고. 물리학회에서 알게 된 한 남자와 이야기를 나누기도 했어. 그와 진지한 대화를 나눈 건 그리 오래전 일도 아니지. 그리고 지금, 보나데아가 좀 서둘러주기만 한다면, 나는 문틈으로 보이는 저 책들 속에서 무언가를 찾아볼 수도 있을 거야. 그사이 우리는 광기의 구름을 뚫고 날아왔고, 지금 이 단단한 일상이 사라져가는 균열을 메우

며 그 완고함을 다시 보여준다는 건 정말 섬뜩한 일이야.'

그러나 보나데아는 서두르지 않았고, 그래서 울리히는 무언가 다른 것을 생각해야 했다. 그의 젊은 친구 발터는—귀여운 클라리세의 남편이고 지금은 무언가 기묘해진—언젠가 울리히에게 주장한 적이 있었다. "울리히는 늘 자신이 불필요하다고 느끼는 것에 온힘을 쏟아." 지금 그에겐 바로 그 순간이 떠올랐다. 그는 생각했다. '그건 오늘날 모든 사람들에게도 마찬가지일 거야.' 그는 똑똑히 기억이 났다! 나무 발코니가 둘러쳐진 여름별장. 울리히는 클라리세의 부모로부터 초청을 받았다. 그때는 그들의 결혼식이 있기 며칠 전이었고, 발터는 울리히에게 질투를 느끼고 있었다. 발터가 그렇게 질투할 수 있다는 사실은 놀라웠다. 클라리세와 발터가 발코니 뒤에 있던 방으로 들어갔을 때, 울리히는 햇살이 비치는 밖에 서 있었다. 그는 자신의 모습을 감추려고 하지 않은 채 그들의 대화를 엿들었다. 울리히는 아까의 그 문장 외의 다른 것은 기억나지 않았다. 그리고 그 장면. 방의 깊은 그림자가 마치 구겨진 채 조금 열려 있는 주머니처럼 외벽의 눈부신 신중함 위에 걸쳐 있던 그 장면이 기억났다. 그 주머니의 구겨진 부분에서 발터와 클라리세가 나타났다. 발터의 얼굴이 고통스럽게 핼쑥해져 있어서 마치 길고 노란 이빨처럼 보였다. 또한 그건 한쌍의 길고 노란 이빨이 검정색 비로도로 싸여진 보석상자 안에 있고, 그 두 사람이 마치 유령처럼 그 곁에 서 있었다고도 말할 수 있었다. 당연히 그 질투는 말도 안되는 것이었다. 울리히는 친구의 부인에게 아무런 열망도 없었다. 그러나 발터에겐 강렬하게 체험하는 아주 특별한 힘이 있었다. 그는 자신이 원하는 것에 다가가질 못했는데, 그건 그가 너무 많은 것을 느끼기 때문이었다. 그는 마치 작은 행복과 불행이 서로 섞여들게 하는, 멜로디가 풍부한 축음기처럼 보였다. 울리히가 엄청난 액수의 수표처럼 자신의 생각을 지불했던 반면에—결국 그건 종이에 불과했지만—발터는 항상 금과 은으로 된 작은 동전처럼 자신을 표현했다. 울리히가 발터의 특징을 정확히 떠올려보려고 할 때, 그는 숲의 가장자리에 서 있는 발터를 보았다. 그는 반바지를 입고 있었고, 기이한 모양의 검은 양말을 신고 있었다. 발터의 다리는 남자답지 못했다. 그의 다리는 힘있게 생기지도, 매끈하면서 힘줄이 튀어나오지도 않았다. 그의 다리는 오히려 소녀, 그것도 아주 예쁘지도 않고 그저 보드랍고 못생긴 소녀의 다리 같았다. 손을 머리 뒤로 한 채, 그는 먼 곳의 경치를 바라보았고, 하늘은 그가 혼란스러워한다는 걸 알았다. 울리히는 발터가 그런 모습으로 마음속에 새겨져야 할 어떤 특별한 사건도 떠오르지 않았다. 오히려 그런 인상들은 한 십오년 후에야 마치 닫힌 봉인이 열리듯이 풀려나온 것이었다. 그리고 그때 발터가 그를 질투했다는 기억은 하나의 매우 즐거운 자극이 되었다. 그 모든 것들은 그래도 아직 자기자신에게 기쁨을 가졌던 시기에 벌어진 일들이었다. 울리히는 생각했다. '나는 벌써 몇번이나 그들의 집에 갔었지. 발터는 나를 한번도 찾아오지 않았어. 하지만 아무 상관 없어. 난 오늘밤에라도 다시 찾아갈 수 있을 것 같으니까.'

그는 보나데아가 옷을 입고 떠나면, 그들에게 방문 소식을 보내기로 결심했다. 그런 일을 보나데아가 있을 때 한다는 건 당치 않았다. 반드시 그녀의 지루한 반대심문에 부딪히고 말 테니까.

생각이 쑥쑥 떠오르고 보나데아도 아직 떠날 준비가 안되었기 때문에, 그는 몇가지 생각을 더 해보았다. 요즘 들어 그건 하나의 간단한 원칙이 되었는데, 그 원칙은 단순하고, 명확하며, 시간을 보내는 데도 좋았다. "정신이 왕성하게 활동하는 시기의 젊은이는," 울리히는 중얼거렸고, 그건 아마도 젊은 시절의 친구 발터를 염두에 둔 말이었을 것이다. "끊임없이 사상들을 사방으로 내보내지. 그러나 상황이라는 공명에 부딪힌 것들만이 다시 자신에게까지 돌아오는 법이고, 그 울림을 증폭시키지. 그렇지 않은 다른 모든 것들은 허공에 뿌려지거나 사라져버린단 말이야!" 울리히는 정신을 소유한 자는, 모든 종류의 정신들을 같이 소유하며, 그래서 정신이 특성보다는 더욱 근원적이라는 걸 당연하게 받아들였다. 그는 그 자신 역시 서로 다른 많은 충돌지점을 가지고 있는 사람이었고, 인간 속에서 표출된 많은 특성들이 각자 인간들의 정신 속에 가까이 모여 있다고—만약 정신을 가지고 있는 사람이라면—생각했다. 이것이 완전히 옳지는 않겠지만, 우리가 악과 마찬가지로 선의 드러남에 대해서도 알고 있는 것은, 거의 다음과 같은 것과 일치했다. 즉, 모든 개인들은 내적인 크기를 가지고 있지만, 만약 그 크기가 한 개인에게 운명지어져 있다면, 크기들엔 서로 다른 여러 벌의 옷이 들어갈 수도 있다는 것이다. 그래서 울리히는 방금 전 그가 생각했던 것이 완전히 의미없는 것은 아님을 느꼈다. 왜냐하면, 만약 시간의 진행 속에서 습관적이고 몰지성적인 것들이 스스로를 점점 강화시키고, 특이한 것들을 점점 잃어간다면, 그래서 어떤 기계적인 관계를 확신하는 거의 모든 사람들이 점점 평균적이 돼간다면, 그것은 정말 왜 우리가 수천 갈래의 가능성을 가지고 있음에도 불구하고 실제로 보통의 인간이 되고 마는지를 설명해주기 때문이다. 그리고 이것은 또한, 제법 성공을 거두고 깨달음을 얻었다는 그 특권층의 사람들 가운데도, 거의 51퍼센트의 깊이와 49퍼센트의 천박함이 명백히 섞여 있다는 사실을 설명해주고 있다. 그리고 이미 오래전부터 생각해왔던 그런 측면이 울리히에겐 너무나 의미없고 견딜 수 없이 슬펐기 때문에, 그는 그것에 대해 즐겨 숙고하곤 했다.

울리히는 보나데아가 아직 갈 차비를 하지 않는 것 때문에 생각에 방해를 받았다. 열려진 문틈으로 자세히 보던 그는 그녀가 옷을 입다가 말았음을 알아차렸다. 그녀는 둘이 같이 있었던 고귀한 시간의 마지막 한방울이 중요했던 그 순간에 그가 멍해져 있는 것을 보고는 섬세하지 못한 행동이라고 느끼고 있었다. 그의 침묵에 상처를 받은 채, 그녀는 그가 무엇을 할지를 기다리기로 했다. 그녀는 책을 한권 꺼냈고, 다행히도 그 책엔 예술사에서 발췌된 아름다운 그림이 실려 있었다.

다시 생각에 몰두하면서, 울리히는 이 기다림에 화가 난 채로 어떤 모호한 견딜 수 없는 상태로 빠져들어가는 느낌을 받았다.

30.
울리히는 목소리를 듣는다

갑자기 울리히의 생각이 모아졌고, 마치 그들 사이의 틈을 보는 듯 그는 목수 크리스티안 모오스브루거와 재판관을 바라보았다.

그런 생각을 품지 않은 사람에게는 몹시 우스꽝스럽게도 재판관은 말했다. "왜 당신의 손에 묻은 피를 닦았소? 왜 칼을 내던졌지요? 왜 속옷과 겉옷을 갈아입고 옷을 세탁했소? 일요일이라서 그랬나요, 아니면 피가 묻어서? 어떻게 같은 날 저녁에 춤을 추러 갈 수 있죠? 당신이 저지른 일 때문에 즐거운 시간을 보내기 어렵지 않았나요? 도대체 양심의 가책이라곤 느껴보지 못했나요?"

모오스브루거의 마음속에 무엇인가 아른거렸다. 그것은 오래된 감옥의 격언으로 양심의 가책을 받은 척하라는 것이다. 그 아른거림은 그의 입을 비틀어 말하게 한다. "그럼요, 느꼈습니다."

"하지만 경찰에서 당신은 '전혀 양심의 가책을 느끼지 않습니다. 단지 증오와 분노가 일 뿐입니다'라고 했죠." 재판관은 말을 끊었다.

"아마 그랬을 거요." 모오스브루거는 그의 위엄을 회복하며 말했다.

"그때 아마 다른 감정은 들지 않았을 겁니다."

"당신은 크고 강한 남자요." 검사가 끼어들었다. "어떻게 당신이 헤트비히 같은 소녀를 두려워했단 말이오?"

"검사님," 모오스브루거가 미소를 띠며 말했다. "그녀는 나에게 저항했습니다. 제가 상상한 보통 정도의 여자보다 더 사나워 보였습니다. 제가 강해 보이긴 하지만……."

"그러면…" 재판장이 서류를 빨리 넘기며 노한 음성으로 말했다.

"하지만 어떤 상황에선," 모오스브루거는 크게 말했다. "저는 부끄럼을 많이 타고 겁도 많습니다."

재판장의 눈은 마치 두마리 새가 가지에서 날아오르듯이 서류에서 떠올랐다. 그 눈은 방금 전까지 깃들었던 문장을 던져 버렸다.

"하지만 당신이 그 건물에서 사람들과 싸울 때는 전혀 겁을 먹지 않았더군요." 재판장이 말했다. "당신은 그중 한 사람을 2층에서 내던졌고 다른 사람들에게는 칼을 꺼내들었죠."

"재판장님," 모오스브루거는 위협적인 목소리로 부르짖었다. "저는 같은 말을 되풀이하고 있군요."

재판장이 그만하라는 신호를 보냈다.

"불의는," 모오스브루거가 말했다. "제 포악함의 근본임에 분명합니다. 저는 단순한 사람으로 법정에 섰고 재판관님들이 남김없이 밝혀주시리라고 생각합니다. 하지만 당신들은 나를 속이고 있습니다."

재판관들의 얼굴은 오랫동안 다시 서류에 묻혀 있었다.

검사가 미소짓더니 상냥한 목소리로 말했다. "하지만 헤트비히는 정말 해를 끼칠 만한 소녀가 아니죠?"

"적어도 저에게는 해를 끼칠 수 있었습니다." 모오스브루거는 여전히 성난 채로 말했다.

"내가 보기엔," 재판장이 강조하며 말했다. "당신은 늘 다른 사람을 비난하는군요."

"이제 말해보시오. 왜 그녀를 난도질하기 시작한 거요?" 검사는 부드럽게 처음 질문으로 되돌아갔다.

31.
너는 누구 편인가?

그것은 울리히가 직접 참석했던 공판에서 나온 것일까, 아니면 그냥 그가 읽었던 글에서 나온 것일까? 마치 그 목소리를 듣기라도 한 듯이 그는 생생하게 그것을 기억하고 있었다. 그는 아직 한번도 '신의 목소리'를 들어본 적이 없었고, 그런 걸 들을 만한 사람도 아니었다. 그러나 만약 누군가 그걸 듣는다면, 그것은 아마도 눈이 내릴 때의 정적처럼 고요하게 떨어져내릴 것이다. 갑자기 땅에서부터 하늘까지 이어진 벽들이 세워진다. 이전에 공기만 있던 자리에 한 사람이 그 부드럽고 두꺼운 벽을 지나 꼿꼿이 걸어가고, 공기의 우리 안에서 이쪽저쪽으로 뛰어다니던 모든 소리들은 이제 가장 깊숙한 곳에서 하나로 자라난 그 흰 벽돌 속을 자유롭게 걸어다니고 있다.

울리히는 아마 일과 권태로부터 지나치게 자극을 받았고, 그래서 그런 일들도 자주 벌어지는 것 같았다. 하지만 그런 목소리를 듣는다는 게 사악한 일이라는 생각은 들지 않았다. 갑자기 그는 들릴 듯 말 듯하게 말했다. "사람들은 두번째 고향을 지니고 있지. 그곳에선 모든 행위들이 무죄가 되는 거야."

보나데아는 신발끈을 묶었다. 그사이 그녀는 그의 방에 들어와 있었다. 그 대화 때문에 그녀는 기분이 더 나빠졌다. 세심하지 못한 대화라고 생각했기 때문이다. 그녀는 신문에서 자주 읽었던 소녀 살해범의 이름을 이미 오래전에 잊었는데 울리히가 그에 대해 이야기하기 시작하며 억지로 그녀의 기억을 되살려놓고 말았다.

잠시 후 그가 말했다. "하지만 모오스브루거가 죄가 없다는 충격적인 인상을 불러일으킬 수 있다면, 머리에 쓴 두건 아래로 작은 눈을 번뜩이며 보살핌도 받지 못한 채 떨고 있었던 불쌍한 그 소녀는—그의 집에서 머물 곳을 구걸했고, 그 때문에 살해되었던—더욱 죄가 없는 것이 아닐까?"

"그만둬." 보나데아는 그렇게 부탁하고는 하얀 어깨를 들어올렸다. 왜냐하면 울리히가 그런 식으로 대화주제를 몰아갈 때, 심술궂은 순간이 찾아왔기 때문이었다. 그때 상처받은 채 옷을 반쯤 걸치고 화해를 갈망하며 들어온 그 여자친구는 마치 아프로디테가 걸어 올라올 때와 같이 계단에 작고 열정적이며 신화적인, 분화구와도 같은 거품을 만들어내고 있었던 것이다. 보나데아는 모오스브루거를 떨쳐버리고, 희생자 역시 피상적인 전율로 지나쳐버릴 준비를 하고 있었다. 그러나 울리히는 그만두지 않았고, 그녀에게 생생하게 모오스부루거가 처한 운명을 그려 보였다. "두 사람이 그의 목에 줄을 걸 거야. 조금의 죄책감도 없이 단지 보수를 받는다는 이유만으로 말이야. 아마 한 100명 정도는 구경하러 오겠지. 그들 중 반은 직업상으로 오는 것이고 나머지 반은 생에 한번쯤은 사형집행을 보고 싶어한 사람들이겠지. 프록코트를 입고 실린더 같은 모자와 검은 장갑을 낀 엄숙한 신사가 그 줄을 잡아당기고, 동시에 그의 두 간수가 모오스브루거의 목을 부러뜨리려고 두 다리를 잡아당기겠지. 그러고는 그 검은 장갑의 남자가 모오스브루거의 심장 부위에 손을 얹고는 의사가 근심스런 표정을 띠고 그렇듯이 그가 아직 살아있는지를 검사하게 될 거야. 아직 살아있다면 그 모든 과정을 아까보다는 덜 참을 만하게, 그리고 덜 엄숙하게 반복해야 하기 때문이지. 이제 당신은 모오스브루거 편일 것 같아, 아니면 반대편일 것 같아?" 울리히가 물었다.

보나데아는 마치 엉뚱한 시간에 잠에서 깨어난 사람처럼 천천히, 그리고 고통스럽게 '분위기'를 잃었는데, 그건 그녀가 자신의 간통을 말해야 할 때와 같은 심정이었기 때문이다. 잠시 머뭇거리며 흘러내리는 옷과 풀어진 코르셋을 손으로 매만진 후, 이제 그녀는 다시 자리에 앉아야만 했다. 비슷한 입장에 있는 다른 여자들처럼, 그녀 역시 사람은 굳이 생각을 강요받지 않으면서 자신의 개인적인 일들을 해나갈 수 있어야 한다는 그 정당한 공공질서를 확신하고 있었다. 하지만 지금, 그녀가 정반대의 생각을 듣고 나자, 그녀에겐 희생자로서의 모오스브루거라는 동정심이 재빠르게 일어났고, 그가 유죄라는 생각은 자취를 감춰버리고 말았다.

"그러니까 당신은," 울리히가 주장했다. "항상 희생자 편이고 그런 범죄행위에는 반대하는군."

보나데아는 그런 대화가 지금 상황에는 어울리지 않는다는 명백한 느낌을 울리히에게 전달했다.

"하지만 이 행위에 대한 당신의 판단이 그렇게 모순됨 없이 옳다면," 울리히는 즉각 결정을 내리는 대신 대답했다. "당신의 부정은 어떻게 정당화시킬 수 있지?"

그런 천박한 말은 더이상 안된다. 그녀는 경멸에 찬 표정으로 푹신푹신한 팔걸이 의자에 앉은 채 침묵했고, 벽과 천장을 가르는 선을 상처받은 시선으로 바라볼 뿐이었다.

32.
잊혀진, 아주 중요한 소령 부인의 이야기

그렇듯 명백한 미치광이에게 친밀감을 느끼는 일은 타당하지 않았고, 울리히 역시 그러한 것은 아니었다. 하지만 왜 어떤 전문가들은 모오스브루거를 미치광이라고 하고 다른 이들은 그렇지 않다고 할까? 기자들은 그의 칼이 한 일에 관한 그 매끈매끈한 기사를 어디서 얻는가? 또한 과연 어떤 특성들로 모오스브루거는 이 도시에 거주하는 2백만 인구의 반을 흥분과 공포로 몰아넣었을까? 그들은 마치 가정불화나 약혼파기처럼 영혼에서 잠자는 영역을 흔드는 아주 개인적인 관심사를 접할 때처럼 모오스브루거를 대했는데, 그의 이야기는 모오스브루거

같은 사람 하나쯤은 있게 마련인 시골도시에서는 별 관심거리도 아니었고, 베를린이나 브레슬라우 같은 곳에선 아무 의미도 없는 것이었다. 희생자를 가지고 노는 무시무시한 사회가 울리히의 머릿속에서 떠나지 않았다. 그는 그 사회의 메아리를 그 자신에게서 똑같이 느낄 수 있었다. 모오스브루거를 풀어주거나 정의를 지키자는 어떤 열망도 일어나지 않았고, 그의 감정은 고양이털처럼 곤두섰다. 어떤 알 수 없는 이유로 모오스브루거는 그 자신의 삶보다 더 깊숙이 다가왔다. 모오스브루거는 모든 것이 조금씩 왜곡되고 도치되어 마음의 심연 속에 조각난 채 표류하는 모호한 시처럼 그를 사로잡았다.

"으스스한 이야기로군." 그는 스스로를 자책했다. 소름끼치는 일 또는 금기시된 것을 꿈이나 신경증 같은 안전한 형식으로 포장하여 열광하는 일은 부르주아들의 특징처럼 보였다. "이것 또는 저것." 그는 생각했다. "당신을 좋아하거나 아니면 싫어하기. 아무리 이상하게 생겼어도 당신을 옹호하기. 또는 내 턱을 치는 한이 있어도 그 괴물과 같이 놀기!" 그리고 마지막에는 차갑지만 강력한 연민이 이곳에 안착하게 될 것이다. 이 사회가 그런 희생자들에게 요구하는 노력의 단 반만큼의 도덕적인 노력을 기울인다면 이 시대에 그러한 사건이나 인물이 나타나지 않도록 많은 일을 할 수 있을 것이다. 그러나 곧 그 문제를 다르게 볼 수도 있다는 생각과 함께 낯선 기억이 울리히의 머릿속에 떠올랐다.

어떤 행위에 대한 우리의 판단은 신이 기뻐하거나 성내는 행위와 항상 일치하지 않는다. 이 오묘한 말은 루터의 말로, 그가 한동안 친구로 지낸 신비주의자들 중 하나의 영향을 받아 한 말이다. 아마 다른 많은 종교인들도 그런 말을 했을 것이다. 부르주아의 생각에, 그 종교인들은 모두 부도덕한 사람들이었다. 그들은 영혼과 죄를 구분했고, 죄 가운데도 흠 없이 남아 있을 수 있는 영혼을 이야기했는데, 그것은 마치 마키아벨리가 목적과 수단을 구분한 것과도 비슷했다. "인간의 마음은" 죄에서 "건져졌다." "예수 그리스도 안에도 외적 인간과 내적 인간이 있었다. 그리고 외부의 일과 관련된 모든 일을 그는 외적 인간으로서 행했으나, 그의 내적 인간은 요동함 없는 고독 속에 있었다"라고 에크하르트(M. J. Eckhart, 독일 신비주의 학자—옮긴이)는 말했다. 그런 성인들과 신자들은 심지어 모오스브루거에게조차 무죄를 선고했을 것이다! 인류는 확실히 그때보다 진보했다. 그러나 인류가 모오스브루거를 죽일지라도, 여전히 인류는 나약하게도 그에게 무죄를 선고할지도 모르는—누가 알겠는가—사람들을 존경하고 있다.

그리고 지금 울리히에게는 불안하게 스쳐지나간 문장이 기억 속에 떠올랐다. '소돔 사람의 영혼도 아무 걱정 없이 그 눈에 천진한 아이의 웃음을 머금고 군중 속을 지나갈 수도 있다. 왜냐하면 모든 것은 보이지 않는 규칙에 따르기 때문이다.' 이 문장은 이전의 문장과 그리 다를 바가 없었다. 그러나 그 가벼운 과장 안에 달콤하고 혐오스러운 퇴폐의 숨결을 지니고 있었다. 밝혀진 바대로, 이런 종류의 말은 책상 위의 노란색 프랑스산 보급판 서적이나 문 대신 걸린 구슬커튼 같은 공간에 속하는 것이었다. 그의 마음에는 닭의 심장을 꺼내기 위해 죽은 몸속을 파고들 때와 같은 느낌이 일었다. 그 말을 한 사람은 지난번 만났던 디오티마였다. 그 말은 더욱이 울리히 역시 젊은 시절 좋아한 작가의 말이기도 했는데, 이제 울리히는 그런 자들을 살롱 철학자로 볼 줄 알게 되었고, 그런 문장은 마치 향수를 끼얹은 빵 같아서 수십년 동안 아무도 맛을 보지 않을 것이다.

그러나 울리히의 내면에 일어나는 이런 불쾌감이 아무리 강하다 할지라도, 그가 평생 동안 신비주의적인 언어에서 나온 진실한 문장에 등을 돌려왔다는 사실은 수치스러운 것이었다. 왜냐하면 그에게는 이성을 뛰어넘는 앎으로 불리는 것들에 대한 각별하고 본능적인 이해가 있었기 때문이다. 비록 그 자신은 신앙의 교의처럼 그것을 받아들일 마음이 전혀 없기는 했지만 말이다. 부드럽게, 깊은 심연에서 나온 우애있는 음성으로 말하고, 수학적이거나 과학적인 언어의 지배 반대편에 서 있으며, 다른 한편으론 정의할 수 없는 그것들은 그의 관심사 가운데서 어떤 연관도 없이 거의 찾지 않는 섬같이 흩어져 있었다. 그러나 그가 그것들을 알게 될 만큼 파고들자, 마치 그 섬들이 서로 조금 떨어져 있을 뿐 그것들 뒤로 숨은 연관성을 느낄 수 있을 것처럼 보였다. 해안의 돌출부 또는 아주 오랜 옛날에 사라져버린 대륙의 잔해를 보는 것처럼 그는 바다, 연무의 부드러움과 노란 잿빛에 잠긴 낮은 블랙톤의 땅끝을 느꼈다. 그는 '항해' 또는 '여행을 떠나라'라거나 '생각의 전환을 꾀하라' 같은 말을 따라 행한 도피를 기억했다. 그는 그 이상하고 부조리할 정도로 마법에 휩싸인 경험이 어떤 억제력으로 단번에 다른 모든 종류의 것들 위에 군림하는지를 정확히 알았다. 그 순간엔 스무살의 심장이 이미 세월이 흘러 털이 자란 채 피부가 두꺼워지고 거칠어진 그의 가슴을 두드려댔다. 스무살의 심장이 서른두살의 가슴을 두드려대는 것은 마치 한 남자가 소년에게 키스를 받는 것처럼 부적절하게 느껴졌다. 그럼에도 불구하고 그때의 기억을 피하지 않았다. 그것은 빗나간 열정의 기억인 동시에 나이로 보나 가정에서 쌓은 덕으로 보나 그보다 한참 연상인 여성을 향한 스무살 열정의 기억이었다.

주목할 만한 점은, 그가 그녀의 외모를 잘 기억하지 못한다는 것이다. 형식적인 사진 한장과 그가 홀로 그녀를 생각하던 시간의 기억이 그녀의 얼굴, 옷, 목소리, 행동에 대한 생생한 인상을 지워버렸다. 그가 한동안 그녀의 세계에서 멀어졌기 때문에 그녀가 한 육군 소령의 부인이었다는 사실조차 믿을 수 없게 다가왔다. 그건 우스운 일이었다. '지금쯤이면 아마 퇴역 대령의 부인이 되었겠군'이라고 울리히는 생각했다. 연대에 돌아다니던 소문에 따르면 그녀는 잘 교육받은 예술가이자 피아노의 대가였는데 가족의 뜻이 아니라면 대중 앞에서 연주하는 법이 없다고 했다. 아무튼 그녀의 결혼으로 그런 경력은 전혀 쓸모없어지긴 했지만 말이다. 사실 그녀는 연대 파티에서 아름다운 연주를 들려주었는데, 그 연주는 금박으로 잘 꾸며진 태양의 선율이 감정의 틈 사이로 떠오르는 듯한 느낌을 주었고, 그 첫 순간부터 울리히는 그녀의 외모가 아니라 표현을 사랑하게 되었다. 당시 명망을 얻던 대위는 부끄러움이 없었다. 벌써 그의 시선은 여인들과의 접촉을 시도했고, 이러저러한 고귀한 여성들에게 다가가는 여러 침투로를 찾아내고 있었다. 그러나 스무살짜리 군인에게 '거대한 열정'이란, 만약 그러한 일을 생각해낼 수 있다면, 완전히 다른 어떤 것이다. 그것은 이념이었다. 그 이념은 행위의 영역 밖에 있었고, 어떤 체험된 내용이 없었기 때문에 빛을 발하는 빈 공간이었으며 단지 진정 거대한 이념이 될 수밖에 없었다. 그래서 울리히가 생애 처음으로 이 이념을 적용할 가능성을 자신 안에서 발견했을 때, 그것은 반드시 일어나야 하는 일이 되었다. 결국 소령 부인이 할 수 있는 마지막 역할이란 그 병이 도지도록 하는 것밖에 없었다. 울리히는 사랑의 열병을 앓았다. 그리고 진정한 사랑의 열병이란 소유욕이 아니라 세계가 부드럽게 자신을 드러내는 것이고 그것을 위해 단호하게 연인에 대한 소유를 단념해야 하는 것이기 때문에 그 대위는 계속 소령 부인에게 낯설고도 완고한 태도로 그녀가 한번도 들어보지 못한 세계를 설명했다. 성좌, 박테리아, 발자크, 니체 같은 것들이 사유의 소용돌이 속에서 휘도는 동안, 그녀가 점점 명확하게 알게 되었듯이 그것들의 핵심은 그녀 자신의 육체와 대위의 육체 사이의 차이로—당시만 해도 부적절한 대화 주제로 여겨졌던—귀결되었다. 그녀가 아는 한 사랑과 아무 연관도 없는 주제를 그가 고집스럽게 사랑과 연결시키는 일이 그녀에게는 당황스럽게 여겨졌다. 어느날 그들이 승마 산책을 나가서 말과 나란히 걷고 있을 때, 그녀는 그에게 손을 내밀었고 한동안 그 손이 마치 기절이라도 한 듯 힘없이 그의 손에 머무르는 것을 보고 깜짝 놀랐다. 다음 순간 손목에서 일어난 불꽃이 무릎을 타고 내려가더니 강렬한 빛이 그들을 거의 길가로 쓰러뜨렸는데, 거기에서 그들은 이끼 위에 앉아 격렬하게 키스를 나누고는 다시 일어섰다. 그것은 놀랍게도 사랑이 너무나 거대하고 낯설어서 사람들이 그렇게 포옹하는 동안 보통 하는 일 이외에는 어떤 말이나 행동도 할 수 없었기 때문이었다. 점점 더 조급해진 말들이 마침내 이 곤경에서 그들을 구해주었다.

소령 부인과 젊은 대위의 사랑은 그 과정을 통틀어볼 때 짧았던데다가 비현실적이었다. 그 둘은 그 사랑에 놀라워했다. 그들은 몇번이나 서로를 더 안았지만, 둘 다 뭔가 잘못됐다는 느낌을 받았고 그들의 육체를 서로 완전하게 받아들이지 못했다. 그들이 옷이나 도덕 같은 모든 장애물들을 걷어냈는데도 말이다. 소령 부인은 자신이 통제할 힘을 넘어서는 열정을 가지고 싶어했지만 내면에서는 그녀의 남편에 의해, 그리고 울리히와의 나이 차이에서 비롯될 비난에 괴로워하고 있었다. 어느 날 울리히가 빈약한 핑계를 대며 이제 긴 휴가를 떠나야 한다고 말했을 때, 그 부인은 눈물어린 구원의 한숨을 내쉬었다. 그때 울리히는 사랑에서 멀어졌기 때문에 되도록 빨리, 그리고 멀리 이 사랑에서 도망가는 일이 시급했다. 울리히는 무작정 여행을 떠나 기찻길이 끝나는 해변으로 가서는 배를 타고 근처의 섬까지 갔다. 그리고 한번도 들어본 적 없는, 겨우 침대와 집만 있는 그곳에서 그의 연인에게 보내는 첫번째 긴 편지를—결코 부치지 않을—썼다.

그의 생각을 하루종일 채워서 밤의 정적 가운데 쓴 이 편지를 그는 나중에 잃어버렸다. 그리고 그것은 아마도 의도한 바였을 것이다. 처음에 울리히는 그녀에 대한 사랑과 그녀가 불어넣어준 온갖 영감에 관해 여전히 쓸 것이 많았다. 그러나 그것은 재빨리, 그리고 점점 더 풍경으로 바뀌었다. 그를 잠에서 깨우던 아침 햇살, 그리고 어부가 물가로 떠날 때 집 근처에 있던 아이들과 여자들, 그 섬의 작은 계곡 사이의 관목과 낮은 언덕을 응시하던 그와 당나귀만이 이 모험에 가득 찬 세상의 끄트머리에서 삶의 고귀한 형태인 것처럼 보였다. 울리히는 친구를 따라 낮은 언덕을 오르거나 바다와 바위, 그리고 하늘을 벗삼아 섬의 가장자리에 앉기도 했다. 그에게는 어떤 추측도 떠오르지 않았는데, 그것은 크기의 차이라든가 마음이나 자연, 살아있는 것이나 죽은 것 사이의 차이가 전혀 문제되지 않았기 때문이다. 그곳에서는 사물 사이를 구별하는 모든 종류의 차이들이 사소한 것이 되었다. 좀더 차분하게 말하자면, 이 차이들이 사라지거나 줄어든 것이 아니라 그 의미 자체가 달아난 것이다. 당시 그 젊은 기갑부대의 대위가 절대 알 리 없던, 사랑의 신비주의에 사로잡힌 한 종교인의 표현대로 인간은 더이상 '인류를 괴롭히는 그 구별에 관여하지 않았다.' 그는 이 현상을 생각하지 않았고—사냥꾼이 동물의 흔적을 발견하고 그것을 따라가듯이—사실상 그 현상들을 거의 알아채지 못했으며 단지 그의 내면에 그것들을 집어넣을 뿐이었다. 그는 그것이 설명될 수 없는 대상임에도 불구하고 풍경 안으로 잠겨갔고, 세계가 그의 눈을 지나칠 때, 그 의미가 소리없는 물결 속에서 불현듯 스쳐지나가기도 했다. 그는 세계의 중심을 통과했다. 그 풍경과 멀어진 여인 사이의 거리는 가장 가까이 있는 나무만큼이나 가까웠다. 감정 속에서 살아있는 것들은 아무 공간감각 없이 얽혀 있었는데, 그것은 마치 꿈속에서 두 존재가 섞이지 않고 서로를 통과하는 것 같았으며, 그것들의 관계를 전혀 다른 것으로 바꿔놓은 것 같았다. 그러나 그의 마음상태는 꿈과는 아무런 관계도 없었다. 그것은 투명한 생각으로 가득 찬 것이었으나, 그의 내면의 어떤 것도 이유나 목적, 육체적인 욕망에 이끌리지 않았으며 마치 한 움직임이 웅덩이의 표면에 떨어져 무한하게 퍼지듯이, 모든 것은 점점 새로워지는 원을 그리며 넓어지는 것 같았다. 바로 이것이 그가 편지에 적은 것이며 다른 것은 아무것도 없었다. 그것은 완전하게 변화된 삶의 형상이었다. 그것은 일상적인 영리에서 멀어진 곳에 있었고 어떤 교활함에서도 자유로웠다. 이런 면에서 보자면, 모든 것은 다소 헝클어지고 흐릿하게 보였으며 다른 중심에서 나온 어떤 섬세한 투명성과 정확성으로 채워진 것처럼 보였다. 삶의 모든 질문들과 사건들은 비교할 수 없이 부드럽고 온화하며 평온한 반면, 그 의미는 완전히 뒤바뀌어 있었다. 만약 이러한 존재의 상황에서 예를 들어 딱정벌레 한마리가 누군가의 손에서 생각 속으로 빠르게 뛰어간다면, 그것은 도약도 지나감도 멀어짐도 아닐 것이다. 아니, 그것은 사람도 딱정벌레도 아니며 단지 마음을 건드리는 하나의 현상일 것이며, 비록 일어난 현상이라고 할지라도 현상이라기보다는 하나의 상태일 것이다. 그리고 그렇듯 고요한 경험 덕분에 일상적인 삶을 이루는 모든 것들은 매 분기점마다 울리히에게 완전히 새로운 의미를 부여하게 되었다. 이런 상황에서는 소령 부인을 향한 사랑조차 운명지어진 형태로 재빨리 변화되었다. 그녀를 끊임없이 떠올리면서, 그는 그녀의 환경에 관한 그의 지식을 동원해 그녀가 무엇을 했든간에 떠오르는 이미지를 만들어내려고 이따금 시도했다. 그러나 마치 그녀의 육체가 곁에 있는 것처럼 그녀를 보는 데 성공한 순간, 그렇듯 무한히 밝게 자란 그녀를 향한 감정은 금방 어두워지고 말았다. 그는 재빨리 그녀가 그를 위해 존재한다는 행복한 이미지를 위대한 사랑에 적합한 정도로 축소하는 수밖에 없었다. 얼마 지나지 않아 그녀는 전혀 인격이 없는 힘의 중심으로 완전히 들어가버리고, 그의 불빛이 작동하게 하는 땅속의 발전기가 돼버렸다. 그리고 그는 사랑의 삶이라는 위대한 이상이 사실 육체적인 욕망, 또는 검약이나 사유, 폭식과 같은 것에서 기인한 '내 것이 돼주세요'라는 바람과는 아무 상관도 없다고 기록한 마지막 편지를 썼다. 이것이 그가 부친 유일한 편지였고, 아마도 곧 종말을 맞고 갑자기 깨진 그 사랑의 열병 중 최고의 순간이었을 것이다.

33.
보나데아와의 결별

그사이 더이상 천장만 바라볼 수 없게 된 보나데아는 안락의자에 등을 기대고 앉았고, 그녀의 부드럽고 모성적인 가슴은 코르셋 끈에 꽉 조이지 않은 채 흰 아마포 속에서 숨을 내쉬고 있었다. 그녀는 이 자세를 숙고라고 불렀다. 그녀에게 갑자기 남편은 판사일 뿐만 아니라 사냥꾼이라는 생각이 스쳐지나갔다. 그는 때때로 사냥감이 된 야생동물의 반짝이는 눈에 관해 말한 적이 있었다. 그것에서 그녀는 모오스브루거와 그의 판사 둘 모두에게 도움이 될 만한 것이 있음을 느꼈다. 다른 한편으로 그녀는 남편이 그녀의 애인에 의해 곤란한 지경에 빠지는 것은 원치 않았다―사랑하는 사람으로서 곤란에 빠지는 건 상관없겠지만. 그녀의 정서상, 그녀는 가장이 근엄하고 존경받는 사람이 되길 원했다. 그녀는 아무런 결정도 내리지 못했다. 그리고 이러한 모순된 생각이 마치 형태도 없이 서로 섞여드는 구름처럼 서로의 경계를 무기력하게 지워가는 동안, 울리히는 그의 사유에 몰입하는 자유를 누리고 있었다. 그건 정말 오랜 시간 동안 지속되었고, 사태에 변화를 줄 수 있는 어떤 일도 보나데아에게 일어나지 않았기 때문에, 그녀의 원망은 그녀를 무시하듯 모욕한 울리히에게 돌아갔고 아무 화해도 없이 그가 흘려보낸 시간은 화를 돋우면서 무겁게 그녀를 짓눌렀다. "그래서 당신은 내가 여길 찾아오는 것이 잘못됐다고 생각하는군?" 결국 그녀는 느리지만 강하게, 슬프지만 온힘을 다해 싸울 작정으로 질문을 던졌다.

울리히는 침묵했고 어깨를 으쓱해 보였다. 그는 한참 동안 그녀가 한 말을 더이상 기억하지 못했고, 단지 이 순간 그녀를 견뎌내기가 힘들 뿐이었다.

"그래서, 우리의 열정 때문에 나를 비난할 수 있단 말인가?"

"그런 질문엔 수많은 대답들이 들러붙어 있지. 마치 벌통 속의 벌처럼 말이야."

울리히가 대답했다. "인간의 모든 정신적인 무질서는, 그가 한번도 해결해보지 못한 문제들과 함께 각각의 개인에게 극단적으로 매달려 있는 거야." 그는 단지 요즘 들어 이따금씩 생각한 것을 말했을 뿐이었다. 그러나 보나데아는 그 정신적인 무질서를 자신과 연관시켰고, 그것이 너무 심하다고 생각했다. 그녀는 다시 커튼을 닫음으로써 이런 싸움에서 도망가고 싶어 했지만, 고통으로 신음하는 일도 싫지는 않았다. 그리고 갑자기 울리히가 자신에게 싫증을 느끼고 있음을 깨달았다. 그녀의 본성에 힘입어, 그때까지 그녀는 새로운 것에 사로잡혀 상대를 잃어버리거나 엉뚱한 곳에 방치하는 경우를 빼고는 애인을 잃어버리지 않았다. 또는 빨리 사귀고 빨리 헤어지는 경우라도, 비록 화를 돋우기는 하지만, 여전히 더욱 큰 힘의 작용 때문이라는 느낌을 가지기도 했다. 그래서 울리히의 그 조용한 거부감에서 그녀가 첫번째로 느낀 것은 자신이 늙어가고 있다는 것이었다. 그녀는 반쯤 벌거벗겨진 채 소파 위에 앉아 있는, 모든 모욕에 노출된 자신의 그 음란하고 가망없는 처지가 부끄러웠다. 그녀는 별 생각 없이 다시 기운을 차렸고 옷을 움켜잡았다. 하지만 그녀가 다시 미끄러져 들어간 그 비단 성배의 바스락거림도 울리히를 참회로 몰고 가지는 못했다. 무기력함이 주는 코를 찌르는 듯한 고통이 보나데아의 눈 위에 어렸다. "그는 잔인해, 그는 나에게 일부러 상처를 준 거야." 그녀가 계속 중얼거렸다. "그는 꼼짝도 하지 않아." 그녀는 단언했다. 그녀는 자신이 묶었던 그 모든 매듭과 함께, 그리고 그녀가 단단히 죄었던 고리와 함께 오래전 잊혀진 어린 시절의 고통이었던, 바닥이 보이지 않는 연못 속으로 점점 가라앉았다. 어둠이 둥글게 주위를 감쌌다. 울리히의 얼굴은 마치 기울고 있는 빛 속에서처럼 강하고 거칠게 고뇌의 어둠을 향해 있었다. "어떻게 내가 이 얼굴을 사랑할 수 있었을까?!" 보나데아는 홀로 울었다. 하지만 동시에 그 반대편에는 "영원히 잊혀지기를!"이라는 문장이 그녀의 온 가슴을 죄어왔다.

그녀가 다시 돌아오지 않을 결심을 했다는 걸 예감한 울리히는 그 결심을 막지 않았다. 보나데아는 거울 앞에서 거칠게 머리를 매만진 후 모자를 썼으며, 베일을 묶었다. 지금, 얼굴에 베일이 씌워졌으니 모든 것은 끝난 셈이었다. 그건 마치 죽음의 선고처럼, 또는 열쇠가 채워진 여행가방처럼 엄숙했다. 그는 이제 그녀에게 키스할 필요도 없었고, 그 마지막 기회를 그리워할 자신을 예감하지도 못했다.

그 때문에 그녀는 연민으로 그의 목에 팔을 둘렀고, 그의 품속에서 눈물을 흘렸을지도 모를 일이다.

34.
뜨거운 빛과 차가운 벽들

울리히가 보나데아를 배웅하고 혼자 남게 되자, 더이상 일하고 싶은 마음이 사라졌다. 그는 발터와 클라리세에게 오늘 저녁 방문하겠다는 메시지를 전하고자 방을 나섰다. 그가 작은 홀을 지날 때 벽에 걸린 사슴뿔을 목격했는데, 그 모습은 거울 앞에서 보나데아가 베일을 묶을 때의 그것과 비슷해 보였다. 체념한 듯한 미소가 없는 것을 빼고 말이다. 그는 심사숙고하면서 주변을 돌아보았다. 그의 주위를 돌아 위쪽으로 집안을 장식한 이 모든 둥근 선들과 교차선들, 직선과 곡선, 그리고 소용돌이 들은 자연스럽지도 꼭 필요해 보이지도 않았고 오히려 그 세세한 부분까지 바로크적인 과장으로 가득 차 있었다. 주위의 모든 것들을 지나 끊임없이 떠다니는 그 흐름과 박동은 순간 정지했다. "나는 우연일 뿐이야." 필연이 눈을 흘겼다. "편견 없이 보자면 내 얼굴은 문둥병자와 별 다를 것이 없어." 아름다움이 고백했다. 사실상 그것의 효과는 다음과 같을 뿐이었다. 광택은 사라졌고, 의도하는 바는 힘을 잃었으며, 기질이나 기대, 긴장의 끈은 끊겨버렸다. 그 공간에서 몇초 동안 감정과 세계 사이를 흐르는 신비한 균형이 깨졌다. 우리가 느끼고 행동하는 모든 것은 다소 '삶의 방향'으로 정향돼 있다. 그리고 그 방향에서 조금만 벗어난 것이라도 매우 곤란하고 놀라운 일이 된다. 이것은 걷는 일 같은 작은 일에도 적용된다. 몸의 무게중심을 들어올려 앞으로 내뻗은 후 다시 떨어뜨린다. 아주 사소한 변화도—이렇게 스스로를 미래로 내딛는 변화나 혹은 그것에 회의를 품고 멈칫하는 행위조차도—인간을 더이상 똑바로 설 수 없게 만들어버린다. 인간은 행위를 심사숙고해서는 안된다. 그의 생에서 아주 중요한 순간마다 울리히에게는 그와 같은 생각이 들곤 했다.

울리히는 배달하는 사람에게 메모를 들려 보냈다. 그때가 오후 4시쯤이었고 시간을 보낼 셈으로 걷기로 했다. 늦봄 같은 느낌의 상쾌한 가을날이었다. 공기는 부글부글댔다. 사람들의 얼굴에서는 물보라 같은 게 일었다. 지난 며칠 단조로운 생각의 긴장에 빠져 있던 터라 그는 마치 감옥에서 빠져나와 따뜻한 욕조 속에 들어간 기분이었다. 그는 되도록 친근하고 여유롭게 걸어다니려고 했다. 운동으로 잘 단련된 그의 육체는 움직이고 싸우려는 성향이 너무 강해서, 오늘따라 마치 너무 많이 가식적인 슬픔을 연기한 광대의 얼굴처럼 불쾌한 느낌을 주었다. 마찬가지로, 진실을 추구하는 그의 경향도 서로를 훈련시키는 사유의 군대로 나뉘진 정신적 민첩성으로 자신을 가득 채워서, 심지어 정직한 일을 포함한 모든 것을 관습에 불과한 것으로 만들어버리는 가식적인 광대의 표정을—엄격하게 말하자면—짓게 했다. 그래서 울리히는 생각했다. 그는 주변의 여러 물결과 함께 흐르는 물 같았다고 말할 수 있다. 왜 아니겠는가. 고독한 일에 매여 있던 사람이 마침내 공동체의 대열에 합류하고 그들과 함께 기쁨에 차 흘러가는데 말이다!

그런 순간에 사람들이 스스로 끌어가는, 또한 그들을 끌고 가는 삶에 내적으로 크게 염려하지 않는다는 생각을 하기는 쉽지 않다. 그러나 우리가 젊었을 때만큼은 누구나 이런 사실을 안다. 울리히는 15년 전 이런 날이 어떠했는지를 기억했다. 그때는 모든 것이 두배나 영화로웠으며 매혹되고자 하는 열망에서 끓어오르는 욕망이 확실히 모든 곳에 있었다. 그것은 내가 획득하는 모든 것이 나를 획득한다는 다소 불쾌한 느낌이었으며 이 세상에는 거짓되고 경솔하며 인간적으로 무관심한 진술들이 있어서 그것들이 가장 인간적이고 순수한 진술들보다 더 강하게 울려퍼질 것이라는 괴로운 추측이었다. 누군가는 생각했다. '이 아름다움이 좋고 선한 것이라지만, 그것이 내 것인가? 또한 내가 학습하는 진리가 나의 진리인가? 우리가 추구하고 빠져드는, 그래서 우리를 유혹하고 끌고가는 목표나 주장이나 현실 같은 모든 유혹하는 힘은 과연 현실인가 아니면 세계가 우리에게 제공하는 진실의 표면에 막연하게 붙어 있는 진실의 입김일 뿐인가? 우리의 유혹을 더하게 하는 것은 그 모든 이미 조립된 삶의 요소들과 형식들이고 현실과의 유사성이며 이전 세대에 의해 주조된 틀이며 혀에서뿐 아니라 감각과 감정에서도 이미 만들어진 언어들이다.' 울리히는 교회 앞에서 멈춰섰다. 사랑스런 하늘이여, 만약 층진 계단 같은 배를 가진 뚱뚱한 주부가 집을 등지고 이 그늘에 앉아 있다면, 그리고 석양에 물든 그녀의 얼굴에 수천개의 주름과 사마귀와 여드름이 있다면, 그는 그것조차 아름답다고 하지 않겠는가? 하늘이여, 맞습니다. 그것은 아름답지요! 그는 이런 것들을 칭송할 의무로 땅에 보내졌다고 주장함으로써 도망치고 싶지는 않았다. 그러나 이 뚱뚱한, 고요하게 늘어진 주름으로 세공된 덕망있는 주부에게서 아름다움을 발견하는 것은 전혀 불가능한 일은 아니었다. 그냥 그녀는 늙었다고 하는 편이 훨씬 간명하긴 하지만 말이다. 그리고 이렇듯 세계를 늙었다고 하는 것에서 아름답다고 하는 것으로 전환하는 것은, 젊은 사람의 시선에서 벗어나 누군가 갑자기 그것을 체득하기 전까지는 그저 우스운 교훈으로 남겨질 뿐인 성숙한 어른의 높은 도덕적 관점으로 전환하는 것과 마찬가지 일이었다. 울리히가 교회 앞에 서 있던 시간은 몇 초 되지 않지만, 그 시간은 그에게 깊이 각인되었고 그의 심장은 수백만 톤의 돌로 석화돼가는 세상과 그가 뜻하지 않게 착륙한 이 얼어붙은 달의 표면을 향한 원초적인 저항감으로 짓눌렸다.

대부분의 사람들이 그 수다한 개인적이고 세세한 부분들을 무시하고 세계를 이미 만들어진 것으로 이해하는 것은 편안할 뿐 아니라 안정된 일이다. 그리고 보수파뿐 아니라 모든 진보파와 혁명파의 입장에서 보더라도 거기에는 어떤 논쟁의 여지도 없다. 그러나 이런 생각은 그들 자신의 개성대로 사는 사람들에게 깊고 어두운 불쾌감을 던져준다고 봐야 한다. 울리히가 종교 건축물의 기술적으로 훌륭한 부분들을 뛰어난 감식안으로 살펴보고 있을 때, 갑자기 그의 머릿속에서 인간은 저런 기념물을 서 있게 할 만큼이나 쉽게 사람들을 삼켜버릴 수도 있겠다는 생각이 떠올랐다. 그 곁의 집들, 그 위의 창공, 눈길을 사로잡는 선과 공간의 뛰어난 조화, 그 아래를 지나가는 사람들의 외모와 인상, 그들의 책들, 그들의 도덕들 그리고 거리를 따라 난 나무들…. 그것들은 스페인식 벽처럼 뻣뻣했고 절단기에 잘린 측면처럼 딱딱했으며, 완벽하고—달리 표현할 말이 없으므로—완벽하며 완성돼 있어서 사람은 그저 이미 내뿜어져 신이 더이상 소유할 수 없는 작은 숨결 곁에서 떠다니는 안개일 뿐이었다. 그 순간 울리히는 특성 없는 사람이었으면 좋겠다고 생각했다. 그러나 그것은 아마도 누구에게라도 그리 다르지 않을 것이다. 평균적인 삶을 사는 사람들은 어떻게 그들이 지금의 내가 되었는지를, 그리고 어떻게 그들의 과거, 아내, 성격, 직업을 갖게 되었는지를 몰랐으나, 지금 이 순간부터 변하는 것은 아무것도 없을 것이라는 느낌은 갖고 있었다. 그곳에 이 모든 것이 왜 이렇게 존재해야 하는지에 관한 충분한 이유가 없었기 때문에, 그들은 그저 속았다고 말하는 편이 더 공평한 것인지도 몰랐다. 좀더 다르게 이야기될 수도 있을 것이다. 무엇이 일어나건간에 그것은 그들 자신의 행위가 아니라 대부분 환경이나 분위기, 완전히 다른 사람들의 삶과 죽음에서 비롯된다는 것이다. 이런 사건들은 한점으로, 말하자면 어떤 주어진 지점으로 수렴된다. 젊은 시절에 삶은 마치 다함이 없는 아침처럼, 모든 면에서 가능성과 빈 공간으로 가득 차 있다. 그러나 정오가 되면 그들 자신의 삶을 주장하는 무엇인가가 갑자기 등장하는데, 그것의 형체는 마치 20년 동안 한번도 보지 못한 채 전혀 엉뚱한 모습을 상상하면서 연락을 주고받던 사람과 갑자기 마주치게 된 것처럼 놀라운 것이게 마련이다. 그것보다 더 기묘한 일은, 대부분의 사람들이 이러한 일을 알아차리지 못한다는 점이다. 사람들은 자신들에게 다가온 자를 받아들인다. 그의 삶은 그들의 삶에 녹아들어가고 그의 체험은 그들의 특성을 표현하는 것처럼 보이며 그의 운명은 그들 자신의 행운이나 불행이 되어버린다. 그들에게 벌어진 일은 끈끈이주걱에 붙은 파리에게 벌어진 일과 같다. 끈끈이주걱은 그 작은 섬모로 파리를 붙잡아서는 움직이지 못하게 하고 그것이 두꺼운 표면에 덮일 때까지 점점 감아서는 결국 원래의 모습을 겨우 추측할 수 있게 만든다. 그러고는 그들에게는 젊은 시절에 관한 단지 모호한 생각만이 남는데, 그 시절 안에는 여전히 어떤 반발력이 남아 있었다. 이 반발력은 팽팽한 채 빙글빙글 돌았다. 어느 한곳에 머물려고 하지 않으며 무작정 도망가려는 폭동을 일으킨다. 젊은이들의 조소, 제도를 향한 저항, 모든 영웅적인 것이나 순교, 범죄 같은 것들에 대한 열광, 불같은 진지함, 불안함, 이 모든 것들은 도망가려는 그들의 투쟁에 다름아니다. 근본적으로, 이 투쟁은 비록 의도한 일들이 반드시 곧장 이뤄져야 한다고 젊은이들이 생각함에도 불구하고, 그들이 하는 일 중 어떤 것에도 명백한 내적 이유가 없다는 것을 드러내 줄 뿐이다. 어떤 이들은 내적으로나 외적으로 아주 빼어난 제스처를 발명해내기도 한다. 이것을 뭐라고 부를 수 있을까? 성의 포즈? 헬륨이 풍선에 주입될 때처럼 드러나는 내적 의미의 형식? 표출 아니면 각인? 존재의 테크닉? 새로운 구레나룻이나 아이디어라고도 할 수 있겠다. 그것은 극중 연기였으나 모든 연기가 그러하듯이 당연히 의미를 가졌다. 그리고 사람들이 땅에 빵부스러기를 던지면 참새가 지붕 위에서 내려오듯이, 젊은 영혼들은 지체없이 그것에 달려들었다. 우리는 한번 상상해 볼 필요가 있다. 혀와 손, 눈, 그리고 지구의 차가워진 달과 집, 토양, 그림, 책들로 짓눌린, 그리고 그 안에는 무질서하게 떠도는 안개밖에 없는 세계란 무엇이란 말인가? 누군가 스스로를 인식할 수 있는 생각을 담은 표현을 만들어낼 때마다 그것은 얼마나 큰 기쁨이 되겠는가! 모든 강렬한 감정의 소유자가 보통사람들 이상으로 이러한 새로운 형식을 먼저 잡아낸다는 것보다 자연스러운 일이 또 있겠는가? 그것은 자기인식의 순간을, 내부와 외부, 그리고 내파되는 존재와 외파되는 존재 사이의 균형의 순간을 제공해준다. 아무런 원칙도 없군. 울리히는 생각했다. 물론 이 모든 것들은 울리히에게도 느껴지는 것이었다—그는 주머니에 손을 넣은 채 서 있었고 그의 얼굴은 평화롭게 보였으며 마치 소용돌이치는 햇살 아래서 죽어가는, 눈 속에서 부드럽게 죽어가는 사람이 만족스러운 잠에 빠진 것처럼 보였다. 그 끊임없는 현상들은 새로운 세대라거나, 새로운 아버지와 아들, 지적인 혁명, 스타일의 변화, 진화, 유행, 재생이라는 여러가지 이름으로 불렸다. 이 삶의 혁명에 대한 열정을 영구적인 움직임으로 만든 것은 다름아니라 자신의 안개 같은 자아와 외계 사이의 침입이며 이미 돌같이 딱딱해진 자아—이전 사람들, 또는 가짜 자아에 의해 느슨하게 끼워진 한 무리의 영혼에 의해서—이다. 조금만 주의를 기울여도 사람들은 최근의 미래에서 다가오는 옛 시대를 읽어낼 수 있을 것이다. 새로운 사유란 그러니까 전성기를 지나 뼈에 살이 좀더 붙은 채로 서른살을 더 먹는 것일 뿐이다. 그것은 지나가는 소녀의 빛나는 외모에서 그 어머니의 빼어난 외모를 힐끔 떠올리게 되는 것과 비슷하다. 그 사유들은 아무런 성공도 거두지 못해왔으며, 이제는 이른바 50명의 추종자들로부터 위대한 아무개라고 불리는 늙은 바보들에 의해 제안된 혁명으로까지 쭈그러들었다.

이번에 울리히는 몇몇 낯익은 집들이 있는 광장에서 다시 한번 멈춰서서 그 집들이 건축되었을 때 일어난 공공 투쟁과 지적 소요를 기억했다. 그는 젊은 시절 친구들을 떠올렸다. 개인적으로 알거나, 나이가 같거나 혹은 더 많거나, 새로운 일과 사람을 세상에 끌어들이길 원하는 사람들의 그 모든 개혁에도 불구하고, 또는 그가 아는 장소가 여기든지 여기저기 흩어져 있든지간에, 그들은 젊은 시절의 친구들이었다. 지금 이 집들은 마치 유행이 지난 모자를 쓴 아주 품위있고 무관심하면서도 흥분을 감추지 못하는 이모처럼 이미 그늘이 지기 시작한 오후의 햇살 아래 서 있었다. 그는 미소를 지어보려 했다. 그러나 이 겸손한 유적을 떠난 사람들은 그간 교수나 특출한 인사, 명사, 잘 알려진 진보의 발전에 기여하는 저명한 사람들이 돼 있었다. 그들은 안개에서 화석으로 이어진 지름길로 진보를 이루어냈고, 그 이유로 역사는 장차 그들 세기를 기록하면서 그들을 '이 동시대인들 중에서…'라고 기록할 것이다.

35.
레오 피셀 은행장과 불충분한 근거라는 원칙

그 순간 한번도 말해본 적이 없는 한 유명인사가 울리히의 생각 속에 끼어들었다. 같은 날 그 인사는 방에서 나오기 전에 자기의 서류가방 한쪽에 꽂혀 있던 라인스도르프 백작의 회람 공문을 발견하곤 황당해하고 있었다. 그의 건전한 상업 정신은 상부에서 진행되고 있는 그 애국운동을 달가워하지 않았기 때문에, 이미 오래전부터 그 공문에 회답하는 걸 잊고 있었던 것이다. "썩은 짓이지." 하고 그는 망설임 없이 중얼거렸다. 그는 결코 그런 말을 공식적으로 하고 싶지는 않았지만, 그의 기억에 백작은 우선 비공식적인 감정의 반응에서 나온 지시를 수행하게 하고 신중한 결정보다는 일을 대충대충 처리하도록 하는 등의 비열한 짓을 했던 것은 사실이었다. 그래서 그가 이전에 전혀 주의를 기울여 살펴본 것은 아니지만, 다시 그 공문을 펴보았을 때, 다시금 그를 불쾌하게 하는 것들이 눈에 띄었다. 그리고 그것은 단 두 단어로 된 표현이었고, 그 두 단어는 공문의 곳곳에서 반복되고 있었다. 하지만 그 한쌍의 단어야말로 손에 서류가방을 든 채 그가 집을 나서기 전에 그를 몇분 동안이나 망설이게 하는 것이었고, 그 두 단어란 다름아닌 '진실한 것'이었다.

그는 로이트 은행장—하지만 직함만 은행장이지 사실은 지배인에 불과했다—레오 피셀(Leo Fischel)로 불리었다. 울리히는 아주 오래전부터 자신을 그의 젊은 친구라고 생각해도 좋았고, 그가 마지막으로 고향에 들렀을 때 그의 딸 게르다(Gerda)와 아주 친하게 지낸 적도 있었다. 하지만 그의 귀향 이후 그녀는 단 한번 그를 찾아왔을 뿐이다. 은행장 피셀은 그 경애하는 백작 각하가 자신의 일에 돈을 운용하는 사람이고 시대의 진행에 맞는 방법을 따라가는 사람이라고 알고 있었다. 사실 그의 기억 속을 더듬어볼 때, 사업상의 표현을 빌리자면, 그를 '매우 중요한 사람'으로 알고 있었다. 왜냐하면 로이트 은행은 라인스도르프 백작이 자본금을 마련하는 은행 중의 하나였기 때문이었다. 그래서 레오 피셀은 그 중요한 초대에 자신이 왜 그렇게 아무렇게나 처신했는지를 이해할 수 없었다. 그 초대에서, 경애하는 백작은 최고위층 사람들에게 공통의 사업에 함께 참여해줄 것을 촉구하고 있었다. 피셀 자신은 아주 특수하고, 나중에서야 언급된 상황들 때문에 이 그룹에 참여하게 되었고, 그 때문에 울리히가 눈에 띄자마자 그에게 달려간 것이었다. 그는 울리히가 이 일에 '영향력있는 방식'으로 관여하고 있다는 소문을 들었고—정확히 파악되지는 않았지만, 아마도 옳을 것이라는 흔치 않은 소문이었다—마치 세 발의 탄알을 품은 권총처럼 그에게 '진실한 조국애' '진실한 진보' 그리고 '진실한 오스트리아'가 과연 무엇이냐고 물어보았다.

그의 태도에 놀라긴 했지만 여전히 정신을 차리고 있었던 울리히는, 피셸과 대화할 때 늘 그랬던 말투로 대답했다. "그게 PDUG라는 거예요."

"뭐라고?" 은행장 피셸은 그 단어를 무심코 따라 발음했고 그에 걸맞은 농담을 생각해내지 못했다. 비록 그때보다야 지금 시대에 더 유행하고 있기는 하지만, 그런 축약어는 어떤 집단이나 유행에서 익히게 마련이었고, 신뢰감이 바탕이 되어야 하는 것이었다. 그때 그가 말했다. "제발 농담은 하지 말아줘. 이러다가는 모임에 늦겠어."

"불충분한 근거에서 나온 원리(Das Prinzip des unzureichenden Grundes)라는 말이에요." 울리히가 다시 설명했다. "당신은 철학자니까 충분한 근거에서 나온 원리라는 말을 알 거예요. 거기엔 단 하나의 예외가 있지요. 우리의 현실적인, 그러니까 우리 개개인의 삶과 우리의 공적이고 역사적인 일들 속에서 일어나는 일들은 원래 어떤 올바른 근거도 가지고 있지 않거든요."

레오 피셸은 그에게 다시 한번 설명해달라고 할지 그만두어야 할지 망설였다. 로이트 은행장 레오 피셸은 철학하는 것을 좋아했다. 실제적인 직업을 가진 사람들 중에도 그런 사람은 있게 마련이었다. 하지만 그는 사실 바빴고, 그래서 다시 울리히에게 물었다. "정말 헷갈리게 하는군. 나도 진보가 무엇인지, 오스트리아가, 그리고 아마 조국애가 무엇인지는 알고 있어. 하지만 진실한 조국애, 진실한 오스트리아, 진실한 진보가 무엇인지는 잘 알 수가 없다는 거야. 내가 묻는 건 그거라구!"

"좋아요. 당신은 효소 또는 촉매가 무엇인지는 알고 있겠죠?"

레오 피셸은 잘 모르겠다는 듯이 손을 들어올렸다.

"그것은 물질로서는 의미가 없어요. 하지만 과정들을 촉진시키는 작용을 하지요. 당신은 역사 속에서 진실한 믿음, 진실한 도덕, 그리고 진실한 철학이 단 한번도 있어본 적이 없다는 것을 알아야 해요. 하지만 그것들 때문에 생겨난 전쟁이나 악의, 적대감 같은 것들이 세상을 풍요롭게 변화시켰지요."

"그런 얘기는 나중에 하지!" 피셸이 애원하며 화제를 되돌이켜보려 했다.

"들어보게. 나는 그걸 가지고 거래를 해야 하고 정말이지 라인스도르프 백작의 심중이 뭔지를 알고 싶다네. '진실한'이라는 말을 덧붙임으로써 그가 의도하는 바가 무엇인지 말일세."

"맹세하지만," 울리히가 진지하게 말했다. "나 또는 그 누구도 그 '진실함'이 무엇인지 알지 못해요. 하지만 확실한 건, 한 번 개념화된 것은 실현되고 만다는 것이죠!"

특성 없는 남자

"자네는 회의주의자군!" 그가 나가려고 서두르면서 말했다. 하지만 한걸음을 내딛은 후 다시 돌아섰고, 자신의 말을 반복했다. "얼마 전에 자네가 최고의 외교관이 될 수 있을 것 같다고 게르다에게 말한 적이 있지. 한번 방문해주었으면 좋겠네."

36.
앞서 언급한 원칙 덕분에
평행운동은 누구든 그것이 무엇인지 알기 전에
이해될 수 있는 것이 되었다

로이트 은행의 수장 레오 피셸은 전쟁 전의 다른 모든 은행장들과 마찬가지로 진보를 신뢰했다. 자신의 영역에서 능력을 인정받은 그는 누구라도 당연히 어떤 일에 관해 완벽한 지식을 가진 영역에서만 확신을 가지고 자기 돈을 건다는 사실을 알고 있었다. 자기영역을 벗어나는 곳에서의 엄청난 사업확장이란 있을 수 없는 일이었다. 따라서 능력있고 열심인 사람도 자기의 좁은 전문영역을 벗어나면 확신을 가지지 못하는 것이다. 우리는 양심의 능력이 그들로 하여금 생각하는 바와 다르게 행동하도록 강요한다고 말할 수도 있을 것이다. 예를 들어 은행장 피셸은 진정한 애국심이나 진실한 오스트리아에 관해서는 전혀 생각할 수 없었다. 그러나 진실한 진보에 관해서라면 자신의 의견이 있었고, 이것이 바로 라인스도르프 백작과 다른 점이었다. 처리해야 하는 증권이나 채권 같은 업무에 지쳐 일주일에 한번 갖는 유일한 여가인 오페라 극장을 찾아서 그는 세상의 모든 진보는 어느 정도 은행의 점점 불어나는 이익과 비슷해야 한다고 다짐하곤 했다. 그러나 라인스도르프 백작이 이점에 관해 더 잘 안다고 주장하면서 레오 피셀의 양심에 압력을 가하기 시작할 때 피셀은 '당신은 절대 알 수 없어'—증권이나 채권이 아니더라도—라고 생각했고, 누구든 모르는 것이 있겠지만 어떤 것도 실수로 놓쳐서는 안되겠다는 생각에서 은근히 그 문제를 놓고 사장과 의견을 타진해볼 생각이었다.

그가 의견을 물었을 때 사장은 이미 비슷한 이유로 오스트리아 은행장과 이야기를 나눈 상태였고, 그 문제에 관한 모든 것을 알고 있었다. 당연히 로이트 은행의 사장뿐 아니라 오스트리아 은행장도 라인스도르프 백작의 초청을 받아들인 상태였기 때문이다. 한 은행의 수장일 뿐인 레오는 자신의 부인과 관련된 인맥을 통해 초청을 받았다. 그녀는 좀더 높은 행정관료 집안 출신이었고, 사회적 교류에서나 집안에서 일어나는 부부싸움에서나 절대 이 사실을 잊지 않았다. 따라서 그는 평행운동에 관해 상사와 이야기를 나눌 때 머리를 심각하게 흔들며 "웅대한 제안이군요"라고 말하기를 즐겼다. 그 말은 상황에 따라서는 "타락한 사업이군요"라고 들릴 수도 있었지만 말이다.

어떤 말이든 상황이 달라지진 않겠지만 그의 부인을 생각할 때 그것이 '타락한 사업'으로 판명되는 게 피셀에게는 좀더 행복한 일이 되었을 것이다. 그러나 로이트 은행장의 상담을 받은 오스트리아 은행장 마이어-발로트는 그 사업에서 훌륭한 인상을 받았다. 그가 라인스도르프 백작의 '제안'을 받아들였을 때, 그는 거울로 가서—초대를 받은 것 때문만은 아니었지만—연미복과 그의 훈장에 매달린 작은 황금줄 위로 비친 시민계급 출신 정부관료의 그 차분한 얼굴을 들여다보았다. 그 얼굴에 돈의 무자비함은 눈 뒤로 멀리 사라져 거의 보이지 않았다. 그의 손가락들은 마치 국기처럼 조용히 걸려 있었는데, 그것은 마치 그의 전생애에 걸쳐 은행 출납계원으로 돈을 세던 그 분주한 시절을 다 잊어버린 것처럼 보였다. 이젠 더이상 배고픔이나 증권시장의 개가 짖는 듯한 싸움에 관여할 이유가 없는 관료적으로 웃자란 이 은행가는 모호하게, 그러나 즐겁게 그 앞에 놓인 변화의 가능성들을 바라보았다. 그것은 같은 날 밤 전 국무장관 폰 홀츠코프, 비스니에츠키와 산업인클럽에서 나눈 이야기를 확인할 기회에 가진 전망과도 같았다.

이 두 신사들은 그들이 참여했고 이미 지나가버린 두번의 정치적인 위기 사이의 짧은 임시정부 후에 그 자리로 옮긴, 지위와 교육수준이 높은 뛰어나고 신중한 인사들이었다. 그들은 평생을 국가와 왕을 위해 헌신한 자들로 국왕의 명령이 아니면 어떤 세간의 이목에도 관심이 없는 사람들이었다. 그들은 소문을 통해 평행운동이 독일을 향한 날카로운 비판을 숨기고 있음을 들었다. 그들은 자신들의 임무가 실패하기 전의 시절이 그랬던 것처럼 오스트리아-헝가리 제국의 정치적 삶을 유럽에 퍼진 전염병의 핵심으로 만들었던 슬픈 징후들이 극도로 복잡해졌다고 확신했다. 그러나 문제를 해결하라는 명령을 받아야 그 문제들이 해결 가능하리라는 책임감을 느끼는 것처럼 그들은 라인스도르프 백작의 제안이 불가능한 일이 아니라고 주장하게 되었다. 각별히 그들은 '이정표' '활력의 탁월한 드러냄' '여기 이곳에서의 상황에 신선한 작용을 가할 세계무대에서의 지배적인 역할' 들이 라인스도르프 백작에 의해 잘 조직된 목표여서, 선한 것이 앞으로 나아가길 원하는 모든 이들의 요구를 거부하지 못하는 것처럼 아무도 그것들을 거부할 수 없을 것처럼 느꼈다.

홀츠코프와 비스니에츠키가 공무에 잘 단련되고 훈련된 사람들로서, 특히 그 운동의 장래에 한자리를 차지할 것으로 여겨지는 사람들이었기에 당연히 어떤 염려를 가질 수도 있었다. 땅바닥에 주저앉아 사는 사람들이 그들 마음에 들지 않는 것을 비판하거나 거부하기는 쉬운 일이었다. 그러나 삶의 곤돌라가 3천미터 상공에 걸려 있는 지체높은 사람들은, 진행중인 일이 자신한테 맞지 않는다고 해서 쉽게 내뺄 수는 없었다. 또한 그렇게 높은 신분에 속한 사람들은 충성스럽고, 이미 언급한바, 벌벌 떨며 사는 부르주아 계급과는 반대로 자신들이 생각하는 것과 다르게 사는 것을 좋아하지 않기 때문에, 많은 경우 제기된 문제를 너무 깊이 생각하지 말아야 했다. 따라서 은행장 마이어-발로트는 다른 두 신사가 얘기한 바에 따라서 그 문제를 호의적으로 말했다. 그가 개인적으로나 공적으로 언급을 요청받을 때, 그는 그 운동이 어떠한 경우에도 지위를 내놓을 만한—그 스스로 내놓지는 못할지라도—것이라고 결정할 만큼 충분히 언질을 받았던 것이다.

이때만 해도 평행운동은 구체화되지 못했고 라인스도르프 백작조차 그것이 어떤 형식이어야 하는지에 관한 아무런 생각이 없었다. 지금 확실히 말할 수 있는 것은 그에게 떠오른 생각이란 이름들의 나열일 뿐이었다는 것이다.

그러나 그 숫자는 엄청나게 많았다. 그것은 어떤 것에 대한 명확한 개념을 요구하는 사람 하나 없이도 그렇게 많은 연계를 조직할 수 있는 네트워크가 이미 그곳에 존재함을 의미했다. 그리고 사람들은 그것이 당연한 수순이라고 확실하게 주장할 수 있었다. 우선 나이프와 포크를 만들어내야 사람들이 먹는 것을 배울 수 있다. 이것이 라인스도르프가 그 현상을 설명하는 방식이었다.

37.
한 기자가 '오스트리아 해'라는 구호를
발명해냄으로써 라인스도르프 백작을 어려움에
빠지게 한다. 그는 자주 울리히를 찾는다

라인스도르프 백작이 '사유를 일깨워야' 한다는 요지의 제안서를 여러 곳에 걸쳐 보낸 것은 사실이었지만, 만약 심상치 않은 일이 벌어지고 있다는 소문을 들은 한 영향력있는 신문기자가 두개의 커다란 기사를 발표하지만 않았더라도 그가 그렇듯 무모하게 서두르는 일은 없었을 것이다. 그 기사에서 기자는 추측을 바탕으로 무슨 일이 벌어지는지에 대한 자신의 생각을 모두 써버렸다. 그가 알고 있는 것은 사실 별로 없었다―도대체 어디에서 그런 걸 들을 수 있겠는가? 하지만 사람들은 그걸 몰랐고, 그것이야말로 바로 그 기사에 엄청난 영향력을 심어주는 가능성이 되었다. 정말 그는 '오스트리아 해'라는 말의 창시자가 되었고, 자기자신도 무슨 말인지 알아채지 못한 채 기사를 썼다. 그러나 거듭되는 문장 속에서 그 말은 마치 꿈속에서처럼 다른 말들과 결합되었고, 모습을 바꿔나갔으며, 하나의 무시무시한 열망을 만들어내고 말았다. 처음에 라인스도르프 백작은 경악했으나 그건 옳지 않았다. 오스트리아의 해라는 말에서 사람들은 한 저널리즘의 천재가 하고자 하는 말을 알아들었는데, 왜냐하면 이 말엔 정당한 본능이 들어 있었기 때문이었다. 그것은 어쩌면 시시하게 남아 있었을지 모를 오스트리아의 천년이라는 개념에 흥분을 얹어주었다. 반면에 그런 제안에 들어 있는 요청이란, 이성적인 사람들에게는 심각하게 받아들이기 힘든 착상에 불과했다. 왜 그런지를 말하기란 쉽지 않다. 아마도 현실적 인식을 떨어뜨리는 어떤 모호함과 은유적 특성이 라인스도르프뿐 아니라 많은 사람들의 감정에 날개를 달아주었을 것이다. 왜냐하면 불확실성이란 하나의 숭고하고도 장엄한 힘을 지니고 있기 때문이다.

사실 성실하고 실제적인 현실인간은 현실을 철저하게 사랑하지 않으며 진지하게 받아들이지도 않는다. 아이였을 때 그들은 부모가 방에 없기만 하면 탁자 밑으로 기어들어가 그 간단하고도 기발한 속임수로 모험을 만든다. 유년이 되면 그들은 시계를 찾고, 금시계를 찬 청년이 되면 그에 어울리는 여자를 쫓아다닌다. 여자와 시계를 마련한 성인 남자는 높은 지위를 꿈꾼다. 그리고 그가 이 욕망의 소박한 과정들을 무사히 마치고 마치 시계추처럼 조용히 그 안에서 흔들릴 때, 아마도 만족되지 못한 꿈들은 하나도 줄어든 것 같지 않게 보일 것이다. 왜냐하면 만약 그가 일상을 뛰어넘어 자신을 숭배하려면, 비유가 필요하기 때문이다. 때로 그에게 눈(雪)이 만족스럽지 않기 때문에 그는 그것을 여자의 빛나는 가슴과 비교하고, 그 여자의 가슴이 지겨워지기 시작하면 그는 다시 그것을 빛나는 눈에 비교한다. 만약 어느날 그녀의 입이 비둘기의 딱딱한 부리, 또는 산호처럼 보인다면, 그는 아마도 놀랄 것이다. 하지만 그것이 그를 시적으로 흥분시키기도 한다. 그는 모든 것을 다른 것들로 바꿀 수 있다. 눈(雪)을 피부로, 피부를 화분(花粉)으로, 화분을 설탕으로, 설탕을 파우더로, 그리고 파우더를 다시 눈송이로—어떤 것을 다른 것으로 바꾸는 것은 그의 뚜렷한 특징이다. 그리고 그것은 그가 머물러 있는 곳에서 결코 오래 견디지 못한다는 증거이기도 하다. 무엇보다도, 어떤 순종적인 카카니엔인들도 카카니엔인이라는 것을 마음속으로 견뎌내지 못한다. 만약 그에게 오스트리아의 천년이라는 걸 요구한다면, 그건 마치 어리석은 의지에서 나온 힘 때문에 그 자신과 세계에 지옥의 형벌이 떨어진 것 같을 것이다. 그에 반해 오스트리아의 해란 완전히 다른 것이었다. 그것은 우리가 원래 무엇이 될 수 있었는지를 한번 보여주자는 의미를 가지고 있었다. 하지만 그건 한번 두고보자는 것이었고, 기껏해야 1년 동안의 일일 뿐이었다. 사람들은 그것을 통해 자신이 무엇을 원하는지 생각해 볼 수 있었다. 그건 영원한 시간이 필요한 것도 아니었고, 그래서 어떤 것인지도 모른 채 그의 마음을 사로잡았다. 그것은 가슴속 깊은 곳에 있는 조국애를 불러 일으켰다.

그렇게 해서, 라인스도르프 백작은 뜻하지 않은 성공을 거두게 되었다. 결국 그의 생각 또한 본질적으로 그런 비유들을 지니고 있었지만, 그에겐 수많은 이름들이 떠올랐고, 그의 도덕적인 본성은 그런 불가해한 상태를 넘어서려고 노력하고 있었다. 그는 민족의 환상이, 또는 그 믿을 만한 저널리스트가 말한 대로 하자면, 대중의 환상이 명확하고 건강한, 이성적이고 인류와 조국의 진실된 목표에 부합되는 방향으로 이끌어져야 한다는 생각을 머릿속 깊이 품고 있었다. 자신의 동료들의 성공에 고무돼왔던 그 기자는 그 소식을 곧바로 써버렸고, 그것을 '최초의 정보원'으로부터 알아내는 특기를 발휘하기도 했으며, '영향력있는 모임으로부터의 소식'이라는 제목을 크게 뽑아내는 직업적인 기술도 동원되었다. 그리고 그것이야말로 라인스도르프 백작이 그 기자에게 기대했던 바이기도 했는데, 왜냐하면 그 경애하는 백작은 이데올로기적이지 않고 경험적인 현실정치인이 되는 걸 중요시했고, 한 영리한 기자의 머리에서 나온 오스트리아 해와 책임감있는 모임의 사려깊은 생각 사이에 정확한 선이 그어지기를 바랐기 때문이었다. 그는 이 목표를 위해 이전 같으면 그렇게 좋아하지 않았을 비스마르크의 충고를 참고했고, 그 충고란 언론의 입을 빌려 시대의 추세에 따라 진실한 의도를 드러내거나 감출 수 있게 하라는 것이었다.

그러나 라인스도르프 백작이 그러한 영리함을 발휘하는 동안, 그는 한가지 일을 미처 생각하지 못했다. 왜냐하면 우리에게 필요한 진리를 보는 자신과 같은 사람뿐만 아니라, 수많은 다른 사람들도 그런 진리를 가지고 있다고 잘못 생각하기 때문이다. 그것은 곧 이미 말한 것처럼, 단지 은유일 뿐인 상태의 더 두드러진 형식이라고 설명될 수도 있다. 조만간 은유들을 향한 열망도 시들어버리고, 그 은유 안에서 마지막으로 남은 그 불만족스런 꿈들을 간직한 많은 사람들은 그곳에서 마치 아직 소유하고 있을지도 모르는 하나의 세계가 시작되는 듯한 지점을 만들어내고, 그 지점을 비밀스럽게 응시하기도 한다. 그가 신문사에 자신의 기고를 보내고 나서 얼마 되지 않아 백작은 이미 돈이 없는 모든 사람들이 어떤 불쾌한 종파주의를 품고 있음을 알게 되었다고 믿었다. 인간들 내부의 이런 변덕스런 인간은 아침에 사무실에 출근해서는 세계의 진행에 대항할 수 있는 어떤 효과적인 방법도 생각해내지 못한다. 대신 그는 아무도 주목하려 하지 않은 그 일생의 비밀스런 지점에서 눈을 떼지 못한다. 분명히 그곳은 구원자조차 알아보지 못하는, 세계의 모든 불행이 일어나는 곳인데도 말이다. 한 개인적 평균의 중심과 전세계의 평균의 중심이 서로 섞이는 그 고정된 장소란 예를 들면 간단한 조작으로도 닫힐 수 있는 타구(唾具) 같은 곳이다. 또는 고통스런 결핵균을 지닌 인간들의 확산을 단 한번에 막기 위해 음식점에서 칼로 떠먹는 소금종지를 없애버리는 것, 엄청난 시간을 절약해 사회문제를 해결할 수 있도록 욀(Öhl)의 속기체계를 도입하는 것, 현재 진행되는 자연파괴를 제지하는 자연친화적인 생활로 회귀하는 것, 천체의 움직임에 관한 형이상학적인 이론, 행정기구의 단순화, 성생활의 개혁 같은 것들이다. 만약 상황이 좋다면 어느날 그는 자신의 처지에 관한 책을 한권 쓰거나 팸플릿 또는 신문투고를 통해서 자구책을 마련해볼 수도 있을 것이고 그럼으로써 비록 그 글이 아무에게도 읽히지 않는다 하더라도 그 무시무시하게 평온하기만 한 인간의 행동들을 진술해볼 수도 있을 것이다. 하지만 보통 그런 책은 저자를 새로운 코페르니쿠스일 거라고 확신하면서 다른 한편으로는 자신을 알려지지 않은 뉴턴이라고 소개하는 몇몇 독자들을 매료시키게 마련이다. 서로의 껍데기에서 요점을 찾아내는 이 관습은 널리 퍼져 있기도 하고 매우 만족할 만한 것이기도 하다. 그러나 그 영향력은 그리 오래 가지 못하는데, 왜냐하면 당사자들이 얼마 못 가 논쟁에 휩싸이고 또다시 혼자만 남게 되기 때문이다. 그러나 이러저러한 사람을 중심으로 모인 숭배자들은 그 결집된 힘으로 축복받은 아들을 제대로 돌보지 않은 신을 향해 탄원하는 일도 있다. 그리고 만약 하늘에서부터 그런 관점들 위로 희망의 빛이 떨어진다면—마치 라인스도르프 백작이 오스트리아 해를 공식적으로 선포했을 때 그것이 항상 존재의 진실한 목표와 부합되는 듯이 보였듯이—그들은 그것을 신이 현현할 때의 그런 신성함처럼 받아들일 것이다.

라인스도르프 백작은 그의 일이 힘있는 민중 속에서 스스로 생겨난 집회가 돼야 한다고 생각했다. 그에게 그것은 대학, 종교, 자비로운 행사를 말할 때 빠지지 않는 몇몇 이름들, 그리고 언론과도 연관이 있었다. 그는 애국적인 정당들, 황제의 생일 깃발을 꺼내는 시민들의 '건전한 감각', 그리고 최고 재정가들의 도움을 고려했다. 또한 그는 정치가들까지도 고려했는데, 그것은 그가 자신의 위대한 일을 통해 정치가들을 쓸데없는 존재로 만들려고 했기 때문이다. 그는 정치를 그 일반적인 '아버지의 땅'이라는 이름 앞에 세워놓고, 거기에 부성(父性)적인 지배자만이 남게 하기 위해서 그 이름을 '땅'으로 나누어보려고 시도했다. 그러나 경애하는 백작은 한가지를 생각하지 못했고, 마치 곤충의 알이 불 곁에서 부화하는 것처럼 위대한 일의 열기가 부화시킨 세계 진보를 향한 그 널리 퍼진 열망에 놀라고 말았다. 경애하는 백작은 그것을 고려해보지 못했다. 그는 아주 깊은 애국심을 기대했지만, 새로운 발명이나 이론, 세계체제, 그리고 지적인 감옥에서 자신들을 꺼내줄 것을 요구하는 사람들에 대해서는 아무런 준비도 하지 못했다. 그들은 그의 궁전을 둘러쌌고, 평행운동을 마침내 진실이 껍질을 깨고 나올 마지막 기회라고 찬양했다. 하지만 라인스도르프 백작은 그들과 함께 먼저 무엇을 시작해야 할지를 몰랐다. 그의 사회적 지위를 고려해봤을 때, 그는 그 모든 사람들과 한 책상에서 만날 수는 없었다. 하지만 세밀한 도덕성으로 가득 찬 정신의 소유자로서 그는 그 사람들을 피하고 싶지도 않았다. 또한 그가 쌓아온 교양이라는 게 정치적이고 철학적이기는 했지만 자연과학적이거나 기술적이지는 못했기 때문에 그는 그 제안들이 적절한 것인지 아닌지를 제대로 알아챌 방법이 없었다.

이러한 상황에서 그는 더 자주 울리히를 찾게 되었다. 울리히는 바로 그런 상황에 대비해 추천된 사람이었고, 그의 비서나 다른 일반 비서들 때문에 화가 나 있을 때, 그는 울리히가 와주었으면 하고 기도를 한 적도 있었다. 비록 그 다음날에는 그 사실을 부끄러워하긴 했지만 말이다. 그리고 울리히가 찾아오지 않자, 경애하는 백작은 본격적으로 그를 찾아나섰다. 그는 주소록을 살펴보도록 했지만 울리히는 아직 등록돼 있지 않았다. 그는 늘 조언을 구하곤 하는 친구 디오티마에게 찾아갔고 그 존경할 만한 부인이 이미 울리히와 이야기를 나누었다는 사실도 알게 됐다. 하지만 그녀는 그의 주소를 물어본다는 것을 잊어버렸다고 했고, 그것은 거짓말 같기도 했다. 왜냐하면 그녀는 그것을 경애하는 백작에게 위대한 운동의 비서직에 더 바람직하고 새로운 인물을 제안하는 기회로 이용하고 싶어 했기 때문이었다. 그러나 라인스도르프 백작은 그 제안에 매우 화가 났고, 그래서 자신이 이미 울리히에게 익숙해져 있으며, 아무리 개혁적인 사람이라도 프로이센인을 쓸 수는 없다는 점을 확실히 했다. 그는 그 이상의 복잡한 사정은 알고 싶지 않다고 말하기도 했다. 자신의 친구가 상처를 받은 것 같은 모습에 당황한 나머지, 백작은 곧 모든 시민의 주소를 알아낼 수 있는 경찰서장에게 찾아가겠다고 그녀에게 말했다.

38.
클라리세와 그녀의 악마들

울리히의 전갈이 도착했을 때, 발터와 클라리세는 다시 격렬하게 피아노를 연주하고 있었다. 다리가 가는 모조가구들이 춤추듯 움직였고 벽에 걸린 단테 가브리엘 로세티의 초상이 흔들렸다. 그 늙은 배달부가 대문과 실내의 문이 모두 열린 것을 알고 방안까지 전진해가자 천둥과 번개가 얼굴을 때렸고, 신성한 소란이 경외감에 찬 그를 벽에 못질했다. 엄습해오는 음악의 흥분을 마침내 두번의 강한 두드림으로 방출하고 그를 풀어준 것은 클라리세였다. 그녀가 편지를 읽는 동안 흐름이 끊긴 솟구침은 발터의 손에서 맴돌며 몸부림쳤다. 한 선율이 황새처럼 황급히 뛰어오르더니 날개를 펼쳤다. 울리히의 글씨를 해독하는 동안 클라리세는 그 소리를 반신반의하며 들었다.

친구가 온다는 소식을 전하자 발터가 말했다. "유감이군."

클라리세는 다시 그의 곁의 작은 회전식 피아노의자에 앉았고, 발터가 이러저러한 이유로 잔인하다고 느끼는 의미심장한 미소가 그녀의 입술에서 새어나왔다. 그들이 긴장한 채 나무나사의 긴 목에서 자꾸 빠지려고 하는 작은 의자에 엉덩이를 붙이고 있는 동안 그들의 빛나는 눈동자는 네개의 평행한 도끼처럼 머리에 고정돼 있었고 같은 리듬을 타기 위해 두 연주자들은 그들의 피를 단단하게 묶어두고 있었다.

다음 순간 클라리세와 발터는 평행선을 달리는 두대의 기관차처럼 내달렸다. 그들이 연주하는 곡은 번쩍이는 레일처럼 그들의 눈으로 쳐들어왔고 그 천둥치는 기계 속으로 사라졌으며 종을 울리는, 반향을 일으키는, 엄청나게 생생한 풍경으로 그들 뒤에 펼쳐졌다. 이 강렬한 여행 동안 두 사람의 감정은 하나로 뭉쳐졌다. 소리와 피와 근육들이 주체할 수 없이 같은 체험에서 밀려나왔다. 희미하게 반짝이고 한데 얽히며 휘어지는 소리의 벽들이 그들의 몸을 하나의 트랙으로 끌고가서 하나로 묶은 후 그들의 가슴을 같은 숨결 안에서 확장시키고 또 축소시켰다. 일초의 작은 파편들 속으로 환희와 슬픔, 두려움과 분노, 사랑과 증오, 열망과 싫증 들이 발터와 클라리세를 뚫고 지나갔다. 마치 잠시 전까지만 해도 뚜렷하게 구별되던 수백명의 사람들이 어떤 거대한 공포에 휩싸여 날갯짓을 하듯 팔을 휘두르고 알아듣지 못할 괴성을 지르며 입을 벌리고 같은 곳을 바라보며 똑같이 목적없는 힘에 의해 전후좌우로 휩쓸리면서 울부짖고 경련을 일으키며 서로 뒤엉켜 벌벌 떨듯이, 그렇게 갑자기 그들은 하나가 되었다. 그러나 이 결합에는 삶에서와 같은 우둔하면서도 강력한 힘이 없었다. 삶에서는 그런 종류의 일은 잘 일어나지 않는다. 만약 그런 일이 일어난다면 모든 인간적인 것을 저항없이 지워버리긴 하겠지만 말이다. 그들의 비행에서 느낀 분노와 사랑, 기쁨, 환희, 슬픔 들은 꽉 찬 감정이 아니라 격앙으로 이끌려진 감정의 육체적인 껍데기에 불과한 것이었다. 그들은 완고하게 황홀경에 빠져 그 작은 의자에 앉아 있었고 어떤 것에도 화를 내거나 사랑하거나 슬퍼하지 않았다. 어쩌면 그들은 각자 자신의 다른 주제들을 생각하거나 떠올리면서 어떤 다른 것에 화를 내거나 사랑하거나 슬퍼하고 있었을 것이다. 음악의 명령은 그들을 최고의 열정에 묶어주었고 동시에 최면상태에서 강제된 잠 같은 부재감을 안겨주었다.

두 사람은 이것을 각자의 방식으로 느꼈다. 발터는 행복했고 흥분되었다. 그는 대부분의 음악적인 인간이 그러하듯이, 물결치는 파도와 감정의 요동, 그리고 암울하고 거세게 솟구치는 영혼의 육체적인 침전물을 모든 인류를 묶는 영혼의 단순한 언어로 여겼다. 원초적인 감정의 강한 팔로 클라리세를 자신에게 오도록 압박하는 것은 발터를 기쁘게 했다. 그는 요즘 들어 다른 때보다 일찍 사무실에서 집으로 돌아왔다. 그는 더 위대하고 덜 파괴된 시대를 여전히 간직하고 있으며 신비한 의지력을 뿜어내는 예술작품들의 목록을 정리하는 일을 하고 있었다. 클라리세는 그를 반갑게 맞아주었고 이제 경외감에 찬 음악세계 속에서 발터와 단단히 묶이게 되었다. 그 즈음 신비로운 음악적 성공이 일어났고 마치 신들이 다가오는 듯한 소리없는 행진이 이어졌다. '오늘이 그날이던가?' 발터는 생각했다. 그는 클라리세를 되찾고 싶었으나 강제로 그러긴 싫었다. 그는 그녀 자신 속에서 그러한 생각이 떠올라서 부드럽게 그에게 마음이 기울기를 원했다.

피아노는 반짝이는 두성조(頭聲調)를 공기의 벽에 때려대고 있었다. 비록 이 모든 과정이 완벽한 현실이긴 했지만, 그 방의 벽들은 사라졌고, 그 자리에서 황금으로 된 음악의 칸막이들이 솟아나 외부가 불가사의하게 서로 얽혀 들어갔다. 반면 그 공간 자체는 완전히 감각, 정확성, 정밀함 같은 잘 정돈된 세부의 영광으로 가득 찼다. 이 감각적인 세부들에 감정의 실이 단단하게 묶였는데 그 실은 영혼의 물결치는 안개에서 자아낸 것이었고 그 안개는 이 소리의 벽들이 주는 정밀함에 비쳐 그 자체로 명징하게 드러났다. 그 두 연주자의 영혼은 누에고치처럼 실과 빛 위에 걸려 있었다. 그 고치들이 더 꽉 감싸고 그 빛들이 더 멀리 퍼져나갈수록 발터는 더 편안함을 느꼈고, 그의 꿈은 꼭 어린아이 같은 형태를 띠어서 여기저기서 틀린 음을 치고 지나치게 감상적으로 어떤 부분을 강조하기 시작했다.

그러나 황금안개를 치고나온 일상의 감정이 그 둘을 지상의 관계로 회복시키는 순간이 오기도 전에 클라리세의 생각은 발터의 생각에서 될 수 있는 한 멀리 갈라져나왔다. 그 둘은 마치 나란히 돌진하는 황홀과 절망의 쌍둥이 같았다. 나부끼는 안개 속에서 상(像)들이 솟아나와 겹쳐지고 서로 섞이다가 사라져가는 것, 그것이 클라리세의 사유였다. 그녀는 자신만의 사고방식을 가지고 있었다. 때로는 여러 생각이 동시에 떠올랐고, 어떤 때는 하나도 떠오르지 않았으나 누구든 악마처럼 무대 뒤에 숨어 있는 생각들을 읽어낼 수 있었다. 대부분의 사람들에게 현실감을 주는 체험의 순차적인 연속이 클라리세에게는 하나하나 접어서 거의 보이지 않는 입김으로 분해돼버린 베일 같았다.

이 당시 클라리세를 둘러싼 세 사람은 발터, 울리히, 그리고 살인자 모오스브루거였다.

울리히는 모오스브루거에 대해 그녀에게 말한 적이 있었다.

'매혹과 혐오감이 하나의 기묘한 주문 속에 녹아 있지.'

클라리세는 사랑의 뿌리를 갉아먹고 있었다. 그것은 키스와 이빨로 깨무는 행위, 시선의 교환과 마지막 순간 괴롭게 던지는 반감을 담은 눈길로 갈라진 뿌리였다. '좋은 관계를 유지하는 것은 결국 미움으로 향하는 것인가?' 그녀는 궁금해했다. '점잖은 삶은 야만을 갈망하는가?' '평화는 잔인함을 요구하는가?' '질서는 흩어지려고 하는 것일까?' 옳건 틀리건 그것은 모오스브루거 때문에 떠오른 생각들이었다. 음악의 천둥 밑에서 한 세계가 그녀의 주위에 매달려 있었다. 아직 완전히 불타버리진 않았지만 그 안의 숲을 모두 삼켜버린 세계가. 그러나 또한 그것은 비슷한 것 같으면서도 한편으로는 전혀 다른, 유사함의 차이이면서 차이의 유사함이기도 한 두개의 연기기둥이, 구워진 사과가 타는 것 같은 신비한 냄새를 풍기며 불에 던져진 두개의 소나무가지에서 피어오르듯 올라가는 것 같기도 했다.

특성 없는 남자 257

"연주를 멈춰선 안돼"라고 클라리세는 말했고, 연주가 끝날 때면 재빠르게 악보를 앞으로 넘겨 처음부터 다시 시작했다. 발터는 수줍은 듯 웃으며 그녀를 따랐다.

"도대체 울리히는 수학으로 무엇을 하려는 걸까?" 그녀는 발터에게 물었다.

발터는 경주용차에 앉은 것처럼 연주를 계속하면서 어깨를 으쓱해 보였다.

"연주가 끝날 때까지 연주자는 계속 몰두해야 하는 거야." 클라리세는 생각했다. '인생이 다할 때까지 방해받지 않고 연주를 계속할 수 있다면 모오스브루거는 무엇이 될까? 망나니? 백치? 하늘 위의 검은 새?' 클라리세는 알 수 없었다.

그녀는 아무것도 몰랐다. 어린 시절의 어느날—그 일이 일어난 날을 셈할 수 있을 것만 같았다—그녀는 잠에서 깨어나 자신이 어떤 일을 이루도록, 특별한 역할을 맡도록, 아마도 위대한 일을 하도록 오래전에 부름받았다는 확신을 얻었다. 당시 그녀는 세상에 대해 아무것도 몰랐다. 게다가 그녀는 부모든 오빠든 사람들이 세상에 관해 하는 말을 믿지 못했다. 그들의 말은 아주 훌륭하고 좋은 것들이었으나 누구도 자기가 한 말과 하나가 되지 못했는데, 이것은 어떤 화학물질이 그것과 흡수되지 못하는 다른 물질과 하나가 될 수 없는 것과 같았다.

그러던 차에 발터가 나타났다. 바로 그날이었다. 그날부터 모든 것은 하나가 되었다. 발터는 짧은 구레나룻을 하고 콧수염을 기른 남자였다. 그는 그녀를 "프로일라인"(미혼 여성을 부르는 말—옮긴이)이라고 불렀고, 갑자기 세상은 더이상 황량하거나 무질서하거나 메마른 평면이 아니라 빛나는 원이 되었다. 그 원 안에서는 아주 우연히도 발터가 중심이었고, 그녀 역시 중심이었다. 땅, 집, 휩쓸려가지 않은 낙엽, 고통스런 원경(遠境). 그녀는 유년시절 가장 괴로웠던 순간 중의 하나로 이것을 기억했다. 그때 그녀는 아버지와 함께 풍경을 보며 서 있었다. 화가인 그의 아버지는 풍경에 끊임없이 빠져들어갔고, 그녀는, 마치 자의 날카로운 끝부분에 손가락을 찔린 것처럼 그 원경의 긴 선들을 고통스럽게 응시하고 있었다. 그전의 삶을 구성하던 이런 것들이 지금 갑자기 그녀와 하나가 되어 마치 육체의 또 다른 부분처럼 되었다.

클라리세는 그것이 뭔지는 아직 몰랐지만 엄청난 일을 하게 되리라는 사실을 알았다. 한동안은 그것을 음악이라고 강력하게 느꼈으며 그후에는 발터가 울리히—나중에 나타나서는 니체의 책을 선물한 일밖에 없는—는 물론이고 니체를 능가하는 천재가 되기를 바랐다.

그때부터 일은 착착 진행돼갔다. 그것은 얼마나 빠르게 지나갔는지 이제는 말할 수조차 없게 되었다. 그전에 그녀의 연주는 얼마나 형편없었던가. 그리고 음악을 얼마나 몰랐던가. 지금 그녀는 발터보다 잘 연주한다. 그리고 얼마나 많은 책을 읽었던가! 그 모든 책들이 어디서 나왔는가? 그녀는 눈밭에 선

소녀 주위를 돌며 날갯짓하는 검은 새들의 무리처럼 그녀 앞에 놓인 책들을 보았다. 그러나 얼마 후 그녀는 그 안에서 검은 벽과 흰 점들을 보았다. 검은 것들은 그녀가 알지 못하는 것들의 전부였다. 그리고 흰 것들이 작은, 때로는 좀더 큰 섬으로 모여드는데도 검은 것들은 끝내 변하지 않았다. 이 검은 것에서 두려움과 흥분이 튀어나왔다. '이것은 악마인가?' 그녀는 생각했다. '악마가 모오스브루거로 변신한 것인가?' 그 하얀 점들 사이로 이제 그녀는 가느다란 회색 길들을 알아보았다. 이 삶 속에서 그녀는 이런저런 것으로 옮겨다녔다. 그것은 사건들이었다. 출발, 도착, 흥분된 토론, 부모와의 다툼, 결혼, 집, 발터와의 믿기 어려운 논쟁들. 그 가느다란 회색 길은 뱀처럼 돌돌 말렸다. '뱀이다!' 클라리세는 생각했다. '함정이라고.' 이 사건들은 그녀를 감싸서는 꽉 묶었고, 그녀가 원하는 곳으로 가지 못하게 막았다. 그것들은 막연했고, 그녀가 바라지 않은 목표를 조준하도록 했다.

뱀, 함정, 막연함. 그렇게 삶은 흘러간다. 그녀의 생각은 삶처럼 달려가기 시작했다. 그녀의 손가락은 음악의 급류에 적셔졌다. 음의 물살 속으로 뱀과 함정이 미끄러져 들어왔다. 그러나 모오스브루거가 감금된 감옥이 조용한 만의 피난처처럼 열렸다. 클라리세의 생각은 떨면서 발터의 공간으로 들어갔다. "음악은 끝이 나야 해." 그녀는 용기를 내서 중얼거렸지만 그녀의 심장은 격렬하게 요동했다. 그것이 가라앉았을 때 그 모든 공간은 그녀의 자아로 가득 찼다. 그것은 상처에 연고를 바를 때처럼 부드러운 느낌이었으나 그녀가 그것을 영원히 놓지 않으려고 하자 그것이 열리기 시작하더니 동화나 꿈처럼 흩어져버리고 말았다. 모오스브루거는 자기의 머리를 들고 앉아 있었고, 그녀는 그의 족쇄를 풀어주었다. 그녀가 손가락을 움직이자 힘, 용기, 덕, 친절, 부가 마치 여러 초원에서 불어오는 미풍처럼 그 방으로 불려 들어왔다. '내가 왜 이것을 하는지는 중요하지 않아.' 클라리세는 느꼈다. '중요한 것은 단지 지금 내가 이것을 한다는 사실이야.' 그녀는 자기자신의 일부인 손을 그의 눈에 얹었고, 그녀가 손을 떼자 모오스브루거는 잘생긴 청년이 돼 있었으며, 그녀 자신은 남쪽의 와인처럼 그렇게 달고 부드럽게, 아무 반항도 없이—원래의 클라리세와는 다르게—그의 곁에 서 있었다. '이것이 우리의 죄 없이 순수한 모습이지.' 그녀는 의식의 깊은 심층에서 이렇게 생각했다.

그러나 왜 발터는 그러지 못했을까? 그녀의 음악적 환상의 깊은 곳에서 그녀는 자신이 얼마나 아이 같은지를, 이미 열다섯살 때부터 발터를 사랑했고 자신의 용기와 강인함과 선의로 그의 천재성을 위협하는 모든 위험에서 그를 구해낼 것이라고 다짐한 사실을 기억해냈다. 그리고 발터가 도처에서 깊은 영혼의 위험을 목격할 때, 그것은 얼마나 아름다웠던가! 그녀는 이 모든 것이 단지 유치한 것이었는지를 자문했다. 그 결혼은 혼란스러운 빛을 뿜어냈다. 결혼에서 갑자기 사랑을 향한 큰 당혹감이 드러났다. 비록 이 순간이 놀라운 것이었고 아마도 이전보다 물질적으로나 정신적으로 더 풍요해졌다고는 해도 하늘을 가로지르며 반짝이던 그 거대한 화염은 점점 사그라들어 이제는 잘 불붙지 않는 난로의 불빛이 되었다. 클라리세는 발터와의 투쟁이 여전히 중요한 것인지 확신이 서지 않았다. 그리고 삶은 손 밑으로 사라져버리는 음악처럼 달려나갔다. 눈짓 한번에 끝나버리는 음악이란! 희망없는 분노가 차츰 클라리세를 엄습해왔다. 그리고 이 순간 그녀는 발터의 연주가 불투명해지는 것을 목격했다. 그의 감정은 마치 거대한 빗방울처럼 건반을 튕겨댔다. 그녀는 곧장 그가 생각하는 바를 추측해냈다. 그것은 아이였다. 그녀는 그가 아이를 통해 그녀를 묶어두고 싶어한다는 사실을 알았다. 그것은 매일 싸움거리가 되었다. 그리고 음악은 잠시도 멈추지 않았다. 음악은 어떤 거부도 몰랐다. 감싸는 방법을 들어보지 못한 그물처럼, 음악은 재빠르게 한점으로 작아졌다.

클라리세는 연주를 하다 말고 갑자기 일어서더니 피아노 뚜껑을 쾅 닫아버렸다. 발터는 손을 빼낼 시간조차 없었다.

아, 얼마나 아픈지! 여전히 심한 고통을 느끼면서 그는 모든 것을 알아차렸다. 바로 울리히가 방문한다는 전갈이 온 것이었다. 그 소식만으로도 클라리세의 마음이 요동치기에 충분했다. 울리히는 그녀에게 좋은 영향을 주지 못했다. 그는 발터가 함부로 건드리지 않는 부분, 클라리세의 가련한 천재성을 마구들춰냈다. 그 은밀한 동굴에서는 어떤 비참함이 언젠가는 풀려날 족쇄를 찢고 있었다.

발터는 흔들림없이 아무말도 않고 클라리세를 바라보았다.

그리고 클라리세는 아무 설명도 없이 그곳에 서서 거칠게 숨을 몰아쉬었다.

그녀는 절대로 울리히를 사랑하지 않는다고 발터에게 다짐했다. 그를 사랑했다면 곧바로 말했을 것이다. 그러나 그녀는 마치 하나의 불빛처럼, 울리히에 의해 불붙여졌다는 느낌을 받았다. 그가 곁에 있을 때 그녀는 좀더 빛나고 발전하는 것만 같았다. 그에 비해 발터는 늘 창문을 닫고만 싶어했다. 그리고 그녀가 느끼는 것은 다른 누구와도, 발터와도, 울리히와도 상관없었다.

그러나 발터는 그녀의 말에서 나온 입김 속에 담긴 그 격노와 분개 사이에서 분노가 아닌 어떤 마취성의 죽음 같은 씨앗을 느낄 수 있었다.

밤이 되었다. 방은 캄캄했다. 피아노도 어둠에 잠겼다. 그 사랑하는 두 사람 사이의 그림자 역시 어두워졌다. 클라리세의 눈이 막 점화된 빛처럼 어둠 속에서 빛났고 고통 속에서 안절부절못하는 발터의 입 사이로 마치 상아처럼 이빨이 반짝거렸다. 세상 밖에서 국가가 하는 위대한 일들이 벌어지고 뜻대로 일이 돼가지 않는데도 불구하고, 그 순간만큼은 신이 지구를 창조한 순간의 하나처럼 보였다.

39.
특성 없는 남자는
사람 없는 특성들로 돼 있다

그날 밤 울리히는 오지 않았다. 피셀 은행장이 서둘러 떠난 후 그는 청년시절의 질문들에 다시 몰두했다. 왜 세상은 모든 비본질적이고 좀더 큰 의미에서는 진실하지 못한 말들을 섬뜩할 정도로 좋아하는 것일까? '거짓말을 할 때, 인간은 항상 한걸음 더 진보하지.' 그는 생각했다. '그에게 이 말도 했어야 했어.'

울리히는 열정적인 사람이었다. 하지만 그의 열정은 일반적인 것은 아니었다. 정말 그를 다시 정열적인 상태로 끌어들이는 무언가가 있었고, 아마도 그것이 열정이었을 것이다. 하지만 흥분된 상태나 격앙된 행동을 할 때조차 그의 태도는 열정적인 동시에 냉담하기도 했다. 그는 의도적으로 모든 것을 체험했으며, 만약 그의 행동 의지를 자극하는 것이라면 자신에게 아무 의미가 없더라도 언제나 그 일에 뛰어들 수 있다는 것을 알았다. 그의 삶이 스스로 너무나 잘 수행되고 있어서 울리히 그 자신이 아니라 삶의 각 부분에 속해 있다고 말하더라도 큰 과장은 아니었다. 그것이 전쟁이든 사랑이든 A 다음에는 항상 B가 찾아오게 마련이다. 그래서 그는 자신이 그런 식으로 획득한 특성들이 그 자신보다는 특성들 서로에게 속하는 것이라고 믿지 않을 수 없었다. 그래서 사실 자세히 들여다보면 그 각자의 특성들은 그 자신은 물론 그것들을 소유하고 있는 다른 사람들과 밀접한 연관을 맺고 있었다.

그러나 그럼에도 인간이 특성들을 통해 규정되고 비록 그것들과 일치되지는 않지만 그런 특성들로 이루어져 있다는 사실은 확실했다. 그래서 때때로 사람들은 가만히 있는데도 마치 움직이고 있는 것처럼 자기자신이 낯설어지기도 한다. 만약 울리히가 자신이 과연 어떤 사람이라는 것을 밝혀야 한다면, 그는 당혹감에 빠질 것이다. 왜냐하면 다른 많은 사람들처럼 그 또한 책무나 그와 관련된 것 외에는 스스로를 시험해보지 못했기 때문이다. 그의 자의식은 손상되지도 않았고 그렇다고 유약하거나 과장되지도 않았다. 또한 사람들이 양심구멍이라고 부르는 개선 혹은 급유 같은 것도 필요하지 않았다. 그는 강한 사람이었을까? 그도 그것을 몰랐다. 자신에 관해 그는 아마도 숙명적인 오류를 느끼고 있을 것이다. 그러나 확실한 점은 그가 언제나 자신의 힘을 신뢰하는 사람이었다는 것이다. 또한 자신의 경험과 특성들을 소유하는 것과 그것에 낯설게 머물러 있는 것과의 차이가 단지 태도의 차이일 뿐이라는 데는 의심의 여지가 없었다. 어떤 면에서 그것은 삶의 보편성과 개성 사이에서의 결단력이거나 선택의 수위였다. 간단히 말해 인간은 그가 한 일이나 그에게 벌어진 일들을 실재보다 더 보편적이거나 더 개인적으로 받아들인다. 사람은 펀치 한방을 모욕이나 고통으로 느낄 수 있고 그때의 펀치는 견디기 힘들 정도로 심각해진다. 그러나 다른 사람은 그것을 스포츠 같은 것으로, 다시 말해 그것에 자신이 친숙해져야 할지 아니면 맹목적으로 화를 내야 할지를 결정하지 못하는 장애로 받아들일 수도 있으며 그런 상태는 종종 그 차이를 아예 인식조차 못한 채 넘어가기도 한다. 이 두번째 경우에 일어난 일이란, 펀치가 전투와 같은 보편적 맥락에 흡수되어 그것이 무엇을 위해 행해졌는지에 따라 정해지는 것처럼 보인다는 것이다. 그리고 바로 이러한 현상—어떤 체험이 오직 논리정연한 사건들의 연쇄 속에서만 그것의 의미를 끌어내는—은 인간들이 체험을 단지 개인적인 사건이 아닌, 정신적인 힘에 대한 도전으로 생각한다는 사실을 명백히 보여준다. 또한 그런 인간은 자신의 행동에 대해 감정적인 영향을 덜 받을 것이다. 하지만 이상하게도 권투를 못하는데다 지적인 삶을 살려는 경향이 있는 사람들에겐 뛰어난 정신적 힘으로 평가받던 복싱조차 단지 냉정하고 무감각한 것으로 받아들여질 뿐이다. 그래서 우리가 주어진 상황에서 보편적인 태도를, 혹은 개인적인 태도를 적용하고 요구할지는 모든 종류의 차이에 의해 지배받는다. 냉정하게 자기 일을 하는 살인자는 잔인하게 보일 것이고 부인의 품안에서도 자신의 연구를 지속하는 교수는 뼈처럼 메말라 보일 것이며 그가 물리친 사람들을 밟고 올라가 높은 자리를 차지한 정치가는 성공 여부에 따라 비열한 사람 또는 영웅으로 비춰질 것이다. 그리고 사람들에게는 군인이나 사형집행인, 외과의사 등을 대할 때도 그같이 다른 사람들을 흉볼 수 있는 확고함이 필요하다. 이런 경우의 도덕성에 관한 더 많은 예를 들 필요도 없이, 객관적으로 옳은 것과 개인적으로 옳은 것 사이의 타협점을 규명하기란 매우 불확실한 일이다.

이러한 불확실성은 울리히의 개인적인 물음들에 더 폭넓은 배경들을 던져주었다. 예전의 인간들은 오늘날보다 더 나은 의식을 지니고 있었다. 사람들은 들판의 짚더미 같았다. 아마도 그들은 신, 우박, 불, 페스트나 전쟁 때문에 오늘날보다 훨씬 더 심하게 동요되었겠지만 전체로서, 시(市)로서, 지역으로서, 들판과 아직 개인적인 것으로 남아 있는 각각의 집단으로서 그것들은 대답될 수 있었고 명확히 설명될 수 있는 것들이었다. 그러나 오늘날 책임감의 무게중심은 사람들이 아니라 상황들에 넘어갔다. 만약 인간이 자신들의 경험이 인간과는 상관없다는 것을 알아차리지 못한다면 어떻게 될까? 그들은 극장으로 달려가거나, 책으로, 통계연구원의 보고서로, 탐사여행으로, 이데올로기나 종교집단으로, 그렇듯 마치 사회적인 실험이라도 하는 것처럼 다른 사람들의 경험을 지불하는 대가로 독특한 방식의 체험들을 만들어내는 곳으로 달려가고 그 체험이 곧바로 실현되지 않는 한, 그것은 허공에 뜬 채로 남겨질 뿐이다. 오늘날 누가 과연 자신의 분노가 자신의 분노라고 말할 수 있을까?

그렇게 많은 사람들이 그 분노에 대해 말하고 그보다 더 많이 알고 있는데 말이다. 그것은 사람 없는 특성들의 세계, 체험하지도 않은 체험들의 세계였고 마치 이상적인 인간 경험은 더 이상 개인적으로는 체험될 수 없고, 개인적인 책임감이라는 그 친근한 부담감은 가능성있는 의미라는 형식의 체계 속으로 녹아드는 것처럼 보였다. 아마도 그렇게 오랫동안 인간은 세계의 중심이라고 생각됐지만, 이미 지난 한세기 전부터 인간중심적인 태도는 사라져버린 듯했고, 결국 그것은 '나' 자신이란 것에 머물고 말았다. 왜냐하면 경험에서 가장 중요한 것이 실제적인 경험이라든가, 행위에서 가장 중요한 것이 실제의 행위라는 믿음이 거의 모든 사람들에게 유치하게 보이기 시작했기 때문이다. 아마 아직도 완전히 개성적인 사람들도 있을 것이다. 그들은 '어제는 그런 것을 보았지' 또는 '오늘은 이렇고 이런 것을 하지'라고 말하며 거기에 어떤 내용이나 의미도 부여할 필요 없이 그것을 즐기며 살아간다. 손가락으로 만져지는 것은 무엇이든 사랑하며 그래서 개인적인 삶을 영위한다면 그들이야말로 그런 사람들일 것이다. 그들과 접촉하는 순간 세계는 개인적인 세계가 되며 마치 무지개처럼 빛난다. 아마도 그들은 아주 행복할 것이지만 다른 사람들이 보기에 아주 어리석어 보이기도 할 것이다. 왜 그런지는 정확치 않더라도 말이다. 갑자기 울리히는 이런 생각을 하는 자신이 우스워 보였고 결국 자신은 그 어떤 특성도 가지지 못한 사람이라는 것을 인정했다.

40.
모든 특성을 지닌 사람은, 그러나
특성과는 상관이 없었다. 정신의 영주는
체포되었고, 평행운동은 명예서기를 얻었다

이 서른두살 먹은 남자의 기본적인 특성을 서술하는 것은 그리 어렵지 않다. 비록 그가 자신에 관해 아는 것이라곤 자신이 모든 특성들에서 한참 떨어져 있으며 의도적이든 아니든 그 특성들이 이상하게도 그와 상관이 없다는 것뿐이었지만, 여러모로 그의 타고난 바에서 기인한 유연한 성품은 어떤 뚜렷한 공격성과 연관돼 있었다. 그의 성품은 남성적이었다. 그는 다른 사람에게 별로 신경을 쓰지 않았고 자신의 목적을 위해서가 아니면 사람들과 잘 어울리지도 않았다. 그는 권리를 소유하지 못한 자의 그 어떤 권리도 존중하지 않았는데, 따라서 그가 권리를 존중하는 일은 매우 드물었다. 시간의 흐름에 따라 부정적인 것을 향한 어떤 선호가 내면에서 커갔는데, 그것은 널리 칭송되는 것에서는 약점을 캐내고, 금지된 것을 옹호하며, 그 자신의 책임감 자체를 욕망하는 책임감을 적의에 차서 부정하는 것이었다. 이런 욕구에도 불구하고, 그의 삶은 어떤 방종하고는 거리가 먼 것이었다. 그는 시민계급에 속한 남자들이라면 누구나 그렇듯이 도덕적인 면에서 기사도를 따랐다. 그래서 그 소명이 요구하는바, 거만하면서도 냉혹하고 무관심한 태도로 그의 성향과 능력을 다소 평범하고 실용적이며 사회적인 쓸모에 맞게 만든 타인의 삶을 살았다. 그는 본능적으로, 그리고 허영심 없이 그가 적당한 때 발견하려고 한 꽤 중요한 목적을 이루는 도구가 될 것이라고 생각했다. 그리고 불안한 모색기인 이 해의 시작점에서 자신의 삶이 어떻게 목적없이 흘러왔는지를 깨닫고는 다시금 그가 가던 길을 되찾았다는 느낌이 들었지만 그의 계획에 관한 어떤 특별한 노력은 하지 않았다. 그런 성향에서 그것을 이끌어가는 열정을 찾아내기란 쉬운 일이 아니었다. 어떤 경향과 환경에 의해 모호하게 형성된 이 성향의 운명은 아직까지 어떤 강한 압력에도 노출되지 않았다. 하지만 중요한 것은 결정으로 이끌기 위해 필요한 어떤 요소가 여전히 불명확하다는 것이다. 겉으로는 아무 제약 없이 자기 길을 가는 사람처럼 보이지만 울리히는 자기자신에 거슬러 살아가도록 강요받는 사람이었다.

세계를 실험실에 비유하는 것이 옛날의 일을 다시 떠오르게 했다. 전에 그는 자신의 마음에 드는 삶이란 사람이 되기 위한 가장 좋은 방법을 시험하고 새로운 것을 발견하는 거대한 실험실이라고 생각하곤 했다. 그 거대한 실험실이 아무 계획 없이, 전체를 지휘할 어떤 지도자나 기술자 없이 운영된다는 사실은 별 상관이 없었다. 혹자는 그가 정신의 군주가 되고 싶어 한다고 말할 수 있을 것이다. 누가 그러지 않겠는가? 정신을 모든 것을 지배하는 최고의 것으로 보는 것은 당연했다. 우리는 그렇게 배웠다. 정신의 옷을 입을 수 있는 사람만이 스스로를 치장할 수 있는 법이다. 정신은 이러저러한 요소들과 결합하여 가장 보편적인 것이 된다. 그 어떤 것과 결합된 정신이란, 세상에 존재하는 가장 넓은 범위의 것이다. 진실의 정신, 사랑의 정신, 남성다운 정신, 교양있는 정신, 현재의 가장 위대한 정신. 우리는 이러저러한 정신을 높이 평가하려 하며 이러한 정신 속에서 활동하려 한다. 저 밑바닥까지 가닿는 정신의 울림은 얼마나 견고하고 자명한 것인가. 일상적인 범죄나 끊임없는 영리욕 같은 그 외의 모든 것은 마치 신이 발톱에서 떼어낸 때처럼 단지 인정할 수 없는 것처럼 보일 뿐이다.

하지만 정신이 벌거벗은 주어로 홀로 서 있을 때, 마치 유령처럼 차가운 그에게 감히 담요를 빌려줄 마음이 생길까? 우리는 시를 읽을 수도, 철학을 공부할 수도, 그림을 살 수도 있고 밤새 토론을 벌일 수도 있다. 하지만 이런 것에서 얻는 게 과연 정신일까? 설사 정신을 얻는다 가정하더라도, 과연 그것을 소유할 수 있는 것일까? 이 정신이란 그것이 생겨났을 때의 우연한 형상과 밀접한 관련이 있다. 정신은 누군가 그것을 받아들이고자 하는 사람을 통과해 지나가며 그에게는 단지 아주 적은 전율만을 남겨둘 뿐이다. 우리가 이 모든 정신으로 무엇을 할 수 있다는 말인가? 그것은 계속 천문학적인 숫자로 수많은 종이와 돌, 그리고 화폭 위에 재생될 것이고 또한 끊임없이 신경질적인 힘의 엄청난 요구에 의해 선택되고 소비될 것이다. 그러나 정신에게 무슨 일이 일어났다는 말인가? 마치 신기루처럼 사라져버렸나? 가루 속에 녹아들어간 것일까? 물질불멸의 법칙에 의해 흡수돼버렸나? 우리 안으로 가라앉아서 서서히 휴식을 취하는 그 티끌들은 그런 소모와는 아무 관련이 없다. 그것은 무엇이고 어디에 있고 어디로 가는 것일까? 만약 사람들이 그것에 관해 조금 아는 게 있다면, 그것은 여전히 이 '정신'이라는 단어에서 답답함을 느낀다는 것뿐일 것이다.

저녁이 되었다. 공간, 아스팔트, 철골 레일에서 쪼개져나온 듯한 집들은 도시라는 차가운 조개껍데기를 만들어놓았다. 엄마 조개, 유치함에 가득 차고 흥겨우며 화가 난 인간들의 움직임. 작은 물방울에서 시작된 각각의 물망울들이 분사되거나 분출되는 곳에서 아주 작은 폭발이 껍질에 의해 사로잡히고 점점 차가워지고 고요해지고 느려져 그 엄마 조개의 껍질 위로 부드럽게 걸려 있다가 마침내 그녀의 경사면에 작은 알갱이로 딱딱하게 굳어졌다. '왜' 울리히는 갑자기 생각했다. '나는 순례자가 되지 않은 걸까?' 순수하고 절대적인 삶의 방식, 아주 투명한 공기처럼 찌릿하게 상쾌한 그것이 그의 감각에 되살아났다. 삶을 전혀 긍정하지 못하는 자는 적어도 신성한 것을 부정해야 하는 것이다. 그러나 이것을 심각하게 생각한다는 것은 불가능했다. 그리고 그는 탐험가가 되지도 못했다. 탐험에는 삶이 마치 항상 지속되는 신혼 같은 것이 있고, 그의 육신은 물론 마음까지도 그것을 욕망했는데도 말이다. 또한 그가 그런 성향을 가지고 있었음에도 불구하고 그는 시인이 될 수도, 오직 돈과 권력만을 신뢰하는 탈마법화된 인간이 될 수도 없었다. 그는 나이를 잊고 스스로를 스무살로 착각했다. 그럼에도 그가 그중 어느것도 될 수 없었다는 사실은 그의 내면에서 명백한 것이었다. 존재하는 모든 것에 끌려들어갔으나 좀더 강한 것이 매번 그것에 다가갈 수 없게 했다. 그럼 왜 그는 불투명하고 불확실하게 살았을까? 말할 것도 없이―그가 말하기를―그를 세상과 멀리 떨어지고 이름없는 존재에 사로잡히도록 한 것은 세계의 모든 해체와 연합에 대한 강박, 그러니까 사람들이 혼자 마주치기 싫어하는 그 하나의 단어, 바로 정신이었다. 울리히는 언젠가 이유도 모르게 슬퍼져 이렇게 생각했다. '나는 정말 나를 사랑하지 않아.' 돌처럼 딱딱하게 얼어붙은 도시에서 그는 마음속 깊이 심장이 두근거리는 것을 느꼈다. 그의 안에는 아무 곳에서도 머무를 수 없게 하는 어떤 것이 있었고, 그것은 세계의 벽을 따라 손을 더듬는 것이었으며, 이렇게 생각하는 것이기도 했다. '맞아, 수많은 다른 벽들이 있지. 아주 작은 불씨도 포기하려 하지 않는 불길인, 이 느리고 싸늘하고 우스꽝스러운 '나'라는 물방울 말이야.'

정신은 아름다움이 인간을 선하거나 나쁘거나 어리석거나 매력적으로 만든다는 것을 체험했다. 아름다움은 양(羊)과 참회자를 둘로 쪼개어 그 둘에서 겸손과 인내를 발견한다. 정신

특성 없는 남자 273

은 한 물질을 분석하여 그것이 많은 양일 땐 독이 되고 적을 땐 기호식품이 된다는 것을 알게 되었다. 또한 입술의 점막이 장의 점막과 연관된다는 것을 알았고, 또한 입술의 겸손이 모든 성스러운 것의 겸손과 연관된다는 것을 깨달았다. 정신은 사물들을 뒤집어엎고, 다시 배열한 후, 새로운 조합을 만들어낸다. 선과 악, 높은 것과 낮은 것은 정신에게는 숙고적이거나 연관적인 표상이 아니다. 그것은 순전히 그 안에서 스스로를 발견하는 어떤 상황에 달려 있는 가치와 기능의 조각일 뿐이다. 수세기 동안 정신은 악덕이 덕이 될 수도, 반대로 덕이 악덕이 될 수도 있다고 가르쳐왔다. 그래서 한 범죄자가 일생을 통해 유용한 인간으로 변하지 못하게 막는 것은 근본적으로 오직 솜씨가 부족하기 때문이라고 결론내렸다. 정신은 어떤 것도 허용되거나 허용되지 않은 것으로 받아들이지 않았다. 왜냐하면 모든 것은 언젠가 위대하고 새로운 상황의 일부가 될 특성을 가지고 있기 때문이다. 정신은 마치 모든 이의 죽음같이 영원한 체하는 것, 위대한 이상과 법, 그리고 거기서 화석화된 인쇄물들, 조화로운 성격 같은 것들을 비밀스럽게 혐오한다. 정신은 어떤 것도, 나도, 질서도 확고하지 않다고 여긴다. 우리의 인식이 매일 다르게 변할 수 있기 때문에 정신은 어떤 속박도 믿지 않으며, 마치 우리가 말을 할 때마다 표정이 바뀌는 것처럼 모든 것은 단지 그 다음 창조의 행동까지만 유효한 가치를 가질 뿐이다.

그렇듯 정신은 위대한 기회주의자이지만 그 스스로는 어디에서도 붙잡을 수 없다. 사람들은 정신의 영향력 가운데 남은 것이라고는 쇠퇴밖에 없다고 믿게 되었다. 모든 진보는 개별자들 안에서는 이득이고 보편적으로는 분열이다. 진보는 단지 무능한 진보로 이끄는 힘의 증가이지만 그것을 벗어날 길은 없다. 울리히는 사실과 발견으로 점점 자라나는 몸을 떠올렸다. 이런저런 질문을 제대로 숙고하려면 오늘날 정신은 그 몸에서 나온 것을 주의깊게 살펴봐야 한다. 이 육체는 그 내면에서 자라나온다. 수많은 논점들과 의견들, 모든 시대와 지역들의 체계있는 생각들, 건강하고 병든 모든 형태들, 의식이 뚜렷한 것들과 꿈처럼 모호한 것들이 마치 수천개의 작은 감각신경 줄기들처럼 그 몸을 뚫고 지나가지만 그것들을 하나로 묶어주는 중심은 빠져 있다. 사람들은 이전 시대에 있었던 거대동물종의 운명을 되풀이하게 되리라는 위험에 처해 있다는 느낌을 가진다. 그 종족은 거대함 때문에 사멸되었고, 지금 인류는 그 자신을 제어할 수 없게 되었다. 거기에서 울리히는 오랫동안 믿어왔고 아직까지도 완전히 배제하지 못한 하나의 의심스러운 생각을 기억해냈다. 그것은 세계가 현자들과 뛰어난 선구자들에 의해 가장 잘 지배될 수 있다는 생각이었다. 만약 한 사람이 아프다면 양치기가 아니라 기술이 뛰어난 의사에게 진찰을 받아야 한다는 것은 당연하다. 그런데 막상 그가 건강할 때는 공적인 업무에서 종종 그러는 것처럼 거의 양치기나 다름없는 수다쟁이한테 자신을 맡기는 어리석은 짓도 마다하지 않는다. 바로 이것 때문에 삶의 본질적인 내용을 중요시하는 젊은이들은 재무성이나 의회의 토론처럼 진실하지도, 선하지도, 아름답지도 않은 세상의 모든 것들에 대해서 무관심한 것이다. 적어도 그때는 그랬다. 오늘날 정치와 경제에 대한 교육 덕분에 젊은이들도 달라졌다고 하긴 하지만 말이다. 그러나 그조차도 사람이 나이를 먹고 일상업무라는 베이컨이 구워지는 정신의 훈제실에 오랫동안 친숙해짐에 따라 스스로 현실에 적응하는 법을 배운다. 또한 정신적으로 잘 훈련된 사람은 마침내 자신을 전문성 안에 가두고 나머지 삶 동안 '전체로서의 삶은 아마 달랐어야 하지만 그것을 숙고할 아무 이유도 없다는' 확신을 가지고 살아가게 된다. 지적인 삶을 추구하는 사람이 평정을 유지하는 방식은 대충 이렇다. 갑자기 울리히는 코믹한 질문 가운데 전체를 보게 되었는데 그것은 만약 세상에 정신이 확실히 충만하다면 단 하나 잘못된 것은 정신 스스로에게 정신이 없다는 것이 아닐까, 하는 질문이었다.

울리히는 웃음이 나올 것만 같았다. 그 역시 그런 커다란 의문들을 포기한 지식인 중 하나였다. 그러나 실망스럽긴 했지만 여전히 불타는 열망은 마치 칼처럼 그를 뚫고 지나갔다. 이 순간 나란히 걷고 있는 두 명의 울리히가 있었다. 그중 하나는 웃으며 생각했다. 언젠가 역할을 맡아보고 싶은 무대가 바로 이러했지. 어느날 내가 일어났을 때, 그곳이 더이상 어머니의 침대처럼 포근하지는 않았지만 뭐가 이뤄내야겠다는 확고한 신념이 있었어. 사람들은 나에게 힌트를 주었지만 나는 힌트와는 아무 상관이 없는 것 같았지. 일종의 울렁거리는 무대공포증처럼, 당시 모든 것들은 나의 기대와 계획으로 가득 찼었어. 나도 모르는 사이 한동안 무대가 빙글 돌더니 나는 자못 멀리 길을 걸어왔고 어느새 비상구 가까이 서 있는 거야. 나는 곧 바깥으로 나오게 될 것이고 나의 위대한 역할에 대해 다음과 같이 말하게 될 거야. '말에 안장이 올려졌으니 악마가 너희 모두를 데려갈 거야.' 한 울리히가 이런 생각을 하면서 출렁이는 밤을 미소지으며 걸을 때, 다른 울리히는 고통과 분노로 주먹을 말아쥐고 있을 것이다. 그는 형체가 좀 덜 뚜렷했고 악마를 부르는 주문, 움켜쥘 수 있는 손아귀, 정신 중의 참 정신, 부서진 원환을 채워줄 잃어버린 작은 조각을 찾고 있었다. 이 두번째 울리히에게는 마음대로 사용할 만한 단어들이 없었다. 단어들은 마치 원숭이처럼 이 나무 저 나무를 뛰어다녔고 사람이 뿌리를 내린 어두운 곳에서 그는 그 단어들의 친절한 중재를 빼앗겼다. 땅은 그의 발밑에서 휩쓸려갔다. 그는 눈을 뜰 수조차 없었다. 폭풍처럼 불어닥친 감정이 전혀 흔들리지 않는 감정이 될 수 있을까? 감정의 폭풍을 정의하자면 인간의 몸통이 신음하고 인간의 가지가 막 부러져 날아가는 것을 의미할 것이다. 그러나 이 폭풍은 겉으로는 완전히 고요한 폭풍이었다. 그것은 거의 개종(改宗)이나 역전과 비슷했다. 그의 표정에는 아무런 감정의 변화가 없었으나 내면에서는 어떤 원자 하나도 가만히 있지를 않았다. 울리히의 감각은 맑았지만 그의 눈에는 사람들이 뭔가 이상해 보였고 모든 소리 또한 각각 다르게 들렸다. 그는 날카롭게도, 깊게도, 부드럽게도, 자연스럽거나 부자연스럽게도 말할 수 없었다. 울리히는 아무말도 할 수 없었지만 순간 그는 마치 자신이 평생 동안 자신을 속여온, 그러나 몹시 사랑한 여자의 연인이라도 된 것처럼 '정신'이라는 미묘한 체험을 떠올렸고 그것은 그를 스쳐지나간 모든 것과 연결해주었다. 왜냐하면 어떤 고통과 혐오가 뒤따르더라도 한 사람이 사랑에 빠졌을 때 모든 것은 사랑이 되기 때문이다. 나무의 작은 가지와 밤의 창백한 유리창은 자기자신의 존재로 깊숙이 침잠된 체험이 되어 어떤 말로도 표현이 불가능해진다. 사물은 나무나 돌로 이뤄진 것이 아니라 어떤 웅대하고 영원히 부드러운 부도덕함으로 이뤄진 것처럼 보여서, 그 부도덕함이 그와 접촉하는 순간 깊은 도덕적 충격으로 변한다.

이 모든 상념은 미소 한번 지을 순간에 끝나버렸고 울리히가 막 '이제는 나를 끌어가는 곳이라면 어디든 거기에 머물러봐야겠어'라고 생각했을 때 불행하게도 그는 이런 긴장을 흩어버리는 장애물을 만나게 되었다.

그때 벌어진 일은 울리히가 직전까지 경험했던, 스스로의 몸이 겪는 예민한 체험으로서의 나무와 돌과는 전혀 다른 세계에서 비롯된 것이었다.

라인스도로프 백작이 주장하듯이, 노동자신문은 "위대한 사상이란 지배계급이 최근의 강간살인범에 뒤이어 또다른 센세이션을 불러일으키려는 것"이라며 침을 뱉어댔다. 또한 문제는 이것이 술을 너무 많이 마신 한 정직한 노동자를 화나게 했다는 것이다. 바로 그가 두 사람의 시민들과 몸을 스쳤는데 그 둘은 그날의 일 때문에 기분이 좋았던 사람들로 좋은 마음은 아무데서나 드러내야 한다는 신념으로 자기들 편 신문에서 읽은 조국운동에 대한 찬성을 크게 떠벌이고 다녔다. 시비가 붙었고 경찰이 가까이 있었으므로 시민들은 그 노동자를 자극할 힘을 얻었고 상황은 점점 더 과격해졌다. 경찰은 처음에는 흘깃흘깃 바라보다가 점점 상황을 주목하더니 마침내 가까이 왔다. 경찰은 마치 버튼조작이나 해체명령으로 삶을 마감하는 로봇 국가의 우쭐한 심부름꾼처럼 그들 곁에 목격자로 서 있었다. 잘 조직된 국가에서 안정된 삶을 영위하는 것은 그러나 뭔가 유령 같은 구석이 있다. 그런 국가에서는 법과 행정이라는 거대한 장치를 적절히 조절하지 않고는, 또한 그 장치를 작동시켜서 존재의 안녕을 확보해두지 않고는 어떤 사람도 거리를 나서거나 한잔의 물을 마시거나 전차에 몸을 싣지 못한다. 내면 깊숙한 곳까지 파고든 그 장치들의 실체에 관해서 우리는 알지 못하며 다른 한편으로 그 장치들 스스로도 길을 잃어버려서 그 전체의 연관성을 아무도 해독해내지 못한다. 그래서 평범한 시민들이 하늘이 텅 빈 공간임을 주장하듯이 사람들은 그 장치들의 존재를 부인한다. 그러나 이처럼 부정된 모든 것들, 다시 말해 마치 물이나 공기, 공간, 돈 같은 것들처럼 색도 없고 냄새도 없으며 맛도 없고 무게도 없고 도덕적으로 규정 불가능한 것들이 사실은 모든 것들 중 가장 중요한 것임이 판명되며 이는 삶에 유령 같은 성질을 부여한다. 이따금 사람들은 뜻하지 않은 꿈을 꾸듯 공포에 사로잡히며 거의 이해할 수 없는 구조의 함정에 빠져 허우적대는 동물처럼 변한다. 그런 식으로 경찰 버튼은 그 노동자에게 눌러졌고 순간 좀 부적절해 보이는 국가기관이 체포를 위해 다가왔다.

그 취한 사람은 저항했고 시위대의 선동적인 구호를 되풀이했다. 갑자기 사람들이 주목하자 우쭐해진 그는 그때까지는 숨겨온, 인간들에 대한 철저한 혐오감을 낱낱이 드러냈다. 자기자신을 위한 간절한 투쟁이 시작된 것이다. 고양된 자신감은 그러나 스스로가 자신의 피부에 안착하지 못한 것 같은 섬뜩한 느낌과 함께 자리잡았다. 세계 또한 확고하지 못했다. 세계는 늘 변하고 형태를 바꾸는 불확실한 피부였다. 집은 방에서 떨어져 나와 비스듬하게 서 있었다. 사람들은 그 사이에서 우스꽝스럽게 우글거리며 형제자매로 떨어지는 물방울 같았다. '나는 여기에 질서를 부여하도록 부름받았어'라고 그 무지막지하게 취한 사람은 생각했다. 모든 무대는 번쩍임으로 가득 찼고 일어난 사건은 조각난 채로 뚜렷하게 다가왔지만 순간 벽들이 빙글빙글 돌기 시작했다. 발바닥은 여전히 땅에 밀착된 반면 눈은 마치 자루처럼 튀어나왔다. 입에서 놀라운 증기가 분출되기 시작했다. 말들은 내면 깊은 곳 어딘가에서 쏟아져나왔다. 그런데 막상 무슨 말인지 알아들을 수 없었고 추측건대 욕설임을 짐작할 뿐이었다. 뭐라고 설명하기가 어려웠다. 그것은 내면적인 것과 육체적인 것이 뒤섞인 것이었다. 분노는 내면의 분노가 아니었고 단지 거의 광란에 이르도록 육체적인 외면의 분노였으며 경찰의 얼굴이 천천히 다가오더니 피로 물든 주먹을 보게 되었다.

하지만 그사이 경찰도 세 명이 되었다. 경찰과 함께 사람들이 그를 쫓아 달렸고, 그는 땅에 쓰러지더니 잡히지 않으려고 안간힘을 썼다. 그때 울리히는 경솔한 짓을 했다. 울리히는 그의 선동구호에서 '황제에게 모욕을!'이라는 말을 들었다면서 저 남자는 누구를 모욕하든 책임을 질 만한 상태가 아니기 때문에 집에 보내서 재워야 한다고 말했다. 그는 별 생각 없이 한 말이었지만, 나쁜 사람들이 그걸 들은 것이 문제였다. 술취한 남자는 황제처럼 울리히를 떠받들자며 소리를 질렀다! 그리고 이런 사태의 책임은 명백히 울리히의 개입에 있다고 비난하던 한 경찰관은 울리히에게 퉁명스럽게 해명을 요구했다. 하지만 국가란 친절한 서비스를 받는 호텔 이상이 아니라고 생각하는 울리히는 그런 식의 해명을 거부했다. 그리고 마침 자신들은 셋인데 술취한 사람은 하나뿐임이 왠지 치사해 보이는 것을 알게 된 경찰들은 울리히마저 체포하기로 결정했다.

유니폼을 입은 사람들이 그의 팔을 꽉 붙들었다. 울리히의 팔이 이들의 무례하게 움켜쥔 팔보다 훨씬 더 강했지만 그는 뿌리치려 하지 않았다. 그건 국가의 무장권력과 가망없는 권투 시합을 하는 꼴이기 때문에 그는 스스로 따라갈 테니 붙잡지 말라고 정중하게 청하는 수밖에 없었다. 조사실은 경찰서 건물 안에 있었고, 그곳의 바닥과 벽에서 울리히는 병영을 떠올렸다. 그곳은 무자비하게 끌고 들어온 오물과 조야한 세척제 사이의 음울한 투쟁으로 가득 차 있었다. 그가 다음에 목격한 것은 시민적 권위의 상징인 두개의 책상이었는데, 그 책상은 기둥 몇개가 빠진 난간에 놓인 채 닳고 그을린 천으로 덮여 있었다. 또한 아주 낮고 공처럼 둥근 나무다리에는 페르디난트 대제 시대에 칠한 듯한 황갈색 니스 자국 몇개가 간신히 붙어 있었다. 그 방을 가득 채운 또다른 무거운 느낌은, 누구든 어떤 질문도 없이 기다려야만 한다는 것이었다. 그 경찰관은 체포한 이유를 설명해주고는 울리히 옆에 기둥처럼 서 있었다. 울리히는 재빨리 이런저런 해명을 해보려고 했다. 호송대가 들어왔을 때부터 뭔가를 쓰고 있던 이 요새의 명령권자인 경사는 서류에서 눈을 들어 잠시 울리히를 위아래로 훑어보더니 눈을 내리깔고 아무말 없이 다시 서류를 작성했다. 울리히는 무슨 일이 끊임없이 이어진다는 인상을 받았다. 이윽고 경사는 서류를 치우더니 선반에서 파일 하나를 꺼내 뭔가를 기입하고는 그 위에 모래를 뿌리고, 다시 집어넣고는 다른 파일을 꺼내서 기입하고 또 모래를 뿌리고, 비슷한 서류더미들에서 파일을 꺼내서는 같은 일을 계속했다. 울리히는 그사이 자신이 없어도 성좌가 제 궤도를 규칙적으로 도는 듯한 두번째 영원성을 체험했다.

이 사무실의 열린 문으로 복도가 나 있었고 거기에는 작은 방들이 있었다. 울리히와 함께 체포된 동반자는 그곳으로 끌려갔으며 이후로는 아무 소리도 듣지 못했는데 아마도 술에 곯아떨어져서 자고 있는 듯했다. 그러나 뭔가 불길한 것들이 느껴지기도 했다. 작은 방들이 있는 복도에는 분명히 또다른 입구가 있을 것이다. 울리히는 복도를 오가는 무거운 발걸음 소리며 문을 여닫는 소리, 속삭이는 소리, 그리고 갑자기 누군가 끌려 들어와서는 그중 하나가 절망적으로 애원하는 목소리가 점점 커지는 것을 들었다. "단 한점이라도 인간적인 감정이 있다면, 나를 체포하지 말아주시오!" 그 목소리가 멈추자, 조직의 감정을 향한 그의 외침은 기이할 정도로 부적합해 보여서 거의 우스꽝스럽게 들렸는데, 왜냐하면 조직이란 오로지 감정을 배제한 채 운용되기 때문이었다. 경사는 일을 멈추지 않은 채 잠시 고개를 들었다. 울리히는 여러 사람의 육중하고 날카로운 발걸음 소리를 들었는데 그들은 저항하는 사람의 육체를 제압하는 것이 분명했다. 그러더니 그를 처치했는지 휘청거리는 두 발걸음 소리만이 들려왔다. 문 하나가 큰 소리를 내며 닫혔고 빗장이 걸렸으며 책상 앞의 유니폼을 입은 남자는 고개를 다시 숙였고 순간 실내의 공기 속에는 문장의 맨 끝에나 어울리는 침묵이 자리잡았다.

하지만 울리히는 자신이 아직은 경찰의 우주에 들어서지 않았다고 추측하는 오류에 빠져 있음을 깨달았다. 왜냐하면 곧 경사가 머리를 들어 울리히를 똑바로 바라보았기 때문이다. 방금 작성된 글은 모래로 삭제되지 않은 채 축축하게 빛나고 있었다. 그리고 울리히의 사건은 갑자기 마치 이 질서있는 곳에서 오래된 사건처럼 다뤄지고 있었다. 이름은? 나이는? 직업은? 주소는?…. 울리히는 심문을 받았다.

울리히는 유무죄에 대한 직접적인 질문을 받기도 전에 인간을 비인간적이고 일반적인 조각으로 부숴버리는 기계에 끌려 들어가는 듯한 느낌을 받았다. 비록 아무 의미는 없지만 자신에게만큼은 느낌으로 충만한 언어인 이름은 여기서는 무(無)에 불과했다. 또한 일반적으로 견고하게 여겨지는 학문세계에 속하는 그의 직업이 여기서는 아예 존재하지도 않았다. 그는 그런 것들에 대해서는 단 한번도 질문을 받지 않았다. 그의 얼굴은 단지 신호와 같은 요소로 통용되었다. 자신의 눈이 공식적으로 구분되는 네가지 색깔 중 하나인 회색이며 수백만명이 그런 눈으로 분류된다는 사실을 그는 여기에서 처음 깨달았다. 그의 머리는 금발, 체형은 크고, 얼굴은 계란형이며 비록 그 자신은 다르게 생각하지만 그의 외모는 평범한 편에 속했다. 그가 생각하기에 자신은 크고 넓은 어깨를 가졌으며 가슴은 바람에 부푼 돛처럼 휘었다. 또한 화가 나서 싸우거나 보나데아가 몸을 기대올 때 그의 관절은 마치 작은 철강 접합부처럼 근육을 조였다. 또한 그는 날씬하고 상냥하고 가무잡잡했으며, 그가 감동을 주는 책을 읽거나 그 존재를 한번도 이해해본 적이 없는 위대하고 정처없는 사랑의 숨결에 스칠 때면 마치 물속을 떠다니는 해파리처럼 부드러워졌다. 그래서 이 순간조차 그는 자신의 인간성을 탈신비화시키는 통계를 음미할 수 있었고 마치 사탄에 의해 만들어진 사랑의 시처럼 경찰기구가 자신에게 적용한 총량적이고 기술적(記述的)인 과정에서 영감을 받을 수도 있었다. 정말 놀라운 일은 경찰이 한 인간을 남김없이 분해할 수 있을 뿐 아니라, 그 쓸모없는 조각들을 다시 정확히 조립해서 알아볼 수 있게 만들어놓을 수도 있다는 것이었다. 이 모든 성과에 그들이 '혐의'라고 부르는, 거의 가늠할 수 없는 것만 추가하면 되었다.

갑자기 울리히는 자신의 우둔함 때문에 벌어진 곤경을 벗어나려면 냉철한 지혜가 필요하다는 생각이 들었다. 질문은 계속 이어졌다. 울리히는 주소를 묻는 질문에 '내 주소는 이방인의 것'이라고 대답한다면 어떻게 될지를 상상해보았다. 또한 그런 일은 왜 했느냐는 질문에 '나는 원래 정말 관심있는 것과는 다른 일을 한다'고 대답한다면 무슨 일이 벌어질지도 상상해보았다. 그러나 현실에서 그는 집 주소를 정확히 대답했고 자신의 행동을 변호하기 위해 노력했다. 정신의 내적 권위가 경찰 공무원의 외적 권위 앞에서 극도로 고통스럽게 무력화된 것이다.

그럼에도 그는 이 상황에서 벗어날 기회를 찾았다. '직업은?' 이라는 질문에 '혼자 하는 일'이라고 대답했을 때—혼자 일하는 학자라고는 말하지 못했는데—경사는 마치 '노숙자'라는 대답이라도 들은 것처럼 그를 바라보았다. 그러나 상세한 항목에서 그의 부친이 의회의원임이 드러나자 경사의 눈빛은 사뭇 달라졌다. 여전히 상황은 의심스러웠지만, 그에게는 마치 이리저리 파도에 휩쓸리던 사람의 엄지발가락에 갑자기 뭔가 단단한 것이 스쳤을 때와 같은 기분이 들었다. 재빨리 정신을 차린 울리히는 이 상황을 이용했다. 그는 순간 지금까지 인정했던 모든 것에 단서를 달았다. 그는 사무직의 맹세를 한 이 청각의 권위자에게 경찰국장에게서 들을 법한 인상적인 요구를 했고 이것이 웃음밖에 자아내지 못하자 거짓말을 했으며—행복하게 자연스러움을 되찾은 채로, 상세한 진술을 요구하는 올가미에 걸릴 경우를 대비하여 그럴 듯한 주장을 거듭 제기하면서—자신이 라인스도르프 백작의 친구이며 신문에 그렇게 자주 보도되는 위대한 애국운동의 비서관이라고 말했다. 그는 즉시 자신의 존재에 대한 전에 없이 진지한 고려가 생기는 것을 목격했고 이런 장점들을 힘껏 붙들었다. 결국 경사는 화가 난 채 남자를 쳐다보았다. 그를 억류했다가 괜한 책임을 지기도 싫었고 놓아주기도 싫었기 때문이다. 이 시간에는 경찰서 안에 상사들이 없었기 때문에 그는 편법에 기대기로 했는데, 그것은 간단한 조서 하나를 상급기관에 발급하는 것으로, 이는 그의 상사들이 곤란한 사건들을 맡았을 때 흔히 쓰는 수법이었다. 그는 근엄한 표정을 짓더니 심각한 의혹들에 대해 적어 내려갔는데 그 내용인즉 울리히가 법 집행자를 모욕하고 임무행사를 방해했을 뿐 아니라 자신이 주장하는 지위를 고려해볼 때 애매하긴 하지만 다분히 정치적인 계략에 연루된 혐의가 있으며 따라서 마땅히 중앙결찰청의 정치과로 옮겨져야 한다는 것이었다.

몇분 후 울리히는 경찰이 제공한 차를 타고 밤길을 달렸는데 그의 곁에는 별로 말이 없는 사복경찰이 붙어 있었다. 그들이 중앙경찰청사에 가까이 가자, 2층 창문에서 환한 불빛이 보였는데 그곳은 경찰청창의 방으로 늦은 시각까지 중요한 회의가 이어지고 있었다. 그 청사는 어두운 소굴이 아니라 중앙정부다운 모양을 갖추고 있었기 때문에 울리히에게는 좀더 친숙한 기분이 들었다. 게다가 야간근무를 서는 담당 조사관은 성난 말단경찰이 그를 체포한 것이 어리석은 실수였음을 단번에 알아보았다. 하지만 무모하게 법의 손아귀로 걸어들어온 한 사람을 그냥 놓아주는 것은 현명하지 못한 일이었다. 경찰청의 조사관 역시 로봇 같은 얼굴을 하고 있었으며 용의자의 경솔함이 있었기 때문에 방면할 경우 책임지기가 매우 곤란하다고 거듭 말했다. 울리히는 경사에게 잘 먹혀들었던 요점들을 이미 두번이나 말했지만 이 간부에게는 소용이 없었고, 이 심판관의 얼굴이 갑자기 변하더니 거의 행복한 표정으로 바뀌자 희망을 포기하려고까지 했다. 간부는 조서를 다시 한번 유심히 보더니 울리히의 이름을 다시 묻고 주소를 확인하고는 곧 돌아올 테니 조금만 기다리라고 친절하게 말했다. 10분 후 다시 돌아온 그는 뭔가 즐거운 일을 기억해낸 사람 같았고 눈에 띄게 친절한 태도로 체포된 신사에게 자신을 따라오라고 요청했다. 위층의 불빛이 새어나오는 방 앞에 와서야 그는 "경찰청장님이 개인적으로 당신과 대화를 나누고 싶어하십니다"고 말했고 곧 울리히는 방금 옆 회의실에서 건너온, 구레나룻을 기른 신사와 마주했다. 울리히는 부드럽게 항변하는 어투로 자기가 여기 오게 된 것은 지역 순찰대의 실수 때문임을 해명하려고 했다. 그러나 경찰청장이 인사를 건네며 말을 꺼냈다. "유감스런 오해가 있었습니다. 박사, 조사관에게 이미 모든 이야기를 전해들었어요. 그럼에도 저희가 약간의 처벌은 해야 하는데 왜냐하면…" 그러고는 청장은 울리히를 장난스레 쳐다보았는데 (그런 장난 정도는 최고위층 경찰간부들에게는 당연한 것이었으므로) 그건 마치 대답을 스스로 생각해볼 시간을 주는 것 같았다.

하지만 울리히는 대답을 찾지 못했다.

"경애하는 각하!" 총장은 힌트를 주듯이 말했다.

"경애하는 라인스도르프 백작께서" 그는 말을 이었다. "몇시간 전 저에게 당신의 소재를 급히 알아봐달라고 하셨습니다."

울리히는 여전히 알 듯 모를 듯했다. "당신은 주소록에도 없더군요, 박사." 마치 그것이 울리히의 유일한 범죄라도 되는 듯

청장은 익살스런 책망을 담아서 말했다.

울리히는 침착한 미소를 지으며 허리를 굽혀 인사했다.

"제가 듣기로 당신은 내일 매우 위대하고 중요한 공적 임무 때문에 백작 각하를 방문할 예정이라고 하더군요. 그래서 당신을 구금하여 그 일을 방해할 수는 없게 되었소." 이렇게 철로 된 로봇들의 수장은 짧은 농담을 마쳤다.

아마 경찰청장은 울리히의 체포가 어떤 이유에서든 부당하다고 생각했을 것인데, 왜냐하면 몇시간 전 처음 중앙경찰청에 올라온 울리히의 이름을 때마침 떠올린 그 조사관이 정확하게 사건을 보고했기 때문이었다. 그 보고를 듣고 청장은 사실상 아무도 제멋대로 법에 개입하지 않았다는 결정을 내릴 수밖에 없었다. 아무튼 백작은 이런 상황을 전혀 몰랐다. 울리히는 이런 대역죄를 저지른 밤이 지나면 반드시 백작을 방문해야겠다는 의무감을 느꼈으며 그를 방문한 자리에서 즉각 위대한 애국운동의 명예 서기관으로 위촉되었다. 만약 라인스도르프 백작이 이런 상황을 모두 알았다면, 아마 기적이라고밖에 말할 수 없었을 것이다.

41.
라헬과 디오티마

곧 디오티마의 집에서 애국운동의 첫번째 집회가 열렸다.

살롱 옆의 식당이 회의장으로 개조되었다. 식탁이 서로 붙여졌고 녹색 식탁보가 덮여 방의 한가운데 놓여졌다. 마치 뼈처럼 하얀 내각용 서류들과 진한 정도가 서로 다른 연필들이 자리마다 놓여 있었다. 찬장은 옆으로 치워졌다. 구석자리는 엄격하고 공허하게 서 있었다. 벽들은 외경심을 품게 할 정도로 삭막했다. 이 삭막함은 디오티마가 걸어놓았던 황제의 초상과 투치가 영사로 있을 때 어디선가 가져온, 코르셋을 입은 부인의 초상화—이것이 선조비의 초상으로 보이기도 했지만—에도 불구하고 마찬가지였다. 디오티마는 식탁 머리맡에 십자가상을 놓고 싶어했지만 투치 국장이 요즘 집을 나서기 전마다 눈치를 주며 비웃는 바람에 놓지 않았다.

평행운동은 완전히 사적으로 진행돼야 했다. 어떤 장관이나 고위행정가도 나타나지 않았다. 정치인들도 배제되었다. 처음에는 생각을 나눌 몇몇 희생적인 봉사자만의 모임이 돼야 한다는 게 라인스도르프 백작의 의도였다. 국책은행 감독 홀츠코프와 바론 비스니츠키 사장, 높은 신분의 귀부인들, 시민사업가로 유명한 사람들. 그리고 라인스도르프의 원칙인 '재산과 교양'에 어울리는 대학, 예술 아카데미, 산업체, 토착 영주, 교회 등의 대표자들이 추천되었다. 정부는 이 모임에 잘 맞고 의장의 신임을 얻고 있는 능란한 젊은 관료들을 대리인으로 임명했다. 민중의 중심에서 일어날 선포를 주저없이 받아들이고 있던 라인스도르프 백작에게 이 조화는 바라던 그대로였다. 그 사람들의 개혁적인 목표를 체험한 후 백작은 누구와 함께 일하는지 아는 것에서 큰 위안을 느꼈다.

작은 시녀 라헬은—그녀의 이름은 여주인에게 제멋대로 라셀이라는 불어로 불렸다—아침 6시부터 줄곧 서 있었다. 그녀는 큰 식탁을 펼치고 그 곁에 두개의 큰 테이블을 놓았으며 그 위에 녹색 테이블보를 덮고 먼지를 깨끗이 털어냈다. 그 모든 힘겨운 일을 그녀는 기쁨에 차서 다 해냈다. 그 전날 밤 디오티마는 '내일 우리집에서 세계역사가 만들어질 거야!'라고 말했고 바로 그런 일이 일어나는 집에 산다는 것에 라헬은 몸이 불타오를 정도로 행복해졌는데, 그녀의 몸이 마치 마이센(Meissen, 도자기로 유명한 독일 도시—옮긴이)의 도자기처럼 빛나고 있었기 때문에 더욱 그런 것처럼 보였다.

라헬은 열아홉살이었고 기적을 믿었다. 그녀는 폴란드 지방의 한 누추한 오두막에서 태어났다. 그 집의 문설주엔 모세 5경이 걸려 있었고, 갈라진 바닥 틈새로 흙이 삐져나와 있었다. 그녀는 저주를 받아 집에서 쫓겨났다. 어머니는 어쩔 수 없다는 눈길을 보냈고, 자매들은 두려움에 찬 표정으로 울었다. 그녀는 무릎을 꿇고 용서를 구했고 부끄러움 때문에 가슴이 찢어졌지만, 아무것도 소용이 없었다. 한 파렴치한이 그녀를 겁탈했던 것이다. 그녀는 더이상 어쩌지를 못했다. 낯선 사람의 집에서 아이를 낳아야 했고, 그 나라를 떠났다. 그러고는 떠돌아다녔다. 그녀가 타고간 마차 아래로 회한이 그녀와 함께 굴렀고, 울음이 쏟아졌다. 그녀는 도시를 보았고, 마치 부딪혀 죽기 위해 거대한 불벽 속으로 뛰어드는 벌레들의 인도를 받은 듯이 그 도시로 들어갔다. 하지만 기적처럼 벽이 갈라져 그녀를 맞아들였다. 그때부터 라헬은 황금빛 불꽃 속에서 살고 있다는 상상을 버리지 못했다. 우연히도 그녀는 디오티마의 집으로 오게 되었고, 디오티마는 만약 운명이 이끈 것이라면 그녀가 갈리시아 고향지역에서 탈출한 것 역시 이상하게 생각하지 않았다. 라헬이 신뢰를 얻고 나서부터 디오티마는 종종 그 작은 소녀에게 그녀가 시중을 드는 이 집에 드나드는 저명하고 중요한 인사들에 대해 말해주었다. 그리고 평행운동에 관한 몇가지 사실도 털어놓았는데, 그 이유는 그 말을 들을 때마다 여주인을 바라보며 빛을 뿜는 라헬의 별 같은 눈빛을 보는 즐거움 때문이었다.

비록 그 귀여운 라헬이 양심없는 놈 때문에 아버지로부터 쫓겨난 신세이긴 했지만, 그럼에도 불구하고 그녀는 칭찬받을 만한 소녀였고 디오티마에 관한 모든 것을 사랑했다. 그녀가 아침저녁으로 빗어주어야 하는 그 부드럽고 검은 머리카락, 그녀가 입혀주는 옷들, 중국제 나전칠기, 그리고 그녀는 한마디도 이해하지 못하는, 외국책들이 즐비하게 꽂힌, 수제(手製) 인도 책장 등. 심지어 그녀는 투치 국장은 물론, 도착한 지 이틀 만에—그녀는 첫번째 날이라고 주장하지만—자신의 은혜로운 여주인을 찾아온 그 부자까지도 사랑했다. 라헬은 응접실에서 마치 황금빛 옷장에서 튀어나온 구세주를 보듯이 굉장한 열광에 휩싸여 그 남자를 쳐다보았다. 단 한가지 불쾌한 점이 있다면, 그가 그녀의 여주인에게 경의를 표하기 위해 그 흑인 아이를 데려오지 않았다는 사실이었다.

하지만 이렇듯 세계적인 일을 앞둔 오늘은 자기에게도 무엇인가 뜻깊은 일이 일어날 거라고 라헬은 생각했고, 아마도 그 흑인이 주인과 함께 참석할 거라고—상황의 엄숙함이 요청하는 바에 따라—추측했다. 그러나 결코 이러한 기대에 모든 것이 부응하는 것은 아니었지만, 그 기대는 그녀가 교양을 쌓기 위해 읽은 소설에서 빠지지 않는 줄거리의 매듭이나 음모와 같은 필수 진행과정이었다. 라헬도 디오티마가 치워놓은 소설책을 읽을 수 있었는데, 그것은 마치 디오티마가 입지 않은 옷들을 그녀가 수선해서 입을 수 있었던 것과 같았다. 그녀는 재단도 독서도 능숙하게 해냈고, 그것은 그녀의 유대인 기질에서 비롯된 것이었다. 하지만 디오티마가 위대한 예술작품이라고 말해준 작품들을 읽을 때는—그런 작품들을 제일 좋아했다—마치 누군가 생생하게 벌어진 일을 아주 먼 곳에서, 또는 낯선 나라에서 경험하는 것처럼 줄거리를 이해했다. 그녀는 잘 이해되지 않는 사건들에 몰두했고 감동을 받았다. 그것에 관해 이야기할 수는 없었지만, 굉장히 좋아했다. 누가 그녀를 거리로 심부름 보내거나 뛰어난 인사가 집을 방문하기라도 하면, 그녀는 같은 방식으로 제국 수도 사람들의 인상적이고 흥미로운 행실을 즐겼다. 그것은 빛나는 개인들의, 그녀의 사유를 훨씬 넘어서는 충만함이었으며, 그녀는 그곳의 한가운데 특권적인 자리를 차지함으로써 그런 체험을 공유하고 있었다. 하지만 그것을 더 잘 이해하는 데는 관심이 없었다. 분노 때문에 그녀는 그녀가 받았던 유대인식의 초등교육과 가정에서 들었던 잠언들을 모두 잊어버렸고, 마치 땅과 공기의 즙에서 영양을 섭취하는 꽃들이 숟가락이나 포크를 필요로 하지 않듯이 그것들을 소용없는 것으로 생각했다.

그때 그녀는 다시 한번 탁자 위의 연필들을 모았고, 그 반짝이는 끝을 조심스럽게 작은 기계 속으로 밀어넣었다. 그 기계는 탁자 구석에 있었고, 이미 아주 정확하게 목질을 깎아냈기 때문에 손잡이를 여러 차례 돌려도 더이상 어떤 찌꺼기도 나오지 않았다.

그리고 나서 그녀는 연필들을 다시 벨벳처럼 부드러운 종이 옆에 놓았는데, 각 자리마다 세 종류의 연필들이 놓여졌다. 그리고 자신이 사용하도록 허락받은 그 기계를 어제 저녁 외무부와 황실에서 보낸 한 하인이 종이, 연필과 함께 가져왔던 일도 떠올려보았다. 7시가 다 되었다. 그녀는 마치 장군처럼, 정리된 각 부분들을 재빨리 훑어보았고, 디오티마를 깨우기 위해 서둘러 방을 나섰다. 10시 15분쯤이면 회의가 개최될 것이었고, 남편이 나간 후에도 디오티마는 자고 있었기 때문이었다.

디오티마와 함께 있었던 그 아침은 라헬에게 각별한 기쁨을 안겨주었다. 사랑이라는 말과는 어울리지 않았다. 그것은 오히려 숭배라는 말과 더 잘 어울렸다. 한번 완벽한 의미로 그려보자면, 그것은 존경심이 한 사람을 완전히 꿰뚫어서 그의 가장 깊은 내면까지 그 마음으로 채우고 곧바로 자기자신의 자리마저 내주는 것과도 같았다. 고향에서 쫓겨온 이후로 그녀에게는 이제 18개월 된 딸이 하나 있었고, 매월 첫째 일요일마다 월급의 상당 부분을 떼어 계모에게 부쳐주고 있었다. 비록 어머니로서의 의무를 소홀히하는 것은 아니었지만, 그녀는 그 의무에서 단지 과거에 각인된 형벌만을 바라보았다. 그리고 그녀의 감정은 아직 사랑에 의해 다시 열리지 않는 순결한 육체와 함께 다시 소녀의 것으로 되돌아왔다. 그녀는 디오티마의 침실로 들어갔고 마치 여명이 밝아옴과 함께 첫번째로 눈이 덮인 산정을 바라보는 등산가처럼 숭배감에 눈을 빛냈으며 디오티마의 피부에서 느껴지는 그 진주모(珍珠母)처럼 부드러운 따뜻함을 손으로 만져보기 전에 먼저 그녀의 어깨 너머로 다가갔다. 라헬은 잠에 취한 채 키스를 받기 위해 침대 밑에서 올라오는 희미하게 뒤섞인 냄새를 맡았고 그 속에는 그 전날 뿌린 향수냄

새뿐 아니라 밤동안의 휴식에서 내뿜어진 옅은 수증기의 냄새까지 섞여 있었다. 그녀는 슬리퍼를 찾는 맨발에 그것을 신겨주었고, 잠이 깬 그녀의 시선을 느꼈다. 하지만 만약 그녀가 디오티마의 도덕적인 생각에 그렇게 완벽한 세례를 받지 못했더라면, 그런 큰 몸집의 여자와의 감각적인 접촉이 그렇듯 아름답게 느껴지지는 않았을 것이다.

"경애하는 백작이 앉을 팔걸이 의자는 준비해두었니? 내 자리의 은종은? 서기관 자리에 종이 12장은 갖다놓았겠지? 연필 12개야, 라헬, 서기관 자리에는 3개가 아니고 분명히 12개라고." 디오티마는 이런 식으로 말했다. 라헬은 자신의 삶을 건 것 같은 그녀의 열정에 매우 놀라워하면서 이 모든 질문에 손가락을 꼽아가며 자신이 했던 일을 다신 한번 셈해보았다. 여주인은 가운을 걸치고 회의장으로 들어갔다. 그녀가 '라쉘'을 교육하는 방식은 그녀가 행하거나 포기하는 모든 일에서 사적인 처지뿐 아니라 보편적인 의미도 고려할 줄 알아야 한다는 것이었다. 만약 라헬이 유리컵 하나를 깼다면, 여주인은 '라쉘'에게 그 실수에서 중요한 점은 투명한 유리가 눈에 잘 띄지 않는 자질구레한 의무를 상징하는 것이라고 말해주었다. 왜냐하면 유리는 높은 곳에 있기를 좋아하며 바로 그 이유로 우리는 이런 의무들에 각별한 주의를 기울여야 하기 때문이라는 것이다. 그리고 라헬은 깨진 조각을 주어담으면서 자신이 그렇듯 정중한 예의로 받아들여지는 것에 행복해하며 탄식의 눈물을 흘리기까지 했다. 지난 실수를 올바르게 생각하고 인식하기를 요구하는 디오티마의 성향 때문에 라헬이 일하는 동안에도 몇명의 요리사들이 일을 그만두었다. 그러나 라헬은 이 놀라운 말들을 가슴 깊이 사랑했는데 그것은 마치 그녀가 황제, 국가의 장례식, 그리고 가톨릭 교회의 어둠 속에서 빛나는 양초를 사랑하는 것과도 같았다. 그녀는 그런 곤경에서 빠져나오기 위해 이런저런 거짓말을 해보았지만, 결국 심하게 후회하고 말았다. 아마도 그녀는 디오티마에 비해 자신이 얼마나 나쁜 사람인지를 느끼게 해주는 삐딱한 즐거움 때문에 그런 작은 거짓말을 기꺼이 했을 것이다. 하지만 보통 그녀가 거짓말에 빠져들 때는 오로지 거짓을 빠르고 비밀스럽게 진실한 것으로 바꿔놓길 바랐을 때였다.

한 사람이 다른 사람을 모든 면에서 존경하게 되면, 그에게는 자신의 몸이 마치 작은 운석에서 떨어져나가 다른 육체의 태양 속으로 빠져들어가는 것 같은 일이 벌어진다. 디오티마는 라헬에게서 어떤 오점도 발견하지 못했고 작은 시종의 어깨를 쓰다듬어주었다. 그러고 나서 그들은 욕실로 향했고, 그 위대한 날을 위해 몸단장을 하기 시작했다. 라헬이 따뜻한 물을 섞고 비누거품을 내 디오티마의 몸을 마치 자신의 몸인 것처럼 수건으로 문지를 때, 그것은 정말 자신의 몸을 씻을 때보다 더 큰 만족을 주었다. 라헬에게 그것은 중요한 것이라거나 확신을 심어주는 것은 아니었다. 그렇다고 그녀가 비교할 만한 것을 생각하는 것도 아니었다. 디오티마의 그 우아하고 풍만한 몸을 만질 때, 그녀는 오히려 번쩍번쩍 빛나는 연대에 배속된 시골 출신의 어리숙한 신병 같다는 느낌을 받았다.

그런 식으로 디오티마는 그 위대한 날에 둘러싸여 있었다.

42.
위대한 회의

약속한 시간이 되자 라인스도르프 백작이 울리히를 데리고 나타났다. 손님들이 도착하면 문을 열어주고 코트를 받아주던 라헬은 끊임없이 밀려드는 행렬에 벌써 얼굴이 벌게졌다. 그녀는 다시금 울리히를 곧장 알아보았고, 그것에 만족해했는데, 그것은 그가 임시로 초대받은 방문자가 아니라 그녀의 여주인이 이끄는 이 집에 아주 중요한 용무를 가진 사람이며, 지금 보듯이 백작과 함께 나타났기 때문이었다. 그녀는 자기가 격식을 갖춰 열어둔 문으로 나부끼듯 달려가 열쇠구멍을 통해 그 방안에 무슨 일이 벌어지는지를 보기 위해 몸을 웅크렸다. 그 커다란 열쇠구멍을 통해 그녀는 은행가들의 면도한 턱과 성직자 디도만스키의 보라색 목장식끈과 초대받지도 않았는데도 국방부에서 보낸 슈툼 폰 보르트베어(Stumm von Bordwehr) 장군의 나비매듭을 보았다. 국방부는 그에 관해 라인스도르프 백작에게 편지를 보내 비록 국방부가 처음부터 지금 진행되는 일에 관계가 있는 것은 아니지만 그 고결한 애국주의 운동에 빠지고 싶지는 않아서라고 해명했다. 디오티마는 그러나 이 회합에 장군이 나타났다는 것만으로도 크게 고무된 채 지금으로선 그 방에서 무슨 일이 벌어지는지 알 수 없는 라헬에게 이 사실을 알려준다는 것을 잊어버렸다.

디오티마는 그사이 울리히에게 별 시선을 주지 않은 채 백작을 맞아들였고 아른하임 박사를 첫째로 하여 하객들에게 백작을 소개했다. 그 자리에서 그녀는 백작에게 아주 좋은 기회에 이 저명한 분이 그녀의 집에 오게 되었으며 그가 외국인이어서 여러모로 공식적인 역할을 맡을 수는 없겠지만 그녀 자신의 조언자로 있어주기를 바란다고 말했다. 왜냐하면—이 대목에서 그녀는 부드러운 위협을 덧붙였는데—국제적인 문화영역 그리고 문화영역이 경제와 맺어지는 영역에서의 그의 풍부한 경험과 인맥이 그녀에게 엄청난 버팀목이 되었고, 비록 그녀가 스스로 부족하다는 점을 잘 알지만 지금까지 그 영역을 자신 혼자 맡아왔으며 앞으로도 당장 다른 사람으로 바뀔 수는 없을 것 같기 때문이라고 이유를 밝혔다.

라인스도르프 백작은 습격을 받은 느낌이었고 이 시민계급 출신의 여성 친구를 만난 이후 처음으로 그녀의 경솔함에 충격을 받았다. 아른하임 역시 충분히 팡파르를 울리지도 않은 채 입장한 왕처럼 뒤통수를 맞은 듯한 기분이었는데, 그는 라인스도르프 백작이 자신을 알고 있으며 초대를 승낙한 줄로 철석같이 믿고 있었기 때문이다. 그러나 디오티마는 그 순간 상기되고 고집스러워 보이는 얼굴로 한치도 물러서지 않았다. 부부간의 정절의 문제에서만큼은 깨끗한 양심을 간직한 모든 부인들처럼 그녀 역시 대의명분을 위해서는 참아내지 못할 정도로 여성적인 고집을 키워왔기 때문이다.

그녀는 그사이 몇번 그녀를 방문한 아른하임과 사랑에 빠져 있었지만 경험미숙으로 그녀의 감정에 관한 어떤 암시도 내비치지 못했다. 그들은 영혼을 감동시키는 것이 무엇인지, 발바닥에서 머리끝까지 육체를 기품있게 만드는 것이 무엇인지, 그리고 문명화된 삶의 혼란한 인상들을 균형잡힌 정신의 울림으로 바꾸는 것은 무엇인지를 서로 이야기했다. 이 이야기들이 굉장했고 디오티마가 조심하는 편인데다가 항상 스스로와 타협하는 것을 경계했다고는 해도 그 친교는 아주 갑자기 그녀에게 충격을 주어서 그녀는 위대한, 사실 가장 위대한 감정을 진실하게 드러낼 수밖에 없었다. 도대체 어디서 이런 감정을 찾아낼 수 있단 말인가! 그곳은 모든 사람이 그들을 역사의 이야기 속으로 끌어낸 곳이다. 디오티마와 아른하임에게는 평행운동이야말로 그들의 부풀어오르는 정신의 교류를 나누는 섬 같은 곳이었다. 그들은 평행운동을 아주 중요한 순간에 함께하게 된 각별한 운명으로 보았으며 그 위대한 애국사업이 지성인들에게 굉장한 기회와 책임이 될 것이라는 데 한치의 의견차이도 없었다. 아른하임 역시 그렇게 말했다. 비록 그가 그 운동의 성패가 첫째, 경제적으로나 사상의 측면에서 강하고 숙련된 사람에게 달려 있으며 둘째, 기구의 범위에 달려 있다는 점을 덧붙이는 것을 한번도 잊지 않기는 했지만 말이다. 그렇게 해서 디오티마에게 평행운동은 아른하임과 떼려야 뗄 수 없는 것이 되었고, 처음에는 공허하게 느껴진 것들이 엄청난 풍부함을 얻게 되었다. 오스트리아의 전통에서 비롯된 위대한 감정의 유산들이 프로이센에서 온 지적인 훈육에 의해 더욱 강해지리라는 그녀의 희망이 이제 거의 완벽하게 이루어졌고 이러한 인상이 너무 강한 나머지 평소에 그렇게 예의바르던 이 여인은 아른하임을 이 회의의 개회에 초대함으로써 자신이 얼마나 예절을 위반했는지는 깨닫지 못했다. 지금 사태를 되돌리기에는 너무 늦었다. 그러나 이 상황을 파악한 아른하임은 그가 처한 불쾌한 상황에도 불구하고 마음이 누그러지는 것 같았다. 또한 백작은 워낙 디오티마를 좋아했기 때문에 뜻하지 않은, 혐오감을 넘어서는 놀라움을 즉각 표현하지 못했다. 그는 묵묵히 디오티마의 설명을 듣고 잠깐 어색하게 있다가는 늘 그래왔듯 최대한 예의바르고 경의를 표하는 태도로 부드럽게 손을 내밀었다. 참석한 사람들은 대부분 그 장면을 목격했고, 그들이 아른하임을 아는 만큼, 왜 그가 나타난 것인지에 관해 의아해했다. 그러나 잘 교육받은 사람들에게 모든 일에는 그에 합당한 이유가 있는 법이어서 무엇이든 꼬치꼬치 캐내는 것은 나쁜 습관으로 여겨졌다.

그사이 디오티마는 위엄있는 평정을 되찾았고 잠시 후 백작에게 자리에 앉음으로써 그 집에 경의를 표해달라고 요청하면서 회의를 시작했다.

백작 각하는 연설을 시작했다. 그는 며칠 전부터 연설을 준비했으며 그의 사고방식은 너무나 강직해서 마지막 순간까지 어떤 말도 바꾸려고 하지 않았다. "우리를 이곳으로 불러모은 것은," 라인스도르프 백작이 말했다. "민중 속에서 일어난 강력한 요청이, 그냥 흘러가는 것이 아니라, 더 넓은 시야를 가진, 곧 위로부터의 영향력을 통해 조망될 필요가 있기 때문입니다. 우리의 경애하는 군주이자 주인이신 황제폐하께서는 1918년에 그가 축복 가운데 왕위를 계승한 70주년을 맞아 각별한 축제를 마련하고자 하십니다. 하나님의 가호 속에서 우리는 늘 폐하를 존경해왔습니다. 우리는 이 축제가 폐하에 대한 깊은 사랑을 세계에 보여줌과 동시에 오스트리아-헝가리 왕국이 바위처럼 단단하게 그의 지배하에 서 있음을 보여주는 경애하는 오스트리아 민중의 축제가 될 것이라고 확신합니다." 이 순간 라인스도르프 백작은 황제이자 왕에 대한 통합기념식에서조차 이 바위에 찾아든 몰락의 징후를 언급할지를 놓고 잠시 망설였다. 그렇게 하려면 단지 왕만이 알고 있는 헝가리의 저항을 계산에 넣지 않을 수 없었다. 이것이 바로 백작 각하가 공고하게 서 있는 두개의 바위를 언급하고자 한 이유였다. 그러나 이것 역시 오스트리아-헝가리 제국 감각을 제대로 표현하기엔 역부족이었다.

 오스트리아-헝가리 제국 감각은 워낙 훌륭한 것이어서 그것을 체험해보지 않은 사람에게 설명하기란 거의 불가능한 일이었다. 그 감각이란 그때까지 많은 사람들이 서로 보완관계로 믿고 있었던 오스트리아와 헝가리로 이루어진 것이 아니라 전체와 부분으로, 다시 말해 헝가리적인 국가 감각과 오스트리아-헝가리적인 국가 감각으로 이루어져 있었으며, 이 두번째는 스스로의 국가는 없었지만 그들의 의식 속에 오스트리아 국가라는 것은 남아 있던 오스트리아에서 발견될 수 있었다. 오스트리아인은 오직 헝가리에만 있었으며, 그것도 혐오의 대상으로만 있었다. 그는 자기 고향에서는 스스로를 왕국의 국민이요 제국의회로 대표되는 오스트리아-헝가리 군주국의 거주자로 일컬었는데, 이는 오스트리아인에다 헝가리인을 더했다가 바로 이 헝가리인을 다시 빼버리는 것을 의미했다. 그리고 오스트리아인은 이런 행위를 하고 싶어서 한 것이 아니라 비위에 거슬리는 어떤 생각에 사로잡혀서 했는데, 그것은 헝가리인들이 오스트리아인들을 견디지 못하는 것보다 훨씬 더 오스트리아인들이 헝가리인들을 견디지 못했기 때문이며, 결국 전체적인 상황은 더 복잡해지기만 했다. 그래서 많은 사람들은 자신을 그냥 체코인이나, 폴란드인, 슬로베니아인이나 독일인으로만 불렀고 이것이 바로 더 많은 부패의 시작이자, 라인스도르프 백작이 말하는 '내부정치의 불쾌한 현상'이라는 유명한 현상의 시작이었다. 그에 따르면 이 현상은 '무책임하고 미성숙하며 감각에 호소하는 요소들'이며 정치적으로 미개한 거주민들에 의해 진행되어 어떤 충분한 제재도 받지 않은 일들이었다. 이런 주제를 다룬 많은 박식하고 현명한 책들이 출간돼왔기에 독자들은 지금 이 순간이나 앞으로도 역사적인 화폭을 장식하는 동시에 현실과 경쟁을 벌이는 심각한 시도는 없으리라 기꺼이 확신하게 될 것이다. 이러한 이중성(그 기술적인 의미에서의)의 신비는 적어도 삼위일체의 신비만큼은 심오하다는 게 잘 알려진 사실인데, 그것은 역사적 과정이란 그 수백개의 조항과 연관, 비교, 보호 같은 것들로 묶여 있어서 거의 어디서나 법률적 과정과 유사하기 때문이고, 사람들은 오로지 이러한 역사적 과정에만 주목해야 하기 때문이다. 보통 사람들은 그 과정 가운데서 아무 예감 없이 살아가다 죽으며 이런 과정은 그들을 위해서도 좋은 것이다. 왜냐하면 어떤 사람이 그가 휘말린 사건이 과연 무슨 소송인지, 어떤 변호사와, 얼마의 비용으로, 어떤 계기를 가지고 진행되는지를 모두 깨닫게 된다면, 그는 어떤 나라에 살든지 정신병원으로 끌려갈 수도 있기 때문이었다. 현실을 이해한다는 일은 결단코 역사-정치적 사상가에게만 가능한 일이다. 그에게 현재는 수프 다음에 빵이 나오듯이 모하치(Mohács) 또는 리첸(Lietzen)의 전투 다음에 나오는 것이다. 그는 모든 절차를 알고 있으며 매순간 적법한 과정에서 나온 필연성을 느낀다. 그리고 더욱이 그가 검과 방추를 휘두르는 조상을 가진 라인스도르프 백작 같은 관료적인 역사-정치적 사상가이자 사전에 개인적인 역할을 맡아봤다면, 그 결과를 부드럽게 떠오르는 선으로 조망할 수 있을 것이다.

그래서 라인스도르프 백작은 회의 전에 스스로에게 말했다. "우리는 국민들에게 자기 일에 관한 결정권한을 내려주신 폐하의 높고 따듯한 결단을 잊지 말아야 하며, 이 결단이 내려진 지 얼마 되지 않았기 때문에 황제 폐하의 자리에서 보면 여러 모로 관대하게 국민들에게 자리잡을 수 있을 것처럼 보이는 정치적 성숙을 아직은 이루지는 못했다. 그래서 사람들은 인색한 바깥 세계—우리 역시 피치 못해 체험중인 그 저주받을 만한 현상의 진원지인—가 겪는 몰락의 노쇠함을 알아채지 못하더라도, 대신 여전히 성숙하지 못하기 때문에 더욱 강건한 오스트리아 민중의 젊은 힘은 알아채게 될 것이다." 원래 그는 이 회의에서 그 모든 것들을 언급하려고 했으나 아른하임이 그곳에 있었기 때문에 생각한 것들을 다 말하지는 않았고 다만 진실한 오스트리아적인 상황에 무지한 외부세계를 암시하고 그런 불쾌한 일들이 벌어지는 곳을 과장하는 선에서 만족해했다. "그러므로," 백작은 마무리를 지었다. "우리가 무시 못할 우리의 힘과 통일성을 보여주길 원한다면, 완전히 국제적인 관계 속에서 이 일을 해야 할 것입니다. 왜냐하면 유럽 국가가족 간의 행복한 관계는 상호의 힘에 대한 존경과 존중에서 비롯되기 때문입니다." 그는 그러한 자연스러운 힘은 민중 가운데서만 나올 수 있고, 그 힘은 위로부터 이끌어져야 하며, 이 회합의 목적이 그런 위로부터의 지도에 있음을 다시금 강조했다. 비록 라인스도르프 백작이 자기 생각을 다 말하지는 않았지만, 얼마 전까지만 해도 그의 머릿속에 '오스트리아의 해'를 기념하기 위해 외부에서 받은 명단밖에 없었음을 기억하는 사람들에게 이것은 엄청난 발전으로 여겨졌다.

연설 이후 디오티마는 이 회합의 목적을 해명하는 말을 덧붙였다. 이 위대한 애국운동은 백작 각하가 말한 대로 민중의 한가운데서 그 위대한 목표를 찾아야 한다고 그녀는 말했다. "오늘 이 자리에 처음 모인 우리는 목표를 정의할 의무를 느끼지 못합니다. 대신 우리는 이 목표를 향한 제안들을 구체화할 길을 닦는 데 필요한 기구를 마련하기 위해 먼저 이 자리에 모인 것입니다." 이 말로 그녀는 토론회를 열었다.

그러자 침묵이 찾아왔다. 마치 그들 앞에 무엇이 벌어질지 모르는 여러 울음소리의 새들을 한 새장에 몰아넣었을 때처럼, 첫 순간에 그들은 입을 다물었다.

결국 한 교수가 발언을 신청했다. 울리히는 모르는 사람이었다. 아마도 백작 각하가 지난 모임 때 비서를 시켜 그를 초청했을 것이다. 그는 역사의 길에 관해 말했다. "우리가 앞을 바라보았을 때 우리는 불투명한 벽을 목격했습니다! 우리가 좌우를 살필 때 어떤 방향인지도 모를 중요한 사건들이 엄청나게 일어나고 있음을 목격했습니다. 몇 가지 예를 들자면, 지금 벌어지는 몬테네그로와의 갈등, 모로코에서 전투중인 스페인의 호된 시련, 오스트리아 제국의회에서 우크라이나인들의 방해 등이 있습니다. 그러나 되돌아보면, 모든 것이 마치 기적처럼 질서와 목표에 부합했습니다…" 그래서, 그가 말하고자 한 것은, 우리는 모든 순간 위대한 영도의 신비를 경험했다는 것이다. 그리고 그는 민중에게 눈을 열어주는 일을 위대한 생각으로 받아들이는 일, 말하자면 그 생각에 합당하게 각별히 숭고한 결정적인 사건을 요구함으로써 그것을 신의 섭리로 인정되게끔 하고 싶어했다. 이것이 그가 말하고자 한 모든 것이었다. 그것은 학생에게 이미 준비된 해답을 강요하는 것이 아니라 학생이 선생님과 함께 문제를 풀어가도록 하는 현대적인 방식처럼 보였다.

그곳에 모인 사람들은 마치 돌처럼 딱딱하게 서로를 바라보았고, 녹색 식탁보에만 친절한 눈길을 보냈다. 심지어 대주교를 대표하는 고위성직자조차 이 정신의 의식에서 마치 행정부에서 나온 사람들이라도 되는 양 밋밋하고 절제된 행동 안에 자신을 가두었는데, 그의 얼굴에는 진심에서 우러나온 동의의 표시가 하나도 드러나지 않았다. 그것은 마치 길 위에서 어떤 사람이 갑자기 소리높이 외치기 시작하자 아무 생각도 없이 걷고 있던 사람들이 한순간에 진지하고 실제적인 목표를 갖거나 혹은 이 길을 잘못 들어섰다는 느낌이 들도록 강요하는 것 같았다. 그 교수는 말을 하면서도 자기의 말을 움찔하는 억제로 몰아넣음으로써 두려움과 싸우고 있었는데, 그것은 마치 바람이 그의 숨결을 잡아채는 것 같았다. 그러나 그는 대답이 있는지를 기다렸고, 위엄을 잃지 않고 그 기다림의 표정을 다시 거두어들였다.

때마침 황실금고의 대리인이 도착해서 즉위기념해에 황제의 개인기금에서 제공될 것으로 예상되는 기부와 헌납 품목을 알려주자 모두 안도의 한숨을 내쉬었다. 그것은 사제교회 건축을 위한 기부로 시작해서 생활기반이 없는 사제들을 위한 지원, 카를과 라데츠키 대공의 퇴역군인 클럽, 그리고 66' 78' 캠페인에 따른 전쟁고아와 과부를 위한 증여, 연금을 받는 하급관리, 과학 아카데미를 위한 지원금 등까지 이어졌다. 이 리스트 속에 흥미로운 점이라곤 없었다. 그것은 황실의 선의가 적재적소에 배치돼 있을 뿐이었다. 리스트 발표가 거의 끝날 무렵, 공장경영자의 아내이며 자선사업에도 많이 참여한 베크후버 부인이 자리에서 일어나 아마 자기 생각보다 더 중요한 것은 있을 수 없다는 듯한 확고한 태도로 말을 이었다. 그녀는 "위대한 오스트리아인 프란츠 요제프 수프 진흥원"을 제안했고, 이 제안은 긍정적으로 받아들여졌다. 단지 문화부와 교육부의 대리인들은 자신들의 부서에서 비슷한 제안이 접수되었다고 지적했다. 다름아닌 "프란츠 요제프 1세와 그의 시대"라는 기념비적인 책을 출간하자는 제의였다. 그러나 이 행복한 출발 이후에 다시 침묵이 밀려들었고, 참석자 대부분은 어색한 분위기에 빠지는 느낌을 받았다.

그들이 이 모임에 오는 도중에 과연 무엇이 역사적이고 위대한 종류의 사건인지 아느냐는 질문을 받았다면, 아마도 확실히 안다는 대답을 했을 것이다. 그러나 바로 그 자리에서 그런 사건을 만들어내라는 무리한 명령을 받는다면, 점점 기분이 안 좋아지다가 자연스럽게 속마음에서 불평 같은 것들이 일어나게 될 것이다.

이 위험한 순간에 재치로 무장한 채, 새로운 기운을 불어넣을 준비를 해오던 디오티마가 회의에 끼어들었다.

43.
울리히와 위대한 사람의 첫 만남. 세계역사에서
비이성적인 일은 일어나지 않는다. 그러나
디오티마는 오스트리아가 전체 세계라고 주장한다

휴식시간에 아른하임은 그 조직이 점점 포괄적이 돼갈수록 나오는 제안들이 서로 어긋나고 있다는 사실을 알아차렸다. 이것은 아마도 이성에 바탕을 둔 현재의 발전을 상징하는 표지일 것이다. 그러나 바로 그 이성은 전체 민족을 이성보다 한참 깊은 곳에 있는 의지나 영감, 그리고 본질적인 자각에로 강요하는 무시무시한 결단일 뿐이었다.

울리히는 그가 이 운동에서 무엇인가 일어날 것을 믿느냐는 질문으로 대응했다.

"물론입니다." 아른하임이 말했다. "위대한 일이란 항상 보편적인 상황의 표출인 법이죠." 오늘과 같은 모임이 어딘가에서 일어날 수 있다는 게 이미 그 절실한 필요성을 입증하고 있다는 말이었다.

하지만 거기엔 어떤 결정하기 어려운 점이 있다고 울리히가 말했다. "예를 들자면 만약 지난 시절 걸작 오페라의 작곡가가 술책가였고 그래서 그가 세계의 대통령이 됐다면—그의 엄청난 인기로 미루어볼 때 가능한 일이지만—그게 과연 역사로 뛰어드는 일 또는 문화적 상태의 표현이 될까요?"

"그것은 불가능합니다." 아른하임 박사가 진지하게 말했다. "그런 작곡가는 술책가도 정치가도 될 수 없습니다. 그의 희극적-음악적 재능은 설명될 수 없는 것인 반면에, 세계역사에서는 어떤 비이성적인 일도 일어나지 않으니까요."

"세계 속에는 그렇게 비이성적인 것들이 많은데도 말입니까?"

"세계역사 속에는 하나도 없습니다."

아른하임은 눈에 띄게 예민해졌다. 그의 곁에는 디오티마와 라인스도르프 백작이 서 있었다. 경애하는 백작 각하는 이 특별한 오스트리아의 상황에서 한 프로이센인을 만난 것에 대한 놀라움을 그의 여자친구에게 말했다. 비록 디오티마가 현란하고도 안심시키는 표현으로 외국인에 대한 그런 정치적 이기주의에서 벗어나야 한다고 말하긴 했지만, 그는 이방인이 평행운동에서 지도적인 역할을 할 수는 없다고 단정지었다. 그때 그녀는 자신의 계획에 놀랍도록 새로운 차원을 부여함으로써 전술을 바꾸었다. 그녀는 사회의 편견에 깊게 물들지 않는 여성의 직관적인 정확성에 대해 이야기했다. 백작은 이번만큼은 그 말을 들어보기로 했다. "아른하임은 유럽인이고 전유럽에서도 저명한 지식인이에요. 그리고 바로 그가 오스트리아인이 아니라는 것 덕분에 그의 참여는 그런 저명한 지식인이 오스트리아에서 고향을 찾았음을 증명하는 셈이죠." 그리고 갑자기 그녀는 진실한 오스트리아는 전체 세계라는 주장을 펼쳐나갔다. 그녀는 세계 각 민족이 한층 높은 통일 속에서 살아가지 않는 한—오스트리아의 각 민족이 조국 속에서 살아가는 것처럼—평화를 이룰 수 없다고 설명했다. 이 행복한 순간에 그녀가 경애하는 백작에게 제시한 위대한 오스트리아, 세계의 오스트리아는 지금까지 평행운동에서는 무시돼왔던 영광스러운 이념이었다. 그 평화주의적인 발상에 매료된 채, 아름다운 디오티마는 백작 앞에 서 있었다. 라인스도르프 백작은 자신이 항의해야 할지 말아야 할지 결정할 수 없었다. 그러나 그는 부인이 가진 불꽃 같은 이념과 광범위한 시각에 놀랐고, 그렇게 무게 있는 제안에 답하기보다는 아른하임을 대화로 끌어내는 게 더 유리하지 않을까를 생각해보았다.

아른하임은 대화를 탐색할 뿐 아무런 영향력도 미치지 못하고 있었기 때문에 불안했다. 아른하임과 울리히는 이 크로이소스(고대 리디아왕국의 부호—옮긴이) 같은 남자에게 집중된 의심스러운 눈초리에 둘러싸여 있었다. 울리히가 말했다. "세상에는 사람들이 지혜를 짜내 몰두하는 천개가 넘는 직업이 있지요. 그러나 만약 사람들이 인간적이고 그중에서도 보편적인 것을 추구한다면, 세가지의 가능성만 남게 될 겁니다. 그것은 바로 어리석음과 돈, 또는 잘해야 종교적인 추억 정도일 뿐입니다." "맞소, 종교!" 아른하임이 흥분하여 끼어들었다. 아른하임은 울리히에게 종교가 이제 완전히 뿌리까지 숨어들어갔느냐고 물었다. 그가 종교라는 말을 너무 힘주어 말했기 때문에 라인스도르프 백작도 그 소리를 들을 수밖에 없었다.

경애하는 백작은 그사이 디오티마와 화해하려고 하는 것처럼 보였는데, 왜냐하면 그 여자 덕분에 예의바른 집단에 이끌리게 되었고, 아른하임에게 말을 걸게 되었기 때문이다.

울리히는 갑자기 혼자 남았고 입술을 잘근잘근 씹었다.

그는—아마도 시간을 허비하거나 쓸쓸하게 서 있기 싫어서였겠지만—이 모임에 타고 온 마차를 생각해보기 시작했다. 그와 함께 온 라인스도르프 백작은 여러 대의 현대적인 자동차는 물론 마부와 덮개까지 갖춘, 화려한 두마리 갈색마가 끄는 마차도 하나 소유하고 있었다. 그리고 집사가 그의 명을 받아들여 경애하는 각하는 이 평행운동의 근본적인 취지에 걸맞게 훌륭하고 역사적인 두마리의 창조물이 끄는 마차를 타고 온 것이다. "하나는 페피이고, 다른 놈은 한스입니다." 오는 길에 라인스도르프가 설명했다. 그들은 말의 엉치에서 춤추듯 흔들리는 갈색 꼬리와 이따금 주둥이의 거품이 떨어지도록 리드미컬하게 고개를 좌우로 흔드는 머리를 바라보았다. 이 동물의 내부에서 무슨 일이 벌어지는지를 이해하기란 어려운 일이었다. 화창한 아침이었고, 그 말들은 앞으로 나가고 있었다. 아마도 이들에게 남아 있는 위대한 열정이란 먹고 달리는 것밖에 없는지 모른다. 그것은 아마도 페피와 한스가 거세된 말이었고 그래서 사랑을 실체가 있는 욕망이라기보다는 그들의 시야에 이따금씩 엷게 구름을 드리우는 숨결과 고통쯤으로 받아들였기 때문일 것이다. 먹이에 대한 욕망은 맛있는 귀리로 채워진 대리석 말구유에 간직돼 있었다. 또한 그것은 싱싱한 건초가 담긴 시렁 속에, 마구간 지기가 종을 울리는 소리에, 그리고 따뜻한 마구간에서 모락모락 피어나는 냄새와 마치 암모니아를 품은 강력한 자아를 바늘에 꿰어놓은 듯한 그 톡 쏘면서도 미끌미끌한 향기 속에 있었다. 여기 말들이 있었다! 질주라면 그것과는 다른 무엇이 있었다. 질주 속에는 아직 가난한 정신이 그 무리와 연결돼 있었다. 그 속에서 무리를 이끄는 수말 또는 모든 말들이 함께 갑자기 움직이기 시작하고 그들은 태양과 바람을 향해 달려간다. 왜냐하면 그 동물이 혼자 사방이 트인 공간에 남게 될 때, 종종 이성을 잃어버린 전율이 그의 두개골 속으로 뛰어들기 때문이다. 그리고 그 전율은 어찌할 바를 몰라 멈춰서서 한그릇의 귀리 앞에서 다시 잠잠해질 때까지 폭풍이 몰아치듯 이리저리 날뛰다가 이쪽저쪽 할 것 없이 모두 텅 빈, 두려움에 휩싸인 자유 속으로 추락하고 마는 것이다. 페피와 한스는 잘 훈련된 말이었다. 그들은 성큼성큼 걸었고, 발굽으로 태양이 내리쬐는, 집들이 늘어선 거리를 두드리며 걸었다. 그들에게 인간들이란 즐거움도, 두려움도 일으키지 못하는 회색의 무리였을 뿐이었다. 줄지어 선 상점들과 그 안으로 들어가는 알록달록한 여자들의 행렬, 게다가 전혀 식욕을 자극하지 않는 길거리의 들꽃더미와 모자, 넥타이, 책, 다이아몬드 등등은 모두 황무지와 다름없었다. 단지 마구간과 달리는 것만이 두개의 꿈처럼 떠오르고 이따금씩 페피와 한스는 마치 꿈속에서나 놀이에서처럼 어떤 그림자에 깜짝 놀라 수레의 체를 떠밀다가 한번의 채찍에 다시 정신을 차리고 감사하며 고삐에 몸을 맡겼다.

갑자기 라인스도르프 백작이 쿠션의자에서 일어나 울리히에게 물었다. "슈탈부르크가 말하기를, 박사, 당신은 어떤 사람을 위해 헌신하고 있다면서요?" 울리히는 그 갑작스런 말에 당황하여 무슨 말인지 알아듣지 못했다. 라인스도르프가 다시 말했다. "당신은 아주 좋은 사람이군요. 나는 모든 것을 알고 있어요. 하지만 할 수 있는 일이 별로 없을 거요. 참 끔찍한 놈이지요. 하지만 모든 기독교인들이 지니고 있는, 자비를 소중히 여기는 그 알 수 없는 인간성은 종종 그런 사람을 통해 모습을 드러내기도 합니다. 무엇인가 위대한 일을 하고자 하는 사람이라면, 아무도 도와주지 않는 그 사람을 가장 겸손하게 고려해야 할 겁니다. 아마 그는 한번 더 의사의 진찰을 받게 될 겁니다." 마차가 덜컹거리는데도 긴 대화를 계속하던 라인스도르프 백작은 다시 쿠션 의자에 기대 덧붙였다. "하지만 지금 이 순간 우리는 역사적인 사건에 전력을 다해야 한다는 것을 잊어선 안됩니다!"

울리히는 아직까지도 거기에 남아서 디오티마와 아른하임과 함께 이야기를 나누는 그 순진하고 늙은 귀족에게 진심으로 마음이 끌린다는 느낌을 받았고, 거의 질투심까지 느꼈다. 그들의 대화가 사뭇 활기차 보였기 때문이었다. 디오티마는 웃고 있었고, 라인스도르프 백작은 침착하게 대화를 이끌어나가는 아른하임의 말을 따라잡느라 놀란 듯 눈을 크게 뜨고 있었다. 이때 울리히의 머릿속에는 표현 하나가 떠올랐다. '사유를 권력의 장으로 끌어들인다.' 울리히는 아른하임을 전혀 존재하는 인간의 표본으로 인정하고 싶지 않았다. 근본적으로 울리히에게는 지성과 사업과 사치와 박식이 혼합된 모습이 견딜 수 없었다. 울리히는 아른하임이 이미 전날 저녁에 다음날 아침의 모임에 처음도 아니고 가장 마지막도 아니게 도착하도록 준비를 해놓았을 거라고 확신했다. 그러나 아른하임은 아마도 집을 떠나기 전에 시계를 보지 않았을 것이고 아침 식탁에 앉아 비서가 가져다준 편지를 보면서 시계를 쳐다보았을 것이다. 그러고 나서 집을 나서기 전까지 자기 손아귀에 들어온 시간을 그가 의도하는 바의 마음속의 행동으로 바꿨다. 그리고 냉정하게 그 행동에 몰두할 때, 그는 그 행동이 정확하게 시간을 채울 것이라고 확신했다. 왜냐하면 올바른 것과 그 시간은 마치 조각품이 공간을 차지하거나 과녁을 쳐다보지도 않은 투창이 그것을 꿰뚫는 것처럼 비밀스런 힘에 의해 연결돼 있기 때문이다. 울리히는 이미 아른하임에 관해 많이 들었고, 그의 책도 읽어보았다. 그 책에는 거울에 자신의 옷을 비춰보는 남자는 두려움없는 행동을 할 수 없다고 씌어 있었다. 왜냐하면 마치 시계가 우리의 행동이 더이상 자연의 흐름을 따르지 않는 것을 보여주는 대용물이 된 것처럼 원래 즐거움을 주기 위해 창조된 거울이—그는 그렇게 적고 있었다—두려움을 드러내는 기구가 되었기 때문이라고 말이다.

울리히는 근처의 무리들을 곧장 쳐다보는 무례함을 피하기 위해 몸을 돌려야만 했다. 그러자 그의 시선은 잡담을 나누는 사람들 사이를 돌아다니며 존경심을 품은 눈빛으로 마실 것을 나르고 있는 작은 하녀에게 머물렀다. 그러나 그 귀여운 라헬은 그를 알아보지 못했다. 그녀는 그를 잊어버렸고 음료수를 담은 접시를 가져오려 하지도 않았다. 그녀는 아른하임에게 다가가 마치 신께 드리듯이 음료수를 바쳤다. 그의 짧고 침착한 손이 레몬에이드 쪽으로 가 무심하게 잔을 집었을 때—그 부자는 그것을 마시지는 않았다—그녀는 그의 손에 키스를 하고 싶었다. 이 최고의 순간이 지나가자 그녀는 혼란에 빠진 작은 로봇처럼 다시 일을 계속했고 재빨리 수많은 다리와 말들로 가득 찬 이 세계역사의 방에서 벗어나 옆방으로 되돌아갔다.

44.
위대한 회의가 계속되다가 끝을 맺음.
울리히는 라헬을, 라헬은 졸리만을 좋아하게 됨.
평행운동이 확고한 조직을 꾸림

울리히는 이런 여자를 좋아했다. 야망이 넘치고, 행동이 바르며, 그 안에 잘 훈련된 수줍음이 마치 작은 과일나무 같아서, 그 달콤한 과실이 어느날엔가는 한 젊은 게으름뱅이의 입으로 떨어지는 그런 여자 말이다. '그녀는 석기시대의 여자처럼 용감하고 거칠어야 해. 밤에는 사냥꾼과 잠자리를 같이하고 낮에는 그의 무기와 가재도구들을 나르며 행진하는 여자처럼 말이야'라고 그는 생각했다. 그러나 그 자신조차 성인기의 아주 오래전 일을 제외하곤 단 한번도 그런 출정길에 나서본 적이 없었다. 회의가 다시 시작되자 그는 한숨을 내쉬며 자리에 앉았다.

울리히는 기억을 더듬다가 문득, 지금 이 하녀들이 입은 검고 흰 의상이 간호사의 제복 색깔과 같다는 것을 떠올렸다. 그는 처음으로 그것을 깨닫고 깜짝 놀랐다. 이미 여신 디오티마는 말을 꺼내기 시작했다. "평행운동은 하나의 위대한 상징에서 그 절정에 달해야 합니다. 말하자면, 아무리 애국적이라고 하더라도 평행운동은 더이상 어떤 눈에 보이는 확고한 목표를 가질 필요는 없습니다. 오히려 이 목표는 세계의 심장을 움켜쥐어야 합니다. 그것은 실용적이어야 할 뿐 아니라, 시적이어야 합니다. 그것은 하나의 획기적인 사건이 되어야 합니다. 그것은 세계가 쳐다보고 스스로를 부끄러워하게 하는 거울이 되어야 합니다. 부끄러워할 뿐 아니라, 동화 속에서처럼, 자신의 참 모습을 되찾고 더이상 잊어버리지 말아야 합니다. 백작 각하는 이 상징을 '평화의 제왕'이라고 일컫자고 제안했습니다."

이런 전제는, 지금까지 고려된 제안들에 잘 부합되지 않는다는 것을 부인할 수는 없을 것이다. 이 회의의 1부 순서에서 그녀가 말한 상징은 당연히 수프 진흥원은 아니었다. 그보다는 이제는 너무 갈기갈기 찢겨진 관심사 때문에 거의 잃어버린 인간들의 연대를 되찾는 게 훨씬 중요했다. 당연히 지금 이 시대와 민중이 그런 아주 위대하고 공통된 사상을 가질 수 있겠느냐는 의문이 생겼다. 지금까지 제안된 모든 것들은 훌륭했지만 이미 본 바와 같이 너무 서로 동떨어져서 그 어느것도 통합하는 힘을 보여주지는 못했다!

디오티마가 말하는 동안 울리히는 아른하임을 바라보았다. 그가 아른하임을 싫어하는 것은 세세한 관상 탓은 아니었고,

그 전체가 싫을 뿐이었다. 그의 세세한 인상들, 가령 페니키아인을 떠올리게 하는 대사업가의 강인한 골격, 날카롭지만 뭔가 빠진 듯해서 밋밋해 보이는 얼굴, 영국 재단사 같은 편안한 풍채, 그리고 2층 같은 데서 얼핏 쳐다보았을 때 옷 밖으로 나온 유난히 짧아 보이는 손가락 같은 것들은 아주 못 봐줄 만한 것은 아니었다. 울리히를 화나게 하는 것은, 이 모든 것이 함께한 조화 그 자체였다. 아른하임의 책 역시 이런 확고함을 가지고 있었다. 아른하임이 세상을 자세히 바라보았을 때, 그것은 질서 속에 있었다. 아른하임이 사람들과 함께 고지식한 어리석음을 끝까지 경청하는 것을 보았을 때, 울리히는 갑자기 거리의 아이들처럼 돌이나 흙을 이 완벽함과 부 가운데 자라온 사람들에게 던지고 싶은 충동에 사로잡혔다. 울리히는 마치 전문가들이 '더이상 말이 필요없는, 최고급 와인이야!'라고 말하는 듯한 표정을 지으면서 잔을 다 비워버렸다.

그사이 디오티마는 말을 마쳤다. 휴식시간이 지나고 다시 자리에 앉았을 때, 모든 참석자들은 이제는 결과가 나오리라는 확신에 찬 기대를 가지는 것 같았다. 아무도 그것에 관해 생각해보지는 않았지만, 모두들 뭔가 중요한 것을 기대하는 태도였다. 결국 디오티마가 결론을 지었다. "만약 지금 이 시대와 민중이 과연 그렇듯 위대한 공통의 사상을 가질 만한 능력이 되느냐는 질문이 제기된다면, 당연히 하나의 대답이 덧붙여져야 하는데, 그것은 바로 구원의 능력입니다! 왜냐하면 문제는 구원이며, 구원의 솟구침이기 때문입니다. 간단히 말해서, 그 솟구침을 정확히 알 수는 없지만, 그것은 전체에서 나오든가 아니면 아예 나오지 말아야 할 것입니다. 그래서 저는 백작 각하와 상의 끝에, 오늘의 회합을 다음과 같은 제안으로 마무리하기로 했습니다. 백작 각하가 옳게 지적하듯이, 정부 각부서는 이미 세상을 자기부서의 주요관심사로 나누어 보고 있습니다. 말하자면 종교와 교육, 상업, 산업, 법률 이런 식으로 말이죠. 만약 참석자들이 각 정부부서의 대표자들, 그리고 믿을 만한 기관들과 그 방면의 민중 조직들의 대표들로 구성된 위원회를 허락해주신다면, 그 위원회는 합당한 질서 속에서 세계의 도덕적 힘을 부여받은 조직이 될 것이며 그 힘을 스며들게 또한 걸러내기도 하는 기구로 봉사하게 될 것입니다. 마지막 결정은 중앙위원회에서 내려질 것이고, 이 기구는 여러 특별위원회와 그 산하의 위원회, 다시 말하면 선전위원회, 투자위원회 같은 위원회로 구성되는데, 저는 개인적으로 이 운동을 위한 기본사상발전위원회에 속하면서 다른 위원회와도 밀접한 협력을 하고 싶습니다."

다시 한번 모두에게 침묵이 찾아왔으나, 이번에는 다소 안도가 섞여 있었다. 라인스도르프 백작은 몇번이나 고개를 끄덕였다. 이 추상적인 행동에서 어떻게 오스트리아적인 것이 근본적으로 이루어질 수 있는지 적절하게 설명해달라고 누군가 질문을 던졌다.

이전까지 모든 발언자들이 앉아서 말을 한 반면, 슈툼 폰 보르트베어 장군은 일어서서 이 질문에 대답했다. 자문회의에서 군인들은 대부분 보잘것없는 역할을 맡는다는 것을 그도 안다고 말했다. 그럼에도 말을 꺼내는 것은, 이제까지 나온 대부분의 훌륭한 제안들에 비판을 가하려는 것이 아니라 다만 모두가 허락한다면, 마지막으로 하나의 의견을 덧붙이고 싶다는 것이었다. "지금 계획된 운동은 외부세계에 영향을 줍니다. 그리고 외부에 영향을 주는 것은 다름아닌 민중의 힘일 것입니다. 백작 각하가 말한 것처럼 유럽 국가가족들간의 상황에서 볼 때, 그런 운동은 확실히 쓸데없는 짓은 아닐 것입니다. 트라이치케(19세기 독일의 철학·역사학자—옮긴이)가 말하듯, 국가의 사상이라는 것은 결국 힘의 사상입니다. 국가는 민족들간의 투쟁에 의해 쟁취된 힘인 것이죠." 장군은 우리 포병과 해군의 상황을 언급하면서 잘 알려진 쓰라린 부분만 집어내서 말했다. 결국 의회의 무관심으로 이 군대들이 아주 안 좋은 상황에 있다는 것이었다. 그래서 그는, 만약 다른 목적이 없다면, 그리고 아직 아무 결정도 내려지지 않은 상황이지만, 우리 군대의 문제와 장비를 걱정하는 사람들이 폭넓은 관심을 가짐으로써 미래에 아주 뜻깊은 영향을 끼칠 것이라고 생각했다. 평화를 바란다면 전쟁에 대비하라!(Si vis pacem para bellum!) 평화로울 때 비축한 힘은 전쟁을 물리치고, 전쟁이 벌어진다 해도 그 기간을 단축해준다. 그는 그런 조치가 취해진다면 다른 나라에 유화적인 영향을 끼칠 것이며 평화적 의도를 가진 인상깊은 운동으로 해석될 것이라고 확신했다.

순간 방 안에는 이상한 기운이 돌았다. 장군의 연설이 시작될 때만 해도 대부분의 사람들은 이 회합의 진정한 목적에 어울리지 않는 말이라는 느낌을 받았다. 그러나 장군의 목소리가 점점 퍼져나가자 마치 잘 훈련된 대대의 든든한 행군소리를 듣는 것 같았다. 평행운동의 근원적인 의미인 '프로이센 앞지르기'가 부끄럽게 고개를 쳐들었다. 이미 저 멀리서는 '터키에 대항하여 전진하라'든가 '황제 폐하께 신의 가호를' 같은, 오이게니우스 왕자의 행군에 맞춘 연대 밴드의 연주가 울려퍼지고 있었음에도 말이다. 물론 만약 지금 백작 각하가 일어서서—설마 전혀 그러고 싶지는 않겠지만—프로이센의 형제 아른하임을 대대 연주단의 최고 위치에 세우자고 제안한다면, 사람들은 스스로 괜한 우쭐함에 젖은 채 프로이센의 찬미가를 들으며 아무런 거부도 못하는 자신을 발견하게 될지도 모른다.

열쇠구멍 옆에 있던 라헬이 "이제 전쟁에 관해 이야기기한다"고 알렸다.

라헬이 중간 휴식이 끝날 무렵 홀로 되돌아올 수 있었던 것은 어느 정도는 아른하임이 졸리만을 데리고 다니는 덕분이라고 볼 수 있었다. 날씨가 워낙 나빠지고 있어서 그 작은 흑인이 주인의 외투를 들고 따라다닌 것이다. 라헬이 문을 열어주었을 때 졸리만은 약간 거만한 표정을 짓고 있었는데, 자기한테 달려드는 여자들에게 익숙하면서도 어떻게 그런 상황을 이용해 먹어야 할지 모르는 버릇없는 젊은 베를린 사람이었기 때문이다. 그러나 라헬은 이 남자에게 아프리카 말로 이야기했어야 한다고 짐작했고, 독일어는 단 한번도 써볼 엄두를 내지 못했다. 그녀의 말을 무조건 이해시켜야 했기 때문에 라헬은 열여섯살짜리 청년의 어깨에 팔을 두르고 부엌 쪽을 가리키고는 그곳으로 데려가 의자를 내어주고 손 닿는 데 있는 쿠키와 음료를 대접했다. 이런 일이 라헬에게는 처음이었기 때문에, 식탁에서 일어서자마자 그녀의 심장은 마치 절구에 설탕을 찧을 때처럼 쿵쾅거렸다.

"이름이 뭐니?"라고 졸리만이 물었다. 그것도 독일어로 말이다!

"라헬이야"라고 대답하고 그녀는 도망쳐나왔다.

졸리만은 부엌에서 쿠키와 와인, 빵을 대접받았고 담배도 한대 폈으며 요리사와 수다를 떨 참이었다. 손님을 맞다가 돌아온 라헬은 이것을 보고 마음의 상처를 받았다. 라헬은 "저들은 지금 또 한번 중요한 일을 이야기할 거라고!"라고 말했다. 하지만 졸리만은 아무 반응이 없었고 그 늙은 요리사 또한 웃을 뿐이었다. "전쟁이 일어날 수도 있대!" 라헬은 흥분해서 덧붙였고 열쇠구멍에서 보내온 그녀의 소식이 최고조에 이르렀을 때는 전쟁이 거의 일어나기 직전이라고 말했다.

졸리만은 귀를 쫑긋 세웠다. "거기에 오스트리아 장군이 있니?"라고 그는 물었다.

"직접 보지 그래." 라헬이 말했다. "최소한 한명은 있어." 그들은 함께 열쇠구멍으로 갔다.

그들의 눈길은 하얀 종이 위로 갔다가 어떤 사람의 코로, 그리고 커다란 그림자로 옮겨갔다가는 다시 반짝이는 귀걸이에 머물렀다. 삶은 빛나는 작은 조각들로 부서졌다. 녹색 베이지 천은 잔디처럼 펼쳐져 있었고, 납으로 만든 것처럼 하얀 손은 대상을 잃은 채 아무데나 걸쳐 있었다. 비스듬한 방향을 자세히 살펴보면 장군의 검에 장식된 황금색 술이 한쪽 구석에서 빛나는 것을 볼 수 있었다. 오만한 졸리만까지도 흥미있어 하는 눈치였다. 문에 난 틈으로 보고 상상력을 발휘하니 삶은 동화처럼 무시무시하게 부풀어올랐다. 그 구부정한 자세 때문에 피는 귀 쪽으로 몰렸고, 문 뒤에서 울리는 소리는 한때는 굴러 떨어지는 바위처럼 우르릉거렸다가는 다시금 기름칠한 판자 위를 미끄러지는 듯한 소리를 내었다. 라헬은 조용히 일어섰다. 바닥이 발밑에서 올라오는 것처럼 보였고 그녀는 마치 마술사나 사진사가 사용하는 검은 천을 머리에 두른 듯 사건의 영상에 사로잡혀 있었다. 그러자 졸리만도 일어섰고, 머리에 몰려 있던 피가 팔딱거리며 몸으로 퍼져나갔다. 그 작은 흑인이 웃었고 그의 푸른 입술 뒤에서는 진홍색 잇몸이 희미하게 빛났다.

이 순간 홀 안에서는 라인스도르프 백작이 아직은 장군의 제안을 실행해서 이득을 얻기에는 이르고 지금은 먼저 조직적인 기반을 다질 때라면서 장군의 아주 중요한 제안에 깊이 감사하자 옷걸이에 걸려 있던 명사들의 외투가 멀어져가는 트럼펫 소리처럼 하나둘씩 천천히 사라지기 시작했다. 이 마지막 순간에 필요한 것은 장관들의 견해에 따라 계획을 세상에 적용하는 게 아니고, 참석자 전원이 민중의 바람을 제출하는 데 동의한다는 내용을 담은 결의를 마련하는 것이었다. 이렇게 되면 황제폐하에게는 그가 원하기만 한다면, 민중들의 물질적인 완성을 위한 수단을 마음껏 처분해도 된다는 아주 공손한 청원이 올려질 것이다. 여기에는 민중이 통치자의 자애로운 의지를 수행하는 대행자가 아니라, 그들이 직접 가장 가치있는 목표를 설정하는 위치에 선다는 이점이 있었다. 그 결정은 백작 각하의 각별한 요청에 의해서 통과되었다. 비록 형식적인 문제에 불과했지만, 민중이 제도적인 권위의 동의를 얻어—그 권위를 그닥 존경하지 않더라도—행동에 나서는 것이 백작에게는 대단히 중요한 문제였다.

다른 참석자들은 이런 상황들을 제대로 이해하지 못했고, 바로 그렇기 때문에 함부로 거부할 수 없었다. 또한 회의란 어떤 결의안을 통과시켜야 끝나는 것이 당연하게 여겨지기도 했다. 왜냐하면 누군가 마지막에 칼을 들고 소동을 피우든지, 아니면 뮤지컬의 대단원에 열손가락을 한꺼번에 건반 위에 두드리면서 마무리하든지, 남성 댄서가 여성 파트너에게 몸을 숙여 인사를 하든지, 누군가 결의안을 통과시키든지, 만약 사건들이 그냥 슬그머니 일어난다면, 또한 그들이 참여했다는 것을 확신할 아무런 마지막 요식행위가 없다면, 그것은 무시무시한 일이 될 것이기 때문이다. 바로 이런 이유로 그들은 결의안을 통과시킨 것이다.

45.
두 산봉우리의 조용한 만남

회의가 끝났을 때, 아른하임 박사는 디오티마에게서 받은 암시에 따라 조용히 마지막까지 남을 계획을 짜고 있었다. 투치 국장은 회의가 끝나기 전까지 돌아오지 않으려고 한참을 미적거리고 있을 것이다.

손님들이 돌아가고 남은 물건들이 정리되는 중에 이방저방을 돌아다니던 디오티마에게 방금 전의 위대한 사건이 남겨놓은 작지만 혼란스런 명령과 숙고들이 여기저기서 끼어들었고, 아른하임은 이런 디오티마를 눈으로 쫓으며 미소짓고 있었다. 디오티마에게는 그 방이 흔들렸던 것처럼 보였다. 그 사건 때문에 제자리를 떠나야 했던 모든 사물들이 하나 둘씩 돌아왔고, 그것은 마치 거대한 물결이 쓸려 내려가며 백사장의 수많은 작은 구멍들을 다시 없애버린 것 같았다. 그리고 아른하임이 그녀와 주위의 움직임이 다시 정리되기를 우아한 침묵으로 기다리는 동안, 디오티마에게는 그렇게 많은 사람들이 다녀갔지만 오직 투치 국장만이 이 텅 빈 집의 쥐죽은 듯한 삶을 그녀와 함께해왔다는 생각이 머릿속을 스쳐 지나갔다. 갑자기 그녀의 순결한 마음은 기묘한 생각 때문에 혼란스러워졌다. 남편이 없는 텅 빈 방이 마치 아른하임이 입은 바지처럼 보였던 것이다. 그 순간은 순결한 사람이 어둠의 구멍에서 아직 덜 피어난 불꽃의 방문을 받은 것 같았고, 영혼과 육체가 완전히 하나가 된 황홀한 사랑의 꿈이 디오티마 안에서 빛을 발하는 듯했다.

아른하임은 그것을 전혀 눈치채지 못했다. 그의 바지는 반짝거리는 마루 위에 완벽한 직각을 그리고 있었고 그의 코트와 넥타이 그리고 조용히 미소짓는 우아한 얼굴은 아무런 말도 하지 않았다. 모든 것이 완벽했던 것이다. 그는 원래 자신이 도착해서 벌어진 예기치 못한 일로 디오티마를 탓하고 다시는 이런 일이 일어나지 않도록 해두자는 계획을 가지고 있었다. 그러나 이 순간, 미국의 부호들과 거리낌없이 왕래하고 황제와 왕들의 영접을 받으며 어떤 여자에게도 그 여자의 몸무게만큼의 백금을 선물할 수 있는 이 큰 부자는 디오티마—실제 이름은 에르멜린다고 헤르미네 투치로 불리며 고위 관료의 부인임이 확실한—에게 사로잡혀 그녀를 탓하는 대신 바라보기만 했다.

이런 것을 설명하기 위해서는 다시 '영혼'이라는 단어를 끌어와야만 한다. 이미 이 단어는 자주 언급됐지만 확실한 맥락 속에서 등장한 것은 아니었다. 가령 이 단어는 우리 시대에는 사라졌다거나 문명과는 양립할 수 없다는 식으로, 육체적 욕망이나 부부관계와는 충돌되는 것으로, 증오 못지않게 살인자의 감정을 일깨우는 것으로, 평행운동을 통해 자유로워질 것으로, 종교적 숙고의 주제 내지는 라인스도르프 백작의 생각처럼 어두운 신 속의 숙고(comtemplatio in caligine divina)로, 많은 사람들에게는 은유에 대한 사랑 등으로 등장했다. 영혼을 특징짓는 가장 각별한 점은 젊은이들은 '영혼'이란 말을 할 때마다 웃음을 터뜨린다는 점이다. 디오티마나 아른하임조차 이 단어를 어떤 연관 없이 사용하기를 부끄러워했는데, 왜냐하면 위대한, 고귀한, 야비한, 대담한, 또는 천한 영혼이라는 말을 할 수는 있겠지만 막상 내 영혼이 그렇다는 말은 하기 어렵기 때문이었다. 그것은 좀더 나이든 사람들이 잘 사용하는 용어였고, 사람이 살아가면서 어떤 대상을 더 잘 알게 되어 그것에 이름을 붙여야만 하는데 마땅한 이름이 없을 경우 원래 그토록 부끄러워하던 그 영혼이라는 단어를 쓰게 될 때야 비로소 이해될 수 있는 것이었다.

그렇다면 영혼이란 어떻게 설명돼야 하는가? 사람이 머물러 있을 것인가 움직일 것인가 하는 문제에서 중요한 것은 무엇이 앞에 있는지, 무엇을 보는지, 듣는지, 원하는지, 택하는지, 해결하는지 하는 것들이 아니다. 그것은 지평선으로, 반원으로 제시된다. 그러나 이 반원의 양끝에는 실이 연결돼 있고 이 실의 평면은 세계의 중앙을 꿰뚫고 있다. 얼굴과 손들은 이 지평선에서부터 앞을 바라보고 감정과 열정은 이 지평선을 앞서 달리며, 아무도 인간이 그곳에서 하는 일이 항상 이성적이고 적어도 열정적이라는 점을 의심하지 않는다. 다시 말하자면 외부의 환경은 우리로 하여금 누구에게나 이해될 만한 방식으로 행동하도록 요구한다는 것이다. 또는 만약 우리가 열정에 휩싸여 이해되지 못할 짓을 했다면, 그것 역시 그 나름대로 이해되게 마련이다. 그러나 그 모든 것이 완벽하고 철두철미해 보여도, 어두운 감정이 함께 따라다니는 법이고, 결국 그것은 반쪽에 불과한 것으로 남는다. 거기에는 균형 같은 것이 없어서, 사람이 마치 로프에 매달린 것처럼 기울어지지 않기 위해 앞으로 내달리고 만다. 그리고 그가 급하게 삶을 살아가고 이미 살아온 것을 뒤에 남겨두기 때문에, 아직 살아가야 할 삶과 이미 살아온 삶은 하나의 벽을 만들고 그의 길은 결국 나무 위의 곤충이 만들어놓은 길처럼 되고 만다. 곤충은 제아무리 활기차게 앞뒤로 비집고 나아가거나 물러선다 하더라도 결국은 텅 빈 공간을 뒤에 남기기 때문이다. 그리고 이 맹목적이고 놀랄 만한 충만함 뒤에, 그리고 모든 완벽함 뒤에 있는 이 어둡고 차단된 공간에 놓여 있는 끔찍한 감정이, 즉 모든 것이 전체를 이루고 있을 때조차 항상 결여된 채 존재하는 이 반쪽이 결국 사람들이 '영혼'이라 부르는 것의 실체였다.

사람들은 그들의 기질에 따라, 다양한 대리품의 형식으로 그 영혼을 언제나 생각하고 예감하며 느낀다. 젊은 시절 그것은 인간의 행동이 과연 올바른 것인지, 하는 불확신을 담은 특징적인 감정으로 드러난다. 나이가 들면 사람들은 원래 하고자 했던 일을 거의 하지 못한 것에 경악을 금치 못한다. 그러는 와중에 그들은 하는 일 하나하나가 옳지는 않더라도 자신이 꽤 괜찮은 사람이며 능력있는 사람이라고 위안을 삼는다. 세계 또한 그 가야 할 바대로 움직이지는 않기 때문에 사람이 잘못한 것쯤이야 타당한 것이라고 자위하기도 한다. 결국 많은 사람들은 그 뒤에 숨은 모든 것과 빠진 조각을 지갑 속에 넣어둔 신 때문에 이렇게 된 것이라고 생각한다. 단 하나 사랑만이 여기에서 특별한 자리를 차지한다. 이 예외적인 경우에 그 나머지 반은 다시 소생한다. 사랑에 빠진 사람들은 마치 언제나 무엇인가 결여된 곳에 서 있는 것처럼 보인다. 영혼은 그야말로 등을 맞댄 채 하나가 되고 그 과정에서 불필요한 것이 되고 만다. 바로 이것 때문에 젊은 시절의 그 위대한 사랑이 지나간 후 많은 사람들이 영혼의 결여를 더이상 체험하지 않으며 이 바보같은 짓거리 대신 유용한 사회적 기능이 들어서는 것이다.

디오티마도 아른하임도 아직 사랑을 해보지 못했다. 이미 말한 대로 디오티마는 넓은 의미에서 순결한 영혼을 지닌 사람이며 그 위대한 부호도 마찬가지였다. 그는 언제나 자기자신 때문이 아니라 돈 때문에 여자들이 자신을 좋아할 거라는 두려움을 가지고 있었다. 그래서 그는 자신의 감정을 내놓는 여자가 아니라 돈을 내놓는 여자와만 교류해왔던 것이다. 그는 잘못 이용당할 것이 두려워 한번도 친구를 사귄 적이 없었고, 사업상 교류 역시 정신적인 면이 있음에도 불구하고 오직 돈을 생각하는 친구만을 가까이 했다. 비록 인생의 쓴맛단맛을 다 경험한 그였지만, 그의 운명을 쥔 디오티마를 만났을 때 그는 불모지였고 혼자 남겨질 위험에 처해 있었다. 그들 속의 이 비밀에 휩싸인 힘들은 서로를 밀고당겼다. 그 힘은 오로지 무역풍의 흐름과 멕시코만의 난류, 그리고 지각의 흔들림에 따른 화산폭발에 비교될 수 있었다. 그 힘들은 인간의 힘을 훨씬 뛰어넘는 것으로, 마치 하늘의 별과 비슷한 것이었다. 그들은 시간과 날짜의 경계를 넘어 이리저리 움직여 다니는 어마어마한 물결이었다. 그런 순간에 무엇이 말해졌는지는 중요하지 않았다. 직각으로 뻗은 그의 바지주름 때문에 아른하임의 몸은 마치 산꼭대기에서 신들의 고독 속에 서 있는 것처럼 보였다. 그와 만나는 골짜기를 가운데 두고 그 반대편 정상에는 어깨 위에 작은 돌출부를 넣고 가슴에서 점점 넓어지는 예술적인 주름과 그 주름이 무릎 아래에서 좁아져 장딴지에 이르는 최신 유행의 옷을 입은, 고독으로 빛나는 디오티마가 서 있었다. 문가 커튼에 매달린 유리구슬은 연못처럼 반짝였고 벽에 걸린 창과 화살은 그들의 장식깃을 곤두세운 채 끔찍한 욕망으로 떨고 있었으며 책상 위의 노란색 책들은 레몬 숲처럼 조용했다. 우리는 경건하게 처음 말하고자 한 주제로 돌아갈 것이다. (2권에서 계속)

|옮긴이의 말|

영혼과 정신의 신음

안병률

1999년 독일 뮌헨 문학의 집과 베르텔스만 출판사는 99명의 저명한 독일 작가, 비평가, 학자들에게 20세기의 가장 위대한 독일어 소설을 선정해달라는 부탁을 한다. 33명씩 세 그룹으로 나뉜 전문가들이 각각 세 편의 소설을 선정한 결과는 다소 충격적이었다. 독일문학뿐 아니라 세계문학에서도 손꼽히는 작품인 프란츠 카프카의『소송』, 토마스 만의『마의 산』을 제치고 오스트리아 작가 로베르트 무질의『특성 없는 남자』가 가장 많은 표를 얻어 1위를 차지한 것이다. 2002년 노르웨이 북클럽이 전세계 100명의 작가들에게 세계의 문명사에 결정적인 영향을 준 책 100권을 설문한 결과를 발표했는데 여기에도 무질의『특성 없는 남자』가 선정되었다. 무질과 동시대를 살았던 작가들 중에는 제임스 조이스, 버지니아 울프, DH 로렌스, 마르셀 프루스트, 카프카, 토마스 만, 루쉰, 톨스토이 같은 대문호들만 그 명단에 들어갈 수 있었다.

이처럼 로베르트 무질이 20세기 세계문학에서 차지하는 비중은 매우 크다. 특히『특성 없는 남자』는 조이스의『율리시즈』

와 프루스트의 『잃어버린 시간을 찾아서』와 함께 20세기 현대문학의 걸작으로 일컬어진다. 그러나 무질은 생전에 이러한 명성을 한번도 누려보지 못했다. 오히려 그의 생애는 안타까울 정도의 궁핍과 불운으로 점철된 것이었다. 그런 불행은 이미 태어나기 전부터 예정된 것인지도 몰랐다. 그가 태어나기 4년 전 단 하나의 누이가 될 뻔한 엘자(Elsa)가 한살도 못 돼 사망한다. 이 사건은 무질에게 깊은 정신적 상처가 되어 평생을 따라다녔으며 여러 작품의 모티브가 되기도 했다. 가정사의 불행은 그것에 그치지 않았다. 무질의 어머니는 매우 복잡하고 예민한 성격의 소유자였다. 게다가 아버지의 묵인하에 다른 남자와 부적절한 관계를 평생 유지했는데 이는 무질의 유년과 청년기를 지배한 또하나의 깊은 그늘이 되었다.

매우 역설적이지만 무질의 생애에 닥친 최대의 불운은 『특성 없는 남자』 때문이라고 해도 과언이 아닐 것이다. 첫 소설 『생도 퇴를레스의 혼란』을 발표할 때만 해도 그는 평단의 주목을 받는 유망한 젊은 작가였다. 고등군사학교 기숙사 생활의 체험을 소재로 삼은 이 소설에서 무질은 당시로서는 드문 소재인 동성애를 다룸으로써 깊은 인상을 남겼다. 그는 이후 소설을 집필하면서 베를린대학에서 에른스트 마흐(Ernst Mach)에 관한 논문으로 박사학위를 받았고 몇차례 교수직을 제의받는다. 그러나 교수직을 거절하고 1차세계대전 직후인 1919년부터 『특성 없는 남자』의 집필을 시작해 죽을 때까지 이 미완성대작에 매달린다. 1930년 베를린 로볼트 출판사에서 1권(1·2부, 1~123장), 1932년 2권(3부, 1~38장)이 연이어 출간되었고 언론과 평단의 뜨거운 반응을 이끌어냈지만 이번에는 시대가 발목을 잡았다. 때마침 정권을 잡은 나치가 그의 작품을 독일과 오스트리아에서 판매금지시킨 것이다. 그나마 평단에서 나오던 반응마저 시들해졌고 그의 작품은 대중에게 잊혀져갔다. 이후 무질은 급격한 경제적 어려움에 빠졌고 나치를 피해 스위스로 거처를 옮긴 후에도 소설을 완성하지 못하고 결국 1942년 뇌졸중으로 제네바에서 숨을 거둔다. 『특성 없는 남자』가 세상에 알려지기 시작한 것은 1950년대 생전의 유고를 수합한 전집이 편집자 아돌프 프리제(Adolf Frisé)에 의해 출간되면서부터였고, 이후 세계 각국어로 번역되면서 세계문학의 반열에 올랐다. 그러나 무질의 유고가 워낙 방대하기 때문에 현재까지도 오직 디지털 상태로만 그 전부가 정리돼 있다고 한다.

사유와 소설

무질은 오스트리아 작가지만, 그가 태어날 당시 소속된 나라는 오스트리아-헝가리 제국(1867~1918)이었다. 이 나라는 '카카니엔'(Kakanien)이라는 이상한 이름으로 불렸다. 『특성 없는 남자』를 이해하는 데 카카니엔은 각별한 의미를 지니기 때문에 잠깐 짚고 넘어가기로 한다. 무질이 이 소설 도입부(8장)에서 언급하듯이 카카니엔에는 '황제-왕실의'(kaiserlich-königlich)

또는 '황제의 그리고 왕실의'(kaiserlich und königlich)라는 수식어가 따라다녔다. 독일어에서 k는 '카'로 발음되는데 말하자면 이 나라는 두개의 k(카)로 돼 있어 카카니엔으로 불리게 된 것이다. 이는 오스트리아-헝가리 제국의 독특한 역사 때문인데 이 제국은 오스트리아 황제와 헝가리 귀족이 타협한 결과 오스트리아 황제가 헝가리의 국왕을 겸임했던 것이다. 흔히 이 제국이 이중제국이라고 불리는 것은 바로 이런 역사적 배경 때문이다. 그러니까 『특성 없는 남자』는 단순히 오스트리아를 배경으로 한 소설이 아니라, 헝가리와 체코, 세르비아, 보스니아 등지를 아우르는 중부유럽의 거대한 제국이 1차세계대전으로 몰락하기 직전의 마지막 몇년을 그린 소설인 것이다.

실로 이 제국은 다양한 사상과 이데올로기로 들끓는 용광로 같았다. 특히 소설의 주무대인 제국의 수도 빈(Wien)은 봉건적 귀족주의와 시민계급의 자유주의, 한창 대두되던 사회주의와 민족주의, 독일식 군국주의와 반유대주의가 도시 전체를 감싼 사상의 집합소와 같은 곳이었다. 또한 이 수도를 중심으로 타오른 학문과 문학예술의 불길은 세계적인 영향력을 보여주었다. 우선 맑스와 쌍벽을 이루는 현대사상가 프로이트가 빈에서 활동했으며 언어철학자 비트겐슈타인, 과학철학자 에른스트 마흐, 클림트와 실레 같은 화가들, 쇤베르크를 필두로 한 음악가들, 마르틴 부버와 같은 신비주의자들까지 이 도시는 당대 최고의 지성인과 예술인들을 배출한 장소이기도 했다. 이른바

세기의 천재들이 모인 도시 한가운데 바로 무질이 있었고 사방에서 터져나오는 실험적이고 현대적인 시도들은 무질의 문학에도 큰 영향을 끼쳤다.

『특성 없는 남자』를 말할 때 가장 먼저 언급해야 마땅한 '사유(思惟) 소설'이라는 특징 역시 이러한 빈의 들끓는 사상적 풍경과 어느 정도의 연관성을 가지고 있을 것이다. 그러나 이런 특징은 그저 사상에 대한 소설의 대응이 아니라, 철저하게 의도된 하나의 실험적 시도로 보아야 하다. 무질의 소설에는 당대의 사유들, 즉 과학철학과 심리학, 생철학, 군국주의, 민족주의, 사회주의, 반유대주의에 대한 성찰이 끊임없이 이어진다. 특히 주인공 울리히는 이 모든 사상들에 맞서는 '사유의 영웅'이라 할 만한데, 이는 전시대의 주인공들을 특징짓는 '행위의 영웅'에 비하면 매우 낯설고 독특한 캐릭터였다. 무질의 지지자이자 체코 태생의 현대작가 밀란 쿤데라(Milan Kundera)는 『특성 없는 남자』의 새로운 시도를 다음과 같이 설명한다.

소설의 역사에서 사유가 그렇게 중요한 자리를 차지한 작품은 없었다. 무질은 소설가인 동시에 위대한 사상가였다. 『특성 없는 남자』에서 그의 사유는 당대의 인물, 사회적 조건과 밀접하게 연관돼 있다. 그의 사유는 여러 학문을 답사해 나온 그런 답답한 지식이 아니라, 현실의 실존적 측면에 집중한 결과였다. 한마디로 독특한 소설적 사유였던 것이다.(「나의 20세기 책」, 『차이트』 1999년 1월 21일자)

여러 학문과 사상을 다루고 있는 이 소설이 그저 박식함에 그쳤다면 아마 이렇게까지 세계적인 명성을 얻지는 못했을 것이다. 그런 명성은 무질이 어떤 사상이든 그것을 당시의 인물과 그들이 처한 사회적 조건 속에서 매우 생생하게 그려낸 덕분이었다. 이런 소설적 특징을 일컬어 무질 스스로는 '에세이즘'(Essayismus)이라고 불렀는데 여기서 에세이의 참된 의미는 "학자의 연구실에서 떨어져나온 부스러기 같은 논문과 논설들"이 아니라 "인간의 내적 삶이 결정적인 사유를 통해 추론해낸 단 하나의 변할 수 없는 형식"(2부 62장)이다. 무질의 작품 도처에서 우리는 이런 '결정적 사유'의 흔적을 발견한다. 가령 역사에 대한 다음과 같은 사유를 보자.

우리는 이런저런 사건이 역사에서 이미 자리를 잡았다거나 앞으로 일어날 것이라는 확신을 가진다. 그러나 이런 사건이 실제로 일어난 것인지는 확신하지 못한다. (…) 사람들은 마치 신문이 그렇듯이 일어난 일을 그때마다 적어두거나, 그 일이 자신의 직업이나 재산 문제에 관련된다는 확신이 없으면 역사에 대해 뭐라고 주장할 수 없게 되었다. 왜냐하면 은퇴까지는 얼마의 시간이 남았는지, 어느 때가 되면 얼마를 벌고 얼마를 쓰는지 같은 것이 더없이 중요한데다 전쟁조차도 그런 맥락 속에서야 기념할 만한 사건이 될 수 있기 때문이다.(2부 38장)

무질의 사유가 놀라운 것은, 그것이 학술논문의 엄정함을 간직해서가 아니라 삶 속의 매순간에서 현대사회의 특징을 날카롭게 간파하기 때문이다. 위의 인용은 현대세계의 추상적인 특징을 잘 보여주고 있다. 현대는 모든 것들을 빨아들여 개인과 집단의 실제 삶과 상관없는 무시무시한 추상체계로 바꿔놓는다. 가령 이제는 전쟁조차도 한 집단의 의지가 아니라, 증권시장의 그래프에서 더 큰 의미를 갖는다. 무질은 역사의 이런 추상적 진행을 '그렇고 그런 일이 벌어지다'(Seinesgleichen geschieht)라는 2부의 제목으로 압축했는데, 이는 어떤 사건도 구체적인 삶으로 체험하지 못하는 동시대에 대한 통렬한 비판을 담고 있다. 더욱 놀라운 것은 무질의 이런 사유가 이미 모더니즘 시대를 넘어서 후기자본주의 사상가들의 사유를 선취했다는 점이다. 인용된 부분은 아마도 기든스(A. Giddens) 같은 사회학자의 '추상체계'라는 개념과 잘 어울릴 것이다. 모오스브루거라는 살인범을 통해 법과 제도의 규율적 측면을 비판하고 광기의 인간적인 면모를 옹호한 무질의 사유는 푸코(M. Foucault)의 문제의식을 선취한 것이라 해도 과언이 아니다. 또한 '현실 인간'에 대립되는 '가능성 인간'에 대한 추구, 그리고 '다른 도덕'을 향한 무질의 실존적 모험은 들뢰즈(G. Deleuze)의 '분열된 주체'와 '탈주를 향한 욕망'에 앞서 나온 것이었다.

영혼과 정신의 불완전성

현대소설사에서 『특성 없는 남자』가 차지하는 장르적 위치를 '에세이적 소설', 즉 하나의 독창적인 '사유 소설'로 볼 수 있다면, 주제적 측면에서 주목해야 할 것은 '영혼과 정신의 불완전성'이 될 것이다. 거대 제국 카카니엔의 시대적 운명은 두 방향으로 나아갔는데, 그 하나는 민족주의의 발호에 따른 1차 세계대전이었고 다른 하나는 인종주의, 군국주의가 결합된 파시즘이었다. 1차세계대전은 카카니엔의 황태자 페르디난트가 세르비아 민족주의자에게 피살되면서 시작됐으며, 나치 총통 히틀러 역시 카카니엔 출신이었던 것이다. 그런데 왜 세계 지성과 문화의 집합소라는 제국의 수도 빈이 이러한 파국을 막지 못했던 것일까? 남아공 출신 노벨문학상 수상작가인 존 쿠체(John Coetzee)는 『특성 없는 남자』가 유럽 자유주의의 몰락을 파헤치면서 파시즘의 대두를 예견했다고 평했다. 다시 말해 이 작품은 그렇게 많은 사상과 문화에도 불구하고 왜 유럽이 야만 상태로 빠져들었는지를 말해준다는 것이다. 파시즘에 관한 수많은 연구들과 구별되는 무질의 독특한 관점은 바로 '영혼과 정신의 불완전성'을 날카롭게 지적해낸 데 있다.

이 소설의 1, 2부의 핵심에는 '평행운동'이라는 애국주의운동이 자리잡고 있다. 카카니엔 황제 즉위 70주년을 기념하여 주변국에 평화의 의지를 알리자는 취지의 이 운동은 물질의 세계의 맞서 구질서를 회복하자는 영혼회복운동의 성격을 띠고 있다. 그러나 시간이 지날수록 원래 취지는 사라지고 운동의 주위로 하나둘 모여든 엘리트들의 서로 다른 입장만이 남게 된다. 시민계급 출신이자 고위관료의 아내인 디오티마에게 평행운동은 '위대한 오스트리아의 문화'를 통해 물질문명의 나락으로 떨어진 세계에 영혼의 숨결을 불어넣는 것이었다. 그러나 그녀의 살롱에 모여든 다종다양한 사람들은 그저 전문가들일 뿐이었고, 현실세계에 대처할 아무런 구체적인 대안도 없는 사람들이었다. 평행운동의 창시자 라인스도르프 백작은 민중의 제안이 황제에게 전달되는 민주적이고 시민적인 군주국을 꿈꾼다. 그러나 그렇게 쏟아져나온 제안들은 자기집단의 이익을 대변하는 것뿐이었으며, 결국 모든 제안들은 관료의 서류더미 속에서 방치되고 만다. 또한 그의 머릿속에는 언제나 프로이센에 대한 적대적 감정이 스며들어 있는데, 이는 언제라도 평행운동의 방향을 군국주의로 전환할 수 있는 폭탄 같은 것이었다. 세계역사에는 어떤 오류도 있을 수 없음을 주장하는 이성주의자이자 거대기업을 소유한 자유주의의 화신 아른하임은 또 어떠한가? 프로인센 출신인 그에게 평행운동은 분명히 어리석은 짓이지만, 그는 사유를 권력의 장에 끌어들이려는 야심을 품고 이 모임에 합류한다.

울리히에게는 이 모든 영혼과 정신의 움직임들은 그저 불완전한 것으로밖에 보이지 않는다. 비록 아름다운 영혼과 정신의 외양을 걸치긴 했으나 평행운동은 '불충분한 근거의 원리'

에서 나온 것이며, 그래서 역사진행의 과정을 촉진시키는 촉매의 작용은 할지언정 전쟁이 될지 평화가 될지는 알 수 없기 때문이다. 울리히는 영혼과 정신이 모자란 것이 문제가 아니라, 과잉이 문제라는 점을 확실히 알고 있다. 또한 이러한 문제의식은 계몽주의를 거쳐 정신의 우월함을 주장했고 그것을 문명의 우위로 입증한 유럽인들에게는 하나의 충격으로 받아들여지기에 충분한 것이었다. 울리히는 당대의 정신이 처한 상황을 아래와 같이 웅변한다.

> 그러던 어느날 울리히는 그 희망을 포기하게 되었다. 그때는 이미 축구장이나 권투 링에서의 천재들이 이야기되기 시작했고, 단 하나의 하프 백이나 테니스 선수가 잘 보도되지도 않는 열명의 발명가나 테너, 작가들보다 더 나은 시절이 돼버렸다. 그 새로운 정신은 자기 자신을 확실히 느끼지 못했다. 그러나 그때 울리히는 어디선가 '천재적인 경주마'라는 기사를 읽었는데, 그 말은 마치 익기도 전에 떨어져버린 과일 같다는 느낌을 주었다.(1부 13장)

무질이 보기에 바로 이런 것이 현대가 처한 상황이었다. 디오티마가 말끝마다 주장하는 '위대한 이상'은 새롭고 천재적인 사상이나 예술을 수용하고자 하지만, 이미 경주마 한마리가 '천재'로 대접받는 시대에 그런 사상과 예술은 끊임없이 '소비되는 전율' 이상이 되지 못하는 것이다. 이런 정신의 불완전한 과잉상태는 모오스브루거라는 살인범을 처분하는 사회적 시스템에서도 엿볼 수 있다. 이 끔찍한 살인범은 우선 언론에 의해 집중적인 관심을 받다가 대중적인 관심이 흐려지면 전문가들의 손에 넘어간다. 그 결과 법학자들과 심리학자들이 이 살인범을 놓고 자기영역의 우수함을 다투지만 그 어느 영역도 모오스브루거의 내면에 자리한 광기의 의미와 범죄의 사회적 의미를 제대로 밝혀내지 못한다.

결국 이 딱딱한 전문가 사회에서 정신의 과잉은 오히려 대중의 의식을 무감각하게 만들고 말았다. 무질은 이들 전문가 집단을 향해 끊임없이 신랄한 야유를 퍼붓는다. 그 야유는 무엇보다 '특성'을 향한 비판이었다. 서구 역사에서 '신'을 대체한 이 특성은 '자아' 또는 '주체'라는 이름으로 불려왔다. 그러나 우리는 이 '주체'들이 인류역사상 가장 야만적인 전쟁과 학살에 참여한 것을 기억하고 있다. 그리고 모든 재앙은 무질이 살았던 카카니엔에서의 짧은 자유주의 시대가 끝나고 곧바로 찾아왔다. 그리고 지금 우리는 신자유주의의 한복판을 지나 누구도 예상치 못할 역사의 길로 나아가고 있다. 그렇다면 미래는 또 어떤 재앙을 준비하고 있을까? 무질이 지금 살아서 백년 전이나 다름없이 대책없는 질주를 거듭하는 인류를 본다면 무슨 말을 할 것인가? 지금이야말로 정신과 영혼의 신음에 귀를 기울이고 좀더 정확한 영혼에 다가서려는 무질 같은 사람들, '특성 없는 사람'들이 필요한 시기가 아닐까?

20대 후반 대학원 시절 무질을 처음 접하고 그 소설적 깊이에 압도된 역자는 그때부터 공부삼아 이 소설을 조금씩 번역하기 시작했다. 하지만 인생의 기로에서 번역자나 연구자가 아니라 편집자라는 직업을 선택했기 때문에 번역은 계속 늦어질 수밖에 없었다. 그럼에도 늦게나마 작은 결실을 맺게 돼 흥분되는 한편 독자들을 향한 두려움도 앞선다.

이번에 독자들께 선보이는 『특성 없는 남자』 1차분 1, 2권은 1930년 처음 발간된 소설 1권의 83장까지를 번역한 것이다. 사실 이런 형태의 두권짜리 번역본을 내기까지는 고민이 많았다. 우선 1차분을 먼저 내게 된 계기는 전체 소설의 분량이 워낙 방대하기 때문이다. 전집의 유고를 빼더라도 거의 1천여 페이지(번역원고로는 2천여 페이지)에 이르는 소설을 한꺼번에 내기는 아무래도 역부족이었고, 사실상 미완성 소설인데다 스토리보다는 한장 한장의 사유가 더욱 돋보이는 소설을 꼭 한꺼번에 낼 필요는 없겠다는 판단도 있었다. 개인적으로는 이 정도에서 중간결산을 해야지 앞으로의 번역작업을 이어나갈 힘과 용기가 생기겠다는 생각도 들었다. 1차분을 굳이 두권으로 나눈 것은 좀더 많은 대중들에게 다가가고 싶어서였다. 많은 분량을 한권으로 낼 경우 독자들의 심적 부담이 크기 때문에 가급적 각권의 분량을 가볍게 하여 누구라도 쉽게 독파하는 책으로 만들고 싶었다. 두권이 힘들다면, 단 한권만 읽어도 큰 울림을 줄 수 있겠다는 희망섞인 기대도 있었다.

번역 원서로는 아돌프 프리제가 편집한 로베르트 무질 전집 (*Gesammelte Werke*, Rowohlt 1978)을 사용했다. 워낙 묘사와 서술이 치밀한 작품인데다 무질의 사유를 하나하나 따라가기에도 벅차기 때문에 작품에 스며든 작은 숨결까지 잡아내기에는 실력이 모자랐음을 고백한다. 미국에서 먼저 나온 훌륭한 번역본인 *The Man without Qualities*(Sophie Wilkins 번역, Vintage 1995)에도 많은 신세를 졌음을 밝혀둔다. 초판에서 부족한 부분은 끊임없이 수정해나가면서 좀더 나은 번역본이 되도록 노력하겠다.

아울러 10여년 전 어리숙한 대학원생에 불과했던 역자에게 용기를 주시고 번역 초반작업에도 많은 도움을 주셨던 안소현 선생님께 감사드린다. 또 이 책의 가치를 인정해주고 번역작업 내내 격려해주면서 원고를 처음부터 끝까지 다듬어준 소설가 김조을해에게도 깊은 감사를 전한다. 늘 친구 같은 성건이는 아빠의 첫 번역소설 『곰스크로 가는 기차』(2010)의 팬이 돼주었는데 이번 소설도 좋아해주었으면 좋겠다.

부디 이번 번역으로 한국에서 로베르트 무질이 그 명성에 걸맞은 평가를 받기를 기대한다. 또한 한국 독자들에게 사랑받는 작품이 되기를 소원하며, 2차분도 최선을 다해 곧 찾아뵙도록 하겠다.